ALL AGE BAND 4

EX LIBRIS

Tiffany D. Jackson

MONDAY, WO BIST DU?

Aus dem Amerikanischen von Claudia Rapp

FESTA

Die amerikanische Originalausgabe *Monday's Not Coming*
erschien 2018 im Verlag Katherine Tegen Books.

1. Auflage November 2020

Titelbild: Stefanie Saw – www.seventhstarart.com

ISBN 978-3-86552-863-6
eBook 978-3-86552-864-3

Für meinen Daddy und meinen Pop-Pop,
die mich fliegen ließen, aber immer auch da waren,
um mich aufzufangen.

SEPTEMBER

Dies ist die Geschichte meiner besten Freundin und wie sie verschwand. Wie niemand außer mir bemerkte, dass sie weg war. Und wie es niemanden kümmerte, bis sie gefunden wurde … ein Jahr später.

Ich weiß, was ihr denkt. Wie kann denn ein ganzer Mensch, ein Kind, einfach so verschwinden und niemand sagt etwas dazu? Denn wenn die Sonne sich von einem zum anderen Tag plötzlich verabschieden würde, sollte man doch meinen, dass jemand Alarm schlagen würde, richtig? Aber wie Ma immer gesagt hat, wir kreisen nicht alle um dieselbe Sonne. Ich habe nie verstanden, was sie damit gemeint hat, bis Monday verschwand.

Man würde nicht denken, dass so etwas in Washington, D.C. passiert, in einer Stadt, in der die mächtigsten Menschen der Welt leben. Niemand konnte sich vorstellen, dass dies praktisch im Hinterhof des Präsidenten geschehen ist. Und so haben wir im Südosten der Stadt ebenfalls gedacht. Wenn wir, wie man sagt, im Schatten der Hauptstadt leben, wie kann dann ein einzelnes verschwundenes Mädchen alles mit einem Schlag auf den Kopf stellen?

Mein Arzt sagt, ich soll nicht mehr darüber sprechen. Aber dann gab es irgendwann diesen Podcast, der die Geschehnisse neu untersuchte und Löcher in den verbrannten Kuchen bohrte, um ganz sicherzugehen, dass er durchgebacken war. So wie die Farbe Rosa sieht immer jemand die Geschichte ganz anders. Einige sehen Pink und Magenta, wo andere Koralle und Lachs sehen. Und letztendlich ist es einfach nur das gute, alte Rosa gewesen.

Für mich fing die Geschichte kurz vor dem Beginn der achten Klasse an. Unserem letzten Jahr in der Mittelstufe, von dem ich erwartete, dass es das beste Jahr unseres Lebens werden würde.

VORHER

»Ma, hast du Monday gesehen?«, fragte ich als Erstes, als ich am Washington Reagan National Airport vom Gate in den Ankunftsbereich trat. Mein Haar war immer noch zu struppigen Sommerzöpfen geflochten, meine Haut von der südlichen Sonne gebräunt.

»Meine Güte! Wie wäre es zunächst mal mit einem Hallo? Ich habe dich doch auch den ganzen Sommer nicht gesehen«, sagte Ma mit einem leisen Lachen und breitete die dünnen Arme aus, als ich mich in eine beglückte Umarmung stürzte.

Jeden Sommer schickte Ma mich runter nach Georgia, wo ich zwei Monate bei meiner Grandma blieb. Monday und ich schrieben einander dann Briefe mit lustigen Zeichnungen und Artikeln, die wir aus Zeitschriften rissen, um uns über den neuesten Tratsch aus dem Viertel und über Musik auf dem Laufenden zu halten. Aber dieser Sommer war anders gewesen. Monday hatte auf keinen meiner Briefe geantwortet. Ohne ihre Post schlich der Sommer dahin wie eine entlaufene Schildkröte. Ich liebte meine Grandma, aber ich vermisste mein Zimmer, vermisste meinen Fernseher und am allermeisten vermisste ich Monday.

Lichter spiegelten sich blinkend auf dem Anacostia River, als wir über die Brücke und auf die Martin Luther King Junior Avenue fuhren, das Baseball-Stadion der Nationals als Silhouette in der Ferne. Als wir auf die Good Hope Road abbogen, fielen mir die alten Plakate auf, die immer noch an einem verlassenen Gebäude an der Kreuzung klebten: RETTET ED BOROUGH! UNSERE GEMEINSCHAFT, UNSER ZUHAUSE!

Ma ließ die Türverriegelung einrasten, während sich ihr Rücken verspannte. Als echte Südstaatlerin fühlte sie sich in der Stadt nie wirklich sicher, obwohl sie hier seit ihrer Geburt lebte. Zur Ablenkung erzählte ich ihr von den unbeantworteten Briefen. Sie zuckte die Achseln, blieb auf den Abendverkehr konzentriert und murmelte: »Vielleicht hat sie es nicht aufs Postamt geschafft.« Aber das ergab in meinen Augen kaum Sinn. Wir hatten Geld gespart und genug Marken gekauft, um die acht Wochen ohne einander zu überstehen, denn Grandma mag es nicht, wenn die Kinder mit ihrem Telefon herumspielen, und meine Cousine war sowieso schon ständig an der Strippe, um mit ihrem Kerl zu quatschen. Monday wusste, dass ich das Schreiben hasste, aber wir hatten einander versprochen, in Kontakt zu bleiben, und so ein Versprechen bricht man nicht einfach. Nicht wenn man es seiner besten Freundin seit der ersten Klasse gegeben hat.

»Ich weiß nicht, meine Süße«, fuhr Ma fort, hielt an der Ampel beim Schnapsladen und winkte nervös nach draußen, wo sie eine Bekannte entdeckt hatte. »Wahrscheinlich war sie mit irgendetwas beschäftigt. Aber sobald sie erfährt, dass du wieder da bist, schaut sie bestimmt vorbei.«

Die Ampel wechselte auf Grün und Ma trat aufs Gas, raste die nächsten zwei Blocks entlang, bevor sie an der Anacostia Library scharf links abbog und dann rechts auf den U Place. Zu Hause. Sie parkte vor dem Haus an der Straße und ich sprang mit meiner Schultasche aus dem Wagen und sprintete auf die Tür zu. Ehrlich gesagt hoffte ich jeden Sommer irgendwie auf eine Art magische Verwandlung. Nicht dass ich unser Haus nicht mögen würde, aber ich liebe Überraschungen. Wenn ich am Weihnachtsmorgen die Treppe hinunterrenne, erwarte ich immer einen frischen Anstrich in Terrakotta-Rot an den Wänden, eine neue Couch, die unser beigefarbenes Sofa ersetzt, Edelstahlarmaturen anstelle unseres rostenden weißen Spülbeckens und ein neues Geländer für die Treppe, das nicht knarrt und ächzt, wenn man sich darauf lehnt.

Als ich ins Haus trat und sah, dass sich nichts verändert hatte, ließ ich meine Tasche fallen und nahm den Hörer des Telefons an der Wand bei der Treppe in die Hand, um Monday anzurufen. Vielleicht musste sie sich den Sommer über um ihren kleinen Bruder und die Schwester kümmern und war zu beschäftigt gewesen, um zu schreiben. Was immer der Grund sein mochte, ich würde das unter den Tisch fallen lassen, weil ich beinahe platzte, so viel hatte ich ihr zu erzählen. Es klingelte nur einmal, bevor mir eine automatische Frauenstimme erklärte, dass ich die falsche Nummer gewählt hatte. Ich kannte nur zwei Nummern auswendig: Mondays und meine eigene.

»Aber Kind, hängst du direkt wieder am Telefon?«, schimpfte Ma, die meinen Koffer ins Haus schleppte. »Na, unter deinen Füßen wächst ganz sicher kein Gras!«

»Mondays Telefon funktioniert nicht.«

»Wahrscheinlich nicht richtig aufgelegt oder so was«, erwiderte sie und schloss die Haustür ab. »Jetzt beeile dich mal und hol den Kamm. Wir müssen mit deinen Haaren anfangen. Himmel! Ich hätte Mama sagen sollen, dass sie diese Zöpfe aufmacht, bevor du zurückkommst.«

Ich eilte die Treppe hinauf, immer zwei Stufen auf einmal, und öffnete oben die erste Tür auf der rechten Seite. Mein Zimmer war genau, wie ich es hinterlassen hatte, ein Durcheinander. Ich meine, mein schmales Bett mit der dunkellila Tagesdecke war gemacht und die lavendelfarbenen Wände, an denen ich all meine Zeichnungen zwischen Bandpostern und Filmplakaten aufhängte, waren immer noch da, wo sie sein sollten. Aber ich hatte keine Zeit mehr gehabt, das Zelt aufzuräumen, das Monday und ich aus einem Haufen alter Laken und Zierkissen gebaut hatten, als sie zum letzten Mal bei mir übernachtet hatte. Es türmte sich immer noch unter dem Regal beim Fenster auf, das zur Rückseite der Bücherei hinaussah, die auf der anderen Straßenseite stand.

»Claudia! Beeil dich!«, rief Mama laut von unten herauf.

»Ich komme schon, Ma!«

Ich schnappte mir den Kamm von meinem weißen Schminktisch und bemerkte ein neues Malbuch und Stifte auf meinem Stuhl. Die musste Dad hiergelassen haben, bevor er zu einer weiteren Lieferfahrt aufgebrochen war.

»Claudia, mach vorwärts! Wir sitzen sonst die ganze Nacht noch hier!«

Ma und ich verbrachten den Rest des Abends damit, meine Zöpfe zu entwirren und dann mein Haar zu waschen und zu glätten. Erschöpft kletterte ich schließlich ins Bett und ignorierte das Knurren meines Magens. Es war schon fast Mitternacht. Irgendetwas stimmte nicht, aber ich kam nicht darauf, was es sein mochte.

»Claudia!«, rief Ma am nächsten Morgen aus der Küche. »Du kommst noch zu spät zum ersten Schultag!«

Jedes Jahr brüllte Ma so herum, weil sie wollte, dass ich wie eine Verrückte die Treppe hinunterstürmte und über das große Frühstück staunte, dass sie mir immer zum ersten Schultag zubereitete: Pancakes mit einem lächelnden Gesicht aus Sirup, Rühreier mit Käse, Maisbrei und Rindswürstchen.

Also spielte ich mit, sprang mit einem Satz die letzten zwei Stufen hinab und rannte in meiner Schuluniform und den neuen Sneakers in die Küche, wo mich der reichlich gedeckte Tisch mit meinem Festmahl erwartete.

»Überraschung!«, rief Ma, als sie aus ihrem Versteck hervortrat. Ihr kurzes, kastanienbraunes Haar war immer noch zu engen Locken eingedreht, die mit Haarklammern am Kopf fixiert waren. Im Licht spähten manchmal die grauen Stellen hinter ihren rotgoldenen Strähnchen hervor.

»Danke, Ma«, sagte ich mit einem Lachen und hopste auf meinen Platz.

»Ach Gottchen, ich kann gar nicht fassen, dass du schon nächstes Jahr auf die High School gehst. Ich bin eine alte Frau.«

»Ma, du verhältst dich auch nicht älter als ich.«

Sie grinste und nahm mein Gesicht in beide Hände. »So spricht man nicht mit seiner Mutter. Okay, meine Süße, beeil dich jetzt und iss dein Frühstück. Du willst doch nicht zu spät zur Schule kommen und Monday warten lassen.«

Ma wusste genau, was sie sagen musste, um mir Feuer unter dem Hintern zu machen. Was sollte ich denn bloß sagen, wenn ich Monday endlich wiedersehen würde? Ich meine, wie konnte sie mich bloß den ganzen Sommer über so hängen lassen?

»Ma, darf Monday heute nach der Schule mit zu mir kommen?«, fragte ich zwischen zwei Bissen Pancake.

Sie lachte. »Bloß keine Zeit verschwenden, was? Okay, sie darf kommen. Aber … erst schaust du bei Miss Paul vorbei, ja?«

Ich ließ meine Gabel auf den Teller fallen. »Ich dachte, du hast gesagt, dass ich nach der Schule nicht mehr zur Bücherei gehen muss. Ich brauche doch keine Babysitterin!«

»Sie ist keine Babysitterin«, widersprach Ma mit gespielt unschuldigem Blick. »Ich möchte nur … dass du hingehst und Hallo sagst. Ist doch nichts Falsches daran, dich bei jemandem zu melden, der dann weiß, wo du bist. Brotkrumen, Claudia. Es ist immer gut, eine Spur aus Brotkrumen zu hinterlassen, wie im Märchen.«

»Ich bräuchte keine Brotkrumen zu hinterlassen, wenn ich ein Handy hätte«, murmelte ich mit gesenktem Kopf.

Ma schnaubte. »Hör zu, darüber werde ich nicht wieder mit dir diskutieren. Wir haben abgemacht, dass du eins haben kannst, wenn du mit der High School anfängst. Und jetzt komm schon, lass uns gehen.«

Ich setzte mir die neue Schultasche auf. Sie war marineblau mit einem lilafarbenen Wirbelmuster. Monday hatte die gleiche, aber in Rosa, ihrer Lieblingsfarbe. Wir hatten sie ausgesucht, bevor ich nach Georgia fuhr. Ich rief noch zweimal bei ihr an, bevor wir losfuhren, einfach um zu sehen, ob alles okay war. Es ging niemand ran.

Am ersten Schultag fuhr Ma mich immer zur Schule und nahm sich ein paar Stunden frei von der Arbeit in der Kantine für Armeeveteranen. Dort würde man sie sicher vermissen, denn wenn sie die Küche nicht leitete, versank schnell alles im Chaos. Aber sie sagte immer: »Du hast nur eine Chance bei deinen Kindern, also triffst du besser ins Schwarze.«

Wir hielten an der Warren Kent Charter School, am Ende einer Schlange von Autos, die alle darauf warteten, ihre Kinder an dem großen, eingezäunten Schulhof abzusetzen, wo sich vor dem ersten Klingeln alle sammelten. Ich drückte mein Gesicht an der Seitenscheibe platt, während ich das Meer der rot und marineblau karierten Uniformen nach der Schultasche absuchte, die genau wie meine war.

»Ma, ich sehe Monday nirgends«, stellte ich fest und versuchte, meine Panik zu verbergen. Monday war immer die Erste in der Schule; manchmal tauchte sie sogar zwei Stunden vor allen anderen auf.

»Ich bin sicher, sie wird bald hier sein«, erwiderte Ma über das Lenkrad gelehnt, während sie langsam auf die Haltebucht zurollte. »Also, ich wünsche dir einen guten ersten Schultag, meine Süße. Vergiss nicht, mich anzurufen, sobald du zu Hause bist.«

Eine Lawine der Unsicherheit stürzte auf mich ein und drückte mich in meinen Sitz hinab. Ich konnte nicht aus dem Wagen steigen, ohne Monday zuerst erspäht zu haben. Ohne sie erschien mir die Schule weder real noch überhaupt möglich. Und der Gedanke, ganz *allein* da hinauszugehen, mit all den anderen Kindern … *Tut-Tuut!* Eine Hupe heulte hinter uns auf.

»Ach, halt doch die Klappe!«, brüllte Ma aus dem Fenster, bevor sie sich zu mir auf der Rückbank umdrehte. »Süße, was ist denn los? Du bist doch nicht nervös, oder?«

Wenn sie mit dieser näselnden Quiekstimme sprach, fühlte ich mich immer, als wäre ich mit meiner Nuckelflasche im Kindersitz angeschnallt, nicht ein Jahr vor der High School. Wenn ich nicht anfing, mich entsprechend zu verhalten, dachte ich, würde sie niemals aufhören, mich wie ein Baby zu behandeln.

Ich schüttelte meinen Kopf. »Nee, Ma. Ist schon gut.«

Wieder plärrte eine Hupe, diesmal noch genervter und lauter als zuvor. *Tuuuut!* Ma verdrehte die Augen und lächelte. Sie wusste genau, dass ich ihr etwas vormachte.

»Claudia, sie wird da sein. Sie ist wahrscheinlich bloß spät dran oder so was. Und nun sieh mal da drüben.« Sie zeigte auf den Schulhof, wo einer der älteren Schüler, die gewissermaßen die Pausenaufsicht übernahmen, ein Schild hochhielt, auf dem stand: ACHTE KLASSE. »Siehst du, da ist deine Stufe. Wieso stellst du dich nicht mit den anderen in die Reihe und hältst ihr einen Platz frei? Du hast doch sicher deinen anderen Freunden auch ganz viel zu erzählen. Okay?«

Die Schlange meiner Mitschüler und Mitschülerinnen, meiner Erzfeinde, zog sich endlos hin. Ohne Monday an meiner Seite war es, als müsste ich allein in ein Haifischbecken springen … blutüberströmt. Aber Ma wusste ja nicht, dass Monday meine einzige Freundin war.

Ich seufzte. »Okay.«

Sie grinste. »Na, komm schon, gib mir einen Kuss.«

Ich löste meinen Sicherheitsgurt, beugte mich nach vorne, küsste sie auf die Wange und sie legte einen Arm um mich und drückte mich ganz fest. »Ich liebe dich so sehr. Hab einen tollen ersten Tag!«

Ich erwiderte die Umarmung und wollte sie gar nicht loslassen. Ich flüsterte »Ich liebe dich auch« und stieg dann mit tapferem Gesicht aus dem Auto, konnte aber kaum atmen, weil mir die Brust viel zu eng wurde.

Warren Kent ist eigentlich keine große Schule; sie hat etwa 1000 Schüler, aber wenn man uns alle so zusammenpferchte, hörte es sich an, als wären wir eine

Million. Das Kreischen der Vorschüler zerfetzte einem das Trommelfell. Die Kinder der dritten und vierten Klassen rannten wild im Kreis herum, die Sechst- und Siebtklässler umarmten einander kichernd, nach Monaten endlich wieder vereint. So werden Monday und ich es auch machen, wenn sie endlich auftaucht, sagte ich mir wieder und wieder, um mich davon abzuhalten, zum Wagen zurückzurennen. Ich warf einen Blick über die Schulter. Ma blickte zu mir herüber, hielt immer noch an derselben Stelle, während die Wagen hinter ihr ein Hupkonzert veranstalteten.

Sie hat recht, dachte ich, *ich spinne doch.* Natürlich würde Monday kommen. Sie hatte noch keinen einzigen Tag gefehlt.

Dennoch schluckte ich schwer, als ich auf meine Jahrgangsstufe zuging. Alle sahen älter und bedrohlicher aus; die Jungs waren gewachsen und die Mädchen hatten Kurven bekommen. Ich fragte mich, ob ich mich auch verändert hatte. Vielleicht hatte Monday sich so sehr verändert, dass ich sie nicht erkannte. Shayla Green stand an der Spitze der Schlange. Ein böses Grinsen breitete sich auf ihrem hübschen, braunen Gesicht aus. Sie flüsterte etwas in Ashley Hiltons Ohr, in dem ein neuer, kleiner Goldohrring steckte. Sie starrten mich kichernd an und ich fuhr herum, wollte zurück zum Wagen laufen, aber dann fuhr Ma davon und meine vorgebliche Tapferkeit verpuffte.

»O Mann, die Lesbenschlampe ist auch wieder da«, gackerte Trevor Abernathy. Sein weißes Hemd mit dem geknöpften Kragen ließ seine tiefschwarze Haut geradezu leuchten. Die anderen kicherten hämisch;

Monster in Schuluniformen. Ich hielt den Kopf gesenkt und stellte mich am Ende der Schlange auf. Trevor hüpfte herum und zog an Shaylas Pferdeschwanz.

»Junge, leg dich nicht mit mir an«, keifte Shayla.

Er tänzelte umher, wich ihren schlagenden Armen aus, während die anderen ihn weiter anfeuerten.

So unreif, dachte ich. *Sieh sie dir an, ein Haufen Dummköpfe. Denken die wirklich, dass sie auf einer guten High School angenommen werden, wenn sie sich so verhalten? Zumindest weiß ich, dass sie mir ganz sicher nicht weiter folgen werden. Noch ein Jahr, dann gibt es nur noch Monday und mich.* Aber bis dahin sollte Monday sich endlich beeilen und herkommen, bevor die Wölfe mich einkreisen konnten.

Die Sekunden vergingen, der ganze Hof summte, weil alle die Frisuren, Haarschnitte, neuen Turnschuhe, den Schmuck und die Schultaschen der anderen abcheckten. Accessoires waren die einzige Möglichkeit, sich vom Rest der Meute abzusetzen. Ich klappte meinen Taschenspiegel auf, glättete die Haarspitzen und trug eine weitere Schicht farblosen Lipgloss mit Kirschgeschmack auf. Ich meine, ich sah echt süß aus, aber es war schwer, mich darüber zu freuen, wenn die einzige Person, von der ich wirklich gesehen werden wollte, nicht da war.

Normalerweise trug Monday ihre Haare zu Zöpfchen geflochten, aber wir hatten beschlossen, dass wir für die erste Schulwoche neue Frisuren ausprobieren würden, um erwachsener auszusehen. Ihr wisst schon, um für die High School zu üben. Aber da wir uns nicht mehr regelmäßig geschrieben hatten, sorgte ich mich nun, dass sie unseren Plan vergessen hatte. Ich starrte auf das Tor und sah immer wieder auf die Uhr.

Die Glocke schrillte und die Schülerreihen begannen, sich eine nach der anderen in Richtung der Klassenzimmer zu bewegen, zuerst die Vorschüler, dann die Erstklässler. Mondays Bruder August hätte bei den Fünftklässlern sein sollen, aber er war nirgends zu sehen. Und ihre Schwester Tuesday, sollte die nicht dieses Jahr in die Vorschule gehen?

»Wo sind sie denn?«, murmelte ich vor mich hin.

Meine knochigen Knie stießen gegeneinander, als unsere Reihe aufgerufen wurde und wir langsam reingingen. Ich blickte weiterhin zum Tor und hoffte immer noch, dass sie jeden Moment angerannt kommen würde, atemlos und in Panik, mit glänzendem Haar vom Kokosöl, das sie so gern mochte. Wir würden uns erleichtert umarmen und sie wäre wieder an meiner Seite, die Welt wieder in Ordnung. Aber dann geriet das Tor außer Sicht und ich sah nur noch die beigefarbenen Ziegelwände unserer Schule. Die schweren, kackbraunen Türen krachten hinter mir ins Schloss wie ein Punkt am Ende eines Satzes, am Ende meines Traums.

»Hallo, Klasse acht. Mein Name ist Miss O'Donnell und ich bin dieses Schuljahr eure Klassenlehrerin«, erklärte sie, während sie ihren Namen an die Tafel schrieb. »Erste Regel: Eure Anwesenheit wird nur dann notiert, wenn ihr vor dem zweiten Klingeln auf euren Plätzen sitzt.«

Miss O'Donnell, deren Namen ich im Laufe des Schuljahres hassen lernen würde, unterrichtete Englisch in der achten Klasse. Sie hatte kurzes, lockiges

Blondhaar, das langsam grau wurde, und ein weißes Gesicht mit tiefen Falten hinter einer riesigen Brille. Sie trug eine Hose mit hoch sitzendem Bund, ein kanariengelbes T-Shirt und hässliche braune Slipper. Wir hatten sie letztes Jahr am Schnuppertag für das kommende Schuljahr kennengelernt und eines der älteren Kinder hatte erzählt, dass sie die gemeinste Lehrerin der Schule sei – vielleicht sogar des gesamten Planeten.

»Und nun, wenn ich eure Namen aufrufe, hebt die Hand. Trevor Abernathy?«

Trevor hörte gerade noch rechtzeitig auf, höhnisch mit seinen Kumpels zu kichern. »Hier.«

»Arlene Brown?«

»Hier.«

Als sie ihre Liste durchging, bemerkte ich, wie voll das Klassenzimmer war. Jeder Platz war besetzt; es gab keinen einzigen freien Tisch für Monday. Wo sollte sie sitzen, wenn sie dazukäme?

»Claudia Coleman?«

»Hier«, meldete ich mich mit erhobener Hand. Ich wackelte mit den Fingern, um das Licht auf meinem neuen Nagellack spielen zu lassen. Fliederfarben mit pinkfarbenen Metallicstreifen. Das Pink hatte ich für Monday ausgesucht.

»Carl Daniels?«

»Hier.«

Moment mal, sie hatte Monday Charles gar nicht aufgerufen? Mondays Name kam immer vor meinem dran. Hatte sie die falsche Liste? Hatten sie Monday in eine andere Klasse gesteckt? Könnte sein, aber dann hätte Monday mir das doch erzählt. Oder etwa nicht?

»Hey, meine Süße. Wie war dein erster Tag?«, fragte Ma sofort, als sie mit ein paar Tüten Lebensmitteln von ihrer Schicht nach Hause kam.

»Monday war nicht da!«

Nach der Schule rief ich fünfmal Mondays Nummer an und die Roboterstimme informierte mich erneut, dass niemand zu erreichen sei. An diesem Tag hätten wir unsere Stundenpläne und die Lage unserer Spinde vergleichen sollen, aber stattdessen hatte ich den Nachmittag damit verbracht, Wiederholungen von *Dance Machine* anzuschauen, Seiten in meinen neuen Malbüchern auszumalen und zu versuchen, mich auf einem Bett aus spitzen Nadeln zu entspannen.

»Wirklich?« Ma zog die Stirn in Falten. »Na ja, vielleicht ist sie ja morgen wieder da. Hab einfach Geduld!«

Ich versuchte, Geduld zu haben. Wenn ich nämlich zu viele Fragen stellte, würde ich womöglich darauf aufmerksam machen, dass ich keine Freunde hatte, und dann würden sie mich zum Abschuss freigeben und mich pausenlos fertigmachen. Aber Monday tauchte auch am Dienstag, Mittwoch oder Donnerstag nicht auf. Am Freitag hatte ich Magenschmerzen von all den Sorgen und Ängsten, die mich seit Tagen verfolgten, also nahm ich meinen Mut zusammen und fragte einen der Jungen, der in ihrer Wohnanlage lebte, ob er sie gesehen hatte.

»Nee«, antwortete Darrell Singleton, der vor seinem Spind stand und die Reste des Schulmittagessens in seine Tasche packte. »Hab sie den ganzen Sommer über nicht gesehen.« Darrell war der größte und breiteste Junge der gesamten Schule und überragte alle anderen, sein Gesicht fettig und fleischig, voller Hügel und Täler und Schlaglöcher. Die Uniform passte ihm kaum und sein Spind roch immer nach dem halb verdorbenen Essen, das er dort sinnlos bunkerte.

»Den ganzen Sommer nicht? Bist du sicher?«

»Ja. Wieso habt ihr nicht zusammen rumgehangen?«

Darrell war schon seit der vierten Klasse in Monday verschossen, aber sie beachtete ihn überhaupt nicht. Ich war sicher gewesen, dass wenigstens er nach ihr Ausschau gehalten hatte. Ich presste das Mathebuch gegen meine Brust.

»Ich war den ganzen Sommer lang weg.«

»Oh«, murmelte er und wand sich noch mehr als sonst. »Na ja, ihre Mom habe ich vor ein paar Tagen gesehen. Sie hat bei uns nebenan vorbeigeschaut …« Seine Stimme verlor sich, der Blick wich mir hastig aus. Jeder wusste, dass das Haus neben Darrells der sogenannte Boxenstopp war. Monday hatte es so genannt. Leute von überallher, von New York bis runter nach Florida, schauten dort vorbei und ließen Päckchen da oder holten welche ab. Von jeder Droge, die man sich vorstellen kann, gab es beim Boxenstopp 21 verschiedene Geschmacksrichtungen.

»Was ist mit ihrem Bruder oder den Schwestern?«

Er kratzte sich am Kopf, musste überlegen. »Ich weiß nicht. Vielleicht.«

Obwohl ich nicht ohne einen Erwachsenen rüber zu Monday nach Hause durfte, fuhr ich auf meinem lilafarbenen Rad den Gehweg entlang. Ich traute mich nicht, auf der verstopften Straße zu fahren. Ma machte eine Doppelschicht und Daddy würde erst später von der letzten Lieferung zurückkommen, also konnte ich das kleine Zeitfenster nutzen, um kurz zu verschwinden. Eine ganze Woche ohne ein Lebenszeichen von Monday? Irgendetwas stimmte nicht und ich musste herausfinden, was los war, mit oder ohne Hilfe meiner Eltern.

Vielleicht hatte Monday wieder die Grippe? Die hatte sie schon mal und damals hatte sie einen Monat lang in der Schule gefehlt. Aber warum hatte sie keinen meiner Briefe beantwortet? Und wenn sie krank war, wieso war dann auch ihr Bruder nicht zur Schule gekommen? War es möglich, dass sie alle krank waren? Und was war mit ihrem Telefon los?

Monday wohnte in der Ed-Borough-Wohnanlage, einem der größten Sozialwohnungsviertel der Stadt. Es war wie ein Dorf aus identischen cremefarbenen Reihenhäusern, aufgereiht wie Monopoly-Häuschen, die sich im Schatten riesiger Bäume am Fluss entlangzogen, von Schnellstraßen gesäumt und abgeteilt, etwa 15 Minuten von meinem Zuhause entfernt. Wie Ma und Daddy sagten, Ed Borough war das Getto! Ich meine, nirgendwo im Südosten der Stadt ist das Leben ein Zuckerschlecken, aber in Ed Borough … möchte man sich nicht abends im Dunklen allein wiederfinden.

In all der Zeit, die ich Monday nun schon kannte, war ich noch nie bei ihr zu Hause gewesen, nicht ein einziges Mal. Ma hätte das nicht erlaubt und auch Monday wollte es nicht, aber die Gründe dafür sollte ich erst viel später verstehen. Wann immer wir Monday zu Hause absetzten, wartete Ma fahrig, bis sie ins Haus gegangen war, blickte sich dabei wiederholt über die Schulter um und betätigte die Türverriegelung gleich dreimal hintereinander.

Also strampelte ich mich mit den Pedalen ab, raste am Schild für den Ed-Borough-Apartmentkomplex vorbei, fuhr zwei Blocks die Straße hinauf, dann am berühmten Basketballfeld vorbei, auf dem das Turnier der Summer League ausgetragen wurde, und stoppte am Weg, der zu Mondays Haus führte. Ich lehnte mein Fahrrad gegen den hohen Baum, der dem Haus Schatten spendete, und marschierte über den rissigen Beton des Gehwegs. Die schmuddelig braune Tür des Hauses mit der Nummer 804 besaß keine Klingel. Mit hämmerndem Puls klopfte ich zweimal. Ich war noch nie so nah an ihrem Haus gewesen.

Ein Fernseher plärrte von drinnen. Jemand schaute *Die Simpsons* in einer solchen Lautstärke, dass man es wahrscheinlich bis ins Weiße Haus hören konnte. Ich klopfte noch einmal und fummelte an meinem gesplitterten Nagellack herum, während ein Gedanke durch meinen Kopf schwirrte: Monday hasste *Die Simpsons.*

»Wer ist da?«, bellte eine Frau, deren Stimme wie Einschläge durch die Tür drang.

»Hi, Mrs. Charles? Ich bin's, Claudia.«

Eine Pause entstand, ich hörte Schlurfen und Brummen, bevor die Schlösser mit einem Klacken geöffnet wurden und die Tür einen Spalt weit aufging. Ein gelbliches Auge spähte heraus.

»Wer?«

»Äh … C-Claudia«, stammelte ich.

Sie starrte mich an, als würde sie mich nicht erkennen, als hätte sie mich nicht fast mein ganzes Leben lang gekannt. Meine Haut fühlte sich mit einem Mal kalt an, während meine Hände schwitzten. Mrs. Charles öffnete die Tür zur Hälfte und stellte sich so in den Türrahmen, dass ich nicht in die Wohnung hineinschauen konnte. Sie war eine große Frau, jede ihrer Brüste so groß wie mein Kopf. In einem Männerunterhemd, einem schwarzen Sport-BH und roten Basketballshorts stand sie vor mir, die Haare eingewickelt und mit Haarklammern fixiert. Es war mir bisher nie aufgefallen, aber sie hatte denselben Teint wie Monday, ein Braunton wie der von Papiertüten.

»Claudia?« Sie verzog das Gesicht, als würde ich stinken. »Was machst du denn hier?«

Ich konnte nicht klar denken, so laut dröhnte der Fernseher im Hintergrund. *Was mache ich denn hier?*

»Äh … Ist Monday zu Hause?«

Sie blinzelte zweimal und verlagerte das Gewicht, die Hände in die Hüften gestemmt. »Sie is nich hier.«

»Oh, äh. Kommt sie denn am Montag wieder zur Schule?«

Ihre rußig schwarzen Lippen verzogen sich, als sie mich anfauchte: »Wieso stellst ’n so viele Fragen? Ich sagte doch schon, sie is nich hier. Jetzt verschwinde schon! Du weißt doch, dass deine Mutter dich hier nich sehn will, die hält euch für was Besseres.«

Das gesamte Viertel konnte sie schreien hören, aber die konnten den Alkohol in ihrem Atem nicht riechen so wie ich. Die Härchen überall an meinem Körper stellten sich auf und alles drängte mich in Richtung meines

Fahrrads. So hatte sie noch nie mit mir gesprochen. Vielleicht hatte ich eine Grenze überschritten, indem ich hier einfach so vorbeischneite, um nach Monday zu sehen, ihr Fragen stellte und aufmüpfig gegenüber Erwachsenen war, wie Ma das nennen würde. Aber ich konnte nicht einfach wieder gehen. Nicht wenn meine andere Hälfte verschwunden war.

»Aber … wo ist Monday denn? Ist irgendetwas nicht in Ordnung?«

Sie machte einen zornigen Schritt auf mich zu. Ich stolperte rückwärts, knickte wegen einem Riss im Beton um und landete auf dem harten Untergrund, wobei ich mir die Oberschenkel an irgendwelchen herumliegenden Kieseln aufschürfte und nicht einmal die Chance hatte aufzuschreien.

»Ich hab' dir gesagt, sie is nich hier. *Jetzt geh schon nach Hause!*«

Meine Kehle war wie zugeschnürt, als sie über mir aufragte, sich dann so weit hinabbeugte, dass wir mit der Stirn hätten zusammenschlagen können. Sie ballte ihre Hände zu Fäusten, während ihr Bein ausholte, als wollte sie mir in die Seite treten. In meinem Kopf schrillte eine Alarmsirene, aber ich spürte weder meine Füße noch konnte ich mich bewegen. Erstarrt saß ich auf dem Boden und machte mich auf den Schmerz gefasst. Aber dann fing sie sich und starrte an mir vorbei. Im Haus nebenan wurde ein Vorhang zurückgezogen.

Sie rümpfte mit einem harschen Einatmen die Nase und sah mich wütend an, so als überlegte sie noch, was sie tun würde.

»Beweg' endlich deinen Hintern und verschwinde«, murmelte sie und schlug dann die Tür zu.

Meine Ellbogen gaben nach und ich kippte nach hinten, lag hustend auf dem Rücken, während der Fernseher sich anhörte, als stünde er direkt neben mir. Ich lag zitternd auf dem Boden, starrte zu den vorbeiziehenden Wolken hinauf und fragte mich, wie Monday es aushielt, mit so einem Monster zusammenzuleben.

Am Samstag kam Daddy von einer ›kurzen Runde‹, wie er es nannte, nach Hause. Runter nach Texas und wieder zurück. Er war Lkw-Fahrer für eine Autofabrik und brachte glänzende Neuwagen zu den Autohäusern im gesamten Land. Je nachdem, wie seine Lieferpläne aussahen, konnte er mehrere Wochen am Stück fort sein.

»Hey, meine Süße!«, rief er und hob mich augenblicklich hoch, als er zur Tür hereinkam, pustete mir geräuschvoll gegen die Wange.

»Daddy! Lass das! Ich bin doch kein Baby mehr«, protestierte ich und versuchte dabei, ernst zu klingen, kicherte aber dennoch.

Er lachte. »Du wirst doch für immer mein kleines Mädchen bleiben! Hattest du heute Tanzunterricht?«

»Tanzen fängt erst nächste Woche an.«

»Na, dann sag' mir Bescheid, welche Größe mein Gymnastikanzug haben soll, damit ich mitmachen kann.«

»Hör auf damit, Daddy!«

»Ich meine es ernst. In XL passe ich mindestens. Ich muss einfach bloß die Chicken Wings weglassen.«

»Daddy!« Ich lachte, während wir zusammen in die Küche gingen.

»Nun, ich hoffe, du bist zumindest auch mal aus dem Haus gekommen. Hast eine Runde mit dem Rad gedreht oder so was.«

Ich zwang mich zu einem gequälten Lächeln, während ich an den langen Rückweg von Monday zurück nach Hause dachte.

Ma stand am Herd und briet einen Wels in der Pfanne. Ofenwarmes Maisbrot und Limabohnen standen bereits auf dem Tisch. Daddy küsste ihren Nacken und sie wand sich grinsend, scheuchte ihn mit einem Geschirrtuch davon. Die beiden schwer verliebten Teenager könnten dafür sorgen, dass ein Raum voller Menschen würgen muss.

Ma und Daddy haben sich an einer Raststätte am Stadtrand von Atlanta kennengelernt, in der Ma als Frühstücksköchin mit Pfannkuchen jonglierte. Daddy sagt, es war Liebe auf den ersten Blick. Er meldete sich freiwillig für die weite Strecke in den Süden, um sie wiederzusehen. Nach sechs Monaten bat er sie um ihre Hand und brachte sie mit nach D. C., seiner Heimat. Er war damals 29, Ma war gerade 19 geworden.

Daddy ist ein breit gebauter, kräftiger Mann mit einer spiegelblanken Glatze und Armen so breit wie Baumstämme. Auf dem College hat er Football gespielt, war Defense, bis er sich im dritten Jahr eine Rückenverletzung zuzog. Ohne Stipendium war er gezwungen, das Studium sausen zu lassen. Aber Ma sagt, College ist eben nicht für jeden das Richtige. Ein Abschluss bedeutet nicht, dass jemand klug ist, und Daddy ist der klügste Mann, den ich kenne. Er sparte jeden Cent, den er als Lkw-Fahrer verdiente, bevor er Ma kennenlernte. Das reichte, um unser erstes Zuhause zu kaufen.

Ma zog den Auflauf aus Makkaroni mit Käsesoße aus dem Ofen und wir setzten uns alle zum Essen an den Tisch. Das war unser Samstagabendritual.

»Also«, nuschelte Daddy mit vollem Mund. »Wie war deine erste Schulwoche?«

»Monday war nicht da.«

»Wirklich? Wo ist sie denn?«

Ich zuckte die Achseln. »Weiß ich nicht.«

»Hast du versucht, sie anzurufen?«

»Ihr Telefon geht nicht.«

»Ihr Telefon funktioniert nicht«, korrigierte Ma, während sie Daddy die scharfe Soße reichte. »Du sollst dich doch ordentlich ausdrücken, Schätzchen. Ich möchte nicht, dass du irgendwohin kommst und die Leute denken, wir haben dir zu Hause gar nichts beigebracht.«

Daddy warf ihr ein nachsichtiges Lächeln zu. »Hör auf deine Mutter, Süße. Ganz egal, wie verrückt sie klingt.«

Ma bedachte ihn mit einem strengen Blick, wurde aber gleichzeitig rot wegen seines Lächelns.

Ich rutschte sacht auf meinem Stuhl zurecht, denn mein Hintern tat immer noch weh von dem Sturz vor Mondays Tür. Ich hatte Ma nicht erzählt, was passiert war. Ihr wäre es egal, wie irre Mrs. Charles sich verhielt, denn sie würde sich weit mehr darüber aufregen, dass ich überhaupt hingefahren war. Aber ich wurde den Gedanken an den Blick nicht los, mit dem

Mrs. Charles mich angestarrt hatte, oder die Schärfe in ihrer heiseren Stimme. Mondays Mom war sicher nicht die zuckersüße Mutti von nebenan, aber sie war auch keine verbitterte Schreckschraube. Monday hatte ihr hitziges Temperament nie erwähnt. Vielleicht hatte sie auch nur schlechte Laune gehabt.

»Daddy, kannst du mich morgen zu Monday rüberfahren?« Ich dachte, wenn ich einen starken Mann zur Unterstützung dabeihätte, würde Mrs. Charles sich beim nächsten Mal normal verhalten.

Daddy seufzte. »Ach Mann, meine Süße, darf ich morgen nicht ausschlafen? Ich bin hundemüde. Und dann habe ich auch noch Probe mit den Jungs.«

Daddy spielte die Congas in einer Go-go-Band namens Shaw Boyz, in der auch mein Onkel Robby war. Go-go ist eine Musikrichtung, die hier in Washington entstanden ist. Bands wie Junk Yard, Rare Essence, E. U. und Chuck Brown, der Pate des Go-go, sorgten dafür, dass D. C. noch für etwas anderes als Politik bekannt wurde. Daddy und Onkel Robby haben die Band in der High School gegründet. Damals waren die Läden, in denen diese Bands spielten, stundenlang brechend voll. Sie sind zwar nicht superberühmt, aber für die Leute hier im Südosten spielt das keine Rolle, solange man die Stimmung richtig anheizt und über das Viertel oder den eigenen Block singt. Leute in meinem Alter hören solche Musik nicht mehr so häufig. Monday hat immer gesagt, dass ich im falschen Jahrzehnt geboren bin.

»Und morgen ist Kirche«, meldete Ma sich zu Wort. »Falls du das vergessen hast.«

Ich seufzte. »Nein, habe ich nicht vergessen.«

Ma lachte leise. »Vielleicht ist sie bloß krank. Wahrscheinlich ist sie Montag früh wieder als Erste in der Schule! So wie sie das immer macht.«

Der Gedanke entlockte mir ein Grinsen. »Stimmt. Montag!«

Montage waren Mondays Lieblingstage, und das nicht nur, weil sie nach einem benannt war. Sie liebte den Tag an sich. Sie war dann immer ganz früh an der Schule, fröhlich wie die Morgensonne, selbst im tiefsten Winter, wenn der Wind einem die Lider zufrieren lassen konnte. Sie stand vor dem Tor, in ihren dünnen Mantel und den nicht dazu passenden Schal gewickelt, und wartete darauf, dass sich die Türen öffneten.

»Wieso gehst du so gern zur Schule?«, brummte ich dann, weil ich lieber im warmen Bett geblieben wäre. »Niemand freut sich auf die Schule. Erst recht nicht an Montagen.«

Sie zuckte die Achseln. »Ich liebe die Schule.«

Ich verdrehte die Augen. »Die Schule liebt uns aber nicht.«

Sie lachte. »Montage sind die besten Tage! Bist du denn nicht aufgeregt, weil eine neue Woche beginnt? Das ist wie ein neues Kapitel in einem Buch. Und das Beste daran ist, auch wenn wir in der Schule hocken müssen, wir können wieder zusammen sein, den ganzen Tag, die ganze Woche.«

Also sprang ich am Montagmorgen erwartungsvoll aus dem Bus und wartete am Tor. Ich hatte mir heimlich ein Stück von Mas umgedrehtem Ananaskuchen in die Tasche gesteckt. Monday liebte Mas Essen. Und nachdem sie so lange krank gewesen war, war ich mir sicher, dass sie etwas Süßes gut gebrauchen konnte. Ich wartete und wartete, bis es klingelte. Monday tauchte nicht auf.

Wieder zu Hause versuchte ich erneut, sie anzurufen, und wieder behauptete die Roboterstimme, dass ich die falsche Nummer gewählt hatte. Mit einem wütenden Schrei hängte ich den Hörer ein. Es war definitiv nicht die falsche Nummer! Wir sind seit ewigen Zeiten Freundinnen. Ich kannte sie besser als mich selbst: Ihre Lieblingsfarbe war Rosa, sie liebte Krabbenbeine und Maiskolben, sie hasste es, zu spät zu kommen, und war allergisch gegen Erdnüsse. Ich wusste all das und konnte die Stimme nicht ignorieren, die in meinem Ohr brüllte.

Etwas stimmte ganz und gar nicht.

NACHHER

Ich liebe die bunten Staubpartikel, die ein neuer Buntstift nach dem ersten Strich hinterlässt, und das Geräusch, mit dem er die Buchseite küsst, wenn ich eine der Formen ausgefüllt habe. Ich liebe das erste satte Farbfeld auf einer sauberen, weißen Seite, den Beginn von etwas Neuem. Es kommt mir vor, als würde ich nur noch Bilder ausmalen, seit Daddy in einem Artikel gelesen hat, dass mir das guttut, im therapeutischen Sinne. Ich bin bloß froh, dass er aufgehört hat, diese Bücher für kleine Kinder mitzubringen, und stattdessen angefangen hat, welche mit komplexen, verschachtelten Mustern zu kaufen. Geometrische und psychedelische Formen,

Mosaiken und Mandalas … Im Chaos wartet eine Ruhe, die den Blicken der meisten Menschen entgeht.

Ich lasse mir Zeit mit der Auswahl der richtigen Farbnuance. Der Unterschied zwischen Lavendelblau und Kobaltblau ist ein deutlicher. Es muss richtig sein, sonst wäre das ganze Bild ruiniert.

Ohne Monday fühlte ich mich auch ruiniert.

»Hast du denn keine Hausaufgaben zu machen?«, fragte Ma, die eine Ladung frisch gewaschener Wäsche in den Armen hielt.

»Es ist Samstag«, erwiderte ich mit einem Grinsen vom Sofa aus, wo ich mich ausgebreitet hatte und mit dem Malbuch auf dem Schoß laut Musik hörte. Ich würde ja fernsehen, aber Daddy hatte das Gerät immer noch nicht repariert. Es stand auf zwei alten Lautsprecherboxen, schon wer weiß wie lange unberührt.

»Das bedeutet doch nicht, dass du nicht jetzt deine Aufgaben machen und sie abhaken kannst, damit du sie nicht wieder morgen nach der Kirche in aller Eile erledigen musst.«

»Ma, es ist diesmal nur …« Das Telefon klingelte und ich sprang hastig vom Sofa auf. »Ich geh' ran!«

Ma ging schnell aus dem Weg, als ich mich auf das kabellose Telefon stürzte. »Hallo! Hallo?«

»Hallo? Claudia. Hi, hier ist Schwester Burke von der Kirche. Wie geht es dir? Ist deine Mutter auch da?«

Mein Herz schrumpfte schneller in sich zusammen als ein Ballon, in den man eine Nadel gesteckt hat. »Hi, Miss Burke. Einen Moment, sie ist sofort dran.«

Mein Arm wurde schlaff, als ich Ma das Telefon reichte und sie mir ein mitfühlendes Lächeln schenkte.

»Hast du mit jemand anderem gerechnet, meine Süße?«

Ich zuckte zusammen, schüttelte meinen Kopf und stapfte zum Sofa zurück.

»Hey, Schwester Burke«, sagte Ma und balancierte derweil den Wäschekorb auf einer Hüfte. »Oh, ihr geht es gut. Wirklich gut. Sie liegt faul auf dem Sofa herum, aber schließen Sie sie weiterhin in Ihre Gebete ein, ja? Wie geht es Ihnen? Und Mikey? Fein, fein. Dann rufen Sie sicher wegen der Bestellung an, richtig? Ja, ich habe die Pasteten morgen sicher für Sie fertig.«

Ma hatte vor ein paar Sommern angefangen, nebenher als Caterer zu arbeiten, und das Geschäft wuchs zunehmend. Die Leute liebten ihren Kartoffelsalat, ihre Hühnerpastete und vor allem ihre Barbecue-Rippchen.

»Verdammt«, brummelte ich vor mich hin. Ich hatte mir den kleinen Fingernagel abgebrochen, als ich aufgesprungen war, um zum Telefon zu rennen. Jetzt rannte ich nach oben, um den Nagellackentferner aus meiner Nagelpflegebox zu holen. Meine Box war erste Klasse. Fragt mich nach einer Farbe und ich bin sicher, ich habe sie! *Raspberry Mocha, Thin Mint, Stone Gray* … Ich bin supergut im Lackieren von Nägeln, ich könnte meinen eigenen Laden aufmachen. Das habe ich mal zu Ma gesagt und am nächsten Tag kam sie mit einem Haufen Broschüren verschiedener Colleges nach Hause.

Die momentane Farbe hieß *Devil's Plum* und war ein tiefes, mattes Purpur, das ich mit winzigen lavendelfarbenen Strasssteinchen verziert hatte – dieselbe Farbe wie das Tagebuch, das Monday mir letztes Jahr zu

Weihnachten geschenkt hatte. Es stand immer noch im Bücherregal neben dem Fernseher, unberührt. So ein seltsames Geschenk. Ich meine, Monday wusste, wie sehr ich Englisch hasse. Außerhalb der Schule etwas schreiben zu müssen war wie Folter für mich. Aber es gab so vieles, was ich ihr erzählen wollte. So vieles, was sie wissen sollte, also klappte ich das Tagebuch jetzt auf, ohne darüber nachzudenken. Ich hielt den Füller mit schwitzigen Fingern und versuchte, ein paar Worte aufzuschreiben, damit ich wenigstens nichts vergaß.

Liebe Monday,
wo bist du? Ich war mit Granma ein neuen BH kaufen. Ham wir jetzt diselbe Größe?

EIN JAHR VOR DEM VORHER

»O mein Gott, ich fasse es nicht, wie kalt es auf einmal geworden ist. Einfach über Nacht. Und schau nur, wie dunkel es jetzt schon ist. Wie heißt das noch mal, was da gemacht wird – Zeitumstellung? Wann ist das noch mal?«

Monday wickelte sich den roten Schal um den Hals und zitterte in ihrer Jeansjacke. Eigentlich war es meine Jacke, die ich ihr vor Monaten geliehen hatte. Sie besaß keine und meine stand ihr sowieso besser als mir. Der Wind wehte uns um die ungeschützten Oberschenkel, als wir von der Schule nach Hause liefen und die Autos an uns vorbeifuhren. Es war an der Zeit, die dicken Strumpfhosen für den Winter hervorzuholen.

»Ey, hörst du mir überhaupt zu? Hast du gehört, was ich gerade gesagt habe? Der Pastor will, dass ich – *ja, ich* – diesen Sonntag aus der Bibel vorlese. Vor all diesen Leuten! Das bringe ich nicht! Ich verhaspele mich und dann …«

Mondays Blick wurde weicher, während sie sich zwischen den hübschen Fischgrätenzöpfen auf ihrem Kopf kratzte, die mit einem roten Haarband an ihrem Platz gehalten wurden. Monday konnte beinahe jedem die Haare flechten und dafür sorgen, dass es cool aussah. Wenn sie am Wochenende bei mir übernachtete, flocht sie mein Haar auf dieselbe Art wie ihres, sodass wir in der Schule wie Zwillinge aussahen.

»Dann stell dich doch einfach krank«, schlug sie mit einem Achselzucken vor und lutschte an ihrem Lolli mit Kirschgeschmack, während ich meinen mit grünem Apfel erst auspackte.

»Das kann ich nicht machen. Ich bin ja auch in dem Tanzensemble der Kirche und wir haben eine Aufführung. Wir üben seit Wochen dafür. Ma hat mein Kostüm schon gesäumt und all das.«

Monday verzog die klebrig roten Lippen zu einem spöttischen Grinsen. »Verdammt, die Kirche lässt dich ja echt ackern für Jesus. Bezahlen die dich dafür oder wieso machst du das alles? Vielleicht sollte ich ja auch eintreten.«

»Halt die Klappe«, schimpfte ich mit einem Lachen und schubste sie zum Spaß.

»Ich kann auch Tanzministrantin sein. Schau her!«

Sie hüpfte vor mir her, übertrieb jeden ihrer Schritte mit ihren langen Gliedern und schwingenden Hüften.

Im Laufe des Sommers vor der siebten Klasse fing Monday irgendwie an, ohne mich zu wachsen und einen Körper zu bekommen. Ihre Brüste drückten gegen das geknöpfte Uniformhemd und unter dem karierten Rock hatte sich ein kleiner Hintern gewölbt. Zweimal in dieser Woche hatte die Fluraufsicht schon die Länge ihres Rocks überprüft. Dabei musste sie sich mit nach unten hängenden Armen hinstellen und die Fingerspitzen durften nicht tiefer als der Rocksaum liegen. Neben ihr war ich ein Stock.

Sie wirbelte herum und setzte ein gleichmütiges Gesicht auf, hob die Arme schrittweise gen Himmel und beugte sich dann runter wie zum Gebet.

Ich lachte. »Du hörst besser mit dem Blödsinn auf, bevor Jesus einen Blitz auf dich runterschickt!«

Monday sprang mit einem Grinsen auf. »Ey, das war doch irgendwie krass. Das sollten wir zur Choreografie hinzufügen, wenn wir zu Hause sind.«

»Alles klar«, erwiderte ich, während ein tiefergelegter Cadillac im Schneckentempo an uns vorbeischlich.

»Hey, Claudia, was ist das für eine Farbe?«, fragte Monday mich mit leisem Lachen.

»Hmm … Ich würde sagen, es ist eine Mischung aus Rostrot und Aprikose mit einem gelben Unterton.«

Sie lachte auf. »Du bist so schräg. Oh, warte! Lass uns beim Chinesen vorbeigehen. Ich bin am Verhungern.«

Monday schleppte mich mit zum Good Hope Carryout, dem chinesischen Fast-Food-Laden, der nur wenige Blocks von zu Hause entfernt war. Hier aßen wir freitags nach der Schule am liebsten eine Kleinigkeit.

»Also denkst du wirklich, ich sollte so tun, als wäre ich … krank?«, vergewisserte ich mich, während wir anstanden.

»Du kannst nicht einfach nur so tun, als wärst du krank. Du wirst austreten müssen. Nur so kannst du vermeiden, dass sie dich wieder fragen.«

»Austreten? Aus der Kirche? Bist du irre?! Ma würde mich umbringen!«

»Na, aber was hast du denn für eine Wahl? Willst du etwa aufstehen und vor all den Leuten vorlesen? All diese *Wörter* laut vorlesen?«

Ich schluckte und hielt die Trageriemen meiner Schultasche mit schwitzigen Händen fest. Monday hatte recht. Sie würden mich wieder bitten und ich durfte nicht riskieren, vor der gesamten Gemeinde bloßgestellt zu werden.

»Aber wie soll ich denn austreten?«, murmelte ich in Richtung Boden.

Sie zuckte die Achseln. »Sag deiner Mom, dass du nicht mehr hingehen willst. Sag, dass du die Kirche altmodisch findest.«

Monday hatte das Lügen drauf; sie tat es mit sachlicher Präzision und ihr Selbsterhaltungstrieb half ihr dabei. Ich bekam das nie so hin wie sie, nicht einmal wenn es darum ging, meinen eigenen Hintern zu retten.

»Verflixt, Ma wird so sauer sein.« Ich hasste den Gedanken, sie zu enttäuschen.

Monday knurrte und starrte ins Leere. »Sie wird doch nie richtig sauer.«

Als wir vor der Theke standen, ging Monday vorneweg, um für uns beide zu bestellen. Sie war die Stimme und machte stets als Erste den Mund auf, während ich mich im Hintergrund hielt. Ich meine, ich bin nicht wirklich schüchtern oder so was, aber Monday konnte einfach besser mit Fremden reden. Die Leute wurden regelrecht von ihr angezogen und ich hasste den Gedanken, sie mit irgendjemandem teilen zu müssen.

»Ich nehme zweimal Hühnchen mit Mambo-Soße und extra Salz auf den Pommes.«

»So viel Salz ist gar nicht gut für dich, weißt du das?«, mahnte ich.

Sie verdrehte die Augen. »Ja, Granny, das weiß ich. Oh, Mist, ich habe mein Portemonnaie zu Hause vergessen. Hast du Geld dabei?«

Ich sah sie einen Moment lang bloß an, bevor ich den Zehn-Dollar-Schein hervorholte, den Daddy mir gegeben hatte.

Sie grinste. »Danke. Ich zahle beim nächsten Mal. Und wir haben sogar genug für Eistee!«

Die Tür hinter uns schwang auf und eine Gruppe Jungs polterte herein. Dichte, wollige Afros auf den Köpfen, lange schwarze T-Shirts und Kapuzenpullis, einer trug einen Basketball. Ich rückte näher an Monday heran, während sie die Typen mit ihrem Blick kurz abschätzte. Sie schien unbeeindruckt.

»Schau mich schlecht«, flüsterte sie mir zu und verwendete die Geheimsprache, die wir uns in der fünften Klasse ausgedacht hatten. Bist du okay?

»Nudeln.« Alles cool.

Sie nickte und warf einen weiteren Blick auf die Jungs.

»Wenn Zahn links nicht sicher.« Der ganz rechts ist niedlich.

»Ich richtig normal?« Bist du verrückt?

Sie lächelte spöttisch und wandte sich wieder dem Mann hinter der Panzerglasscheibe zu. »Verdammt, wieso dauert das denn so lange? Wir haben auch nicht den ganzen Tag Zeit, wissen Sie?«

Einer der Jungs starrte von hinten auf ihre fast nackten Beine, murmelte den anderen etwas zu und lachte dann leise. Ich trat noch näher an sie heran und war selbst verwirrt von der Eifersucht, die in meiner Brust hochkochte.

»Seid ihr Zwillinge oder so was?«, fragte einer der Jungen und die anderen lachten.

Wir liebten solche Fragen, weil wir ja wirklich die ganze Zeit herumliefen, als wären wir Zwillinge. Aber diesen simplen Köder wollten wir nicht schlucken. Monday blickte sie aus schmalen Augen an, als der Mann hinter der Scheibe ihr unser Essen reichte. Sie packte meine Hand und wollte in Richtung Tür marschieren, als einer der Jungs sich uns in den Weg stellte. Sie rannte geradewegs in ihn hinein, mit der Brust voran, und prallte zurück.

Er schenkte ihr ein höhnisches Grinsen und musterte sie von oben bis unten. »Meine Schuld, Kurze. Entschuldige!«

Wie ein Reh im Scheinwerferkegel starrte sie ihn verunsichert an und wich mit einem erschrockenen Einatmen zurück, stieß dabei gegen mich. Sein breit gebauter Körper versperrte den Ausgang, während der Rest seiner Kumpels sich langsam von ihren Plätzen erhob und uns umringte. Das Gefühl, in der Falle zu sitzen, in die Ecke gedrängt worden zu sein, ging mir unter die Haut und ich hakte mich rasch bei ihr ein. Mit ein, zwei schnellen Schritten wich ich ihm nach links aus und rauschte forsch zur Tür hinaus.

Wir gingen zwei Blocks schweigend nebeneinanderher, bevor sie ausatmete. »Er sah trotzdem süß aus.«

»Echt jetzt? Der Kerl war bestimmt schon 17! Die sind auf der High School! Die sollen uns mal schön in Ruhe lassen.«

Sie zuckte mit einem spöttischen Grinsen die Achseln. »Na und? Er war trotzdem süß. Ist ja nicht so, als wären wir noch im Kindergarten!«

In jenem Jahr verwandelten sich die Gespräche über Jungs von rein hypothetischen Tagträumen, in denen Rapper und Filmstars die Hauptrolle spielten, in die realen Möglichkeiten, die Nachbarn und Klassenkameraden boten.

»Dir hat doch auch einer von denen gefallen, oder etwa nicht?«, zog sie mich auf.

Ich machte ein abfälliges Geräusch. »Lass doch mal diese Assis. Die haben gestunken wie das Bratfett ihrer Mommys. Und sahen nicht aus, als hätten sie in den letzten Tagen mal ordentlich geduscht.«

Monday lachte. »Ja, klar, ey.«

Wir hüpften durch die Automatiktür in die Anacostia-Bücherei, wo Miss Paul hinter dem Infoschalter saß.

»Hi, Miss Paul«, grüßten wir einstimmig.

»Hallo, ihr beiden. Einen schönen Freitag wünsche ich!«

»Wir wollten nur melden, dass wir da sind«, erklärte ich.

»Wie meine Bücher«, gab Miss Paul mit einem Kichern zurück. »In Ordnung, ich sag deiner Mutter Bescheid, dass ihr reingeschaut habt.«

»Danke, Miss Paul!«

Ich ging jeden Tag nach der Schule in die Bücherei, wo Miss Paul ein Auge auf mich hatte, bis Ma nach Hause kam. Ma steckte ihr jede Woche ein paar Dollar zu und sonntags nach der Kirche gab sie ihr Essen gratis. Es war irgendwie cool. Ich verbrachte Stunden im Medienzentrum und schaute mir Filme an oder blätterte Zeitschriften durch. Mindestens dreimal pro Woche blieb Monday mit mir da und wir benutzten die Computer, um auf YouTube Musikvideos anzuschauen. Ma erlaubte uns auch, bei mir zu Hause abzuhängen, aber nur, wenn wir vorher hier vorbeischauten. *Brotkrumen.*

Wir nahmen unser Essen vom Chinesen mit zu mir und spülten das in Soße getränkte, gebratene Hühnchen mit dem extrem süßen Eistee runter. Monday hatte den Magen eines erwachsenen Mannes – an manchen Tagen konnte sie so viel verdrücken, das hätte auch für drei Leute gereicht. Während ich den Müll wegräumte, weil Ma es nicht mochte, wenn wir in meinem Zimmer aßen, schnappte sich Monday zwei meiner Barbiepuppen vom Regal.

»Glaubst du, diese Jungs hätten versucht, mit uns was anzufangen? Ich meine, im Ernst?« Sie ließ sich auf mein Bett fallen und Ken und Barbie vor sich herumtanzen.

»Ja. Schien mir schon so.«

Monday grinste. Ihr Gesicht hellte sich auf, während sie mit den Beinen strampelte.

»*Hey, Kleines!*«, rief sie mit tiefer Stimme, um Ken sprechen zu lassen. »*Wie heißt'n du?*« Dann wechselte sie in eine Barbie-Stimme. »Mein Name ist Claudia. *Hm, Claudia? Schöner Name! Wie alt bist du?* Ha, ich bin alt genug. *Na gut, dann komm her und gib's mir!*«

Sie stieß die beiden Puppen gegeneinander und machte Kuss- und Stöhngeräusche.

»Hör schon auf!« Ich kicherte und schlug die Barbies weg. »Und mach meine Barbie nicht so an.«

»Ja, Granny«, erwiderte sie mit einem Lachen. »Also los. Zeit für die Probe!« Sie sprang wieder auf, um meinen iPod einzuschalten, der mit einem Lautsprecher verbunden war.

Ich stellte mich neben ihr in Position. »Bereit.«

»Okay, als Erstes, wenn die Musik startet, machen wir das hier!« Monday sprang aus einer geduckten Haltung hoch und warf die Hände in die Luft. »Dann drehen wir uns und legen hiermit los.« Sie posierte und bewegte die Arme wie ein Fluglotse; ihre Version des Voguing. Boom. Schlag, Schlag, Schritt, Schritt. Ich erkannte die Abfolge aus einem YouTube-Video einer texanischen Tanzgruppe wieder.

Meistens verbrachten wir die Nachmittage damit, uns Choreografien zu Songs auszudenken, die wir immer wieder anhörten, bis ich den Rhythmus wie einen Pulsschlag in meinem Kopf hörte. Monday konnte wahnsinnig gut tanzen, das war beinahe unbeschreiblich. Ich meine, die musste sich Beyoncés ›Single Ladies‹ nur dreimal anschauen, dann hatte sie die gesamte Choreografie drauf. Mrs. Charles konnte sich keinen Tanzunterricht leisten. Meine Eltern konnten ihn sich ja kaum leisten, also brachte ich ihr die Drehungen und Sprünge bei, die ich lernte, und am Ende konnte sie sie besser ausführen als ich.

Ich machte es ihr nach und fügte meinen eigenen Dreh hinzu. Es machte uns Spaß, unsere Choreografie ausführlich zu besprechen, die Schritte abzuzählen und unseren verrückten Tänzen entsprechende Namen zu geben: ›Heißes Fett und Mehl‹, ›Arschzwicker‹ oder ›Blumenbeet‹.

»Ey, jetzt mach dich mal locker! Wieso bist du so steif?« Monday lachte.

»Ich *bin* locker!«

Wir waren in unserer eigenen Welt, mit eigener Sprache und eigenen Gepflogenheiten. Wir lebten in einer dicken, glänzenden Blase, die keine noch so scharfe Nadel zum Platzen bringen konnte.

»Hey! Weißt du was?«, keuchte Monday atemlos, als sie die Musik leiser drehte. »Vielleicht sollten wir mal für die Cheerleader vortanzen!«

Ich hielt mitten in der Bewegung inne. »Was?«

»Ich habe gehört, wie Miss Valente mit Shayla und Ashley darüber gesprochen hat. Miss Valente war früher selbst Cheerleaderin und meinte, das hat Spaß gemacht. Das sollten wir auch machen!«

Ich kaute auf meiner Unterlippe herum. Wann hatte sie denn ohne mich mit Miss Valente gesprochen?

»Ich dachte, wir wollten bis zur High School warten und dann versuchen, in die Tanzmannschaft zu kommen.«

»Wir können doch beides machen!«

»Aber … wozu denn?«

Sie zuckte die Achseln und sah mich nicht an. »Ich weiß nicht. Aber das wäre doch cool. Und wir tanzen sowieso besser als die.«

Wir hatten auch so schon genug Schwierigkeiten mit Shayla und Ashley und sollten es nicht noch schlimmer machen, indem wir uns auf ihr Territorium begaben. »Nee, das will ich nicht.«

»Was? Hast du Schiss oder was? Komm schon, die würden uns lieben! Dich ganz besonders, du kannst ja schon all die Sprünge und so was.«

Sie hatte nur teilweise recht: Sie würden Monday lieben, ja. So sehr, dass sie sie mir wegnehmen würden.

»Nee, es ist bloß … Na ja, wir sollten an unseren Choreos arbeiten. Unsere Zeit nicht damit verschwenden, irgendwelche dämlichen Jungs anzufeuern, die sowieso ständig verlieren. Und ich habe gehört, dass *America's Dance Challenge* wahrscheinlich bald nach D. C. kommt, um Leute vortanzen zu lassen.«

Mit funkelnden Augen richtete sich Monday kerzengerade auf. »Echt jetzt? Die kommen nach D. C.? Wann?«

Ich zuckte die Achseln und spielte die Nachricht mit unschuldigem Blick herunter. »Weiß ich nicht. Aber wahrscheinlich schon bald, also sollten wir bereit sein, wenn es so weit ist.«

Sie nickte grinsend. »Ja. Schätze, du hast recht. Na, dann lass uns mal mit den Hausaufgaben anfangen, bevor deine Mom nach Hause kommt. Ich muss dir das ganze Paket vorlesen.«

Ich seufzte erleichtert auf. »Ist wahrscheinlich einfacher, wenn ich deins abschreibe.«

Hier im Südosten der Stadt wird oft über Crack geredet.

Darüber, dass kristallines Koks D.C. in den 80ern und 90ern in eine Stadt der Zombies verwandelt und es den Südosten am schlimmsten getroffen hat. Crack führte zur Verzweiflung, die Verzweiflung führte zu Straftaten und daraus wurden schließlich Mord und Zerstörung. Jeder kannte jemanden, der davon betroffen war. Daddys Familie, Mondays Familie, die Kirchengemeinde, selbst einige Lehrer an unserer Schule. Mit der Zeit bauten die Leute ihre Leben wieder auf, Familien fanden aufs Neue zusammen, aber die Spuren blieben, wie eine seltsam geformte Wolke, die über unseren Köpfen hing und manchmal die Sonne verdunkelte, wenn die Erinnerungen uns heimsuchten.

»Hey, Dre! Mach' mal lauter!«

DJ Dre vom Radiosender WKYS bietet alljährlich an, beim Sommerfest im Freizeitzentrum von Ed Borough aufzulegen. Er ist in der Wohnanlage aufgewachsen und stolz darauf. Das Sommerfest findet bei den Sportanlagen statt und das Viertel kommt zusammen, um gemeinsam zu feiern und Spaß zu haben. Luftballons, Kinderschminken, Clowns, Grillstände, Spiele und Musik. Daddys Band wurde für den Abschlussauftritt gebucht. Ma verkaufte ihre Pasteten und Kuchen, Mrs. Charles spielte mit einigen Nachbarn Karten, während Monday und ich umherrannten, Hotdogs aßen, vor dem DJ-Pult tanzten und mit August in der Hüpfburg tobten.

Die Sache ist nämlich die, dass die Leute sich an die Vergangenheit erinnern und sich an den Gerüchten festhalten. Die glauben, dass der Südosten so furchtbar gefährlich ist; ein Getto. Aber wir sind eigentlich wie alle anderen. Wir lieben unsere Grillpartys, laut aufgedrehte Go-go-Musik, unsere Familien und Freunde. Dieses Sommerfest könnte man so überall auf der Welt stattfinden lassen.

Die Wohnungsbaubehörde der Hauptstadt ließ die Sozialwohnsiedlung Edward Borough während des Zweiten Weltkriegs auf Land errichten, das ursprünglich einmal in den 1880ern befreiten Sklaven zur Verfügung gestellt worden war. Es war als Ort der Gemeinschaft gedacht gewesen, als Ort, an dem man neu beginnen konnte. Ein Ort für den amerikanischen Traum.

Später fiel den Bauträgern und Stadtentwicklern auf, wie wertvoll dieses Land direkt am Fluss war, mit guter Anbindung an die Innenstadt. Zu wertvoll, um es den Schwarzen zu überlassen.

Wie praktisch, dass das Crack ausgerechnet die Gegend schändete, die die Bauträger am meisten begehrten.

Alle haben Angst vor Ed Borough, wo es doch Ed Borough war, das sich vor allen anderen hätte fürchten sollen.

Als wir vor dem DJ-Pult tanzten, segelte eine verirrte Biene von der Mülltonne herüber und schwirrte hinter meinem Ohr herum.

»Ah!«, kreischte ich und rannte im Kreis herum, um dem Tier zu entkommen.

»Mann, was ist das denn für'n Tanz? Entspann' dich, das ist doch nur ein Insekt.«

»Nee, diese Viecher können dich umbringen!«

»Bssss.« Monday tanzte mit diesem verschmitzten Grinsen um mich herum, mit dem sie mich jedes Mal augenblicklich erweichte.

»Hör mit dem Blödsinn auf«, rief ich lachend und schlug spielerisch nach ihr.

Wir umrundeten uns gegenseitig und summten dabei; jede versuchte, lauter als die andere zu summen, bis wir uns an den Händen fassten und anfingen, uns wild im Kreis zu drehen, immer schneller, bis die Welt sich um uns herum drehte und wir ins Gras stürzten, um von dort zu den vorbeiziehenden Wolken hinaufzustarren.

»Mädchen«, rief Ma von ihrem Tisch in der Nähe des Grills. »Wollt ihr ein Stück Kuchen?«

»Ja!«, schrien wir gleichzeitig und kamen eilig wieder auf die Füße.

»Wartet mal«, mischte Mrs. Charles sich ein, die grinsend und leichtfüßig von ihrem Kartentisch herübergelaufen kam. »Lasst mich den Männern zuerst ein paar Stücke rüberbringen. Die Kinder brauchen sowieso nicht so viel Zucker.«

Monday kicherte und streckte die Hand nach einem Stück aus, das Ma schon abgeschnitten hatte, aber Mrs. Charles schlug ihre Hand beiseite.

»Ich sagte doch, du sollst warten!«, knurrte sie. »Verdammt! Der kleine, flinke Arsch kann einfach nicht hören! Ich schwöre, du hast schon immer viel zu flinke Pfoten gehabt.«

Monday wich mit plötzlicher Panik in den Augen vor ihr zurück und stieß heftig gegen den Tisch hinter uns. Ma blinzelte und zog die Brauen zusammen.

Mondays tränenfeuchte Augen huschten zigmal zwischen Ma und mir hin und her, bevor sie schluckte. Das Summen war verstummt, sie eilte an meine Seite und wir verhakten unsere kleinen Finger ineinander. Ihr Kinn zitterte.

»Große Neuigkeiten?«, flüsterte ich. *Alles okay?*

Monday nickte nur stumm.

OKTOBER

Warnsignale. In Rot.

Kein Rouge, kein Orangerot oder Rubinrot. Nein, blutrote Warnsignale. Hast du sie gesehen, Claudia? Hast du?

Hast du irgendwelche Warnsignale bemerkt?

Diese Frage haben sie mir gestellt, immer wieder, weil sie hofften, Antworten zu bekommen. Weil sie hofften zu verstehen, was niemand verstehen konnte. Anzeichen. Gab es irgendwelche Anzeichen dafür, dass Monday in Schwierigkeiten steckte? Hast du irgendetwas Außergewöhnliches bemerkt, war irgendetwas anders als sonst? Nein. Nichts.

Sie sagten es nicht direkt, aber sie nannten mich eine Lügnerin. Das tat noch mehr weh, als die beste Freundin zu verlieren.

Wenn Monday eine Farbe wäre, dann wäre sie rot. Klar und frisch, auffallend, strahlend, nicht zu übersehen. Der Punkt im Zentrum einer Zielscheibe, eine knisternde Flamme.

Ich sah überall nur Rot und war daher blind für die Warnsignale.

VORHER

Der September kam und ging und Monday tauchte einfach nicht auf. Ich rief jeden Tag an, aber dieselbe Roboterstimme sagte mir jedes Mal, dass es blöd von mir war, es wieder zu versuchen.

Das letzte Mal, als wir uns so lange nicht gesehen hatten, zumindest während des Schuljahres, hatte Monday diese irre Grippe gehabt und schließlich ihre ganze Familie angesteckt. Mit 40 Grad Fieber konnte sie nicht einmal sprechen. Ma ließ mich nicht in ihre Nähe.

Ich versuchte, mich zu beschäftigen. Ich malte, hielt meine Nägel schick und gepflegt, sah mir mit Daddy die Spiele der Redskins an. Wir fuhren sogar einmal zum FedEx-Stadion, breiteten uns auf dem Parkplatz aus und Ma grillte Rippchen auf der Ladefläche von Onkel Robbys Pick-up. Daddy hat mir die Football-Regeln beigebracht, sobald ich krabbeln konnte. Manchmal glaube ich, er wünschte, ich wäre ein Junge geworden, aber er schwört immer wieder, dass er gern in einem Haus voller Frauen lebt.

Aber in der Schule war ich einsam. Jeder Tag ohne Monday ließ ihre Abwesenheit in meinem Kopf wachsen wie ein Geschwür, wie der Tumor, an dem meine Großtante Jackie gestorben ist.

»Deine Freundin ist immer noch nicht da«, stellte Shayla fest. Sie stand vor meinem Tisch, als ich versuchte, meine Englischaufgabe fertig zu machen. »Och, vermisst du dein Schätzchen? Könnt ihr euch jetzt nicht mehr auf der Toilette antatschen?«

Ich verdrehte die Augen und versuchte, mich wieder auf die Aufgabe zu konzentrieren, suchte das Gefühl meiner Blase um mich herum. Shayla streckte die Hand aus und fegte das Blatt Papier von meinem Tisch. Die anderen Mädchen kicherten hämisch.

»Du Dummie, alle sind längst fertig. Wieso brauchst du so lange dafür?«

Die Mädchen gackerten hinter ihr. Meine Hand zuckte und ich streckte sie nach meinem Arbeitsblatt aus. Shayla trat mit ihren burgunderroten Sneakers darauf und hinterließ einen Abdruck, der aussah wie eine Reifenspur. Ich sprang auf und vergaß für einen Moment, dass sie gute zehn Zentimeter größer war als ich.

Miss O'Donnell klopfte mit einem Lineal auf ihren Schreibtisch.

»Hey! Junge Damen«, mahnte sie. »Was ist dahinten los?«

Die Mädchen verteilten sich hastig auf ihre Plätze.

»Claudia, du solltest dich auf dein Arbeitsblatt konzentrieren, nicht mit deinen Freundinnen schwatzen. Du bist die Einzige, die immer noch nicht fertig ist.«

»Aber sie hat angefangen«, protestierte ich mit wackliger Stimme.

»Petze«, zischte jemand leise.

Mir drehte sich schier der Magen um, während ich mit zitternden Lippen wieder auf meinen Platz glitt.

»Sie ist nicht meine Freundin«, rief Shayla durch den Raum. »Sie hat gar keine Freunde.«

Die Klasse lachte, als Shayla und Ashley sich abklatschten, als hätte sie gerade einen Touchdown erzielt.

»Es reicht jetzt! Holt alle die Bücher raus und lest Kapitel drei«, befahl Miss O'Donnell. »Ich will, dass das heute noch fertig wird, Claudia.«

Die gesamte Klasse war mit ihren Arbeitsblättern fertig und ich war erst auf Seite drei.

Die Schlange für das Mittagessen zog sich die gesamte Wand der Cafeteria entlang. Es dauerte allein 20 Minuten, bis man sich ein Tablett nehmen konnte, und dann blieben nur noch etwa zehn Minuten zum Essen. Monday und ich hatten uns die Zeit immer mit Klatschspielen, Gesprächen über unsere nächsten Choreografien oder Lieblingsremixe von Go-go-Songs vertrieben. Bis zur zweiten Klasse packte Ma mir jeden Tag ein Mittagessen ein. Mondays Ma konnte sich das nicht leisten, also fragte ich Ma, ob ich auch das Schulessen nehmen durfte. Damit wir zusammen essen konnten, wie unzertrennliche Zwillinge.

Ohne sie dauerte das Anstehen eine Ewigkeit. Ohne sie aß ich allein. Aber wenn man allein war, wurde man leicht zur Zielscheibe, und wohl niemand hatte den Nerv für dumme Jungs, die einem Essen an den Kopf warfen. An diesem Tag verzichtete ich auf Spaghetti mit Fleischklößchen und machte mich auf die Suche nach dem einzigen anderen Menschen in der Schule, der sie neben mir am besten kannte.

»Claudia? Was machst du denn hier?«

Miss Valente, meine Englischlehrerin in der siebten Klasse, meine absolute Lieblingslehrerin, stand in ihrem Klassenzimmer und wischte das Whiteboard sauber. Sie war die Art junge, coole, geradlinige Lehrerin, die sich jeden Tag schick anzog und sich mit der Musik auskannte, die wir Schüler hörten. Ma sagte, sie erinnere sie an Halle Berry, und Daddy stimmte ihr zu.

»Hi, Miss Valente.«

»Was ist denn los? Wieso bist du nicht in der Cafeteria mit Monday?«

Ich stolperte beinahe über meine eigenen Füße. »Sie haben sie gesehen! Wo?«

Sie verschränkte die Arme vor der Brust, deutete ein Lächeln an. »Nein, heute noch nicht. Aber ich weiß doch, dass sie da ist. Gott weiß, dass sie nie einen Schultag verpassen würde.«

Die Enttäuschung fühlte sich an wie ein Eimer Eiswasser, der mir ins Gesicht geschüttet wurde. All meine Hoffnungen krachten in sich zusammen.

»Sie ist nicht da«, murmelte ich vor mich hin.

Miss Valente blinzelte. »Wie meinst du das?«

Ich schüttelte den Kopf. »Sie ist seit Tagen nicht zur Schule gekommen.«

»Ja … aber wo ist sie denn dann?«

Ich zuckte die Achseln. »Das weiß ich nicht. Ich habe gehofft, Sie wüssten es vielleicht. Oder haben Sie etwas gehört?«

Miss Valente zog die Brauen zusammen und legte den Schwamm auf den Tisch. »Komm mit. Wir schauen mal im Sekretariat vorbei und sehen, was wir herausfinden.«

Wir gingen gemeinsam den Flur hinunter zum Schulsekretariat. Sie erzählte mir von ihrer Hochzeit im vergangenen Sommer und von der Hochzeitsreise, die sie mit ihrer Frau nach Europa gemacht hatte, und ich erzählte ihr, dass ich den Sommer bei meiner Oma verbracht hatte. Ich hatte immer das Gefühl, dass Miss Valente und ich uns verstanden, deswegen fiel es mir auch nicht schwer zuzugeben, dass ich Monday seit Juni nicht mehr gesehen hatte und mir ernsthafte Sorgen machte.

»Ich bin sicher, dass es eine vernünftige Erklärung dafür gibt«, sagte sie und stieß mich sacht mit der Schulter an. »Mädchen wie Monday gehen nicht so einfach verloren.«

Ich nickte und betete innerlich, dass es die Wahrheit war.

»Und wieso sehe ich Sie heute zum ersten Mal?«, wollte ich wissen. »Wo haben Sie sich bisher versteckt?«

»Ha! Warum, hast du mich etwa vermisst?«

Ich kicherte. »Kann man so sagen. Alle anderen Lehrerinnen sind so … langweilig.«

»Nun, die Schule hatte zu wenig Personal, und da haben sie mich gebeten, die fünfte Klasse zu unterrichten und als Teamleiterin einzuspringen, deswegen bin ich in diesem Schuljahr im Ostflügel. Aber, weißt du … Wenn du mich vermisst, kannst du immer rüber auf die dunkle Seite kommen und ich gebe dir ein paar zusätzliche Hausaufgaben. Ich weiß doch, wie sehr du das liebst.«

»Alles ist besser als Miss O'Donnell.«

Miss Valente hob die Augenbrauen und lachte leise. »Aha. Sie ist streng, aber sie ist auch fair. Sie wird dich gut auf die High School vorbereiten. Ich habe schon erlebt, dass Schüler zurückkamen, um uns zu besuchen, und dann zugeben mussten, dass sie unrecht hatten, was sie betrifft.«

»Wir werden sehen«, erwiderte ich mit einem Seufzer. »Ich wünschte nur, Monday wäre auch da.«

»Nun, vielleicht seid ihr ja dann im nächsten Jahr wieder in einer Klasse, auf der High School. Apropos, hast du dir schon Gedanken darüber gemacht, auf welche du gehen möchtest?«

»Banneker«, platzte ich mit meiner einstudierten Antwort heraus. Eine Entscheidung, die Monday für uns beide getroffen hatte.

»Hey! Na, das ist doch eine wirklich gute Schule. Ich weiß von einigen unserer Schülerinnen, die dorthin gegangen sind.«

»Ja, aber ist es nicht echt schwer, dort angenommen zu werden?«

»Darüber würde ich mir keine Sorgen machen. Du bist doch ganz schön schlau, also wirst du das schon schaffen. Gibt es noch andere Schulen, über die du nachdenkst?«

Ich hielt den Atem an und zupfte an meinem Ärmel herum. »Ich, äh, ich weiß nicht. Schätze, es hängt davon ab, wo Monday hinwill.«

»Das weiß ich. Aber wo willst *du* hin?«

Ich zuckte die Achseln. Ich hatte noch nicht groß darüber nachgedacht.

Sie lachte, als wir uns der Tür zum Sekretariat näherten. »Ihr beide seid echt ein zweiköpfiges Pferd, so viel ist mal sicher.«

Miss Clark saß hinter dem Empfangsschreibtisch am Computer und hatte ihr Mittagessen vor sich ausgebreitet. Thunfisch auf Weißbrot und eine Tüte Utz-Krabbenchips. Die liebte Monday auch.

»Hey, Susan, würdest du mir rasch einen Gefallen tun? Ich bin auf der Suche nach einer Schülerin, die ich im letzten Jahr in meiner Klasse hatte. Monday Charles.«

Miss Clark nickte, stopfte sich den letzten Bissen in den Mund, bevor sie ein paar Tasten drückte. Ich schaukelte auf den Fußballen vor und zurück und unterdrückte ein Grinsen, das sich unbedingt Bahn brechen wollte. Miss Valente legte mir lächelnd eine Hand auf die Schulter, aber ich konnte nicht ruhig bleiben. Endlich würden wir Monday finden!

Miss Clark hörte zu tippen auf und spähte über den Rand ihrer großen Brille zu uns herüber. »Hm. Ist nicht registriert.«

»Hm, okay. Was ist mit ihrem kleinen Bruder? August Charles?«

Miss Clark verzog das Gesicht zu einem schiefen Grinsen. »Moment mal, das Mädchen heißt Monday und hat einen Bruder, der August heißt?«

Miss Valente hob eine Braue und presste die Lippen zusammen. »Ja, wie der berühmte Dramatiker August Wilson.«

»Und Tuesday Charles«, legte ich nach. »Sie müsste in die Vorschulklasse gekommen sein.«

Miss Clark zuckte die Achseln und tippte erneut auf der Tastatur ihres Computers herum. Sie schien gelangweilt. Dann schüttelte sie den Kopf. »Auch nicht registriert. Sind die vielleicht umgezogen?«

Miss Valente warf mir mit gehobenen Brauen einen kurzen Blick zu.

»Ihre Mutter wohnt immer noch im selben Haus. Ich … äh, ich habe sie gesehen.«

Miss Valente wandte sich wieder Miss Clark zu, hatte ihr Lächeln aufgesetzt. »Ich weiß, ich bin noch nicht allzu lange an dieser Schule, aber in New York hakt die Schule nach, wenn eine Schülerin nicht zum neuen Schuljahr erscheint oder sich nicht wieder einschreibt. Ist das hier nicht der Fall?«

»Eine ganze Reihe Schüler ist dieses Jahr nicht zurückgekommen. Die meisten mussten umziehen, weil die Miete erhöht wurde und so was. Aber ich gebe mal eine Benachrichtigung weiter.«

NACHHER

Liebe Monday,
Miss Manis hat mich bevördert, ich bin jetzt in Gruppe Fünf im Jazz! Mit den Hi-School-Mädchen! Ich war die eintzige, die sie überspringen lies. Hier sind Mädchen, die in Manschaften der Klasse eins tanzen – die herumreisen und tanzen. Ich und Ma und Daddy sind zu Chili's zum Feiern gefaren. Ich wünschte du wärs auch hier.

»Wie ist sie denn in diesen Kurs gekommen?« Ein Mädchen mit dickem, schwarzem Haar streckte sich in Richtung Decke und beugte sich dann bis zu den Füßen hinunter, hielt diese Position und ließ die Arme bis auf den Parkettboden des Studios baumeln. Sie blickte hoch und betrachtete mich in der Spiegelwand der Manis Tanzschule für Mädchen.

»Und ist sie nicht gerade mal zwölf?«

Ein weiteres Mädchen saß bequem im Spagat neben ihr auf dem Boden, das Haar zu einem hohen Dutt eingedreht. Beide besaßen den gleichen sahnig braunen Teint und trugen schwarze Gymnastik-Bodys, rosafarbene Leggings und Tanzshorts.

»Nee, ganz so jung ist sie nicht. Und hast du sie nicht bei der letzten Aufführung gesehen? Sie hatte es voll drauf.«

Die Gruppe bestand aus zehn Mädchen, einer Reihe Elft- und Zwölftklässlerinnen, eine aus der Zehnten und drei aus der Neunten. Ich war der seltsame Neuzugang. Ein braunes Pferd auf einer Einhornweide.

»Ja, aber hat das auch gereicht, um von Gruppe vier zu uns zu kommen?«

Ich hielt Abstand zu den beiden und dehnte mich in der Ecke bei den Fenstern, hörte Daddys letztes Album auf meinem iPod. Go-go ist zwar keine klassische Musik, aber ich brauchte den Schub, den diese Musik meinem Adrenalin bescherte.

Ich richtete die neuen, schwarzen Ballettschuhe, die Daddy mir gekauft hatte, in Richtung der Fenster und fasste unter die Wölbung meiner Fußsohlen, hielt die Position und spürte die Dehnung in meinen schläfrigen Kniesehnen und den hinteren Oberschenkelmuskeln. Warme Muskeln helfen dabei, dich höher springen zu lassen, damit du wie eine Feder landen kannst, nicht wie ein Ziegelstein. Das sagte jedenfalls Miss Manis immer. Das liebte ich am meisten an ihr: die Tricks, die sie uns hübsch verpackt einbläute; dass sie uns erlaubte, Hip-Hop, Jazz und Ballettsprünge in unsere Stücke einzubauen; dass die Musik, die sie auswählte, mir nicht das Gefühl gab, ich könnte ebenso gut Schäfchen zählen.

Ein weiteres Mädchen, das viel üppiger gebaut war als jene beiden, hob sein Bein auf die Ballettstange neben dem Spiegel und dehnte es mit einem tiefen Atemzug. »Aber sollte sie nicht bei den Jüngeren bleiben, weil …«

Das Lächeln des Mädchens mit dem hohen Dutt erstarb. »Shannon, hör auf, dich aufzuspielen. Miss Manis hat gesagt, wir sollen sie in Ruhe lassen, also lass sie in Ruhe.«

Das Mädchen mit den kurzen Haaren atmete aus und trat einen Schritt zurück. »Na ja, solange sie uns die nächste Aufführung nicht versaut und uns alle blöd aussehen lässt.«

Ich stieß einige kurze, nervöse Atemzüge aus und gab vor, mich auf meine Übungen zu konzentrieren, während mein Selbstvertrauen mir durch die weichen Finger glitt. Was, wenn ich nicht in die Gruppe fünf gehörte? Was, wenn ich nicht gut genug war? Und selbst wenn ich gut genug war, war es das wert, von der nächsten Gruppe Mädchen gehasst zu werden? Ich hatte schon genug Ärger in der normalen Schule; in der Tanzschule konnte ich nicht noch mehr davon gebrauchen.

»Ich frage mich, welchen Song Miss Manis ihr für ihr Solostück geben wird«, überlegte die mit dem hohen Dutt laut und ließ ihren Kopf entgegen dem Uhrzeigersinn kreisen.

Ich konnte ein ganzes Semester in der Tanzschule überstehen, ohne ein Wort mit den Mädchen in meiner Gruppe zu wechseln. Ich war nicht gut darin, mich mit anderen anzufreunden. Das war ja nie nötig gewesen.

Ich hatte Monday gehabt und das war das einzig Wichtige. Aber ohne sie breitete sich die Leerstelle, die sie hinterließ, immer weiter aus und umgab jeden Aspekt meines Lebens. Damit hatte ich nicht gerechnet und ich begann mich zu fragen … Was würde Monday machen?

Miss Manis erschien und klatschte in die Hände, um unsere Aufmerksamkeit zu erlangen. Wir sprangen in Formation und die Musik setzte ein. Nach dem Aufwärmen gingen wir zu intensiveren Schritten über. Ich tanzte hinten im Raum, zählte die Taktschläge mit, konzentrierte mich auf Miss Manis' Fußarbeit und vermied jeglichen Blickkontakt mit den anderen. Sie betrachteten mich von oben bis unten, als wollten sie meine Maße nehmen oder so was. Aber ich hielt durch. Ich stellte mir vor, dass ich mich in unserer unsichtbaren Blase befand, wo die herablassenden Kommentare mir nichts anhaben konnten, weil mein Kraftfeld undurchdringlich war.

In den letzten 20 Minuten der Tanzstunde fingen wir damit an, die ersten Schritte einer Choreografie zu lernen, die letztendlich Teil unserer großen Aufführung im Juni werden würde. Als Tanzschule mit ausschließlich schwarzen Schülern und Schülerinnen, die mitten in D. C. lag, zogen unsere Aufführungen ein Publikum von bis zu 500 Menschen an – inklusive des Bürgermeisters und einiger Senatoren, die auf dem Capitol Hill arbeiteten. Die Tänzerinnen der Gruppe fünf zeigten gemeinsam den Tanz ihrer gewählten Sparte und dann hatte jedes Mädchen seinen eigenen Einzelauftritt, bevor die gesamte Schule das Finale auf die Bühne brachte. Das würde mein allererster Soloauftritt überhaupt werden. Ich hatte Ideen für mein Stück, aber ich brauchte Monday, um mir dabei zu helfen, es zu vervollkommnen.

Miss Manis zählte die Schritte laut an und wir tanzten die Choreografie nacheinander einzeln vor. Die mit den kurzen Haaren war als Erste dran, sauste mit Schwung über die Tanzfläche und warf mir dabei ein dreistes, spöttisches Lächeln zu. Die mit dem hohen Dutt kam als Vorletzte, mit anmutigen Schritten und perfekt im Takt, bevor sie mit einem Sprung punktgenau landete. Ich schaukelte auf den Fußballen vor und zurück, während ich wartete, dass ich an der Reihe war. Ich tanzte mit federnden Schritten, schwang das Bein hoch zu einem Jazzschritt und fügte am Ende eine letzte Drehung hinzu. Miss Manis lächelte anerkennend.

»Ausgezeichnet, Claudia.«

Die Blicke der anderen brannten sich förmlich in meinen Hinterkopf und ich duckte mich für den Rest des Unterrichts zurück in meine Blase. Vielleicht war es nicht die beste Strategie, sich hervorzutun, wenn man Freundinnen finden wollte.

»Hab' dir doch gesagt, dass sie gut ist«, murmelte der Dutt grinsend der Kurzhaarigen zu, als sie in die Umkleide marschierten.

»Jaja, mir doch egal.«

VORHER

Wir sollten mehr üben.

Daran dachte ich die ganze Zeit, während Daddys Album im Wohnzimmer aus meinem Mini-Lautsprecher schepperte. Wenn Monday endlich aus ihrem Versteck kam, wo immer das auch sein mochte, dann hatten wir viel zu tun. Wir konnten uns keinen Blödsinn mehr leisten. Wir mussten es richtig draufhaben, damit die Aufnahme ins Tanzteam für uns ein Klacks werden würde.

Wir würden uns sogar die Rolle der Spielführerin teilen. Alle würden so sein wollen wie wir – die besten Tänzerinnen, die beliebtesten Mädchen der Schule.

Ich verlor mich im Rhythmus der Musik und erhaschte einen Blick auf meinen tanzenden Körper im Flurspiegel. Mir fiel auf, wie der Schwung meiner Hüften meinen Hintern zum Wackeln brachte. Langsam wanderten meine Hände auf meine Knie und ich ging in die Hocke, streckte den Arsch heraus – einen Muskel, mit dem ich bisher nicht getanzt hatte, an den ich mich erst gewöhnen musste – und zwang ihn, sich so zu bewegen, wie ich das wollte.

Monday machte das immer; vor dem Spiegel twerken wie die Mädels in den Musikvideos, die wir uns zum Lernen anschauten. Dabei war ihr Gesichtsausdruck stoisch und fokussiert, als würde sie gerade eine komplizierte Aufgabe lösen, und ich lachte, bis mir die Tränen über die Wangen liefen, aber jetzt sah ich es plötzlich. Die Anziehung. Die Verwandlung vom kleinen Mädchen zur heißen Schnitte in wenigen Bewegungen. *Sexy.* Ein Wort, das ich nie verwenden würde, um mich selbst zu beschreiben, aber in jenem Augenblick erhaschte ich einen flüchtigen Blick darauf. Und es gefiel mir.

Ma kam die Treppe herunter und brach auf halber Höhe in Lachen aus.

»Kind, renk' dir nichts aus!«

»Ma!«, kreischte ich und rannte bereits davon.

»Und lass deinen Daddy bloß nicht sehen, dass du so tanzt. Komm zurück; sorgen wir dafür, dass du mal wieder aus dem Haus rauskommst.«

Wir parkten beim Giant-Supermarkt, total dicht im Samstagsverkehr. Ich schob den Wagen, während Ma ihre lange Liste abhakte. Sie plante im Voraus, was sie kochen würde, weil Daddy allein ein ganzes Hühnchen verdrücken konnte und uns dann nur die Knochen zum Abnagen übrig ließ. Ma machte gern Theater deswegen, nannte ihn einen Staubsauger, aber sie zog ihn bloß auf. Im Grunde liebte sie es, dass er ihre Kochkünste so liebte.

»Nicht mit so viel Fett dran, Chris«, mahnte Ma den Metzger hinter der Theke. »Mein Mann ist alt, der kann das ganze Cholesterol nicht gebrauchen.«

Der Metzger lachte. »In Ordnung, Chefin. Sonst noch etwas?«

Ma wusste, wie sie mit dem Metzger flirten musste, damit der die besten Stücke für sie auswählte, und er wusste ihre Vorliebe für Roastbeef und Lammkeulen zu schätzen.

»Rindergeschnetzeltes für die Pfanne«, las sie von ihrem Einkaufszettel ab. »Aber die Stücke sollen schön dick sein.«

»Wird gemacht.«

Ich lehnte mich gegen den Wagen, der mit Konserven und frischem Gemüse vollgepackt war, und steckte den Kopf in eine Ausgabe der Zeitschrift *Seventeen*. Ma grinste jedes Mal, wenn sie in meine Richtung sah, aber ich wich ihrem Blick aus.

»Oho, Ma! Sieh dir mal dieses Rot an!«, schwärmte ich und zeigte auf eine Werbeanzeige für einen neuen Nagellack.

»Süße, hast du nicht genug Rottöne?«

»Das ist aber doch nicht irgendein Rot. Das ist ein *Blau*rot. Und es ist ein Gellack! Und da gehört sogar ein Pflegeset dazu.«

Ma schüttelte den Kopf und wandte ihre Aufmerksamkeit stattdessen einem Haufen Truthahnhintern zu. »Meine Güte, du bist aber auch die Einzige, die da einen Unterschied sieht.«

Und dann fiel mir ein Glitzern ins Auge. Ich blickte auf und da war sie. *Monday.* Sie stand in der Nähe des Regals mit dem Brot. Selbst mit dem Rücken zu mir war das unverkennbar ihre Jeansjacke – die mit dem rot gestreiften Kragen und den Strasssteinen. Die ich ihr gegeben hatte. Meine Knie gaben nach und ich sackte gegen den Einkaufswagen.

»Monday?«, hauchte ich.

Sie hörte mich nicht, sondern bog links in den nächsten Gang ab. Ich warf die Zeitschrift in unseren Wagen und rannte ihr nach. Meine Sneakers quietschten auf dem Fußboden.

»Monday!«, rief ich und bemerkte selbst die Erleichterung in meiner Stimme, spürte die Freude, die mein Herz hüpfen ließ.

Ich war noch nie in meinem Leben so schnell gerannt. Ich jagte einem Traum hinterher, nachdem ich einen Albtraum durchlebt hatte. Als ich um die Ecke bog, krachte mein Herz gegen eine Mauer. Von Nahem war das Mädchen, das meine Jacke trug und den Gang entlanghuschte, viel größer, aber ich brachte dennoch gurgelnd ihren Namen hervor.

»Monday?«

Das Mädchen zuckte zusammen, als hätte es ein Schuss getroffen, und drehte sich dann langsam zu mir um.

Ich atmete erschrocken ein, denn ihr Gesicht war kaum wiederzuerkennen. »April?«

Aprils Schultern sackten nach unten, als wäre allein der Gedanke, auf diese Ansprache zu reagieren, furchtbar anstrengend.

»Hey«, sagte ich und meine Stimme versagte. Die Hoffnung, die sich wie ein Ballon in meinem Innern ausgedehnt hatte, platzte und das Blut stieg mir in den Kopf.

»Was geht?«, seufzte sie mit leiser, ernster Stimme. Mondays ältere Schwester sah … älter aus. Ihre Haut war blass, unter den Augen hingen dicke, schwarze Ringe, und all das ließ sie wie ihre eigene Mutter aussehen, nicht wie eine 16-Jährige.

»Äh, wo ist Monday?«, fragte ich, während ich auf meine Jacke starrte.

April presste die Lippen zusammen und sah mir direkt in die Augen. »Sie … besucht meine Tante.«

»Deine Tante?« Monday hatte eine Tante, die in Laurel in Maryland lebte. Aber die hatte sie vor Jahren zuletzt erwähnt. Ich spähte in Aprils Einkaufswagen. Drei Schachteln Mac and Cheese, eine Tüte Käseflips, weißer Toast, Getränkepulver für ein Fruchtsaftgetränk und ein Glas Erdnussbutter. Monday darf keine Erdnussbutter essen.

»Äh … ja.«

»Bleibt sie denn jetzt bei ihr oder wie? Sie hat ja schon einen ganzen Monat Schule verpasst.«

April machte ein schnalzendes Geräusch. »Weiß ich nicht.«

Ich schluckte. Meine Gedanken wollten sich nicht schnell genug zu einer sinnvollen Erklärung fügen.

»Na gut, hast du ihre Nummer, damit ich sie anrufen kann?«

»Meine Tante hat zurzeit kein Telefon«, gab sie zurück, während ihr Griff um die Stange des Einkaufswagens fester wurde. »Jedenfalls, ich muss los.«

Ich versuchte panisch, mir noch mehr Fragen einfallen zu lassen, damit sie nur länger bei mir blieb. Auch wenn sie sich wie ein Eisblock verhielt, war sie doch schließlich das, was Monday am nächsten kam.

»Aber … wann denkst du denn, dass Monday wieder zu Hause sein wird?«

Sie bedachte mich mit einem finsteren Blick und ihre Finger verkrampften sich noch mehr um den Griff, bis die Knöchel weiß wurden.

»Claudia. Lass es einfach, okay?« Ich wich einen Schritt zurück, als sie sich näher heranbeugte. »Bleib' einfach weg. Mach das nicht mehr.«

Und damit rauschte sie davon und ließ mich allein im Gang zurück.

Bleib' weg? Sie wusste, dass ich bei ihr zu Hause gewesen war. Wenn sie das wusste, dann wusste Monday es vielleicht auch. Und wenn sie es wusste, warum hatte sie mich dann nicht angerufen?

EIN JAHR VOR DEM VORHER

»Nee, oder? Es gibt echt niemanden?«

Monday klappte die Kinnlade herunter. Sie saß mir gegenüber auf dem Boden in der Bücherei, nach der Schule. Wir hingen ganz hinten herum, zwischen den Zeitschriftenregalen, und warteten auf die Momma aus der Kirchengemeinde, die dran war, mich einzusammeln und bei der Tanzstunde abzusetzen. August, der noch zu klein war, um allein nach Hause zu laufen, blätterte in der Kinderecke in Bilderbüchern und kaute auf Fruchtschnecken herum.

»Nee«, bestätigte ich mit einem Achselzucken.

»Du lügst mich doch an. Willst du mir echt erzählen, dass es niemanden gibt, auf den du stehst? Nicht einmal jemanden, den du süß findest? Nicht mal Tyrell oder Demetrius?«

Ich klopfte mit meinem Bleistift auf das Heft, weil ich damit zu tun hatte, meinen Aufsatz zu beenden. »Ich meine, die sind süß, aber da kribbelt nix bei denen.«

»Bei wem denn dann?«, bedrängte sie mich. »Komm schon! Sag's mir!«

Ich seufzte, weil ich es leid war, dass all unsere Gespräche sich nur noch um Mondays neue Manie drehten: Jungs.

»Es muss doch mindestens einen Jungen geben.« Sie hob eine Augenbraue und grinste. »Es sei denn … es gibt ein Mädchen … für das du, du weißt schon … Gefühle hast.«

Ich blickte verärgert von meinem Heft hoch. »Hör auf.«

Sie lachte. »Nur ein Scherz, du weißt doch, dass ich dich bloß auf den Arm nehme.«

Meine Wangen wurden heiß, weil sie mich so mit ihren Fragen bedrängte. Ich meine, es gab schlicht keinen Jungen, den ich mochte oder auch nur süß fand. Die erschienen mir alle immer noch so gemein und dumm.

»Na ja … Einen Jungen gibt es«, erwiderte ich zögernd und versuchte, die Lüge glaubwürdig zu verpacken. »Er ist süß, aber er ist … schon älter.«

Sie lachte. »Aber natürlich magst du sie lieber älter, bist ja selbst eine alte Lady!«

»Mir doch egal. Können sich ja nicht alle auf den ersten Blick verlieben, so wie du.«

Sie schloss die Augen und ließ zu, dass sich ein strahlendes Lächeln auf ihrem Gesicht ausbreitete. »Habe ich dir erzählt, dass wir in Geschichte nebeneinandersitzen?«

»Ja. Schon tausendmal, verdammt.«

Sie grinste, beugte sich zu mir herüber und schrieb auf mein Heft: *Jacob + Monday.*

Jacob Miller: zweifellos der schönste Junge unserer Schule. War schon immer schön. Jedes Mädchen mochte ihn und das wusste er auch, was seine Eingebildetheit in meinen Augen hässlich machte. Seine Beliebtheit war ihm so sehr zu Kopf gestiegen, dass er über den Fluss hätte schweben können. Er lief herum wie der König des Südostens. Aber wer hätte seinen mandelförmigen Augen, dem schiefen Lächeln, den Grübchen, dem üppigen Bausch seiner weichen, braunen Locken, die er mit einem Haarband nach hinten bändigte, schon widerstehen können?

Monday war schon so lange in ihn verliebt, dass ich mich gar nicht an irgendeinen anderen Jungen erinnern konnte. In ihren Augen flackerte es, wenn sie über ihn sprach, als hätten sich zwischen ihren Wimpern Funken verfangen.

»Ich habe gehört, wie er mit Mr. Ode darüber gesprochen hat, dass er sich nächstes Jahr für Banneker bewerben will.« Sie tat so, als müsste sie einen Schrei unterdrücken, während sie sich auf den Boden legte. »Wäre das nicht cool? Wir finden uns auf derselben High School wieder? Er in der Basketballmannschaft, wir im Tanzteam? O mein Gott, o mein Gott, o mein Gott! Er und ich könnten das Paar der Schule werden. Deswegen müssen wir für dich auch unbedingt einen Lover finden, damit wir dann zu viert ausgehen können und so was.«

»Zäumst du das Pferd jetzt nicht von hinten auf? Ihr beide redet doch noch nicht einmal miteinander!«

»Nur meine Granny würde so was sagen. Ich arbeite doch daran, aber du solltest mir auch dabei helfen.«

Ich lachte und klappte meine Heftmappe auf. »Klar doch. Hier, lies mal meinen Aufsatz.«

Sie riss mir das lose Blatt mit einem Grinsen aus der Hand. »Nur wenn du mir hilfst, Jacob einzufangen.«

»Jaja. Nun lies schon.«

Sie überflog das Geschriebene und mein Rücken versteifte sich, als ihr Lächeln rasch verflog. Sie sah mit strengem Blick zu mir hoch.

»Claudia! Was habe ich dir dazu gesagt?«, blaffte sie mich an und stach mit dem Finger auf das Blatt Papier ein. Es konnte alles Mögliche falsch sein daran, also machte ich mir gar nicht erst die Mühe zu raten.

»Du musst besser aufpassen! Wir schaffen es nicht auf die Banneker, wenn sie dich in die Klasse für dumme Schüler stecken. Dann müssen wir auf eine andere High School gehen!«

Ich wich verunsichert zurück, denn ihr Zorn war verstörend.

»Tut mir leid«, murmelte ich und hielt mühsam die Tränen zurück, spielte mit einem Fussel an meinen Strümpfen.

Sie seufzte und ihr Blick wurde wieder weicher. »Ist schon gut. Komm, lass mich … das noch mal neu schreiben für dich.«

Ohne zu zögern gab ich ihr mein Heft. Insgeheim hatte ich gehofft, dass sie mir das anbieten würde. Sie schrieb mir sowieso viel bessere Aufsätze, als ich es gekonnt hätte, aber dies war das erste Mal, dass sie mich wegen irgendwelcher Hausaufgaben anfuhr. Normalerweise ging sie behutsam mit mir um. Der Gedanke, mit Jacob Miller auf die High School zu gehen, machte sie ganz verrückt. »Weißt du, wenn das passiert … dann kannst du auch ohne mich auf die Banneker gehen.«

Ihr Kopf ruckte hoch. »Hä?«

»Ich meine, du kannst auf die Schule gehen … mit Jacob.«

»Was redest du denn da? Ich gehe doch nicht ohne dich auf irgendeine Schule!«

»Okay«, räumte ich ein und holte mein Malbuch heraus. Ich musste etwas vollenden, um mein Ego zu besänftigen.

»Wir haben doch einen Plan! Alles wird gut werden.«

»Day-Day!«, rief eine Kinderstimme. »Day-Day, wo bist du?«

»Psst! August, wir sind hier! Nicht so laut!«

Kleine Füße trippelten in unsere Richtung, bevor August um die Ecke gestürmt kam. Er grinste und rannte mit Höchstgeschwindigkeit zwischen den Regalreihen hindurch – seine *Transformers*-Schultasche halb offen, während er aus einem Trinkpäckchen trank und sein Gesicht voller Kekskrümel war, die Zöpfchen aufgelöst.

»Wieso siehst du bloß so unordentlich aus? Steck dein Hemd in den Hosenbund.«

»Schau mal! Miss Paul hat mir einen Saft gegeben«, verkündete er und ließ sich auf den Boden fallen.

»Das erklärt auch nicht, wieso du so aussiehst. Und was ist mit deinen Haaren passiert?«

»Die jucken«, jammerte er und kratzte sich die Kopfhaut.

»Das heißt aber nicht, dass du die in der Öffentlichkeit einfach aufmachen darfst«, stöhnte sie. »Komm her, Junge! Wir können so nicht nach Hause gehen, so wie du aussiehst. Mom würde mich umbringen!«

August grinste und machte einen Purzelbaum auf Monday zu. Sie zog einen Kamm mit langen Zinken aus ihrer Schultasche und fuhr damit durch seinen Afro.

»Au«, heulte August. »Auuuuu!«

Monday schnalzte ungeduldig. »Ach, sei still! Dir tut doch niemand was!«

August wimmerte und fummelte an den Knöpfen seines Hemds herum. Er konnte kaum eine Minute still sitzen, hatte ständig Hummeln im Hintern und irgendetwas piesackte ihn.

»Day-Day, können wir schwimmen gehen?«

Sie gab ihm wieder einen Klaps gegen den Kopf. »Junge, hör auf, mich zu verarschen. Du kannst doch gar nicht schwimmen!«

»Aber …«

»Sei still«, fuhr sie ihn an. »Klappe halten!«

Die Bruder-Schwester-Beziehung wirkte eher wie eine Mutter-Sohn-Diktatur, so streng, wie sie mit ihm umging. Wenn sie ganze Nachmittage damit beschäftigt war, ihn im Zaum zu halten, erschöpfte sie das ungemein.

Als ich die letzten Striche beim Ausmalen des roten Schwanzes an einem Babydrachen machte, war Monday schon fast fertig.

»Wow, das ging aber schnell.«

Sie zuckte die Achseln. »Ich habe einfach Übung.«

»Ich weiß, aber ich meine, du kannst anderen Leuten bestimmt ebenso schnell die Haare in Ordnung bringen. Vielleicht kannst du sogar einen Laden eröffnen, Haare flechten und ein bisschen Geld damit verdienen.« Ich lachte. »Du siehst doch all die Assis in der Schule, deren Haare so wild aussehen. Die kannst du alle in Form bringen. Jungs haben Geld in der Tasche, wenn es darum geht, ihre Haare schön zu machen.«

Monday erwiderte nichts darauf, arbeitete einfach mit voller Konzentration weiter an Augusts Haaren, zog den Kamm durch die Spitzen. Plötzlich fiel ihr das Ding aus der Hand. August hob es auf und fing sofort an, damit zu spielen.

»Mensch, ey«, rief Monday aufgeregt und grinste breit. »Ey! Du bist ein Genie!«

Am nächsten Tag in der Schule wirkte Monday selbstbewusster als sonst.

»Ich fasse es nicht, dass du das echt machen willst«, flüsterte ich und sah zu, wie sie Jacob, Trevor, Carl und ein paar andere Jungs aus unserer Stufe in den Blick nahm, die auf dem Hof zusammenstanden.

»Es war doch deine Idee«, zog sie mich auf und strich sich über das frisch geflochtene Haar. Ein kompliziertes Muster aus winzigen Zöpfchen, die wie beim Parkett ineinandergriffen und in zwei kurzen Zöpfen endeten. Das musste die halbe Nacht gedauert haben.

»Ja, aber doch nicht so.«

Sie grinste und drückte mir ihre Tasche mit ihrer Ausstattung in die Hände: ein Kamm, eine mit Wasser gefüllte Sprühflasche, Pomade und winzige schwarze Gummiringe.

Monday hatte eine unbekümmerte Furchtlosigkeit an sich, die dafür sorgte, dass ich sie am Hals packen und ihr ein bisschen Verstand in die Ohren stopfen wollte, so wie man nasse Klamotten in den Trockner stopfte.

»Nee, oben mischen? Triff den Aus-Knopf!« *Bist du irre? Tu das nicht!*

Mit einem tiefen Atemzug ging sie auf die Jungs zu. Ich war sicher, dass sie Schiffbruch erleiden würde, also folgte ich ihr.

»Hey, Leute«, begann Monday. Sie hatte das Kinn erhoben und ließ ihre Stimme entspannt und locker klingen. »Ich habe mal eine Frage!«

Die Jungs waren verblüfft über ihre Ansprache, rückten mit übertriebener Geste vor ihr zurück und hörten auf, sich zu unterhalten. Shayla und Ashley, die in der Nähe des Eingangs abgehangen hatten, kamen näher, während der gesamte Hof zusah. Ich drückte ihre Tasche enger an meine Brust und machte mich zum Wegrennen bereit.

»Ach ja?« Trevor kicherte leise, blickte sich in der Runde der Jungs um und wirkte wie immer verwirrt.

Monday erlaubte sich ein halbes Lächeln. »Braucht einer von euch eine ordentliche Frisur?«

Die Jungs wechselten verdutzte Blicke. »Was?«

»Ich kann euch die Haare flechten, eine Frisur machen. Sieben Dollar pro Kopf. Jemand Interesse?«, fragte sie, den Blick starr auf Jacob gerichtet, dessen Haare in einem unordentlichen Pferdeschwanz steckten.

»Nur sieben Dollar?«, vergewisserte sich Carl. Sein dickes Haar sah aus, als hätte es schon länger keinen Kamm gesehen.

»Ja.«

Er grinste. »Klar doch. Auf jeden.«

»Carl! Woher willst du denn überhaupt wissen, dass sie weiß, wie man das macht?«, fragte Trevor herausfordernd. »Am Ende siehst du Bödel noch verrückter aus.«

»Weil sie ein Mädchen ist! Und sieh dir doch mal ihre Haare an! Sie macht ihrem kleinen Bruder doch auch immer die Haare und bei dem sieht es spitze aus. Meine Cousine knöpft mir dafür 15 Dollar ab und dann habe ich wieder keine Kohle.«

Die Jungs zuckten die Achseln und sahen immer noch nicht überzeugt aus, aber Carl winkte bloß ab. »Mann, ihr habt doch alle keinen Arsch in der Hose«, fasste er zusammen und wandte sich wieder Monday zu. »Wo wollen wir es machen?«

»Hier drüben«, erwiderte sie grinsend und führte ihn zu einer Bank hinter uns.

Die Jungs stellten sich im Halbkreis um uns auf, so als würde Monday gleich einen Zaubertrick vorführen. Jacob stand ganz weit hinten. Sie atmete tief ein, bevor sie sich daranmachte, Carls Haare vorzubereiten, sie mit Wasser einzusprühen, damit sie weicher waren, sie geschickt zu entwirren und die Knoten auszukämmen. Carl zuckte unter ihren groben Händen und die Jungs kicherten hämisch. Sie teilte die Haare mit dem Kamm in mehrere Abschnitte ein und trennte die Teile, die noch nicht an der Reihe waren, mit Klammern ab. Ihre Finger flogen nur so über seine Strähnen hinweg. Shayla und Ashley standen in der Nähe herum und gaben vor, in ihre Unterhaltung vertieft zu sein, schauten sich aber alle 30 Sekunden über ihre Schultern nach uns um.

Eine halbe Stunde später standen die Jungs immer noch da, blickten aber jetzt ehrfürchtig drein. Monday nickte mir zu und ich hielt meinen kleinen Taschenspiegel vor sein Gesicht.

»Ey! Die Kleine hat's echt drauf«, rief Carl begeistert. »Ich hab's euch doch gesagt!«

Trevor nickte zustimmend. »Also darf ich als Nächster?«

Später an jenem Abend kicherten Monday und ich bei Hühnchen und Mambo-Soße in unserem selbst gebauten Zelt und gingen den Nachmittag noch einmal in allen Einzelheiten durch.

»O mein Gott, ich stand ja so neben mir«, quiekte Monday, die einer meiner Puppen gerade die Haare flocht. »Und Shaylas Gesichtsausdruck … O mein Gott, sie war ja so sauer!«

»Mann, ich konnte kaum atmen, als ich dir zugeschaut habe! Ich hätte das nie geschafft!«

»Klar hättest du. Du musst nur so tun, als hättest du es voll drauf, bis du es dann wirklich draufhast«, erklärte sie und stopfte sich das Essen mit einem überwältigten Lächeln in den Mund. »Okay, also! Wenn ich sieben Dollar pro Frisur verlange und ungefähr vier Jungs pro Woche schaffe, dann sind das 28 Dollar in der Woche.«

»Was ist mit Mädchen? Denen kannst du doch sicher auch eine Frisur machen!«

»Aber klar doch. Und du!« Sie kommt aufgeregt auf die Knie hoch und starrt mich an. »Du könntest anfangen, den Leuten für Geld die Nägel zu machen. Wir können einen kompletten Beautysalon in der Schule eröffnen.«

»Wir wären Unter… Wie heißt das noch mal?«

»Unternehmerinnen?«

»Ja, Mann! Genau das!«

Sie durchwühlte die Tüte vom Chinesen und holte zwei Dosen Cola heraus. »Aufs Geldverdienen … Geschäftspartnerin.«

Ich lächelte und öffnete die Dose. »Jawohl, Partnerin!«

Wir stießen die Büchsen gegeneinander und stürzten das Zeug runter. Monday kicherte und versuchte, ihre Dose schneller zu leeren als ich.

»Ha! Erste!«, jubelte sie und wischte sich den Mund mit dem Handrücken ab.

»Alles klar! Du hast gewonnen«, keuchte ich, weil mir die Luft wegblieb. »Hast du Lust, vor dem Schlafengehen unten einen Film anzuschauen oder so was?«

»Klar. Aber ziehen wir uns zuerst was Bequemeres an und nehmen wir die Decken mit nach unten«, schlug sie vor und krabbelte bereits aus dem Zelt hinaus, wandte sich ab, um sich den Pulli auszuziehen. »Du weißt doch, dass wir wieder vor der Glotze einschlafen werden.«

Ich kam aus dem Zelt und erstarrte auf halbem Weg. Mir fiel die Kinnlade herunter, als ich ihre lila verfärbte Haut sah.

»Verdammt, was ist mit deinem Rücken passiert?«

Monday zog sich mit einem Ruck das Oberteil wieder herunter und wirbelte entgeistert herum. Ihre Augen waren schreckgeweitet, so als hätte sie vergessen, wer ich war.

»Ich … Ich … äh …« Ihr Gesicht blieb ganze 30 Sekunden lang völlig ausdruckslos, bevor sie ein heiseres Lachen ausstieß.

»Ich bin aus dem Bett gefallen«, erwiderte sie mit einem Achselzucken und hielt sich am Saum ihres Oberteils fest. »Du weißt doch, wie irre unruhig ich immer schlafe.«

Sie schlief überhaupt nicht unruhig. Sie schlief mit einem unsichtbaren Felsbrocken auf ihrem Rücken.

Bewegte sich kaum, atmete auch kaum sichtbar, schlief tief und fest.

»Schon wieder?«, sagte ich und schüttelte den Kopf. »Vielleicht solltest du echt lieber unten im Stockbett schlafen.«

»Ha! Das würde April nie machen. Sie braucht sowieso schon den meisten Platz mit all ihrem Krempel.«

Mondays Zimmer war immer noch ein Buch mit sieben Siegeln für mich. Ich bat sie immer wieder, es mir zu beschreiben, da ich ja nie zu ihr nach Hause durfte. Sie gab mir dann eine vage Beschreibung, zuckte die Achseln und fasste das Ganze mit »Ist eben nicht groß genug« zusammen. Aber ich hatte meine eigenen Vorstellungen im Kopf: ein großes, cremefarben gestrichenes Zimmer mit einem makellosen, elfenbeinfarbenen Teppichboden, einem goldfarbenen Stockbett mit kuscheligen, blassrosa Bettdecken, Kristalllampen und einem Lautsprecher für den iPod. Ich weiß nicht, wieso ich es mir so vorstellte, aber vielleicht wünschte ich mir ganz einfach das Beste für sie.

»Also, was für einen Film möchtest du sehen?«, fragte sie. »Ich bin für etwas Lustiges!«

Und damit ging sie einfach so wieder zur Normalität über. Auch wenn es aussah, als hätte eine Trollarmee sie mit Baseballschlägern verprügelt, wie hätte ich ihre Erklärung denn anzweifeln können? Sie war meine beste Freundin. Wenn sie log, musste sie einen guten Grund dafür haben.

Richtig?

VORHER

Das Aufsatzthema sorgte dafür, dass mein Magen sich auf eine Weise zusammenzog, wie kein Körperteil es jemals können sollte.

Aufgabe: Erläutere, warum du auf die Benjamin Banneker Academic High School gehen möchtest.

Ich hatte nicht die leiseste Ahnung.

Monday und ich hätten gemeinsam an diesem Aufsatz gearbeitet. Auf mich allein gestellt, klang die einzige Antwort, die mir darauf einfiel, geradezu bescheuert: Meine beste Freundin möchte auf diese Schule und wir gehen überall gemeinsam hin.

»Claudia? Hast du mir zugehört?«

Ich konzentrierte mich wieder auf Mr. Hill, meinen Beratungslehrer, der in seinem schmalen, farblosen Büro hinter seinem ordentlich aufgeräumten Schreibtisch saß.

»Äh, entschuldigen Sie, was sagten Sie?«

»Ich sagte, Banneker ist eine ganz schöne Herausforderung«, wiederholte er mit einem Seufzer und säuberte seine Brille. »Du brauchst nicht nur einen Notendurchschnitt von zwei Komma null und musst beim allgemeinen Einschätzungstest ausreichend Punkte erzielen, um als ›sachkundig‹ eingestuft zu werden, du brauchst auch einen überzeugenden Essay und ein ebensolches Empfehlungsschreiben vom Rektor, deinen Mathe- und Englischlehrern und auch von mir. Es gibt auch noch ein Bewerbungsgespräch, das normalerweise im Frühjahr stattfindet. Bist du sicher, dass du das hinbekommst?«

Die Benjamin Banneker High School ist eine der zehn beliebtesten Auswahlschulen der gesamten Stadt. Auswahl bedeutet in diesem Fall, dass sie schwer ist, und ich hatte es auch jetzt schon schwer genug in der Schule. Ich wusste nicht, wieso Monday so unbedingt dorthin gehen wollte. Aber ich wusste, wie besessen sie von diesem Gedanken war, also nahm ich an, dass sie sich auf die Bewerbung vorbereitet hatte und dass ich das auch tun sollte.

»Ja, ich bin sicher.«

Er presste die Lippen zusammen und rückte seine Krawatte zurecht. »Claudia, die schauen auch ganz genau auf deine Abschlussleistungen und deinen Notendurchschnitt. Nach allem, was ich gesehen habe … sind deine Noten … in diesem Halbjahr ganz schön abgesackt. Ist denn alles in Ordnung?«

Mathe, Naturwissenschaften und Monday waren die einzigen Gründe, wieso mein Durchschnitt nicht total scheiße gewesen war – bis jetzt. In den wenigen Wochen, seit Monday weg war, blieben Bücher ungelesen, Hausaufgaben ungemacht und Tests und Arbeitsblätter unbeantwortet. Wieso fühlte sich jede Stunde so endlos an, aber gleichzeitig rasten die Tage nur so an mir vorbei?

»Ja, die Aufgaben sind einfach schwerer dieses Jahr. Ich bin aber auch nicht die Einzige! Andere Schüler haben sich auch beschwert!«

Mr. Hill nickte mit einem Lächeln. »Das habe ich gehört. Aber es gibt das Angebot, einander nach der Schule im Selbstlernzentrum Nachhilfe zu geben. Vielleicht solltest du da mal vorbeischauen.«

Ich sprang vom Stuhl auf, als hätte mir jemand ein glühendes Stück Kohle in die Strumpfhose gesteckt. Die Erwähnung des Selbstlernzentrums war ein Trigger für mich.

»Nein! Ich meine, nee, ich komm schon klar«, antwortete ich und schob das Bewerbungsformular für die Banneker zwischen meine Schulbücher, während ich bereits rückwärts zur Tür ging. »Ich werde mich mehr anstrengen. Das schwöre ich.«

»Nun, okay.«

Das Jahrgangsfoto, das nahe der Tür an der Wand hing, brachte mich auf eine Idee.

»Mr. Hill, wissen Sie, warum Monday Charles nicht mehr zur Schule kommt?«

»Monday Charles?«, überlegte er. »Oh. Natürlich! Monday. Äh, ich bin mir nicht sicher. Ich glaube, sie ist umgezogen, richtig?«

Ich zog die Brauen zusammen. »Nee, sie ist nicht umgezogen.«

»Oh. Na dann …«

»Ich habe versucht, sie anzurufen, aber ihr Telefon ist abgeklemmt.«

»Hm. Ich glaube, ich habe zwei Nummern für sie notiert. Ich suche die mal raus und probiere, dort anzurufen.«

»Wirklich?«, freute ich mich grinsend. »Danke, Mr. Hill!«

Mr. Hill erhob sich. »Jederzeit. Und du bist sicher wegen der Schülernachhilfen im Lernzentrum?«, hakte er noch einmal nach. »Denn ich kann dir …«

»Danke für das Gespräch, Mr. Hill. Bis bald!«

Ich drehte mich viel zu schnell um, sodass ich beinahe gegen die geschlossene Tür gekracht wäre, ließ mein flammendes Versprechen zurück und rannte den Korridor entlang, bevor es mich einholen konnte.

»Das wird schon. Das wird schon. Das wird schon«, murmelte ich in der Schlange fürs Mittagessen vor mich hin. Meine Beine zappelten wie von selbst, als ich die Aufgabenstellung anstarrte, die aus meinem Buch hervorlugte. Die Wände meiner Blase zogen sich immer schneller um mich herum zusammen. Wenn Monday nicht bald zurückkam und mir half, sie wieder aufzublasen, würde ich in dieser Welt, die ich mir selbst erschaffen hatte, ersticken.

»Glaubst du, Mondays Mom hat sie weggeschickt, weil die beiden Lesben waren?«, flüsterte eine Stimme hinter mir.

»Wahrscheinlich«, gab eine andere zurück. »Du hast doch gehört, dass sie im letzten Schuljahr zusammen auf dem Klo erwischt wurden, oder? Als sie eklige Sachen gemacht haben.«

Ich widerstand dem Drang, mich umzudrehen, ganz egal wie sehr diese Worte Löcher in meine Blase brannten.

»Das waren doch nur Gerüchte.«

»Pff. Sind ja wohl keine Gerüchte, wenn man es mit eigenen Augen gesehen hat.«

»Schätze, Monday hat es eben mit Jungs und Mädchen getrieben. Eine echte Schlampe … genau wie ihre Schwester.«

»Hast du auch davon gehört, dass sie Ed Borough dichtmachen?«

»Ja … Aber die Stadt hat gesagt, dass sie die Leute danach wieder hinziehen lassen. Wenn sie erst mal neue Häuser gebaut haben oder so.«

»Ha! Ich habe eine Cousine, die früher in Cappers gewohnt hat. Da hat die Stadt das Gleiche gemacht. Alles platt gewalzt und nachher durfte keine der Familien dort wieder einziehen. Ich glaube, wo die Temple Courts standen, ist jetzt ein Parkplatz. Sie und ihre Schwester leben wahrscheinlich jetzt am Arsch der Welt in Blubberhausen.«

Die Bücherei bewahrte Millionen von Geschichten in einem Glashaus auf. Ein einziger Steinwurf wäre genug, und die Geschichten könnten herausfließen. So fühlte es sich auch mit meiner Blase an. Ein scharfer Stein, und all meine Geheimnisse würden hervorsprudeln. Aber Mr. Hill würde Monday finden, sie würde bald zurück sein, dachte ich.

»Hi, Miss Paul!«

Miss Paul sah von ihrem Schreibtisch auf, blickte mich über den Stapel Bücher hinweg an.

»Hallo, Süße. Wie geht's dir?«

Nun, da Monday nicht da war und Ma und Daddy mit Arbeiten beschäftigt waren, kam mir das Haus wie eine leere Hülle vor, in der jeder Schritt laut widerhallte. Die Bücherei bot zumindest ein bisschen Erholung davon.

»Mir geht's gut. Ich häng 'ne Weile im Medienzentrum rum.«

»In Ordnung, ich sag' deiner Mutter Bescheid, dass du hier bist.«

»Cool«, erwiderte ich und machte mich auf den Weg nach hinten.

»Ach, Claudia! Hör mal, ich habe Monday schon eine Weile nicht mehr gesehen. Wie geht's ihr denn?«

»Sie … Ihr geht es gut«, log ich. »Sie hat bloß viel zu tun.«

»Ach so, na gut. Ich war es bloß so gewöhnt, dass sie immer den ganzen Sommer über hier herumsprang, deswegen dachte ich schon, sie wäre umgezogen oder so was.«

»Sie haben sie früher immer gesehen … in den Sommerferien?«

Sie lachte leise. »Fast jeden Tag. Ihre Schwester meldete sie doch jedes Jahr für das Bildungssommerlager an.«

Monday hatte nie erwähnt, dass sie im Ferienlager war. Im Gegenteil, sie schwor, sie habe die ganze Zeit nichts zu tun gehabt, nur zu Hause herumgehangen mit ihrem Bruder und den Schwestern, oder sei auf dem Basketballplatz gewesen und habe den Spielen zugesehen.

»Nun, jedenfalls habe ich gesehen, dass sie auf der Liste mit den überfälligen Büchern steht, und dachte, vielleicht ist sie ja weggezogen oder hat vergessen, das Buch abzugeben.«

Unmöglich. Monday achtete peinlich genau darauf, ihre Bücher pünktlich abzugeben. Sie würde lieber durch den strömenden Regen zur Bücherei laufen, als eine Gebühr für die verspätete Abgabe in Kauf zu nehmen.

Ich zwang mir ein Lächeln auf die Lippen. »Na ja, ich kann ihr ausrichten, dass Sie nach dem Buch suchen. Welches, äh, was war das noch mal für ein Buch?«

Miss Paul zog ein Blatt Papier aus der Schublade und fuhr mit dem Finger die aufgelisteten Namen entlang. »Ach ja … Es war *Blumen der Nacht.*«

Mein Magen verkrampfte sich und ich trat vom Tresen zurück. »Okay. Danke, Miss Paul. Ich werde sie daran erinnern, dass sie es zurückgibt.«

Ich eilte hinunter in den Medienraum und blieb dort stehen, um meine wild durcheinanderwirbelnden Gedanken zu sortieren. Monday hatte das Buch eine Woche vor meiner Abreise nach Georgia ausgeliehen. Sie hatte dieses Buch sogar viele Male ausgeliehen. Ich erinnerte mich an das Cover, den komischen Titel, die Dellen, die sie auf den Seiten hinterließ, als sie es in unserem Zelt las. Wieso hatte sie das Buch immer noch?

Seit der dritten Klasse gingen Monday und ich an Halloween als Duo ›Süßes oder Saures‹ spielen. Feen, Clowns, Hexen … Eier und Speck. Aber wir standen kurz vor der High School und brauchten ein erwachseneres, durchdachteres Kostüm. Ich liebäugelte mit dem Gedanken an Engel oder Zimmermädchen, bis ich eine Zeitschrift durchblätterte und dort das perfekte Kostüm entdeckte: sexy Polizistinnen – inklusive der Handschellen mit Plüschüberzug.

Das war zumindest der Plan gewesen.

Am Samstagabend eine Woche vor Halloween saß ich am Küchentisch und war kurz davor, mir die Haare zu raufen, weil ich mit einem umfangreichen Projekt für Geschichte kämpfte, das in der kommenden Woche abgegeben werden musste. Monday und ich arbeiteten immer gemeinsam an solchen Projekten. Ich war für den

Kreativpart zuständig: Poster, die perfekt gestaltet waren, Überschriften aus ausgeschnittenem Tonpapier, nachgebaute Silhouetten alter Städte aus den Papprollen von Küchentüchern und Zeitungspapier. Monday kümmerte sich um den Inhalt. Wir bekamen jedes Mal ein A. Wir. Immer nur wir. Ich wusste nicht, wie man allein arbeitet.

Ich schaute fast jeden Tag in Mr. Hills Büro vorbei, um wegen Monday nachzuhaken. Jedes Mal sagte er, er würde sich bei mir melden, bis es sich so anfühlte, als würde dieser Tag niemals kommen.

»Die Wochen sind so schnell vergangen, dass mir gar nicht aufgefallen ist, dass es längst auf Halloween zugeht«, stellte Ma fest, die über der Spüle einen Haufen Äpfel schälte, aus denen sie Paradiesäpfel für eine Verkleidungs-Geburtstagsparty eines Kindes machen würde. Die Bestellungen für ihr Catering-Business nahmen um die Feiertage herum immer zu.

»Wenn ich diese Party nicht vorbereiten müsste, hätte ich das glatt vergessen!«

Ich seufzte und durchsuchte mein Buch nach Formulierungen und Zitaten, die ich verwenden konnte. Das war gemogelt, das wusste ich, aber ich hatte keine Ahnung, was ich sonst tun sollte. Mein Projekt roch nach Versagen und die Wörter … sahen irgendwie falsch aus. Irgendetwas daran fühlte sich falsch an, egal wie oft ich sie hinschrieb. Ich knüllte ein weiteres Blatt Papier zusammen und warf es auf den Boden, zum Rest der Schneebälle, die überall um mich herumlagen.

»Mensch, ich wundere mich, dass du mich noch gar nicht auf Geld für dein Kostüm angesprochen hast. Oder bist du jetzt zu groß zum Verkleiden?«

Ich schüttelte den Kopf, während ich planlos auf den Seitenrändern meines Schulhefts herummalte. In meiner Blase schwelte Dampf umher, ein geschlossener Deckel auf einem Topf, der gleich überkochen würde.

Ma blickte sich über die Schulter um und sah mein halb aufgegessenes Abendessen.

»Süße, was ist denn los? Hast du gar keinen Hunger?«

Ich biss mir auf die Lippe und wandte mich von den Fragen ab, die lediglich Salz in die Wunde rieben, die durch Mondays Abwesenheit entstanden war. »*Was ist denn los? Geht es dir gut? Ist alles in Ordnung?*« Immer wieder dasselbe.

»Freust du dich denn nicht auf Halloween?«

»Nein«, murmelte ich und grub meine Nägel in meinen Oberschenkel.

»Wirklich nicht? Wieso denn nicht? Du und Monday, ihr habt uns doch jedes Jahr völlig verrückt gemacht, wenn es darum ging, um die Häuser zu ziehen und ›Süßes oder Saures‹ zu rufen.«

Die Erwähnung ihres Namens reichte aus, um mich hilflos in den Abgrund trudeln zu lassen. Mein gesamter Körper zitterte, bevor sich die Tränen, die sich in den vergangenen Wochen in mir angestaut hatten, endlich mit aller Wucht Bahn brachen.

»Weil Monday und ich als sexy Polizistinnen gehen wollten. Und jetzt ist sie nicht mehr da und ich habe niemanden, mit dem ich um die Häuser ziehen kann, weil mich niemand leiden kann!«

Ma ließ die Äpfel ins Spülbecken fallen und kam schnell zu mir herüber, während ich meinen Kopf auf mein Schulbuch krachen ließ.

»Hey, hey, hey«, summte sie tröstend und rieb mir sacht kreisend den Rücken. »Was redest du denn für einen Unsinn? Natürlich hast du Freunde!«

»Nein, habe ich nicht«, schluchzte ich. »Niemand mag mich! Niemand will mit mir befreundet sein!«

Ma schüttelte den Kopf, als wollte sie mich ein ›Dummerchen‹ schelten, und wischte mir mit dem Küchenhandtuch die Tränen weg. Sie glaubte nicht, dass ihr einziges Kind so übertrieben sentimental sein konnte. Mit einem Seufzer räumte sie meinen Teller ab und holte eine Packung Eiscreme aus dem Kühlschrank. Ich schniefte und weichte die Seiten meines Buches auf.

»Was hältst du davon … Wieso schauen wir nicht auf dem Rückweg von der Kirche mal bei Monday zu Hause vorbei?«, schlug Ma mit dem Rücken zu mir vor. Ihre Stimme klang unsicher, als sie das Eis mit den Schokostückchen in zwei Schüsseln löffelte. »Ich könnte mich mit ihrer Mama unterhalten und schauen, was los ist. Wie hört sich das an?«

Sie setzte sich neben mich, hielt mir einen Löffel hin und schenkte mir ein Lächeln mit zusammengepressten Lippen. Der Gedanke gefiel ihr selbst nicht, das konnte ich sehen, aber sie hätte alles getan, um mich glücklich zu machen. Ich nickte und zog die Nase hoch, wollte nach dem Löffel greifen, als sie ihn wieder wegzog.

»Aber nur unter einer Bedingung. Ich möchte, dass du der Jugendgruppe der Kirche beitrittst.«

»Och … Ma, nein«, stöhnte ich und ließ den Kopf erneut auf mein Buch fallen.

Jedes Jahr versuchte Ma mich dazu zu bringen, dass ich in die Jugendgruppe eintrat. Eine Gruppe nerdiger

Bibelfanatiker. Wenn die anderen aus meiner Schule das herausfanden, würden sie mir bloß ein weiteres Etikett anhängen, und ich hatte doch schon so viele davon, und es war unmöglich, sie loszuwerden.

»Das wird dir guttun und du findest sicher ein paar Freunde dort. Mehr Freunde, meine ich. Die feiern dort sogar auch eine kleine Halloweenparty. Na ja, eine Erntedank-Party, aber da gibt es auch Süßigkeiten und Spiele. Ich bin sicher, du hättest viel Spaß.«

Das klang schrecklich. Besonders weil ich auf keiner Party mehr gewesen war, seit ich die kirchliche Tanzgruppe verlassen hatte. Ebenso wenig war ich seither bei der Bibelstunde oder in der Sonntagsschule gewesen. Würden die mich überhaupt wieder mitmachen lassen?

»Was meinst du, hm? Du trittst der Gruppe bei und ich rede mit Mondays Mutter. Einverstanden?«

Ich hatte nicht wirklich eine Wahl.

»Okay. Einverstanden.«

NACHHER

Liebe Monday,

ein frohes hallooween! Das war wol nichts mit den sexy Pollizistinnen Kostühmen dieses Jahr. So was kann ich in der Kirche nicht anzien. Ich muss orntlich aussehn, also trage ich schwartz. Hast du noch meine orange Strikjacke? Kann sie nicht finden. Das wird die ödesde hallooween Party der Weld. Keine Gruselfilme, keine Kostühme, warscheinlich nicht mal Süsigkeiten.

Das Kellergeschoss der Kirche war ein großer, offener Raum mit gelben Linoleumfliesen, cremefarbenen Wänden und Bibelversen in tintenblauer Schreibschrift neben Gemälden des schwarzen Jesus. Auf der linken Seite befand sich eine Küche, die Kantinengröße hatte und in der Ma über die Weihnachtsfeiertage und am jährlichen Suppenküchentag ehrenamtlich kochte. Rechts gab es drei kleinere Unterrichtsräume für die Sonntagsschule. Für Veranstaltungen wie Halloween (oder Erntedank, weil kein guter Christ einen so dämonischen Feiertag begehen würde) stellten sie an den Wänden Tische und Stühle auf, an denen man frommen Beschäftigungen nachgehen konnte, während aus den von der Mediengruppe aufgestellten Lautsprechern leise Gospelmusik tönte. Ich stand beim Getränketisch, der mit einer orangefarbenen Plastiktischdecke und Herbstblättern dekoriert war, und hielt mich an einem Becher Limonade fest, während ich mir die letzten Bissen von Mas Apfelkuchen gönnte, den sie für die Veranstaltung gespendet hatte. In meinem roten Pulli war ich das aufgedonnertste Mädchen im Raum. Der Party fehlte die richtige Musik, um die Leute zum Tanzen zu bringen, aber ich konnte mir diese Menschen sowieso nicht beim Twerken vorstellen.

»Willst du den ganzen Abend da stehen bleiben?«, fragte eine Stimme hinter mir.

Wer zur Hölle behält mich denn im Blick wie die Pausenaufsicht, dachte ich und sah mich nach dem Schuldigen um. Ein Junge – groß, muskulös, mit dunkler Haut so wie Daddy, in schwarzer Stoffhose und einem zitronengelben Hemd, das zum Fußboden passte – stand hinter dem Tisch mit den Snacks an die Wand gelehnt.

»Du hast dich seit einer Stunde keinen Zentimeter vom Fleck bewegt«, stellte er mit leisem Lachen fest.

Ich war verblüfft; mir blieb der Mund offen stehen. »Bist du … neu hier oder so was?«

Er lachte. »Machst du Witze? Wir sind seit der ersten Klasse zusammen zur Sonntagsschule gegangen. Claudia, ich bin's, Michael.«

Ich ging auf ihn zu und starrte ihn an, bis ich seine Augen endlich wiedererkannte. Früher hatte er sie beim Lächeln immer zusammengekniffen und seine dicken Backen hatten sie fast komplett zugedrückt.

»Oh. Hi, Mikey.«

Sein Lächeln verschwand abrupt. »Nicht Mikey. Michael. Ich hasse Mikey.«

»Mein Fehler, *Michael*«, erwiderte ich grinsend und verdrehte die Augen. Sicher, ich kannte ihn schon mein ganzes Leben lang, aber (und man muss das so deutlich sagen) Mikey war immer das pummelige Kind in der Kirche gewesen. Ich hatte ihn seit Juni nicht gesehen, als die Kirche ihn mit einem Geschenkgutschein überraschte, weil er den Abschluss an der Middle School mit Auszeichnung gemacht hatte. Und nun war er über Nacht zu einem Riesen herangewachsen und die Kilos waren dabei wie Butter in der Sonne geschmolzen.

»Bist du denn nicht inzwischen zu cool für uns Kirchenmäuse? Wo du doch jetzt einen neuen Namen hast und so.«

»Ich mische mich gern unters gemeine Volk«, vertraute er mir an, während er sich eine Handvoll

Käsebällchen aus der Schüssel nahm und sich eins davon in den Mund steckte. »Und Mrs. Duncan hat mich gefragt, ob ich helfen kann, das DJ-Pult aufzubauen.«

»Was für ein DJ? Ich habe bisher nur Gospelmusik in Dauerschleife gehört.«

»Mensch, nun tu doch nicht so, als könnte man zu Kirk Franklin nicht abrocken«, erwiderte er und hob rhythmisch die Schultern.

Ich erinnerte mich gar nicht daran, dass er so lustig gewesen war. Sonst hatte er kaum je mehr als drei Worte mit mir gewechselt, sondern war immer vollauf damit beschäftigt gewesen, der Mediengruppe beim Gottesdienst oder Gospelfeiern zu helfen.

»Da hast du natürlich auch wieder recht.«

»Oh, warte, das hatte ich ja ganz vergessen. Du stehst auf Go-go. Gibt es irgendwelche Go-go-Gospelstücke, die du dir wünschen würdest?«

Ich lachte und es fühlte sich gut an, lachen zu können. »Na ja … Ja. Da gibt's die *Agape Band, Radical Praise* oder *New Found Love* … Einige von denen haben tatsächlich ein paar Songs, zu denen man tanzen kann.«

Sein Gesicht erhellte sich. »Ach so, du möchtest tanzen? Bedeutet das, dass du zurückkommst und wieder der Tanzgruppe beitrittst?«

Mein Lächeln schwand ein wenig. »Nee. Ich habe einfach … ziemlich viel zu tun.«

»Ach, schade, Mensch. Ich dachte, du … Weißt du, du bist eine echt gute Tänzerin. Na, jedenfalls habe ich dich reinkommen sehen und gedacht, ach, dann bleibe ich doch auch und genieße die Party. Ist schön, dich zu sehen.«

»Äh, ja«, murmelte ich verwirrt. Wir kannten uns doch gar nicht besonders gut. Meist achtete ich gar nicht groß auf ihn. Wieso verhielt er sich auf einmal, als wären wir Freunde? Und wann war er so niedlich geworden?

»Wieso schaust du denn so überrascht?«, wollte er mit einem Lachen wissen.

»Tue ich doch gar nicht«, erwiderte ich mit gerötetem Gesicht und wechselte das Thema. »Wie läuft es denn so in der High School?«

Er legte den Kopf zur Seite und bedachte mich mit einem merkwürdigen Blick, bevor er grinste. »Mann, es ist irre cool. Du stellst dir deinen Stundenplan selbst zusammen. Du musst keine Uniform tragen. Es sind viel mehr Schüler. Und ich bin sogar im Football-Team!«

»Hast du dadurch so krass abgenommen?« Die Frage entschlüpfte mir, bevor ich sie runterschlucken konnte.

Er zuckte die Achseln. »Schätze, schon. Aber so dick war ich doch auch gar nicht, oder?«

»Äh, nee. Nicht wirklich.«

Eine Gruppe Mädchen, die in einem Kreis zusammenstanden, verzogen die Münder zu spöttischem Grinsen und flüsterten gedämpft miteinander, während sie uns beobachteten. Ich trat ein Stück zur Seite, weg von ihm, brachte meine Haare in Ordnung und wünschte mir, ich hätte ein niedlicheres Outfit getragen.

»Du warst bisher noch nie auf einer Erntedank-Party«, stellte Michael fest und bot mir einen Käseflip an. »Warum nicht?«

Ich wusste nicht, was ich sagen sollte, ohne verrückt zu klingen. Ich meine, wie sollte ich erklären, was ich selbst nicht verstand? Meine beste Freundin war wie vom Erdboden verschluckt und ich hatte keine anderen Freundinnen, mit denen ich um die Häuser ziehen und Halloweenstreiche spielen konnte.

»Ich bin sonst an Halloween immer um die Häuser gezogen … mit meiner Freundin.«

»Oh«, sagte er mit einem entgeisterten Keuchen, als hätte ihm jemand einen Schlag in den Magen verpasst, und riss dazu die Augen weit auf.

»Aber … das ist eben Kinderkram!«, fügte ich rasch hinzu, um die Sache herunterzuspielen.

Er machte eine Geste, die den Raum einschloss, und grinste schwach. »Und das hier ist besser?«

»Meine Güte, du stellst aber eine Menge Fragen.«

Verletzt trat er einen Schritt zurück. »Hör mal, ich versuche doch nur, mich mit dir zu unterhalten. Du machst es mir echt nicht leicht. Scheiße, Mann.«

Mein Rücken versteifte sich, während ich an Monday dachte. Was würde sie tun? Sie freundete sich so leicht mit anderen an, selbst dann, wenn ich nicht wollte, dass sie es tat.

»Tut mir leid«, murmelte ich. »Das hier ist bloß nicht das, was ich heute Abend vorhatte. Aber dann hat sich eben der Plan geändert.«

Er lächelte wieder. »Wie mein Dad immer sagt, Shit happens.«

»Michael! Du fluchst im Haus Gottes!«

»Mann, wir sind in seinem Keller. Er versteht das schon«, erwiderte er mit einem Lachen. »Hey, wir sollten mal was zusammen unternehmen, weißt du?«

Ich warf erneut einen Blick zu den Mädchen, die in der Ecke standen, und hoffte, dass sie ihn nicht gehört hatten. Dass sie nicht sahen, wie rot ich wurde, wie eine Kirsche.

»Äh. Wieso willst du denn mit mir abhängen? Wir kennen uns doch kaum.«

Er zuckte die Achseln. »Ich weiß nicht. Ich meine ja nur, wir gehen in dieselbe Kirche und so.«

»Ja, na ja«, stimmte ich ihm zu, fühlte mich aber immer noch unbehaglich.

»Und ich habe den Eindruck, du könntest einen Freund gebrauchen.«

»Woher willst du denn wissen … Moment, hat meine Ma dich geschickt, damit du dich mit mir anfreundest?«

Sein Lächeln schwand, der Mund ein gerader Strich. »Na ja, ich sah sie wegfahren … und ich weiß …«

Ich warf meinen Becher in den Mülleimer und stürmte davon.

ZWEI JAHRE VOR DEM VORHER

»Hierher, Mädels! Leert die Beutel mal hier aus«, instruierte Mrs. Charles uns grinsend, während sie auf unserem Küchentisch Platz machte, um alles auszubreiten. August trug ein Transformers-Kostüm in Blau und Rot und hielt sich an ihrem Bein fest. »Ich möchte mir euren Süßkram anschauen, bevor ihr anfangt, davon zu essen. Die Leute stecken manchmal irgendwelche Pillen oder Rasierklingen rein.«

Monday und ich flatterten ins Haus. Wir waren zwei Hummeln in gelb-schwarz gestreiften Kleidern, mit Antennen und Honigtöpfen. Ma folgte uns und kicherte leise, als sie die Tür schloss.

»Bsssss«, machte Monday kichernd und umkreiste mich dabei.

»Hey, April«, sagte Ma und schüttelte den Kopf. »Was macht die Kleine denn?«

Eine strahlende April blickte von ihrem Platz auf dem Sofa auf. Die kleine Tuesday schlief in ihren Armen. Sie hatte angeboten, mit dem Baby zu Hause zu bleiben und Horrorfilme zu schauen, während wir um die Häuser zogen. »Hey«, flüsterte sie mit einem warmen Lächeln auf den Lippen. »Sie schläft tief und fest.«

Ma schlich auf leisen Sohlen zum Sofa hinüber und betrachtete Tuesday, die als Baby-Kürbis verkleidet war.

»Oh … So ein Schatz«, flüsterte sie und streichelte Tuesdays Wange sanft mit der Oberseite ihres Fingers.

April strahlte sie stolz an. »Ja. Ich glaube, sie hat gute Chancen als kleines Model oder Schauspielerin für Baby-Rollen. Ich muss mal ein paar Bilder von ihr machen und sie diesen Hollywood-Agenten schicken.«

Ma nickte zustimmend und mit sehnsuchtsvollem Blick. »Ja. Sie ist … perfekt.«

Ich schluckte und raste zu ihr hinüber. »Äh, Ma? Ma!«

Ma schüttelte die Trance ab und blinzelte, als wären plötzlich alle Lichter angegangen.

»Ja, meine Süße. Entschuldigung. Was hast du gesagt?«

»Äh, darf Monday heute hier übernachten?«

»Ja, natürlich«, murmelte sie.

Wir betraten die Küche, in der August unter dem Tisch herumrollte und Monday ihrer Mutter aufmerksam auf die Finger schaute. Sie wollte nicht, dass sie etwas von unseren hart erarbeiteten Süßigkeiten einsteckte.

»Claudia!«, rief Ma mit Blick auf den Tisch. »Hast du denn für die restlichen Kinder in D. C. auch noch etwas übrig gelassen?«

»Klar! Ich habe denen ganz viel von diesem weichen Zeug übrig gelassen, das Grandma so gern mag«, antwortete ich lachend und hüpfte zum Kühlschrank. Monday holte den Cranberrysaft heraus und Mrs. Charles hatte jede ihrer Bewegungen im Blick.

»Janet«, sagte Mrs. Charles mit leiser Stimme. »Hast du Dedrias Gesicht gesehen, als sie die Tür aufgemacht hat?«

Bei der Erwähnung von Shaylas Mutter wurde ich hellhörig. Monday und ich wechselten einen Blick.

Ma schürzte die Lippen. »Ja, hab ich gesehen.«

Mrs. Charles schüttelte den Kopf. »Sieht aus, als hätte der Mann ihr diesmal ins Gesicht getreten.«

Ma seufzte. Ihr Blick flackerte in unsere Richtung, während Monday und ich so taten, als würden wir nicht hinhören, und uns langsam den Saft einschenkten.

»Nun, ich bete für sie.«

»Wir müssen mehr tun, als nur zu beten«, drängte Mrs. Charles. »Dieser Kerl könnte sie umbringen.«

»Das ist deren Privatangelegenheit. Ist ja ihre Ehe.«

Mrs. Charles hob das Kinn. »Deren Privatangelegenheit ist nicht mehr so privat, wenn sie ihr deutlich ins Gesicht geschrieben steht.«

»Du kannst einer Frau aber auch nicht vorschreiben, dass sie ihren Ehemann verlassen soll.«

»Was würdest du denn sagen, was sie machen sollen? Zur Therapie gehen oder so was?«

»Natürlich nicht. Man braucht keinen Doktor, der einem sagt, wie man Familienangelegenheiten klärt!«

»Nun, zumindest darin sind wir einer Meinung. Aber kein Mann sollte je Hand an eine Frau legen. Niemals! Das trichtere ich meinen Mädchen Tag für Tag ein. Ich habe das lange genug erlitten und weiß Bescheid.«

»Ich weiß … Aber du kannst einer Frau nicht sagen, was sie zu tun hat, wenn sie das eben nicht tun will!«

»Du könntest es ihrer Mutter sagen. Die wird dir zuhören. Sie geht doch in dieselbe Kirche wie du, oder? Denk doch nur an ihre Tochter. Würdest du wollen, dass Claudia dich so sieht?«

Ma blinzelte heftig. Sie kniff die Augen zusammen und die Spannung war plötzlich greifbar. Monday und ich wechselten einen nervösen Blick. Unsere Mütter waren nicht gerade die besten Freundinnen. Sie tolerierten einander nur um unsertwillen. Deswegen versuchten wir häufig, Feuer einzudämmen, bevor sie sich ausbreiteten.

»Entschuldige, Ma«, mischte ich mich zaghaft ein. »Dürfen wir bitte an den Computer?«

Ma rümpfte die Nase, bevor sie den zornigen Blick von Mrs. Charles abwandte. »Der funktioniert immer noch nicht, Süße. Dein Vater glaubt, dass er einen Virus hat.«

Mrs. Charles schnaubte verärgert. »Von diesen Computern sollte man sowieso die Finger lassen. Die

Regierung beobachtet euch durch diese Dinger. Die verfolgen jede deiner Bewegungen. Schaun sich an, was für Lebensmittel du kaufst, welche Musik du hörst. Die ham sogar ein Auge drauf, welche Bücher du in der Bücherei ausleihst.«

»Wieso sollten die uns in der Bücherei überwachen?«, fragte ich, bevor ich darüber nachdenken konnte.

»Weil sie wissen wolln, was du liest.« Sie stieß mit ihrem Finger gegen ihre Schläfe. »Die wolln in deinen Kopf reinsehn und wissen, was du denkst, damit sie …«

»Kinder!«, ging Ma laut dazwischen, als sie ihren Tonfall bemerkte. Sie räusperte sich. »Es ist schon spät. Wieso geht ihr nicht nach oben und macht euch fertig fürs Bett?«

Monday schnappte sich ihren Becher und wollte sofort abzischen.

»Hey, nich so schnell, Freundchen«, rief Mrs. Charles spöttisch. »Wo bleibt mein Kuss?«

Monday erstarrte mit angespanntem Gesicht. Sie kam auf Zehenspitzen wieder zurück und beugte sich langsam zu ihrer Mom, gab ihr einen schnellen Kuss auf die Wange.

Mrs. Charles feixte. »In Ordnung, und du benimmst dich!«

Monday nickte schnell, bevor sie aus der Küche rannte. Ich folgte ihr, stieg aber langsamer die Treppe hinauf, weil es mir Sorgen bereitete, die beiden jetzt allein zu lassen.

»Und wirst du nun morgen mit Dedrias Mutter sprechen, oder was?«

Ich hielt inne und spähte über das Geländer.

Ma schüttelte den Kopf. »Patti, sie muss ihn aus eigenem Antrieb verlassen. Ich habe kein Recht, mich da einzumischen!«

Mrs. Charles funkelte sie wütend an. »Janet, dieser Kerl wird sie eines Tages umbringen! Wenn das geschieht, kannst du dich dann noch im Spiegel ansehen?«

Ma entglitten die Gesichtszüge und sie rang die Hände, ein Bild der Zerrissenheit. Ihr Blick huschte nach oben zur Treppe und sie sah mich direkt an. Ich rannte eilig in mein Zimmer und warf mich ins Zelt, wo Monday bereits wartete.

Wir schlürften unseren Saft und lauschten angestrengt, als Mrs. Charles, April, August und Tuesday in den Wagen eines Freundes stiegen und nach Hause fuhren.

»Du hast das Gesicht von Shaylas Mom aber auch gesehen, oder?«, murmelte Monday, ohne mich dabei anzusehen. »All die blauen Flecken?«

»Ja«, gab ich zu. »Shayla hat gesagt, sie hat einen Unfall gehabt.«

Monday lachte leise. »Ja, die Art Unfall, bei dem die Faust ihres Dads mit dem Kiefer ihrer Mom zusammengekracht ist.«

»Du weißt doch nicht, ob es so gewesen ist.«

Sie schürzte die Lippen. »Und du weißt nicht, dass es *nicht* so gewesen ist.«

Sie kletterte aus dem Zelt, stellte sich ans Fenster und starrte ausdruckslos zur Bücherei hinüber.

»Was ist? Siehst du jemanden dadrinnen?«, fragte ich nur halb im Scherz, während ich mich zu ihr gesellte und unser Spiegelbild in der Fensterscheibe bewunderte – wir beide wie Zwillinge.

Monday verschränkte die Arme. »Glaubst du, die beobachten uns wirklich? Die Regierung?«

Ich zuckte die Achseln. »Wenn sie uns beobachten, dann sehen sie ja nur einen Haufen Kinderbücher. Bücher, die nicht aussagen, dass wir versuchen, die Weltherrschaft zu übernehmen.«

»Stimmt«, sagte sie lachend. »Hey! Ich habe gehört, dass sie im Freizeitzentrum eine Halloweenparty hatten.«

»*Du* wolltest ins Freizeitzentrum?« Monday schwor stets, dass sie das Freizeitzentrum von Ed Borough hasste. Zu viele Kinder und Jugendliche aus ihrem Viertel hingen dort ab und sie versuchte, sich so weit wie möglich von ihnen fernzuhalten.

Sie zuckte die Achseln. »Vielleicht …«

Am nächsten Tag redete Ma in der Kirche mit Shaylas Großmutter. Mrs. Charles sprach mit der Schule. Und Shaylas Vater tauchte unter.

NOVEMBER

Wenn Mrs. Charles eine Farbe wäre, dann wäre sie Gelb. Hell, fröhlich, goldene Sonnenstrahlen. Eine reife Banane, ein neuer Textmarker, süß wie Ananas, sauer wie Zitronen. Man könnte sie in einer Wiese voller Löwenzahn aus den Augen verlieren. Ein Tropfen ihres Farbtons reichte aus, um einfachen Buttercreme-Guss in eine wunderbare Ostertorte zu verwandeln.

Aber ein einziger Tropfen einer anderen Farbe konnte ihren Glanz ruinieren. Wenn man sie zu lange in der Sonne liegen ließ, würde die Bananenschale zu faulen anfangen. Die Spitze ihres Textmarkers nutzte sich ab und wurde schwarz. Die Schale der Ananas war stachelig und machte es bisweilen unmöglich, sie zu öffnen.

Und Löwenzahn ist nichts weiter als hübsches Unkraut.

VORHER

Wenn Gott meine Gebete hören könnte, würde er dem Postboten dabei helfen, meine Notenaufstellung zu verlieren, die in der Mitte des Quartals verschickt wurde. Er würde dafür sorgen, dass meine Eltern nie zu sehen bekamen, dass ich in fast jedem Fach außer Biologie durchfallen würde. Der Druck lastete schwer auf meiner Blase, wie ein Pfannenwender, der versuchte, einen Pancake platt zu drücken. Die Schule sollte oberste Priorität haben, aber nichts war wichtiger, als Monday zu finden. Wenn sie erst zurück war, würde alles wieder seinen normalen Gang gehen. Ich brauchte nur etwas Hilfe von einer Mitspielerin meiner Mannschaft.

»Hi, Miss Valente«, überfiel ich sie in ihrem Klassenzimmer; ein weiterer Besuch aus Verzweiflung.

»Claudia!«, stieß sie verwirrt hervor, wirkte aber gleichzeitig erfreut, mich zu sehen. »Äh … Wie geht's dir denn?«

»Es … geht.«

Sie hob eine Braue. »Hm. Möchtest du vielleicht ein Truthahnsandwich mit mir teilen?«

»Klar!«

Ich setzte mich auf meinen alten Platz und freute mich über die Dekoration im Raum. Shakespeare-Zitate, Fakten aus der schwarzen Geschichte. Im Gegensatz zu Miss O'Donnell gab sie sich Mühe, das Klassenzimmer schön zu gestalten. Miss Valente war die einzige Englischlehrerin, die ich je gemocht hatte. Sie war geduldig, butterweich, aber auch knallhart. Sie übte sogar nach dem Unterricht mit mir. Monday sorgte sich, dass sie irgendwann mein Problem erkennen würde, wenn ich ihr allzu nahekäme. Aber wenn dir immer kalt ist, fühlst du dich eben zur Sonne hingezogen.

»Und, wie läuft denn dieses Schuljahr so?«, fragte sie, während sie ihr Sandwich teilte und auf zwei Stücke Küchenrolle legte.

»Es ist schwer. Echt schwer.«

»Ha! Dann fängt die richtig harte Arbeit auf der High School an. Hast du deine endgültige Wahl denn schon getroffen?«

»Äh, so ziemlich«, erwiderte ich in dem Versuch, nicht mit der Tür ins Haus zu fallen. Ich wollte nicht vorlaut sein und ihr bloß Informationen aus der Nase kitzeln. »Ich muss einen Aufsatz schreiben und all so was.«

Ich biss von meiner Hälfte des Sandwichs ab. Ma hatte mir eingetrichtert, niemals von Fremden etwas zu essen anzunehmen, auch nicht von den Leuten in der Schule. Aber Miss Valente war ein guter Mensch und ich vertraute ihr.

Miss Valente grinste und trank einen Schluck Wasser. »Nun, ich merke doch genau, dass du etwas auf dem Herzen hast. Willst du damit rausrücken oder muss ich dir auch noch den Rest meines Sandwichs anbieten?«

Sie wusste schon immer, wie man direkt zum Punkt kam. »Nee, essen Sie ruhig.«

»Prima! Ich habe nämlich Hunger«, erwiderte sie mit einem verschmitzten Grinsen und biss von ihrer Hälfte ab.

»Ich habe mich nur gefragt, ob Sie irgendwas wegen Monday herausgefunden haben.«

Miss Valente hörte auf zu kauen und schluckte den Bissen herunter. »Warte. Moment. Warte! Monday ist immer noch nicht in der Schule aufgetaucht? Und du hast nichts von ihr gehört?«

»Nee. Haben Sie denn?«

Sie ließ ihr Sandwich fallen und schob hart den Stuhl zurück. »Wir gehen ins Sekretariat.«

Miss Clark war ebenfalls gerade beim Mittagessen und musste sich offenbar schwer zurückhalten, nicht die Augen zu verdrehen, als wir hereinkamen.

»Ja, Miss Valente, wie kann ich Ihnen helfen?«

»Erinnern Sie sich, dass ich vor ein paar Wochen nach einer Schülerin gefragt habe?«, begann Miss Valente ohne Umschweife und klopfte mit dem Finger auf den Schreibtisch. »Monday Charles? Haben Sie da irgendetwas gehört?«

Miss Clark tippte lustlos etwas ein. »In diesem Schuljahr ist keine Schülerin mit diesem Namen angemeldet.«

»Ja, das haben wir bereits beim letzten Mal festgestellt«, erwiderte sie.

»Ach, stimmt! Ich habe ein paarmal versucht, dort anzurufen. Das Telefon ist stillgelegt. Die Sozialarbeiterin hat den Fall bei der CFSA eingereicht, damit die dort nachhaken.«

Miss Valente blinzelte und beugte sich vor, als hätte sie nicht richtig gehört. »Aber … das war vor mehreren Wochen«, entrüstete sie sich. »Ist denn schon jemand dort gewesen?«

»Was ist die CFSA?«, wollte ich wissen.

Miss Clark blickte Miss Valente mit hochgezogener Braue an und nickte mit dem Kopf in meine Richtung. Miss Valente zuckte zusammen. »Äh, das ist die Abkürzung für das Amt für Jugend und Familie.«

Meine Zunge wurde ganz trocken und ich trat einen Schritt zurück, um mich selbst davon abzuhalten, die

Millionen Fragen zu stellen, die mir durch den Kopf schossen und nicht wussten, wohin.

»Ich weiß nur, dass die sich umorganisiert haben, nachdem der Bürgermeister sein Amt angetreten hat«, fügte Miss Clark hinzu.

»Was ist mit der Sozialarbeiterin?«, fragte Miss Valente mit geröteten Wangen.

»Sie hatte einen Notfall in der Familie, ist aber nächste Woche wieder da.«

»Vertritt sie irgendjemand, während sie weg ist?«

»Im Augenblick nicht«, antwortete Miss Clark mit einem Seufzen. »Aber Sie wissen doch, dass sie an der Sache dran ist!«

Miss Valente rieb sich die Schläfen. »Danke. Ich schreibe ihr noch mal eine Notiz, dass sie dranbleiben soll.«

Miss Valente lächelte mir unbehaglich zu, als sie mit mir wieder in den Flur hinaustrat. »Gehen wir den Rest unseres Mittagessens essen.«

»Warum braucht Monday eine Sozialarbeiterin?«, wollte ich nach einigen schweigenden Schritten wissen.

»Manche Familien … brauchen ein bisschen Unterstützung.« Miss Valente rang sich erneut ein Lächeln ab. »Ich bin sicher, dass alles in Ordnung ist. Manchmal liegt es im Grunde nur an fehlender Kommunikation. Verpasste Anrufe oder E-Mails, Missverständnisse und so was. Erwachsene wissen auch nicht immer, wie man ordentlich zusammen im Sandkasten spielt. Wenn die Sozialarbeiterin nächste Woche wieder da ist, wird sie vorbeischauen und mit Mrs. Charles reden. Und dann sehen wir weiter. Ich weiß, du machst dir Sorgen um deine Freundin, aber machen wir uns vorerst deswegen nicht verrückt. Okay?«

Ich versuchte, meine Fantasie im Zaum zu halten, aber in meinem Kopf begann sich ein Bild zu formen. Es fehlte nur ein bisschen Farbe, um es auszumalen und ganz klar erscheinen zu lassen. Wenn ich an Sozialarbeiterinnen denke, dann denke ich an Kinder, die misshandelt werden. Und Monday wurde nicht misshandelt. Das hätte sie mir doch erzählt.

Richtig?

DANACH

Wenn ihr ans Tanzen denkt, dann denkt ihr sicher an Farben wie Zuckerwatterosa und glitzerndes Schneeweiß. Ich nicht. Ich denke an Grau, Silber, rauchiges Dunkelgrau, an die Schattierungen, die ein Bleistift Nummer zwei auf dem Papier hinterlässt. Diese Schlichtheit kann so wunderschön sein.

Wenn ich tanze, versuche ich auszusehen wie Schatten auf einer Heftseite. Ich stelle mir vor, ich hätte die Farbe von Steinen auf dem Grund eines Flusses, wo jede Bewegung einen Wellenschlag hinter der nächsten auslöst. In den wenigen Sekunden, bevor ich in die Höhe springe und meinen Kopf zurückwerfe, bin ich eine makellose Sommerregenwolke.

»Schöne weiche Arme, Claudia«, kommentierte Miss Manis aus der Ecke. Das Studio fühlte sich riesig an, weil nur wir beide dort waren. So viel Platz für Drehungen und Sprünge, ohne dass ich mir Sorgen machen muss, gegen das Mädchen neben mir zu stoßen. Ich könnte die Augen schließen und einfach nur sein.

»Komm, unterhalten wir uns«, rief sie mir zu und ich hüpfte durch den Saal zu ihr. Sie stand bei der Stereoanlage. »Jetzt, meine Liebe, ist es an der Zeit, dass wir über das Stück für deinen Soloauftritt reden. Ich weiß nicht, was die anderen Mädchen dir erzählt haben, aber der Grund, wieso ich die Stücke für euren Auftritt auswähle, statt euch das zu überlassen, ist der, dass ich es wichtig finde, meine Schülerinnen herauszufordern. Sie aus der Schublade zu treiben, in die sie sich selbst gesteckt haben. Heutzutage suchen sich die Schülerinnen Songs aus, die man sowieso Tag für Tag im Radio hört. Songs, die ihr alle auswendig kennt. Aber die Songs, die ich für euch aussuche, haben immer etwas, wozu nur du tanzen kannst. Und nun schließ deine Augen und hör' genau hin. Die Akkorde, die Worte, die Melodie.«

Ein Klavier war zu hören. Starke, gleichmäßige, schöne Anschläge. Dann erklang Adeles unverkennbare Stimme säuselnd aus den Lautsprechern. »All I Ask.«

»Das ist ein langsames Lied«, stellte ich fest, als ich meine Augen nach der zweiten Strophe flatternd öffnete. Im letzten Jahr waren die meisten Soloauftritte der Jazzgruppe temporeich. Nur die Balletttänzerinnen hielten sich an den langsamen Kram.

»Ja. Da dies dein erstes Solo ist, habe ich ein Stück ausgewählt, das Anmut mit Feuer verbindet. Vertrau mir, es ist perfekt für dich. Perfekt, um dich zu heilen. Hör' es dir ein paarmal an und lass es an dich heran. Dann siehst du dich schon bald in diesem Song.«

Ich schluckte meine Enttäuschung herunter. Die Schritte, die Monday und ich uns ausgedacht hatten, konnte ich auf keinen Fall in einem langsamen Stück unterbringen. Es sei denn, sie käme zurück und wir könnten ein paar neue Schrittfolgen erfinden.

Wir beendeten die Tanzstunde und ich machte mich auf den Weg in die Umkleide, wo ich mit dem Mädchen mit dem hohen Dutt zusammenstieß.

»O Scheiße«, murmelte sie und zog sich die Jacke aus. »Du hast mich erschreckt. Ich hatte nicht erwartet, dass heute noch jemand hier ist.«

Sie riss einen der freien Spinde auf und stopfte Schultasche und Stiefel hinein.

»Äh, hi«, murmelte ich und ging zu meinem Spind hinüber.

»Megan«, sagte sie langsam, als wollte sie mich an ihren Namen erinnern. »Claudia, nicht wahr?«

»Äh, ja.«

»Hattest du heute deine Einzelstunde?«, fragte sie und zog sich ein langärmliges, schulterfreies Oberteil an. »Ich auch. Hat sie dir schon deinen Song gegeben?«

Ich nickte und rang mir eine Antwort ab. »Ja. Ein Lied von Adele.«

»Oh! Das ist bestimmt schön«, beschied sie, während sie ihre Schläppchen und Stulpen aus der Tasche zog. »Na dann, bis später.«

»Ja, bis später«, brachte ich krächzend heraus. Ich sah ihr nach, als sie leichtfüßig die Umkleide verließ.

VORHER

Zwei Sonntage gingen ins Land, bevor Ma ihr Versprechen wahr machte. Nach der Kirche fuhren wir direkt zu Mondays Wohnkomplex und parkten vor dem Haus, in dem sie wohnte. Der große Baum war fast komplett kahl und erschien noch größer, noch gruseliger als sonst. Vielleicht war es auch das Haus selbst. Es sah genauso aus wie die Häuser rechts und links daneben, aber irgendetwas am Monday-Haus sorgte dafür, dass man sich bei seinem Anblick einen zusätzlichen warmen Pulli überziehen wollte.

Ma fühlte diese Kälte wohl auch, so wie sie aus dem Fenster auf der Fahrerseite spähte und mit dem Fuß über dem Gaspedal verharrte. Sie seufzte auf und zog ihr Handy aus der Tasche.

»Hey, Baby. Ja, wir sind jetzt vor Mondays Haus … Nur damit du Bescheid weißt … Okay … jaja. Ja, ich weiß … Okay, ich liebe dich auch. Tschüs.«

»Warum hast du Daddy angerufen? Er wusste doch schon, dass wir heute hierherfahren wollten.«

Mas Gesicht war angespannt und sie lächelte mit zusammengepressten Lippen. »Es ist immer gut, wenn jemand weiß, wo du bist. Nur für alle Fälle, weißt du? Brotkrumen, Claudia.«

Sie fühlte sich in der Umgebung von Mondays Haus niemals sicher. Selbst mit Daddy, der immer eine Waffe unter dem Fahrersitz hatte, fühlte sie sich unbehaglich. An diesem Wochenende war Daddy nicht da, aber sie musste ihr Versprechen halten, nachdem sie mich dazu gebracht hatte, mir diese Party anzutun.

Sie stieß die Autotür auf und schloss dann hinter uns doppelt ab. Unsere Absätze klapperten auf dem Gehweg und der Wind ließ tote Blätter auf uns herabregnen.

Als wir vor der Tür standen, hielten wir einen Moment inne und Ma ließ den Blick ein weiteres Mal den Block entlanghuschen, bevor sie anklopfte.

Ein Vorhang flatterte im Fenster im ersten Stock.

»Monday?«, murmelte ich und Ma blickte sich nach mir um.

»Was hast du gesagt?«

»Wer ist da?«, bellte Mrs. Charles und mir standen sofort die Nackenhaare zu Berge.

»Patti? Hier ist Janet«, antwortete sie, als hätte sie jetzt schon genug von diesem Gespräch.

Der flache Absatz meiner Schuhe rieb über den Riss im Beton, über den ich bei meinem letzten Besuch gestolpert war. Im Fenster im ersten Stock bewegten sich die Jalousien. Jemand beobachtete uns. Vielleicht war es Monday, die in ihrem Zimmer eingeschlossen war.

Ich berührte Mas Arm, weil ich Angst hatte wegzuschauen. Ich könnte ja den Moment verpassen, wenn ihr Gesicht hinter der Scheibe auftauchte.

»Was? Was ist denn, Claudia?«, fragte Ma, aber dann zuckten wir beide heftig zusammen, als die Schlösser klackten.

Mrs. Charles riss die Tür zur Hälfte auf und blieb im Rahmen stehen. Ihre Miene war finster und starr. Sie kniff die Augen gegen die Sonne zusammen. Mein Magen verkrampfte sich.

»Ja«, blaffte Mrs. Charles.

Ma nickte ihr zu, registrierte die Jogginghose und das weite, gelbe Shirt.

»Hey, Patti«, grüßte sie mit einem Seufzen. »Wie geht es dir?«

Mrs. Charles kniff die Augen noch mehr zusammen, blickte mich mit hochgezogenen Augenbrauen verärgert an und sah dann wieder zu Ma. Ihr Gesicht hellte sich ein wenig auf, schien aber immer noch bösartig wie eine geschwärzte Sonne.

»Na, sieh sich einer das an, ihr tragt ja wirklich Sonntagsstaat«, stellte sie mit einem kratzenden Lachen fest. »Ich wusste nich, dass Christen auch hausieren gehen. Dachte immer, das tun nur die Zeugen Jehovas. Wie geht's dir, Janet?«

Ma brachte ein falsches Lächeln zustande. »Sehr gut. Und dir?«

Mrs. Charles zuckte die Achseln, während ihre Lippen sich kräuselten. »Ach, weißt du doch. Einfach weitermachen, schätz ich. Hast du gehört, dass sie hier ringsrum alle aus ihrem Zuhause werfen wollen? Die wolln das gesamte Viertel platt walzen und Eigentumswohnungen für Weiße bauen. Die ersten Leute ham schon ihren Räumungsbescheid bekommen.«

»Habe ich gehört«, bestätigte Ma. »Der Pastor spricht davon, eine Vereinigung zu gründen, um die Leute zu beteiligen.«

»Pff. Er ist nicht mein Pastor. Will sich wahrscheinlich nur einbringen, um etwas Geld für die eigene Tasche abzuzweigen.«

»Patti, du weißt, dass er nicht so ist. Der würde

seinen letzten Cent hergeben, um der Gemeinde zu helfen. Auch dir.«

Mrs. Charles warf ihr einen schneidenden Blick zu. »Nun, wenn dein Erlöser-Pastor sich nich einmischt, dann weiß ich wirklich nich, wie ich meine wunderbaren, klugen Kinder weiter großziehen soll, wenn ich auf der Straße lebe. Und wusstest du auch, dass sie Jak und Co. bald dichtmachen?«

»Wirklich?«

»Der Vermieter hat einfach die Pacht verdoppelt. Ich arbeite dort seit fast 15 Jahren. Ich versuche, einen anderen Job zu finden, aber die ganzen weißen Leute wollen schlicht keine schwarze Frau einstellen. Die wollen nich, dass ich meinen Kindern weiter ein Dach über dem Kopf bieten kann. Die wollen bloß mein Haus.«

Ma nickte, als hätte sie Verständnis. Mit einem Seufzer legte sie mir den Arm um die Schultern und zog mich näher zu sich heran. Ich kuschelte mich an ihren Mantel, atmete ihr Parfüm ein, fühlte mich sicherer.

»Na ja, ich wollte bloß vorbeischauen, weil meine Kleine hier ihre Freundin sehr vermisst.«

»Wirklich?« Mrs. Charles lachte leise. »Nun, ich hab Claudia schon beim letzten Mal, als sie hier war, gesagt, dass Monday bei ihrem Daddy ist.«

Ich zuckte zusammen. Ma bedachte mich mit einem Blick, der mir die Haare vom Kopf hätte sengen können. Ich hätte wissen müssen, dass Mrs. Charles mich verpetzen würde.

»Oh. Das hat sie mir nicht gesagt«, presste Ma durch die Zähne.

»Du weißt doch, wie Kinder sind«, erwiderte Mrs. Charles mit heiserem Lachen. »Beziehungsweise wie dein Kind ist. Da es bei dir ja nur zu einem gereicht hat.« Das war ein gezielter Hieb unter die Gürtellinie. Ma hielt den Atem an und packte meine Schulter.

»Nun, wir machen uns dann besser wieder auf den Weg, ich muss bald das Abendessen machen. Sag' Monday liebe Grüße von uns, ja? Vielleicht kann sie uns ja demnächst mal anrufen.«

»Natürlich. Ich sag' ihr, dass ihr vorbeigeschaut habt.«

Meine Sohlen kratzten über den Beton, als Ma mich zurück zum Auto schleifte. Sobald wir beide drinsaßen, warf sie mir einen tödlichen Blick zu.

»Du bist also der Meinung, du wärst jetzt erwachsen und könntest einfach überallhin gehen, wenn es dir einfällt«, fuhr sie mich an. »Warte nur, bis ich deinem Vater davon erzähle!«

»Aber Ma …«

»Ich will *kein* Wort mehr hören, bis wir zu Hause sind! Ich kann nicht glauben, dass du mich hergeschickt hast, damit ich mich vor dieser Frau zur Närrin mache.«

Ich ließ mich tief in meinen Sitz sinken und verabschiedete mich von meiner Fernsehzeit, während ich aus dem Fenster spähte. Mrs. Charles beobachtete uns von der Haustür aus. Ich sah, wie sich ein höhnisches Grinsen auf ihrem Gesicht ausbreitete, fies wie scharfer Senf.

Ma erzählte Daddy nichts davon, dass ich heimlich zu Mondays Haus gefahren war. Sie verwendete ihn bloß gern als Drohung. Stattdessen dachte sie sich selbst eine

Strafe aus. Ich musste ihr zum Beispiel bei den Vorbereitungen für das Thanksgiving-Dinner helfen. Die ganze Familie kam an Thanksgiving bei uns zusammen, weil meine Ma wusste, wie man ein Festessen auf den Tisch brachte. Wegen ihrer Truthahnfüllung sind schon richtige Streitereien ausgebrochen. Dank Daddys fünf Geschwistern kommen da manchmal bis zu 40 Leute gleichzeitig in unserem Haus zusammen.

Jedenfalls bestand meine Strafe darin, das gesamte Haus von oben bis unten zu schrubben und ihr dann in der Küche als Hilfsköchin zur Hand zu gehen. Das klingt nicht so schlimm, aber wenn ihr die Unmengen von Süßkartoffeln gesehen hättet, die ich schälen musste, die grünen Bohnen, die ich in Stücke brechen, den Stangensellerie, den ich klein schneiden, und das Grünzeug, das ich sogar zweimal waschen musste, und all das in einer kochend heißen Küche, dann wüsstet ihr, wieso es die reinste Qual war.

Als Daddy von seiner letzten Liefertour vor dem Feiertag nach Hause kam, waren wir bei Tag drei meiner Bestrafung angelangt und ich hatte bereits einen wahren Berg Käse gerieben. Daddy küsste Ma, die am Herd stand und Cranberrys für das Chutney kochte.

»Meine Damen, wie ich sehe, seid ihr fleißig gewesen. Gut sieht das aus hier«, stellte er mit einem Grinsen fest und stibitzte sich einen Karottenstreifen aus dem Sieb. Er wusste, dass ich etwas angestellt haben musste, wenn ich in der Küche stand und Ma half.

»Ja, deine Tochter ist mir eine *großartige* Hilfe gewesen«, erwiderte Ma und warf mir über die Schulter einen entsprechenden Blick zu.

Dann unterhielten sie sich über die Pläne für Thanksgiving, über die Onkel und Tanten, die mit meinen Cousins und Cousinen zu Besuch kommen würden. Die meisten meiner Cousins und Cousinen waren auf dem College, verheiratet oder schwanger mit Großcousinen. Ich hatte nie einen Haufen Kinder in meinem Alter zum Spielen um mich herum, aber Monday hatte diese Lücke stets gefüllt. Ich war das letzte Baby in Daddys Familie. Die dachten alle, er würde nie heiraten. Er sagt, er hat eben einfach auf Ma gewartet.

Ich konnte kaum die Hand heben, um mir den Schweiß von der Stirn zu wischen, weil meine Arme vom Käsereiben schon ganz schwach waren, während da noch weitere drei Blöcke scharfer Cheddar auf mich warteten. Monday wäre beim Anblick des goldfarbenen Haufens das Wasser im Mund zusammengelaufen. Es war komisch, dass sie bei ihrem Daddy sein sollte statt hier in der Küche, um uns zu helfen. Sie sprach eigentlich nie über ihren Vater. Ich konnte mich tatsächlich nicht erinnern, wann sie ihn zuletzt erwähnt haben mochte. Kurz bevor die kleine Tuesday auf die Welt kam, hatte er sie verlassen. Daher verstand ich auch nicht, wieso Monday jetzt bei ihm leben sollte. Und wieso war April dann nicht auch bei ihm? Und wieso hatten sie eine Sozialarbeiterin?

»Schatz, du kennst doch Tip Charles, oder?«, fragte Ma, ohne von dem Topf aufzusehen, dessen Inhalt sie umrührte. Meine Hand rutschte aus und schrappte am Metall der Reibe entlang.

Daddy brummte. »Tip? Tip aus der High School, meinst du den? Klar.«

»Hast du immer noch Kontakt zu ihm?«

Er zog die Brauen zusammen. »Zu diesem Spinner? Janet, wieso fragst du nach ihm? Ausgerechnet Tip?«

Ma zuckte die Achseln. »Patti sagte, dass Monday bei ihm ist.«

Ich straffte meinen Rücken, und das merkte Daddy. Er hob eine Braue und sah Ma fragend an.

»Und?«

»Und«, erwiderte Ma, die ihn jetzt anschaute, bevor sie mir einen Blick zuwarf, »wir wollten nur sichergehen.«

»Sichergehen?«

»Dass Monday da ist. Schauen, ob es … ihr gut geht. Das ist alles. Seit wir sie kennen, hat das Mädchen doch keinen Tag mit ihrem Daddy verbracht. Und wir haben seit Wochen nichts von ihr gehört.«

In diesem Augenblick wusste ich, dass Ma Mrs. Charles' Geschichte auch nicht glaubte. Auch wenn sie immer noch böse mit mir war, fühlte es sich doch gut an, dass sie wieder auf meiner Seite stand.

Daddy seufzte. »Janet, das ist doch deren Familienangelegenheit. Geht uns gar nichts an.«

»Aber wir …«

»Halte dich bitte einfach aus deren Drama raus, okay?«, unterbrach er sie mit einem Seufzen. »Ich will mit dem Chaos bei denen nichts zu tun haben.«

Ma lächelte und bemühte sich, Ruhe zu bewahren, aber ich wusste, dass sie zunehmend die Geduld verlor. Der wippende Fuß, das angespannte Lächeln … Ich wollte Daddy warnen, aber ich wusste, dies war der einzige Weg, der zu Monday führen würde.

»Schatz, unsere Süße vermisst ihre Freundin. Ist doch nichts Falsches dran, wenn du den Mann anrufst, damit sie mit ihrer Freundin sprechen kann.«

»Ich habe die Nummer dieses Mannes doch gar nicht. Ich habe seit Jahren nicht mit ihm gesprochen.«

»Aber vielleicht kannst du die Nummer besorgen.«

»Nun, warum hast du sie dir denn nicht von Patti geben lassen?«

Ma warf ihr Küchenhandtuch auf die Ablage. »Weil ich dich darum bitte, Gerald! Glaubst du nicht, dass mir das auch schon eingefallen wäre?! Glaubst du, ich bin nicht bei Verstand? Ich bitte dich, *meinen Mann,* von Mann zu Mann mit dem Daddy des Mädchens zu sprechen, und du sitzt hier in meiner Küche und hinterfragst das. Und wie würde das überhaupt aussehen, wenn ich herumlaufe und nach der Nummer eines anderen Mannes frage? Willst du etwa, dass mich alle für irre halten, oder was?«

Eine ganze Minute verging in völliger Erstarrung, bevor Daddy sich räusperte und auf seinem Stuhl hin und her rutschte. Ma regte sich nicht sehr häufig auf, daher wusste jeder, dass es ihr wirklich ernst war, wenn sie es doch tat. Sie hatte eine Hand in die Hüfte gestemmt und rollte ihren Nacken, und ich war jedes Mal überrascht, dass eine so kleine Frau eine so laute Stimme haben konnte. Daddy seufzte und rieb sich über den Schädel. »Na gut. Ich frage mal herum. Werde sehen, ob ich seine Nummer bekomme.« Ma atmete aus und wendete sich wieder ihrem Topf auf dem Herd zu. Ihr Sieg rang ihr ein Lächeln ab.

EIN JAHR VOR DEM VORHER

Die frühe Morgensonne ließ die schneebedeckten Straßen strahlen, als ich etwas gegen mein Fenster klopfen hörte. Schmelzende Eiszapfen, dachte ich und achtete nicht weiter darauf, bis es stärker klopfte, einzubrechen versuchte. Ich stieg aus dem Bett und fragte mich, wieso mir die Eichhörnchen nicht meine Ruhe gönnten. Ich erreichte das Fenster gerade noch rechtzeitig, um einen weiteren Kiesel zu sehen, der direkt vor meinem Gesicht gegen das Glas prallte, und starrte wütend auf den Gehweg hinab.

»Was zur Hölle?«

Auf Zehenspitzen schlich ich an Mas Zimmer vorbei, rannte die Treppe hinunter und riss die Tür auf. Monday stand zitternd und mit einem schwindligen Lächeln davor.

»Was tust du denn hier?«, brüllte ich sie flüsternd an.

Sie glitt ins Haus, schloss die Tür hinter sich und riss sich die nassen Sneakers von den Füßen. Ich erspähte meine Jeansjacke unter ihrer dünnen, schwarzen Cabanjacke.

»Ich wusste, dass du schon wach bist, und ich konnte nicht warten. Ich muss dir was erzählen!«

Sie packte meine Hand und zerrte mich in die Küche.

»Verdammt! Du bist ja völlig erfroren«, quiekte ich, entwand mich ihrem eisigen Griff und schüttelte das Frösteln ab.

»Psst! Sei doch leise.«

»Also, wieso bist du halb erfroren?«

Ihr Mundwinkel hob sich. »Weil ich die ganze Nacht draußen war.«

»Wie meinst du das? Wo warst du denn?«

Sie biss sich auf die Lippe und machte eine dramatische Pause. »Bei Jacob Miller.«

»Was?!«, kreischte ich.

Sie fuhr erschrocken zusammen und hielt mir mit ihrer eisigen Hand den Mund zu.

»Psst … Hast du irgendwas zu essen? Ich bin am Verhungern.«

Wir schnappten uns zwei Schüsseln, eine Schachtel Cheerios, Zucker und Milch, bevor wir hoch in mein Zimmer rannten und es uns in unserem Zelt bequem machten.

»Okay, erzähl mir alles«, forderte ich sie auf. Meine Haut prickelte vor Aufregung und ich hielt meine Babypuppe Pinky auf dem Schoß.

Ein Lächeln breitete sich über Mondays ganzes Gesicht aus, während sie schlürfend die Getreideringe in sich hineinlöffelte.

»Ich habe mich gestern Abend aus dem Haus geschlichen.«

Ich atmete erschrocken ein. »Ist das dein Ernst? Wie hast du das denn gemacht?«

»Ich bin aus dem Badezimmerfenster geklettert und runtergesprungen.«

»Was? Wie kommt's, dass du nicht tot bist?«

Sie lachte leise. »Ich bin auf die Mülltonnen direkt darunter gesprungen.«

»Du bist echt völlig durchgeknallt! Wieso?«

Sie zuckte die Achseln. »Er hat mich gefragt. Er wollte mich sehen.«

»Du würdest echt alles machen, was dieser Dorftrottel dir sagt. Du hättest dir ein Bein brechen können oder so was. Auf einem gebrochenen Bein kannst du nicht tanzen.«

Sie verdrehte die Augen und kicherte. »Das war okay. Ich habe das schon öfter gemacht ... wenn ich musste.«

Das ist ja komisch, dachte ich. *Warum zum Teufel sollte sie aus einem Fenster klettern müssen? Vielleicht übten die für einen Feueralarm oder so was.*

Monday stocherte in ihrer Schüssel herum. Ihre Gedanken schienen abzudriften – an einen weit entfernten Ort, ohne mich. Ich kuschelte mich näher an sie heran.

»Und? Was ist passiert?«

Sie biss sich mit leuchtenden Augen auf die Lippe. »Er hat mich gebeten, ihm die Haare zu machen. Er meinte, er will eine besondere Frisur und es sollen nicht alle drum herumstehen. Seine Mom ist abends in die Spielhalle gegangen, also hatten wir das Haus für uns allein. Ich habe mich aufs Sofa gesetzt und er sich auf den Boden, direkt zwischen meine Beine. Mann, ich war so nervös! Meine Hände haben gezittert. Aber ich habe ihm die Haare geflochten, das sieht irre gut aus, du wirst sehen. Und als ich fertig war, hat er einen Film angemacht.«

Ich beugte mich vor, hielt Pinky fest im Arm und hing an ihren Lippen. »Und was ist dann passiert?«

Sie schlang die Arme um ihre Knie und sprudelte hervor: »Und dann ... hat er mich geküsst.«

»O mein Gott! Er hat dich echt geküsst, so richtig?«

»Ja, Mann! Wir lagen auf dem Sofa … Haben geknutscht und so.«

»O mein Gott«, kreischte ich und verbarg mein Gesicht an dem meiner Puppe. Dann ruckte mein Kopf wieder hoch. »Und was passierte dann?«

Sie grinste spöttisch. »Was meinst du denn?«

»Hast du … Du weißt schon, habt ihr es getan?«

Sie lachte leise und verschämt, den Löffel in der Hand. »Nein. Aber er wollte. Aber ich habe gesagt, ich kann das nicht machen, bevor er am Montag allen gesagt hat, dass wir miteinander gehen.«

»Also ist er dann jetzt dein Freund?«

Sie nickte und lächelte strahlend. »Ja. Schätze, schon.«

Ich vergrub mein Gesicht wieder in Pinky und stieß ein Quietschen aus. So aufgeregt war ich noch nie vorher!

»Warte mal. Was ist mit deiner Mom? Wie willst du der denn erklären, wo du gewesen bist?«

»Ich werde ihr einfach sagen, ich wäre bei dir gewesen«, antwortete sie und zuckte die Achseln, als wäre das keine große Sache. »Sie wird doch nicht merken, dass das nicht stimmt.«

Ich drückte Pinky noch fester an mich. So viele Fragen, die mir durch den Kopf gingen. Ich wusste gar nicht, wo ich anfangen sollte.

»Wie war es denn? Ihn zu küssen, meine ich. Woher wusstest du, was du machen musst?«

»Es ist genau wie im Film. Wenn der Typ dir die Zunge in den Mund schiebt.«

»Bah. Das klingt … eklig.«

Sie lachte. »Ist es nicht. Hat sich gut angefühlt. Du musst nur deine Lippen weich lassen und den Mund ein bisschen aufmachen.«

Ich hob Pinky an ihren Wollhaaren hoch, ließ sie hin und her schaukeln und brütete darüber, als ein Anflug von Eifersucht an die Oberfläche trieb. Sie hatte sich aus dem Haus geschlichen. Sie hatte einen Jungen geküsst. Sie erlebte all diese Meilensteine – ohne mich.

Monday ließ den Blick über mich schweifen. »Was?«

»Ich habe doch gar nichts gesagt.«

»Ja, aber du denkst irgendwas.«

Ich zuckte die Achseln. »Ich denk bloß nach.«

Sie verdrehte die Augen. »Komm schon, Claudia. Du bist meine beste Freundin. Kein Junge wird je zwischen uns stehen.«

Ich hatte nicht einmal gewusst, dass diese Möglichkeit bestand.

»Ich weiß. Darüber mache ich mir keine Sorgen.«

Sie zuckte die Achseln. »Wir müssen dir jetzt einfach auch einen Freund suchen.«

»Du weißt doch, dass ich keinen von denen mag«, widersprach ich mit einem Seufzen und konzentrierte mich auf Pinkys Haare.

»Na dann lernst du eben, sie zu mögen. Ich werde Jacob fragen. Vielleicht steht ja einer der Jungs auf dich.«

»Glaubst du wirklich?«

»Ja. Du bist doch echt hübsch. Einer von denen hat bestimmt Gefühle für dich und sagt bloß nichts. Aber da Jacob und ich jetzt miteinander gehen, könnte ich wetten, dass sie den Mund aufmachen.«

Ich verspannte mich und hielt meine Puppe an mich gedrückt. »Aber was ist, wenn die rausfinden, dass … Du weißt schon.«

Monday wurde augenblicklich ernst. »Vertrau mir, das werden die nicht. Außerdem sind die so dumm, denen würde das eh nicht auffallen. Die werden sich darum schlagen, mit dir zusammenzukommen!«

Ich biss mir auf die Lippe und unterdrückte ein weiteres Kreischen. Sie tätschelte mein Bein und kroch aus dem Zelt.

»Wo willst du denn hin?«

»Komm schon, lass Pinky da. Wir haben noch viel zu tun. Wir müssen uns für morgen die Nägel *und* die Haare machen. Das wird ein großer Tag!«

Am nächsten Morgen erschien ich extra früh vor Schulbeginn. Ich wollte Mondays großen Augenblick nicht verpassen und war ganz gespannt, wie Jacob alle wissen lassen wollte, dass er und Monday zusammen waren. Würde er einfach anfangen, auf dem Gang ihre Hand zu halten, sich beim Mittagessen neben sie setzen oder es womöglich lauthals verkünden, so als kandidierte er für das Präsidentenamt?

Würde er sie küssen – vor allen Leuten? Ich wusste nicht, ob ich bereit war, Monday bei so was Intimem zuzusehen.

Monday hatte sich den vorderen Teil ihrer Haare flach eingedreht und den hinteren Teil halb geglättet gelassen. Ich hatte ihr die Nägel apfelrot lackiert, mit Strasssteinchen auf den Spitzen, und sie hatte sich etwas von Aprils Schminke genommen. Als sie mit strahlendem Gesicht neben mir stand, sah sie beinahe wie eine Fremde aus.

Jacob stand in seinem üblichen Kreis und lachte laut mit den anderen Jungs. Seine Frisur sah schick aus. Monday hatte ihm die Zöpfe im Zickzack geflochten und die Spitzen ein bisschen aufgedröselt gelassen. Wir standen eine halbe Stunde schweigend auf dem Schulhof herum und er sagte kein einziges Wort zu ihr. Er schaute nicht einmal in ihre Richtung. Auch nicht als es klingelte.

»Ey, wer hat dir denn die Haare gemacht?«, fragte Carl Jacob auf dem Weg zum Geschichtsunterricht. »Die Zöpfe sehen echt krass aus, Alter.«

Jacob zuckte die Achseln. »Eine Kleine aus meiner Ecke.«

»Verdammt, kann sie meine auch so flechten? Ich zahle ihr jeden Preis.«

Monday fummelte an ihrer Schultasche herum und warf mir einen besorgten Blick zu.

Ich suchte fieberhaft nach tröstenden Worten und flüsterte ihr zu: »Er ist bloß nervös. Vielleicht will er nicht, dass es schon sofort jeder weiß. Jungs sind doof.«

»Ja. Doof«, stimmte sie mir mit zögernder Stimme zu.

Ich verhakte meinen kleinen Finger mit ihrem. »Entspann dich. Er wird schon wieder in die Spur kommen.«

Aber während der Tag seinen Lauf nahm, geschah gar nichts. Nicht an diesem Tag, nicht am nächsten oder am übernächsten. Er rauschte an ihr vorbei, als wäre sie ein Geist. Alle machten ihm Komplimente für seine Frisur, aber er schwieg sich aus, erwähnte Monday mit keinem Wort. Und ich konnte ihr auch nicht endlos Ermutigungen zuflüstern, weil sie irgendwann wie Lügen klangen.

VORHER

In der Woche nach Thanksgiving, als alle noch den Bauch mit Mas Süßkartoffelkuchen und Pfirsichauflauf voll hatten, rief Mr. Hill Ma an und bat um ein Treffen nach der Schule. Meine Noten waren tatsächlich nie zu Hause angekommen. Entweder hatte Gott meine Gebete erhört oder sie hielten meine Noten aus anderen Gründen zurück. Gründe, vor denen ich eine Todesangst hatte.

Ich wartete im Sekretariat und zappelte mit den Beinen. Ich betete um ein weiteres Wunder. Mr. Hill spazierte herein, den Kopf über seine Akten gesenkt, und kaute auf einem Zahnstocher herum.

»Mr. Hill!« Ich sprang von der Bank auf.

»Oh. Hey, Claudia«, begrüßte er mich und sein Blick wanderte über mich hinweg. »Sind, ähm, sind deine Eltern noch nicht da?«

Ich bemerkte meinen Namen, der auf der dicken Aktenmappe aufgedruckt war, und schluckte. Was auch immer geschehen würde, war nichts Gutes. Wenn Monday nur da wäre, dann könnten wir das alles wieder in Ordnung bringen.

»Sie sind … unterwegs. Also, äh, haben Sie denn inzwischen mit Monday gesprochen?«

»Monday? Ach so, richtig. Ja, ich habe dort angerufen, aber das Telefon war außer Betrieb.«

»Ja, das hatte ich Ihnen doch gesagt. Sie meinten, Sie hat noch eine zweite Nummer.«

»Oh. Das dachte ich, ja. Aber ich habe einen Brief an die letzte Adresse geschickt, die wir in unseren Akten haben, dass sie in der Schule anrufen soll.«

»Einen Brief? Aber …«

»Ah, Mrs. Coleman! Schön, Sie wiederzusehen.«

Ma betrat den Raum als Erste. Sie trug ein sandfarbenes Kleid mit langen Ärmeln und darüber ihren schwarzen Blazer, den sie sonntags zur Kirche anzog. Dann kam Daddy, der noch in seiner armeegrünen Arbeitsuniform steckte.

Wir betraten ein großes Konferenzzimmer mit blass grünlich-blau gestrichenen Wänden und langen, braunen Tischen wie in der Cafeteria. Miss O'Donnell setzte sich neben Mr. Hill auf die eine Seite des Tisches.

»Es ist kein Geheimnis, dass Claudia in diesem Quartal einige Schwierigkeiten hat«, begann Mr. Hill.

Ma zog die Brauen zusammen und gab mit warnender Stimme zurück: »Für uns ist das sehr wohl ein Geheimnis, da ich heute zum ersten Mal davon höre.«

»Wir dachten, es wäre wohl am besten, uns zunächst ein Bild von der Gesamtsituation zu machen«, erklärte Mr. Hill mit der Andeutung eines Lächelns. »Wir wollten Sie nicht unnötig beunruhigen.«

»Inwiefern ist unsere Tochter denn eine ›Situation‹?«, wollte Daddy wissen. Seine Stimme war leise, hallte aber durch den halb leeren Raum.

Mr. Hill nickte Miss O'Donnell zu, die sich weigerte, meinem wütenden Blick zu begegnen. Sie rümpfte die Nase und klappte eine blaugrüne Mappe auf, die vor ihr lag. »Werfen Sie mal einen Blick auf einige ihrer Arbeiten aus den vergangenen Wochen. Fällt Ihnen irgendetwas auf?«

Daddy nahm mein Buchreferat in die Hand und ich musste mich zwingen, es ihm nicht wegzureißen. Er überflog es und seine Augen weiteten sich, bevor er es mit ausdruckslosem Gesicht an Ma weiterreichte.

»Ihre Buchstaben … sind alle verkehrt herum und durcheinander«, murmelte Ma, als sie das Blatt überflog.

»Richtig«, stellte Mr. Hill fest. »Die meisten der Aufgaben, die im Unterricht erledigt werden müssen, sehen so aus. Sie hat offensichtliche Schwierigkeiten mit der Rechtschreibung und auch mit der grundlegenden Lesekompetenz. Wir haben mit dem Rest ihrer Lehrerinnen und Lehrer gesprochen und sie alle haben ähnliche Beobachtungen gemacht. Eine Lehrerin sagte sogar, sie habe schreckliche Angst davor, laut vorzulesen, aber sie nahm eben an, sie sei lediglich schüchtern.«

Der Druck auf die immer dünner werdenden Wände meiner Blase nahm zu und quetschte sie zusammen. Im Kopf ging ich einen ganzen Stapel von Ausreden durch, aber keine davon half mir irgendwie weiter.

»Ihre Hausaufgaben aus den vergangenen Jahren schienen dagegen einwandfrei«, erklärte Miss O'Donnell weiter. »Ich bin neugierig, Mr. und Mrs. Coleman, helfen Sie Claudia mit ihren Aufgaben?« Ma hob eine Braue.

»Sie meinen, ob *wir* ihre Hausaufgaben für sie erledigen? Nein!«

»Schatz, bitte beruhige dich«, flüsterte Daddy und strich ihr über den Rücken.

»Sie hat sie immer allein gemacht«, sagte Ma. Ihre Stimme wurde leiser, als sie mir einen Blick zuwarf. »Oder mit ... einer Freundin.«

Ich schluckte, weil sie mit ihrem Blick ein Loch direkt in mich hineinzubohren schien, als wollte sie mich ausräuchern, damit ich die Wahrheit sagte.

»Nun, wir würden Claudia gern testen lassen und das genauer überprüfen, aber wir vermuten ganz stark, dass sie Legasthenikerin ist.«

Das Wort brannte sich durch die Luft – ein Wort, das mir ständig auf der Zunge lag und mir jedes Mal die Luft abschnürte, wenn ich so tat, als würde ich ein Buch lesen. Ein Wort, vor dem ich mich all die Jahre abgeschirmt und geschützt hatte. Aber einmal ausgesprochen schoss es wie eine heiße Nadel hervor und ließ die Blase platzen, in der ich lebte. Nun war ich der frischen Luft da draußen ausgeliefert und erschauerte, als hätte ich nie gewusst, welche Kälte außerhalb der Blase herrschte.

Ma und Daddy versteiften sich und wechselten nervöse Blicke.

»Das ergibt aber ... gar keinen Sinn«, stammelte Ma. »Ihre Arbeiten waren doch immer sehr gut! Ich meine, sie kam doch erst vor ein paar Tagen mit 92 Punkten im letzten Mathetest nach Hause. Wir haben das Notenblatt am Kühlschrank aufgehängt! Wie kann es sein, dass sie bei einem Test fast die volle Punktzahl macht und dann so etwas schreibt?«

»Schüler und Schülerinnen mit einer Lese-Recht-schreib-Schwäche verarbeiten und interpretieren Informationen manchmal ganz unterschiedlich«, erklärte Miss O'Donnell. »Die Art, wie sie an eine Matheaufgabe herangeht, ist ganz anders als ihr Zugang zu einem Aufsatz.«

Ma schüttelte den Kopf, rang um die richtigen Worte.

»Aber sie hatte noch nie vorher Schwierigkeiten und ist seit der ersten Klasse auf dieser Schule«, stellte Daddy fest. »Ist das nicht etwas, das Ihnen schon vor einer ganzen Weile hätte auffallen sollen?«

»Ja«, schnaubte Ma. »Wie kommt es, dass so etwas nicht bei den standardisierten Tests abgefragt wird, wegen denen Sie jedes Jahr so einen Stress gemacht haben?«

»Es ist möglich, dass sie sich da unbemerkt durchlaviert hat, unter dem Radar geflogen ist«, sagte Miss O'Donnell und bedachte Mr. Hill mit einem verärgerten Blick.

»So wie ihr die Lehrer alle Tag für Tag im Nacken sitzen, begreife ich nicht, wie mein Kind dieses Flugzeug allein steuern konnte und es niemand bemerkt hat, bis zu dem Jahr, wo es um die High School geht«, fuhr Ma sie scharf an.

»Manchmal zeigen sich diese Probleme auf andere Weise, wie eine Art Ablenkung«, erläuterte Mr. Hill vorsichtig. »Das könnte einige der … Verhaltensauffälligkeiten erklären, die Claudia im letzten Jahr an den Tag gelegt hat.«

Daddy hielt Ma davon ab, sich auf die beiden zu stürzen.

»Auffälligkeiten? Sie meinen, wenn Sie es zulassen, dass jemand Fotos von meinem Kind macht und die überall durch das Internet geistern? Sie meinen den Vorfall mit dem Jungen, der ihr an den Hintern gefasst hat? Solche Probleme? Sie hatte jedes Recht dazu, diesen Jungen zu ohrfeigen.«

»Ja, aber das war ja nicht die einzige Prügelei, in die sie verwickelt war«, gab Mr. Hill zu bedenken.

Ma senkte den Blick auf ihre Hände und ihr Gesichtsausdruck wurde weicher. Daddy blickte zwischen uns hin und her und ich hielt den Atem an. »Einen Moment mal! Was für andere Prügeleien?«, wollte Daddy wissen.

»Darüber sprechen wir später«, flüsterte Ma, ohne ihn anzusehen.

Daddy schüttelte mit zusammengepressten Lippen den Kopf. »Und was sind nun die nächsten Schritte in einem solchen Fall?«

»Nun, wie schon gesagt, es gibt einige offiziell festgelegte Schritte und Vorgehensweisen«, antwortete Mr. Hill. »Aber wenn wir das erst einmal alles schwarz auf weiß haben, dann wird Claudia als Schülerin mit Lernbehinderungen eingestuft, was sie für diverse unterstützende Arbeitsmittel qualifiziert, die ihr dabei helfen sollen, zurechtzukommen und das Schuljahr zu schaffen.«

Tränen brannten unter meinen Lidern. Ohne meine Blase, die mich beschützte, sehnte sich jeder Knochen in meinem Körper schmerzhaft danach, davonzurennen und sich in meinem Zelt zu verkriechen. Mit Monday. Die Welt fühlt sich wund an ohne sie.

»Ich weiß, dass es Ihnen jetzt kaum so erscheinen mag, aber das ist tatsächlich eine gute Sache«, gab Miss O'Donnell mit einem unangenehmen Lächeln zu bedenken.

»Ich begreife nicht, was daran gut sein soll, dass mein Kind so lange unter dieser Schwäche gelitten hat, ohne dass sie erkannt wurde«, stellte Ma fest, aber sie klang nicht mehr ganz so heißblütig wie zuvor. »Das hat offensichtlich ihren Lernfortschritt beeinträchtigt und könnte auch ihre Chancen bei der High-School-Wahl einschränken.«

»Sie haben recht. Es ist bedauerlich, dass wir davon erst jetzt erfahren und es zu spät ist, alle Fehler auszumerzen«, gab Miss O'Donnell zu. »Aber das Wissen ist die halbe Miete. Claudia ist eine sehr intelligente Schülerin. Alle Lehrpersonen haben das bestätigt. Mithilfe geeigneter Maßnahmen wird sie zweifellos aufholen!«

»Und wir werden unser Bestes tun, sie zum Abschluss zu führen, sie mitzuziehen«, fügte Mr. Hill hinzu.

»Ich denke, es wäre am besten, wenn wir das unter uns besprechen«, sagte Daddy mit einem Seufzer, bevor er sich erhob. Die Lehrer wichen auf ihren Stühlen zurück, von seiner Körpergröße und Statur aus dem Konzept gebracht. »Danke, dass Sie sich die Zeit genommen haben. Komm jetzt, Claudia.«

Zu dritt marschierten wir schweigend zum Wagen, bis Ma es schließlich nicht mehr aushielt.

»Na, die haben vielleicht Nerven! Zuerst beschuldigen sie uns, wir hätten ihre Hausaufgaben für sie geschrieben, dann geben sie zu, dass sie es vermasselt haben, und dann reden sie plötzlich darüber, dass das ›eine gute Sache‹ wäre. Eine gute Sache? Wie kann es sein, dass sie ihr den ganzen Tag im Nacken sitzen und doch nicht sehen, was direkt vor ihrer Nase liegt?«

»Nicht jetzt, Janet«, seufzte Daddy.

»Und dieser Mr. Hill, wie der sich ausdrückt, von wegen Mitziehen zum Abschluss. Hört sich an, als wollten die sie bloß loswerden – das Problem der nächsten Schule zuschieben, statt ihr zu helfen. Hört sich an, als würden sie sich mehr um ihr Ranking sorgen als um unsere Tochter!«

Daddy wirbelte herum und starrte sie an. »Janet! Ich sagte: *Nicht jetzt.*«

Ma blieb der Mund offen stehen. Daddy schnaubte und stapfte weiter auf unseren Wagen zu.

Wir saßen fast zehn Minuten lang schweigend auf dem Parkplatz im Auto. Daddy war tief in Gedanken versunken und hielt das Lenkrad fest umklammert.

Ma seufzte laut und schnallte sich an. »Nun, ich verstehe nicht, warum du auf mich böse bist.«

Daddy wandte sich ihr mit zornig zusammengekniffenen Augen zu. »Prügeleien in der Schule? Davon hast du nie etwas erwähnt. Was ist denn sonst noch alles vorgefallen, während ich unterwegs war? Was verschweigst du mir sonst noch? Worüber hast du noch *gelogen?*«

Ma schenkte ihm einen kalten Blick und verschränkte wütend die Arme. »Bring mich nach Hause.«

Daddys Blick wurde weicher. Er wusste, dass er zu weit gegangen war. Er räusperte sich und ließ den Motor an. Als wir an Ed Borough vorbeifuhren, konnte ich nur noch an Monday denken. Nichts von alledem wäre passiert, wenn sie da wäre, um mir zu helfen. Sie hätten es niemals herausgefunden. Ich konnte nicht fassen, dass sie mich einfach so im Stich gelassen hatte. Sie wusste doch, dass ich sie brauchte. Sie wusste es!

»Daddy, hast du eigentlich mit Mondays Daddy gesprochen?«, rutschte mir die Frage heraus.

Daddy brummte. »Du musst jetzt endlich aufhören, dich um deine Freundin zu sorgen, und stattdessen anfangen, dich um deine Noten zu kümmern. Ich will kein Wort mehr über das Mädchen hören. Kein Wort über Monday, bis deine Noten wieder besser sind. Hast du mich verstanden?«

DEZEMBER

Vor nicht allzu langer Zeit habe ich Jacob Miller gesehen. Er kam mit einem Mädchen aus dem Kino, dem Gallery Place in Chinatown. Wir hatten uns nicht mehr gesehen, seit ›es‹ passiert war – als die Polizei alle über Monday befragte.

Er war völlig abgestürzt, nachdem sie sie gefunden hatten. Hatte ständig die Schule gewechselt, war aus mehreren Basketballmannschaften geworfen worden, rauchte, trank, bis er nicht mehr aufrecht stehen konnte. Wie Ma sagen würde, er wusste nicht mehr, wo hinten und vorne war.

Die Leute sagen, dass das, was passiert ist, ihn verändert hat, aber das glaube ich nicht. Ich glaube, er benutzt Monday immer noch. Aber wenn es stimmt und es ihn verändert hat, schön, dann ist das richtig so. Ich hoffe, es hat ihn mental ebenso fertiggemacht, wie er Monday fertiggemacht hat. Mir tut er kein bisschen leid.

Aber Ma sagt, dass jeder Mensch Vergebung verdient.

Deswegen finde ich, wenn Ma eine Farbe wäre, dann wäre sie Rosa und süß. Eine zarte Blüte, eine Kaugummiblase, die man platzen lässt, zwei Kugeln Erdbeereis. Sie ist gern albern und kindlich, und ihre Farbe wird tiefer, wenn sie liebt, bis sie in Fuchsiapink erstrahlt – leuchtend und kräftig, unaufhaltbar.

Aber wenn man ihr den Reichtum versagt, den das Leben verspricht, dann verblasst sie, bis sie nur noch schwer von Weiß zu unterscheiden ist. Eine Farbe, die Mangel leidet.

EIN JAHR VOR DEM VORHER

»Ich fass es nicht, dass er mich so verarscht. Er hat *geschworen,* er würde etwas sagen.« Monday rang die Hände, drückte auf der leeren Wasserflasche herum, starrte die Fliesen in der Mädchentoilette an. Drei Wochen waren seit ihrem ersten Kuss vergangen und obwohl die beiden sich an den Wochenenden trafen, ignorierte er sie in der Schule nach wie vor.

»Er hat es mir am Wochenende versprochen. Er meinte, er wird es den anderen nun endlich sagen. Scheiße, ich bin so dumm.«

»Ist doch nicht deine Schuld«, beruhigte ich sie. Obwohl ich lieber gesagt hätte, das hast du davon, wenn du aus der Blase heraustrittst. Dabei kann ja nichts Gutes herauskommen. Aber mein ›Das habe ich dir doch gleich gesagt‹-Sermon schien mir angesichts der Tränen in ihren Augen nicht das Richtige zu sein. Wie sollte ich sie bloß dazu bringen, meinen Englischaufsatz vor dem Unterricht noch durchzuschauen?

»Was mache ich denn jetzt?«, sagte sie mit einem Schniefen. Ihr Gesicht war ganz nass.

Ich nahm sie in den Arm und sie vergrub ihr Gesicht an meiner Schulter, hielt sich an mir fest. Ich drückte sie an mich, aber da schrie sie auf.

»Was? Was ist los?«

Einen Moment lang stand sie nur da und starrte mich an, überlegte. Selbst nach jahrelanger Freundschaft musste sie abwägen, wie vertrauenswürdig ich war.

Schließlich stieß sie einen Seufzer aus und zog den Kragen ihres Hemdes zur Seite, legte die zerfetzte Schulter frei, die unter dem BH-Träger rot und angeschwollen war.

»O Scheiße«, flüsterte ich und rückte näher heran, bis ich die Bissspuren erkennen konnte. »Was zum Teufel ist dir denn passiert?«

»Das war August. Er hat immer wieder diese … Wutanfälle. Und dann greift er uns urplötzlich an.«

»Warum?«

»Weiß ich nicht«, erwiderte sie und schob sich das Hemd wieder zurecht. »Sag' es aber bitte niemandem, okay? Über ihn mache ich mir später Gedanken. Aber was soll ich jetzt wegen Jacob tun?«

»Ach, vergiss den einfach. Er ist ein Arschloch!«

»Das kann ich nicht, Claudia.« Ihr Ausdruck verhärtete sich. Ihre Stimme klang tiefer und die Atmosphäre um sie herum veränderte sich. »Ich kann nicht. Nicht nachdem … Nee. Ich will wissen, wieso er versucht, mich so zu verarschen. Ich muss es wissen.«

Es klingelte und sie sammelte ihre Bücher vom Boden auf und stürmte in den Flur hinaus. Ich hatte Angst davor, was sie wohl tun mochte, und rannte ihr nach.

Jacob stand vor dem Englischraum im Korridor, die Zöpfe schick geflochten, und flüsterte einem Mädchen, das gegen die Spinde gelehnt dastand, etwas ins Ohr. Dieser Anblick war das Streichholz, das Mondays Zündschnur in Brand steckte.

Ich wollte nicht, dass ihr noch mehr wehgetan wurde als ohnehin schon, also packte ich sie am Arm und flehte sie an: »Rutschfest plus. Er bezahlt nicht.« *Mach' das nicht. Er ist es nicht wert.*

Sie sah mich finster an und schüttelte meine Hand ab, bevor sie auf ihn zustürmte.

»Hey! Wir müssen reden«, fauchte sie ihn an und sorgte so dafür, dass der gesamte Schulflur innehielt.

Jacob grinste. »Was haben *wir* denn zu bereden?«

»Das weißt du ganz genau. Willst du also weiter so tun, als hätten wir am Wochenende gar nichts miteinander gehabt?«

Das Mädchen, das neben Jacob stand, blickte zwischen den beiden hin und her und zog sich aus der Schusslinie zurück.

»Alter, mir doch egal«, gab er zurück und winkte ab, während er sich bereits umdrehte.

»Nein«, sagte Monday und packte ihn am Arm. »Du wirst jetzt verdammt noch mal mit mir reden.«

Er riss sich von ihr los. »Ey, Pfoten weg! Weiß ich doch nicht, wo du gewesen bist.«

Um uns herum bildete sich ein Kreis und mein Herz schlug mir schon jetzt bis zum Hals.

»Erzähl' erst mal allen, wer dir wirklich die Frisur gemacht hat, Jacob! Sag' ihnen, dass du mich angerufen hast, damit ich am Wochenende zu dir komme. Sag's ihnen!«

»Du redest doch *Blödsinn*. Das ist nie passiert!«

»Oha … Du warst also bei Jacob?«, wollte Trevor wissen, der aus der wachsenden Menge auftauchte und Jacob einen angedeuteten Schlag verpasste. »Also was ist, hast du's mit ihr getrieben?«

Jacob grinste ihn an und zuckte verschmitzt die Achseln. »Na ja, ein Gentleman genießt und schweigt, aber wenn sie unbedingt rausposaunen will, dass sie bei mir vorbeigeschneit ist, werde ich nicht lügen.«

Monday keuchte auf und ihre Augen weiteten sich. »Wie kannst du nur so lügen, während ich hier vor dir stehe?«

»Also hast du, oder hast du nicht?«, wiederholte Trevor herausfordernd.

»Natürlich hat sie«, mischte Shayla sich ein, die sich aus der Menge hervordrängte. »Sie ist 'ne Schlampe, genau wie ihre Schwester, die jeden Kerl auf dem Basketballplatz fickt.«

Monday wich mit einem Ruck zurück und hielt sich die Bücher vor die Brust, während sie zu verbergen versuchte, wie sehr sie die Anschuldigung schockierte. Bisher hatte noch nie jemand in der Schule April erwähnt. Selbst mir versetzten ihre Worte einen Stich.

»Ich hab nicht mit ihm geschlafen!«, schrie Monday sie an.

Ich zupfte an ihrem Arm, wollte sie von dort wegziehen. Niemand würde ihr glauben. Das Leben außerhalb unserer Blase war stumpf und gemein. Ich hatte genug davon abbekommen, um zu wissen, wann es Zeit war, den Rückzug anzutreten. Monday stieß mich von sich weg. »Sag' es ihnen, Jacob!«

Jacob schnaubte und verdrehte die Augen.

»Na gut, sie hat recht. Ich habe sie nicht gevögelt«, gab er mit einem gerissenen Grinsen nach. »Sie meinte, sie macht es nur mit Claudia, weil die beiden lesbisch sind!«

Der gesamte Flur brach in lautes Lachen aus. Monday und ich sahen einander an, verblüfft, weil wir den Witz überhaupt nicht komisch fanden, während Jacob seine Freunde abklatschte.

Lesbisch? Weil wir beste Freundinnen waren? Jungs konnten so kindisch sein. Ihre Ausreden für all die Dummheiten, die sie begingen, waren unterste Schublade.

Aber aus irgendeinem Grund, den ich niemals erfahren werde, riss Monday an dieser Stelle der Geduldsfaden. Vielleicht lag es daran, dass er mich in seine Lügenmärchen mit hineinzog und sie nicht zulassen wollte, dass er auch mir wehtat. Sie stürzte sich mit erhobener Faust auf ihn, verpasste ihm einen Schlag auf die Rübe und hieb ihm dann ihre Bücher um die Ohren. Er krachte mit dem Gesicht voran gegen einen Spind und stürzte zu Boden. Ein kollektives »Oooooh!« erscholl von den anderen.

Jacob sprang auf. Er war jetzt ebenfalls richtig wütend. Er schubste Monday gegen einen Spind und drückte sie dagegen. Sie ließ sich schreiend zu Boden fallen, als er an ihren Haaren riss. Das nahm mir den Atem. In diesem Moment, als ich sah, dass meine beste Freundin wie eine Puppe herumgezerrt und -geworfen wurde, drehte sich etwas in mir, brach aus mir heraus. Ich sah nur noch rot.

»Lass sie los«, schrie ich und klammerte mich an seinen Rücken wie ein Affe, schlug ihm meine geballten

Fäuste gegen den Kopf. Aber keiner meiner Hiebe fühlte sich stark genug an, ihm den Dickschädel zu brechen. Ich grub meine frisch lackierten Nägel tief in seinen Nacken und kratzte ihn damit.

»Auuuu, hör auf«, jaulte er und ließ Monday los, um mich loszuwerden. Seine Hand traf meine Wange und ich fiel mit einem erbärmlich dumpfen Aufprall auf den Boden. Als sie mich auf den Knien sah, rappelte sich Monday mit einem Satz wieder auf.

»Fass' sie ja nicht an!«, kreischte sie und trat ihm in die Eier. Er schrie auf und stürzte zu Boden, bevor sie mit dem Bein ausholte und erneut nach ihm trat. Sie trat auf ihn ein, jeder Tritt in den Unterleib noch härter als der vorherige. Das Lachen der Umstehenden verwandelte sich in ein Raunen und dann in Schweigen.

»Warum hilfst du ihm denn nicht?«, sagte jemand panisch zu Carl.

»Nee! Meine Mom würde mich umbringen, wenn ich ein Mädchen anfasse.«

Das Licht glitzerte auf den Schweißtropfen auf ihrer Stirn, als sie sich auf ihn setzte. Sie schlug auf seinen Kopf ein und ich erhaschte den mir völlig fremden Ausdruck unbändiger Wut in ihren Augen. Ich war bestürzt und konnte mich keinen Zentimeter bewegen. Ich hatte sie noch nie so erlebt … so gewalttätig.

»Verdammt, irgendjemand muss ihm aber helfen«, brüllte Shayla hinter mir. »Sie bringt ihn noch um!«

Aber niemand rührte sich. Sie waren alle wie gebannt von diesem Schauspiel: Der beliebteste Junge der Schule wurde von einem Mädchen überwältigt – einem Mädchen, das bis zu diesem Augenblick nie groß

Ärger gemacht hatte; einem Mädchen, das manche von ihnen bisher kaum wahrgenommen hatten. Das heißt, bis sie aus unserer Blase heraustrat.

Jacobs Grunzlaute wurden zu einem leisen Wimmern, dann zu lauten Schreien, als er Blut ausspuckte. Dann endlich drängte sich ein Lehrer durch die Menge und da wir beide in die Prügelei verwickelt gewesen waren, wurden wir auch beide zum Büro des Rektors geschleift, obwohl wir uns mit Händen und Füßen dagegen wehrten.

»Es ist okay. Sie wird es verstehen«, flüsterte ich, als wir auf der Bank saßen.

»Nein. Wird sie nicht«, erwiderte sie und wischte sich eine Träne aus dem Augenwinkel. Ihre Kleidung hing ihr schief am Körper, sie hatte mehrere Knöpfe verloren, die Strumpfhose war zerrissen, die Haare standen ihr in allen Richtungen vom Kopf ab. »Sie wird mich umbringen.«

Ich war bisher erst einmal im Büro des Rektors gewesen, als ein Junge mir an den Hintern gefasst hatte, während Miss Valente im Raum war. Sie hatte ihn am Ohr gepackt und ins Büro gezerrt und Ma hätte beinahe die Schule angezündet.

Diesmal allerdings hatten wir uns verschworen und einen Jungen auf dem Flur attackiert. Wir hatten ihn krankenhausreif geprügelt; er blutete. Ich rechnete damit, dass Ma die Erste wäre, die kreischend zur Tür hereingestürzt käme, aber stattdessen betrat Mrs. Charles das Büro mit den gemessenen Schritten einer Löwin und sah uns auf der Bank neben der Tür sitzen. Wenn Blicke töten könnten, dann wären wir ein sättigendes

Madenfutter geworden. Monday rückte näher an mich heran und wurde ganz blass. Ich meine, welches Kind hat keine Angst vor seiner Mom? Herrgott, Ma zuckt heute noch zusammen, wenn Grandma nach ihr ruft. Aber dem Ausdruck auf Mondays Gesicht nach zu urteilen hätte man meinen können, dass Luzifer gerade den Raum betreten hatte. Sie riss die Augen weit auf. Rasch verhakten wir unsere kleinen Finger ineinander.

»O Junge«, murmelte Miss Clark hinter ihrem Schreibtisch und rief den Rektor.

Der trat mit einem schweren Seufzer aus seinem Büro heraus.

»Hallo, Mrs. Charles«, begrüßte er sie kalt. Ihr Gesicht blieb ausdruckslos.

Mit stoischer Ruhe fasste er die Ereignisse zusammen, während Monday die ganze Zeit über neben mir saß und zitterte.

»Wir werden sehen, ob die Millers vorhaben, eine Anzeige wegen Körperverletzung zu erheben, aber für den Moment … tritt der verpflichtende Schulausschluss für Schlägereien in Kraft.«

Mrs. Charles zuckte bei dieser Aussage keinesfalls so zusammen wie wir. Sie drehte sich zu uns um und fragte: »Also, was ist passiert?«

Monday konnte kaum atmen, also sprudelte ich hervor: »Jacob Miller hat Lügen über Monday verbreitet und sie hat gesagt, er soll damit aufhören, aber er wollte nicht auf sie hören.«

»Lügen? Was denn für Lügen?«

»Er hat gesagt, dass … dass sie … dass sie es miteinander treiben«, sagte ich.

Mrs. Charles' Gesicht verfinsterte sich. Sie sah zu Monday hinüber, die den Blick starr auf den Boden gerichtet hatte. Einen Moment lang dachte ich, ich hätte zu viel gesagt und es nur noch schlimmer gemacht, aber dann wandte sich Mrs. Charles wieder an den Rektor. »Hören Sie, ich weiß nicht, was Sie gehört haben, aber ich kenne mein Kind. Sie würde sich nie an irgendeinem Jungen vergreifen, wenn sie keinen Grund dazu hätte. Sie weiß es doch besser.«

Der Rektor verschränkte die Arme vor der Brust. Er wirkte verärgert. »Uns wurde berichtet, dass sie ihn zuerst angegriffen hat. Dass sie im Flur auf ihn losgegangen ist.«

»*Ich sagte*, es ist mir egal, was zum Henker Sie *gehört* haben, was passiert ist. Haben Sie sie gefragt, *warum* sie es getan hat?«

»Das macht keinen Unterschied«, stellte er fest. »Wir haben strikte Regeln, was Kämpfe auf dem Schulgelände betrifft.«

Sie zeigte auf Monday. »Sie lassen zu, dass dieser kleine Nigger Lügen über meine Tochter verbreitet … dass sie dasteht wie eine Schlampe, und dann wollen Sie mir sagen … Moment mal. Was zum Teufel ist das hier?«

Mrs. Charles marschierte zu uns herüber und ich hielt den Atem an. Meine Seele wollte davonrennen. Monday zuckte zusammen und lehnte sich mit einem Wimmern von ihr weg, als Mrs. Charles sie am Kragen fasste und diesen nach unten zog. Mein Herz platschte wie ein nasser Schwamm auf den Boden. Ich hatte die Blutsprenkel auf ihrer Schulter gar nicht bemerkt, die ihr Shirt aufgesaugt hatte.

»Was zum Teufel ist das?«, wollte sie von Monday wissen, bevor sie sich erneut zum Rektor umwandte. »Wieso hat sie Bissspuren an ihrer Schulter?«

Mondays ganzer Körper bebte und sie wimmerte. Sie versuchte, Worte hervorzuwürgen, aber bekam kaum Luft zum Atmen. Ihr Gesichtsausdruck ... Ich hatte keinen anderen Gedanken als den, sie retten zu wollen.

»Das war Jacob«, schrie ich. »Er hat sie gebissen!«

Monday fiel die Kinnlade herunter, als sie mich anstarrte.

Mrs. Charles ließ sie los und stürmte auf den Rektor zu.

»Sie erzählen mir, dass dieser Junge ins Krankenhaus musste – und warum ist meine Tochter nicht untersucht worden?«

Der Rektor stammelte: »Wir haben das nicht ... Ich meine, sie hat nichts gesagt ...«

»Dieser kleine Nigger verbreitet Lügen über meine Tochter, beißt ihr in die Schulter, und Sie machen hier einen Aufstand wegen dem, was *sie* getan hat? Sie ist eine Frau! Er sollte eine Frau ganz einfach nicht anfassen. *Punkt!*«

Mrs. Charles' Geschrei brachte das gesamte Sekretariat – vielleicht sogar die gesamte Schule – zum Stillstand.

»Sie hat sich auf dieser Schule noch nie zuvor danebenbenommen. *Nicht ein Mal!* Sie hat sich nur verteidigt! Ich sollte ebenfalls Anzeige erstatten.«

Der Rektor sah mich kurz an. »Claudia, du kannst jetzt wieder in den Unterricht zurückkehren.«

»Nein! Sie bleibt genau hier, weil sie die Einzige ist, die genügend Anstand besitzt, mein Kind zu verteidigen. Eine Schule voller verfluchter Erwachsener und Sie lassen zu, dass irgendein Junge, ein *Mann*, mein Kind anfasst!«

Mrs. Charles keifte noch weitere 20 Minuten so weiter und als sie fertig war, war auch Ma aufgetaucht und wir wurden für den Rest des Tages entschuldigt – ohne weitere Erwähnung eines Schulausschlusses.

»Und jetzt erklär' mir noch mal, was genau passiert ist, weil ich das immer noch nicht verstehe«, sagte Ma, als wir draußen waren.

Auch wenn Mrs. Charles uns vor der Suspendierung gerettet hatte, hielt das Ma nicht davon ab, mich zur Schnecke zu machen.

Ich senkte den Kopf. »Tut mir leid, Ma.«

»Was hast du dir nur dabei gedacht? Dieser Junge hätte dich ernsthaft verletzen können. Was dann?«

»Den beiden geht es gut, Janet«, winkte Mrs. Charles ab. »Mädchen geraten eben auch in Schlägereien. Keine große Sache.«

»Pff. Aber nicht meine Tochter«, fuhr Ma sie an. Die Worte durchschnitten geradezu die Luft.

Mrs. Charles hob eine Braue und verlagerte das Gewicht, um Ma einen harten Blick zuzuwerfen.

»Ach, wirklich?«

Mas Augen weiteten sich. »Und ihre beste Freundin ebenso wenig«, fügte sie hinzu, um es wiedergutzumachen. Aber es war zu spät. Sie hatte klar gesagt, dass sie diese Art Verhalten von Monday erwartete, aber nicht von mir. Und Mrs. Charles musste nicht lange überlegen, um das zu begreifen. Ein aufgeladener Moment verging, während sie einander fixierten.

»Gehen wir«, zischte Mrs. Charles Monday zu, bevor sie davonstürmte. »Komm jetzt!«

Die Schärfe in ihrem Tonfall ließ Monday heftig zusammenzucken. Ihre Lippe zitterte, als sie erst mich, dann Ma und dann wieder mich ansah.

»Ich sagte, komm jetzt!«, bellte Mrs. Charles. »Ich habe nicht den ganzen Tag Zeit!«

Wieder zuckte Monday zusammen und dann schloss sie die Augen, während ihr die Tränen über die Wangen strömten. Mit hängenden Schultern schlurfte sie hinter ihrer Mutter her.

Ma und ich sahen schweigend zu, wie sie davongingen. Meine Nerven kribbelten. Die Angst, die Monday vor ihrer Mutter hatte, erschien mir nicht normal. Die Angst, die ich *um* Monday hatte, fühlte sich ebenso wenig normal an. Nichts an diesem Moment fühlte sich normal an.

»Ma, vielleicht …«

»Kein Wort von dir, Claudia Mae«, fuhr Ma mich mit einem zornigen Blick an. »Gehen wir.«

Zwischen der Million von Aufgaben und Arbeiten, die Ma mir im Laufe des Wochenendes auflud, gelang es mir, ein paarmal heimlich bei Monday zu Hause anzurufen, aber es ging niemand ran.

Am Montagmorgen stolperte sie wie in Trance mit glänzenden Augen in die Schule. Ihre Lippen waren ganz weiß und aufgerissen. Ihre Uniform war schmuddelig und zerknittert, ihre platten, eingedrehten Zöpfe immer noch im selben Auflösungszustand wie nach dem Kampf am Donnerstag. Niemandem wäre ihr Zustand wirklich aufgefallen, wenn sie nicht wie mit Pisse getränkt gerochen hätte.

»Bäh, du stinkst«, stellte Shayla höhnisch in der ersten Stunde fest. »Die geben dir wohl keine Seife drüben in Ed Borough.«

»Scheiße, du riechst wie einer der Verrückten in der S-Bahn«, feixte Trevor.

An jenem Tag wankte Monday wie ein Zombie durch die Gänge. Immer wieder verhöhnten Kinder sie auf dem Flur, hielten sich die Nase zu, wenn sie vorbeiging, und in der dritten Stunde brachte Miss Valente sie runter zur Schulschwester und gab ihr eine frische Garnitur schuleigener Sportklamotten, die sie für den Rest des Tages tragen konnte.

DANACH

Liebe Monday,
Ma hat Miss Walker angaschiert, um mir Nachilfe zu geben. Ich glaube, sie läst zu, das sie mich ins Lernzentrum steken! Wo bist du nur? Wie kontest du mich blos so ghosten?

»Ma, bitte«, heulte ich.

»Claudia, du machst hier grundlos einen Aufstand«, sagte Ma, die mit dem Messer an dem roten Geschenkband entlangfuhr, das an einem Tablett mit Plätzchen mit Zuckerguss für die Weihnachtsauktion der Kirche befestigt war, um es zu kräuseln.

»Und nun komm schon, wir sind spät dran.«

Ich blieb an der Tür stehen. Die wollene Strumpfhose unter meinem dunkelgrauen Kleid kratzte.

»Du lässt zu, dass sie mich in die Klasse mit den dummen Kindern stecken!«

Sie trug ein rosafarbenes Kostüm und zog sich nun den Mantel über und ging zur Tür.

»Zum letzten Mal, es gibt keine Klasse für ›dumme Kinder‹. Das Lernzentrum ist gut für dich. Du brauchst einfach nur … ein bisschen zusätzliche Unterstützung, das ist alles. Dafür musst du dich nicht schämen, meine Süße.«

Das Wort ›Süße‹ fühlte sich an wie ein Schnuller, den sie mir in den Mund steckte, eine Rassel, die sie vor meinem Gesicht schüttelte. Sie war so damit beschäftigt, mich wie ein Baby zu behandeln, dass sie nicht einmal versuchte, sich in mich hineinzuversetzen und zu begreifen, dass ein Schritt ins Lernzentrum einem schulischen Selbstmord gleichkam.

»Ich werde das nicht machen«, fuhr ich sie an.

Ma hielt abrupt inne und warf mir einen bösen Blick zu. »Jetzt hör mir mal zu, ich habe für heute genug Frechheiten von dir gehört. Willst du, dass ich deinen Vater anrufe? Ich bin sicher, es gibt noch einen Haufen Aufgaben, die er dir nur zu gerne aufhalsen würde. Du wirst tun, was ich dir sage, und aufpassen, wie du mit Erwachsenen redest. Zieh jetzt deinen Mantel an und steig' in den Wagen. Sofort!«

Sie segelte zur Tür hinaus, balancierte die Plätzchen auf einer Hand und ließ die Tür offen, damit ich ihr folgen konnte.

Ich stieg hinten ein. Ma schnaubte, bog in die Good Hope Road ein und fuhr in Richtung Kirche.

Nach fünfminütigem Schweigen sagte sie schließlich: »Claudia, dein Vater und ich … Wir wollen dir doch keinen reinwürgen. Wir wollen nur das Beste für dich. Ich dachte, du wolltest auf die High School gehen.«

Es spielte keine Rolle mehr, wo ich hingehen wollte. Es war immer Mondays Plan gewesen und nun war sie nicht da, um mir zu helfen. Oder auf mich aufzupassen. Wie konnte sie mich bloß so im Stich lassen? Was hatte ich ihr denn getan?

»Und Miss Walker hat Erfahrung mit Schülerinnen wie dir. Sie kennt einen Haufen Tricks, um dir zu helfen. Wir haben Glück, dass wir uns ihre Nachhilfe überhaupt leisten können. Also nimm die Sache bitte ernst, verstanden? Ich will nachher nicht zu hören bekommen, dass du dich bei ihr zu Hause danebenbenommen hast. Ist das klar?«

»Ja, Ma«, murmelte ich.

Im Dezember funkelte der Südosten heller, weil die Leute ihre Häuser für die Weihnachtszeit dekorierten. Monday und ich haben früher über das bestausgestattete Haus abgestimmt und immer die Häuser mit den großen, aufblasbaren Schneemännern und den Eiszapfen-Lichterketten gewählt.

Die Häuser in Miss Walkers Straße sahen aus, als entstammten sie einem Weihnachtsbilderbuch, mit riesigen Weihnachtskränzen, roten und goldenen Schleifen und Dächern, die völlig von Lichtern bedeckt waren. Wenn Monday noch da wäre, dann würde sie für das Haus neben dem von Miss Walker stimmen, in dessen Vorgarten ein aufblasbarer Snoopy mit einer Nikolausmütze thronte.

Miss Walker wohnte knappe drei Blocks von der Kirche entfernt, das konnte ich leicht von der Schule aus laufen. Am ersten Tag fuhr Ma mich hin, damit ich mir die Strecke zunächst einmal merken konnte. Sie wohnte in einem Reihenhaus, in dem Tausende von Fotos ihrer Familie überall an den Wänden hingen, gleich neben Porträts von Malcolm X und Martin Luther King.

Ihre Küche war voller viel benutzter Töpfe und Pfannen und ihr Wohnzimmer ein makellos sauberer Schrein für ihre cremefarbenen Sofas. Die scharfen Kanten der Plastikabdeckung auf den Stühlen in ihrem Esszimmer rissen mir jedes Mal Löcher in die Strümpfe, wenn ich montags und mittwochs nach der Schule bei ihr war. Ich meine, sie war keine schlechte Frau oder so was; sie bot mir immer Orangensaft und weiche Plätzchen an, bevor wir anfingen. Es war einfach so, dass ich beim Betreten des Hauses jedes Mal daran erinnert wurde, wieso ich zu ihr musste.

Wir übten Lesen und Schreiben mithilfe von Arbeitsblättern und Spielen. Manche davon waren leicht, andere schwer. Schwer genug, dass ich die Bücher quer über den Tisch pfeffern wollte. Aber da ich wusste, was mich zu Hause erwartete, wenn ich mich nicht benahm, gab ich mein Bestes.

Abgesehen von den Hausaufgaben und den Übungen zu den Grundlagen hatte Ma Miss Walker auch gebeten, dass sie mir bei dem Aufsatz für die Banneker half. Wieder einmal saß mir die Fragestellung im Nacken. Deswegen musste ich mich auch ganz schön überwinden, zu Miss Walker zu gehen. Aber als ich an jenem Tag das Gartentor öffnete und mich zum nächsten Schritt und zum übernächsten zwang, erwartete mich auf den Stufen zu ihrem Haus eine seltsame Überraschung.

»Was machst du denn hier?«

Michael zog die Brauen zusammen und blickte sich um, als wäre ihm nicht klar, mit wem ich redete. Dann stand er auf und kam mir mit einer großen Einkaufstüte in der Hand den halben Weg entgegen, schob seine freie Hand in die Hosentasche.

»Dasselbe sollte ich dich fragen.«

Ich hatte ihn noch nie in Alltagskleidung gesehen. Verdammt, es fiel mir ja schwer zu glauben, dass er überhaupt ein Paar Sneakers besaß. Aber nun stand er in Jeans, einem kupferfarbenen Sweatshirt und mit einer Baseballkappe vor mir.

»Meine Nachhilfelehrerin wohnt hier«, gab ich zu und versuchte, die Verärgerung in meiner Stimme zu unterdrücken. Ich wollte nicht, dass ausgerechnet er Bescheid wusste, aber mir fiel auf die Schnelle keine Lüge ein.

»Oh, du meinst meine Grandma? Sie sagte, sie hat eine neue Schülerin aus der Gemeinde. Ich wusste ja nicht, dass du das bist!«

»Miss Walker ist deine Grandma?«, vergewisserte ich mich skeptisch. »Ich dachte, deine Grandma wäre Miss Evans.«

»Ich weiß ja nicht, wie das bei dir ist, aber ich habe zwei Elternteile, und die sind nicht auf Bäumen gewachsen. Grandma, Miss Walker, ist die Mom meines Vaters. Sie hat ihren Mädchennamen beibehalten.«

Ich verdrehte die Gurte meiner Schultasche ineinander und schnaubte. »Na … Woher sollte ich das denn wissen? Ist ja nicht so, als hätte ich mir deinen Familienstammbaum an die Wand gehängt, um ihn auswendig zu lernen.«

Er kniff die Augen zusammen. »Und was lernst du bei ihr?«

In meinen Ohren schrillten die Alarmglocken, laut und misstönend. Was, wenn seine Granny ihm erzählt hatte, dass ich nicht richtig lesen konnte? Es ging überhaupt nicht, dass ausgerechnet der eine niedliche Typ von der High School mich für dumm hielt.

»Ist ja auch egal«, blaffte ich und machte mich wieder auf den Rückweg zum Gartentor.

»Claudia, warte«, bat er und rannte mir nach. »Wo gehst du denn hin? Ich dachte, du hast Nachhilfe.«

»Ich hab die Tage verwechselt«, log ich und beschleunigte meine Schritte.

Er joggte neben mir her. »Würdest du etwas langsamer gehen?«

»Nein.«

»Jetzt bleib' doch mal eine Sekunde stehen!« Er sprang vor mich, die Arme ausgestreckt, als wollte er mich aufhalten. Meine Möpse rannten geradewegs in seine Handflächen hinein.

»Ah!«, kreischte ich auf und hielt mir den Mantel vor der Brust zusammen.

»O Scheiße! Tut mir leid!«, rief er. »Das tut mir so leid! Ich … Das wollte ich nicht … Bitte sag' das nicht meiner Grandma!«

Mir entfuhr ein Lachen. »Ist ja gut, verstanden! Es tut dir leid.«

Michael lächelte. »Da das nun aus der Welt geschafft ist … Wenn du heute doch keine Nachhilfe hast, was machst du denn dann heute noch so?«

»Äh … nichts.«

»Und hast du Lust, mit mir abzuhängen? Ich muss etwas für meine Grandma in der Mall umtauschen.«

»Zur Mall?« Ich warf einen Blick auf Snoopys rote Mütze. »Äh … Ich weiß nicht.«

»Das geht ganz schnell. Versprochen.«

»Ähm, okay. Sicher.«

Die Pentagon City Mall ist in Crystal City, also auf der anderen Seite vom Fluss, in Virginia. Um sie herum gibt es einen ganzen Haufen Hotels und riesige Wohntürme mit Eigentumswohnungen.

Monday und ich bettelten Ma samstags immer an, uns zur Mall zu fahren. Wir hatten zwar nicht das Geld dafür, aber nichts war cooler als das Anprobieren von Klamotten bei *Forever 21,* sich bei *Bath & Body Works* mit verschiedenen Cremes einzureiben und im Food-Court Pommes zu essen.

Das prickelnde Gefühl, zwei Stunden lang ohne Aufpasser herumzulaufen – so wie richtige Erwachsene.

Ich wusste nicht, wie ich das Ma erklären sollte: dass ich die Nachhilfe sausen ließ, die S-Bahn nahm und mit einem Jungen zur Mall abhaute. Aber das war mir egal.

Ich brauchte eine kleine Flucht, und sei es auch nur für ein paar Stunden. Außerdem handelte es sich schließlich um Michael aus der Kirche. Den guten Jungen, den alle mochten, den Zuverlässigen. Niemand würde sich wegen ihm Sorgen machen.

Die Mall war mit Girlanden und Lichtern geschmückt und aus den Lautsprechern in allen Läden summten Weihnachtslieder. Wir betraten Macy's und navigierten durch das geschäftige Kaufhaus, um zwei Paar Schuhe für Miss Walker zurückzugeben.

»Bitte entschuldigen Sie, dass ich Ihnen diese Mühe mache«, sagte Michael zur Kassiererin. »Meine Grandma meinte, dass diese Absätze zu hoch sind für sie.«

Michael baute gleich zu allen Menschen in seinem Blickfeld ein vertrauensvolles Verhältnis auf, von den Abteilungsleitern bis hin zu den anderen Kunden. Ich blieb mit ein wenig Abstand hinter ihm stehen und beobachtete, wie er den Raum für sich einnahm; es war, als wollte er für das Jugend-Bürgermeisteramt kandidieren. Er erinnerte mich an Monday. Sie hatten beide das Talent, nahezu jeden Menschen zu bezirzen. Allerdings hatte ich das bei Monday nicht leiden können, wenn sie zu allen Menschen so freundlich war, denn ich hatte sie für mich allein gewollt.

»Kein Problem, junger Mann«, erwiderte die grauhaarige Dame, während sie die Schublade öffnete, um ihm sein Geld zurückzuzahlen. »Es ist sehr nett von dir, dass du diesen weiten Weg für deine Grandma auf dich genommen hast.«

»Das ist doch das Mindeste.«

»Das ist so lieb. Okay, hier sind dein Geld und die Quittung.«

»Vielen Dank, Ma'am. Haben Sie noch einen gesegneten Tag.«

Die Kassiererin strahlte. »Du natürlich auch! So ein Schatz.«

»Alles erledigt«, sagte er zu mir und rieb sich die Hände, weil er ja nun die Tüte nicht mehr tragen musste.

»Bist du immer so?«

»Wie denn?«

»So … furchtbar freundlich?«

Er zog die Brauen zusammen und verschränkte die Arme. »Was meinst du denn damit?«

In diesem Augenblick spazierten zwei Mädchen mit langen, geflochtenen Zöpfen kichernd an uns vorbei. »Hey, Michael«, säuselten sie gleichzeitig.

»Oh, wie geht's, Kim? Und Jazzy Jaz aus der Georgia Avenue!«, freute er sich und grüßte sie mit einem warmen Lächeln und einem Winken. Die Mädchen musterten mich von oben bis unten, bevor sie weitergingen und sich gegenseitig Sachen zuflüsterten.

»Weißt du, du wärst echt gut am Mikro«, sagte ich mit einem Lachen.

»Wie ein Rapper?«

»Nee, wie eine Go-go-Band! Ich kann mir dich gut vorstellen, wie du die Leute beim Namen rufst.«

»Ha! Ich vergesse immer wieder, dass du den alten Kram immer noch hörst«, stellte er fest, als wir in die Haupthalle der Mall traten. »Bist du schon mal bei einem Gig gewesen?«

»Nee. Ma erlaubt es mir nicht. Sie hat Angst und sagt, dass dort zu viele Schlägereien und Schießereien passieren. Dabei ist das gar nicht mehr so. Aber sobald ich 18 bin, werde ich in der ersten Reihe stehen und ein Shirt mit meinem Namen darauf tragen, damit sie ihn ja richtig sagen!«

Michael nahm die Schultern rhythmisch hoch und wieder runter und formte die Hände zum Trichter um seinen Mund herum, machte seine Stimme ganz tief und laut.

»Hey, ich sehe dich da stehen, Claudia, du kommst aus dem Südosten! Südsüdost!«

»Bist du irre?«, feixte ich. »Willst du der ganzen Welt erzählen, wie ich …«

»Ey, Alter, was geht?!«

Ein großer, schlaksiger, hellhäutiger Junge mit raspelkurz geschorenen Haaren hatte von hinten gerufen. Neben ihm ging Megan aus der Tanzstunde. Unsere Blicke trafen sich und auf ihrem Gesicht breitete sich ein Anflug von Panik aus, den sie rasch unterdrückte. Tief in meiner Kehle bildete sich ein Kloß.

»Oh, was geht, Kam?«, grüßte Michael ihn mit einer kurzen Folge typischer Handschläge.

»Dachte ich's mir doch, dass ich deine Riesenklappe schon vom Parkplatz her gehört habe«, sagte Kam und legte einen Arm um Megan, um sie näher an sich zu ziehen. Sie setzte ein gezwungenes Lächeln auf.

»Mann, mit deinen Riesenohren kannst du wahrscheinlich auch hören, wenn im Regenwald ein Baum umfällt«, konterte Michael lachend.

Megan mied meinen Blick. Sie wirkte so viel älter,

wenn sie keine Tanzklamotten trug. Sie war leicht geschminkt, ihre langen Haare geglättet, trug einen eng anliegenden schwarzen Pulli und Jeans mit hohen Stiefeln. Vielleicht wollte sie nicht, dass jemand wusste, dass wir uns kannten. Ich gab mich ebenso unbeteiligt wie sie, fragte mich aber unwillkürlich, ob ich ihr peinlich war.

»Ja, klar, Kleiner. Machst du die Kollegen auf dem Feld auch so blöde an?«

»Ha, wenn sie mich lassen, klar«, erwiderte Michael und wandte sich an Megan. »Wie geht's, Megan?«

»Hi, Michael«, sagte sie auf eine Weise, als würde sie über einen Witz lachen, den nur sie beide verstanden.

»Und, macht ihr Weihnachtseinkäufe?«

»Ja. Und sie wollte mal raus aus der Bude«, erklärte Kam, der mit zärtlichem Blick auf Megan hinabschaute. Ich fragte mich, wie es sich wohl anfühlte, von einem Jungen so angesehen zu werden. »Ey, hör' mal, denkst du, du kannst mir mit dieser Sache helfen, von der wir gesprochen haben?«

»Mit dem Fernsehanschluss? Ja, sicher«, erwiderte Michael geschäftsmäßig. »Aber du musst dir erst die Kabel besorgen, die dir noch fehlen. Und die Halterung.«

Kam nickte. »Klar. Die kriege ich bei *Best Buy,* oder?«

»Ja, die haben bestimmt die billigsten. Und dann musst du nur noch …«

Irgendetwas an Kams hellen Augen und seinem schiefen Grinsen kam mir bekannt vor. Ich versuchte, mich daran zu erinnern, woher ich ihn kennen könnte. Vielleicht aus der Kirche oder der Schule, oder er wohnte im gleichen Viertel, aber ich konnte ihn einfach nicht zuordnen. Wenn Monday dabei wäre, hätte sie es gewusst. Sie war gut darin, sich Namen, Daten, Orte und Wegbeschreibungen zu merken.

Mein Blick huschte zu Megan hinüber, die mir direkt in die Augen starrte, mich dabei beobachtete, wie ich ihren Kerl anstarrte. Ihre Braue hob sich mit einer Kälte, die ich bis in meine Knochen spürte. Ich verlagerte nervös mein Gewicht und stieß gegen Michael.

»Oh, tut mir leid, Leute, das ist Claudia. Sie geht in dieselbe Kirche wie ich.«

Kam und Megan nickten und ich rang mir ein steifes Lächeln ab. Das war alles? *Ach,* dachte ich, *ich bin also nur irgendein Mädchen, das er aus der Kirche kennt. Wieso musste er es so scheinen lassen, als wäre er mein Babysitter?*

»Warte, Claudia?«, wiederholte Kam fragend und legte die Stirn in Falten. »Ach, richtig, du hängst immer mit Monday rum.«

Ein elektrischer Schlag durchfuhr mich, raste die Arme hoch und flackerte hinter meiner Stirn. Er kannte Monday! Er war bestimmt aus Ed Borough. Er musste uns zusammen gesehen haben und deswegen kam er mir auch so bekannt vor!

Megan räusperte sich. »Babe, ich will ein Eis.«

»Oh, klar, Babe«, erwiderte Kam und wandte sich Michael zu. »Entschuldige, ich wollte dich nicht aufhalten, Alter.«

»Ach Quatsch! So eingespannt bin ich nun auch wieder nicht.«

Ich schluckte die hässlichen Gedanken herunter, die

in meinem Kopf schwelten – wie Fackeln, mit denen ich ihn am liebsten angezündet hätte. Megan räusperte sich erneut und zog an Kams Hand.

»Bis Montag dann, Michael«, sagte sie.

»Alles klar, bis später, Leute.«

»Ich schreib' dir morgen 'ne Nachricht, mein Großer«, rief Kam.

»Jederzeit. Cool!«

Kam und Megan entfernten sich und Kam blickte noch einmal zurück. Ich wäre ihm am liebsten gefolgt, um ihn zu fragen, ob und wo er Monday gesehen hatte. Wenn man einmal einen Bruchteil ihrer Energie absorbiert hatte, war es unmöglich, sie wieder zu vergessen. Aber ich wollte nicht, dass Megan den Eindruck bekam, dass ich hinter ihrem Kerl her war.

Michael, der nichts von alldem mitbekam, grinste. »In Ordnung, bist du bereit?«

Wir besuchten den Apple-Store und dann noch zwei weitere Geschäfte. Sein Superstarstatus folgte uns überallhin, so als würde die gesamte Mall ihn kennen.

»Was ist los?«, fragte er auf der Rolltreppe ins Erdgeschoss.

»Nichts«, gab ich zurück, eine Spur Schärfe in der Stimme.

Vielleicht war es mein Schweigen oder er spürte die Zornesröte, die meine Haut zum Prickeln brachte. Jedenfalls schwand seine gute Laune mit jedem Schritt mehr.

»Äh … Hast du Hunger?«, fragte er, als wir uns dem Food-Court näherten.

»Nein«, blaffte ich ihn an.

»Bist du müde?«

»Nein.«

»Ähm, musst du deiner Mom Bescheid sagen oder sonst jemandem?«, wollte er wissen, als wir das Ende des Westflügels erreichten. Er wühlte in seiner Hosentasche herum und hielt mir dann sein Handy hin. Selbst Michael, der brave Junge aus der Kirche, besaß ein Handy und ich hatte immer noch keins.

»Nein«, fauchte ich und wünschte so sehr, dass ich Monday anrufen könnte. Die Mall war einfach nicht dasselbe ohne sie.

Er seufzte. »Na ja, gibt es denn irgendwas, das du tun möchtest?«

»Ich will da rein.« Ich blieb abrupt vor einem Starbucks stehen.

»Hier rein? Bist du nicht etwas zu jung, um Kaffee zu trinken?«

Ich war kurz davor, ihm mit einer Ohrfeige das Grinsen aus dem Gesicht zu fegen, und brüllte ihn an: »Ich bin kein Baby mehr! Und ich will auch keinen Kaffee. Der ist nicht gesund.«

»*Oookay,* was willst du dir holen, das besser ist?«

Ich blinzelte heftig, bevor ich murmelte: »Ähm … eine heiße Schokolade.«

Er lächelte. »Das klingt gut«, sagte er und hielt mir die Tür auf wie ein echter Gentleman.

»Einen wunderschönen guten Tag, Ma'am«, begrüßte er die Frau hinter der Kasse, als wir näher traten. »Kann ich bitte zweimal heiße Schokolade mit Sahne haben?«

»Deinen Namen für die Bestellung?«

»Äh, hallo? Erkennen Sie mich denn nicht?«

Die Frau blickte von der Kasse auf und hob eine Braue.

Michael zeigte auf sich. »Chris Brown. In Person.«

Die Frau und ich wechselten einen Blick und schüttelten die Köpfe.

»Was? Sehe ich etwa nicht aus wie er?«, fragte er mit einem Zwinkern.

Ich musste leise kichern. »Du bist so ein Clown.«

»Hier wirkt es immer so, als wäre heiße Schokolade eine ganz komplizierte Angelegenheit, oder?«, kommentierte er, als wir an der Theke warteten. »Diese ganzen Maschinen und Gerätschaften.«

»Ich dachte, du magst Maschinen. Computer und Lautsprecherkram.«

»Ja, aber das sind ja auch Sachen, die man wirklich braucht! Ich mache heiße Schokolade einfach mit heißem Wasser, Pulver und Gottes Gnade, und meine, die schmeckt richtig gut.«

Die Barista reichte Michael unsere Becher und grinste ihn an. Er nahm zwei Päckchen braunen Zucker aus dem Fach und riss sie auf, kippte den Inhalt in seinen Becher.

»Was machst du denn da?«, quiekte ich und versuchte ihn aufzuhalten.

»Verflixt, wieso?«

»Bist du verrückt? Es ist doch schon schokoladig!«

»Na und? Ich mag meine aber extrasüß.«

»Das ist viel zu viel Zucker. Dir werden die Zähne ausfallen, direkt aus dem Mund ins Waschbecken.«

Er lachte und nahm einen ersten Schluck. »Alles klar, Granny.«

Niemand außer Monday nannte mich so.

Wir saßen auf der Bank vor dem Starbucks und sahen den Leuten zu, die mit ihren riesigen Einkaufstüten vorbeiliefen, den Händchen haltenden Paaren, den wild gewordenen Kindern. Menschen zu beobachten war Mondays und meine Lieblingsbeschäftigung gewesen. Wir konnten Stunden damit verbringen, uns über die Klamotten der Leute schlapp zu lachen, ihren Unterhaltungen zu lauschen und gebannt zuzusehen, wenn sich Paare in der Öffentlichkeit küssten. Als ich nun hier mit Michael saß, machte mir das nur wieder klar, dass ich ohne sie kaum irgendwas gemacht hatte.

Ich konnte immer noch nicht fassen, dass sie mich einfach so abserviert hatte. Sie wusste, dass ich sie brauchte. Sie wusste, dass die Lehrer die Wahrheit herausfinden würden, wenn sie nicht bei mir war. Sie hatte mich schlimmer verarscht, als Jacob sie verarscht hatte. Wie konnte sie mir das antun?

Wieso hatte sie nie angerufen?

Und wieso fühlte ich mich so allein?

Michael unterbrach meine Gedanken. »Also, was zwingt dir meine Grandma denn eigentlich für Sachen auf?«

Ich schüttelte den Gedanken an Monday ab. »Sie … hilft mir dabei, mich auf die High School vorzubereiten.«

»Oh. Weißt du … denn schon, auf welche Schule du gehen möchtest?«

»Auf die Banneker.«

Er verzog das Gesicht. »Da willst du hin? Alle, einfach alle wollen dahin. Ist es denn nicht echt schwierig, dort einen Platz zu bekommen?«

»Schätze, schon, aber deswegen hilft deine Grandma mir ja mit meinem Aufsatz.«

»Worum geht es in dem Aufsatz?«

»Wieso ich auf die Banneker gehen will.«

»Gute Frage. Wieso willst du das?«

Ich schluckte den wahren Grund herunter: weil Monday dorthin wollte.

»Es ist … eine gute Schule und das wird mir helfen, später auch auf ein g-gutes College zu gehen.«

»Das ist alles? Aber jede Schule kann dir helfen, aufs College zu gehen. Na ja, das sagt zumindest mein Dad.«

»Ja, kann sein.«

»Okay, ich will dir nichts vormachen. Ich wollte auch auf die Banneker«, gab er zu. »Ich meine, wer will das nicht? Aber die bieten keinen Football an und ich wollte unbedingt spielen. Ich habe den ganzen Sommer lang mit meinem Dad trainiert, bevor er wegging.«

»Wo ist er hingegangen?«

»Nach Dubai. Weißt du, wo das ist? Im Nahen Osten.«

»Ich dachte, der Pastor hat gesagt, dass er aus der Air Force ausgeschieden ist.«

»Ist er auch. Aber er arbeitet jetzt da, repariert Flugzeuge und so was. Die bezahlen ihm irre viel Geld. Er meinte, dass er mir ein Auto kaufen wird, deswegen haben wir uns online ein wenig danach umgeschaut.«

»Jetzt schon ein Auto? Du kannst doch noch gar nicht fahren.«

Michael verschluckte sich an seinem heißen Getränk. »Ich … arbeite daran.«

»Oh. Und wann kommt er wieder zurück?«

Er seufzte. »In drei Jahren.«

»In drei Jahren? Verdammt, das ist ja noch ewig hin.«

»Ja, aber die Bezahlung ist eben richtig gut.« Michael versteifte sich und rieb sich die Knie. »Und wenn er zurückkommt, dann will er irgendein Franchise-Geschäft aufmachen und ich muss keinen Cent bezahlen, um aufs College zu gehen.«

»Vermisst du ihn denn nicht?«

Er zuckte die Achseln. »Ich meine, klar, aber wir benutzen *FaceTime* und ich schreibe ihm dauernd Nachrichten. Er hat alle meine Spiele gesehen, weil meine Mom ihn per Skype zuschaltet. Im Juni kommt er drei Wochen lang auf Urlaub nach Hause und wir fahren quer durchs Land. Meine Mom und er wollten das schon immer mal machen.« Er schlürfte den letzten Rest seiner heißen Schokolade. »Egal, komm jetzt, wir müssen los. Ich habe Grandma versprochen, dass ich dich rechtzeitig zurückbringe, bevor deine Mom kommt, um dich abzuholen.«

Wutentbrannt stand ich auf und funkelte ihn an. »Ich wusste es! Ma hat dich auf mich angesetzt!«

»Nee«, wehrte er lachend ab. »Das war meine Grandma. Sie sagte, sie habe eine Schülerin, die ihr echt … traurig zu sein schien und einen Freund bräuchte. Ich schwöre, ich wusste nicht, dass du das warst. Aber … jetzt bin ich irgendwie froh. Ich bin froh, dass du es warst.«

Auch im Gesicht hatte er an Gewicht verloren und nun bildeten sich Grübchen zu beiden Seiten seines sexy schiefen Lächelns. Sexy? Ich hatte sein Lächeln gerade in Gedanken ›sexy‹ genannt! Ich schluckte und wandte mich mit einer schnellen Drehung von ihm ab, bevor ich rot wurde.

»Oh. Und … ähm, na ja … Was hat sie dir sonst noch erzählt?« Lief Miss Walker womöglich überall herum und erzählte den Leuten, dass ich nicht richtig lesen kann?

Er zuckte die Achseln und brachte meinen leeren Becher zum Mülleimer. »Sie meinte nur, dass du sehr traurig zu sein scheinst. Also depressiv. Sie hatte schon viele Schülerinnen, aber keine wie dich.«

»Ich bin nicht depressiv«, korrigierte ich ihn. »Und ich brauche auch niemanden, der mich bemitleidet.«

»Vielleicht ja doch.«

Die Härchen in meinem Nacken stellten sich auf und ich stieß ein falsches Lachen aus. »Na, wenn es jemandem gelingt, mich aufzuheitern, dann muss das wohl Mr. Überbeliebt sein.«

Er lachte und wies in Richtung der Haltestelle. »Hey! Ich kann doch nichts dafür, dass mich die Leute lieben. Aber im Ernst mal, Claudia, du kannst mit mir reden. Wenn du sonst niemanden hast … Du weißt schon … zum Reden, dann bin ich für dich da. Wenn du willst … hier.«

Er zog einen Stift und eine zerknitterte Serviette von Starbucks aus der Hosentasche. »Das ist meine Handynummer. Du kannst mich jederzeit anrufen.«

Er nahm meine Hand und legte mir die Serviette in die Handfläche, klappte dann meine Finger darüber und schenkte mir ein schiefes Grinsen, bei dem mir die Knie weich wurden. Ich biss mir auf die Lippe und ballte die Hand zur Faust, bevor ich mich in Bewegung setzte. Ich fühlte mich wohl in Michaels Nähe, aber er fühlte sich auch wie eine spitze Nadel an, die meine neu abgedichtete Blase zum Platzen bringen und mir wehtun konnte.

So wie sie Monday wehgetan hatte.

VORHER

Jedes Mal wenn man Schüler oder Schülerinnen sah, die aus dem Westflügel in den Ostflügel gingen, dann wusste man, wohin sie unterwegs waren, nämlich ins Lernzentrum, auch bekannt als das TLC. Wenn man in diese Richtung ging, war es, als würde man eine Bühne mit Dutzenden von blendenden Scheinwerfern betreten. Also musste man sich den Weg dorthin genau überlegen. Wenn ich die Treppe hinunterging, durch mehrere unterschiedliche Flure rannte und die Treppe in der Nähe des Hintereingangs wieder hochsprintete, konnte ich jegliche Verfolger abschütteln.

Es gab drei Lehrer und eine ESL-Trainerin, die denjenigen Schülern im TLC half, deren Muttersprache nicht Englisch war. In den Freistunden und nach dem Unterricht kontrollierten sie unsere Hausaufgaben, teilten die Aufgaben in kleinere Häppchen und brachten unsere Mitschriften auf Vordermann. Sie taten, was sie konnten, um mir zu helfen, aber wenn man selbst nicht um Hilfe gebeten hat, erscheint sie wie ein ungebetener Gast.

Das ist ein Riesenfehler, dachte ich und versuchte, meine tief sitzende Ablehnung und Bitterkeit für mich zu behalten.

Wenn sie zurückkommt …

Wenn sie wirklich zurückkäme, könnten wir gemeinsam an meinem Aufsatz arbeiten. Meine Hausarbeiten in Form bringen und uns ein paar neue Moves für meinen Soloauftritt überlegen. Ich würde das TLC nicht brauchen. Zusammen könnten wir alles wieder in Ordnung bringen, so wie es früher war. Ich musste Monday finden.

Die Worte tanzten durch meinen Kopf, während ich mich auf den Weg zu meiner nächsten Unterrichtsstunde machte.

Monday finden, Monday finden, Monday finden. Monday – verflixt, ich komme zu spät!

Wegen meiner neuen Route brauchte ich doppelt so lange für den Rückweg. Ich rannte den Flur entlang und nahm von den Stufen beim Parkplatz immer zwei auf einmal, bis ich direkt in Miss Valente hineinrannte. Sie schrie auf und ihre Unterlagen wirbelten durch die Luft, segelten dann wie Schneeflocken auf den Boden hinab.

»Shit! Claudia? Was machst du denn hier hinten?«

»Oh, äh, tut mir leid«, stammelte ich und ging in die Hocke, um ihr beim Einsammeln ihrer Blätter zu helfen.

»Dein ›Tut mir leid‹ kannst du dir sparen. Ich habe dich gefragt, was du hier machst.«

»Ich … gehe zu … Sozialkunde.«

Sie zog die Brauen zusammen und legte den Kopf schief, um mich zu betrachten.

»Hier ist kein Sozialkunderaum für die achte Klasse. Wo willst du *wirklich* hin?«

Ich dachte an all die Geschichten über Jugendliche, die zwischen den Unterrichtsstunden in den Gängen herumknutschten. Miss Valente musste solche Geschichten auch gehört haben.

»Nirgends. Ich komme vom … aus dem TLC«, gab ich zu.

Ihr Mund formte ein kleines ›oh‹ und sie nickte.

»Ach ja, stimmt«, sagte sie mit einem Seufzer. »Davon habe ich gehört. Das stand ja in der Mitteilung letzte Woche.«

Mein Kopf ruckte hoch. »Sie haben eine Mitteilung über mich bekommen?«

»Ja. Alle Klassenlehrer und -lehrerinnen werden informiert …«

»Was? Aber was, wenn irgendjemand so eine Nachricht auf einem Schreibtisch liegen sieht oder so was? Dann wissen das doch sofort alle! Die werden glauben, dass ich dumm bin!«

Sie warf die Hände in die Luft. »Holla, beruhige dich wieder! Das war eine E-Mail. Die schicken sie jeden Monat an die Lehrerschaft und listen die Schüler und Schülerinnen auf, die zusätzliche Unterstützung benötigen.«

Mein Blick verschleierte sich und mein Herz raste.

»Aber was ist, wenn sie es herausfinden? Was, wenn jemand … und dann …«

Meine Knie gaben nach und ich fiel hart auf die unterste Stufe, wo ich wimmernd liegen blieb. Meine Lunge brannte, als ich versuchte, röchelnd Luft zu holen.

Miss Valente setzte sich neben mich, drückte vorsichtig meinen Kopf nach vorne und rieb mir über den Rücken.

»Atmen, Claudia. Tief einatmen, langsam! Komm schon – na also. Einfach ruhig atmen. Es ist alles okay.«

Aber es war nicht okay. Die Luft außerhalb meiner Blase fühlte sich steif und schwer an, infiziert. Wie konnte hier draußen überhaupt jemand atmen? Wie konnte Monday ohne mich atmen? Nach ein paar Minuten, in denen ich auf den Boden starrte und würgte, brachen die Tränen hervor. Mein Schluchzen hallte durch das leere Treppenhaus.

»Möchtest du darüber reden?«, fragte sie. »Vielleicht hilft dir das.«

Ich trocknete meine Tränen mit meinem Pulli und schüttelte schniefend den Kopf, seufzte dann schwer.

»Claudia, du *musst* mit irgendjemandem reden. Du kannst nicht immer alles in dich hineinfressen. Wie wäre es, wenn wir mit einer Kleinigkeit beginnen, hm? Wieso bist du hier lang zum Unterricht gegangen?«

»Weil ich nicht will, dass es jemand weiß.« Ich blickte zu ihr auf und spürte, wie mir erneut die Tränen kamen. »Miss Valente, ich will nicht in der Klasse für die dummen Kinder sein.«

Miss Valente schürzte die Lippen.

»Zunächst mal sind das keine dummen Kinder im TLC. Das ist nur ein albernes Gerücht, das sich die anderen Kids ausgedacht haben, und zwar diejenigen, die nicht mutig genug sind, um Hilfe zu bitten, wenn sie nicht weiterwissen. Und zum Zweiten gehen auch sehr kluge Kinder ins TLC, weil sie eben die Besten sein wollen!«

»Aber … mir geht's doch gut. Ich brauche keine Hilfe.«

Miss Valente tätschelte mir das Knie und seufzte tief. »Claudia, ich habe das Gefühl, dass ich dich im Stich gelassen habe.«

»Sie? Wieso das denn?«

»Weil … Weil ich schon im letzten Schuljahr gedacht habe, dass du vielleicht ein Problem hast. Deswegen war es mir ja auch so wichtig, mit dir zu üben. Aber ich hatte so viel zu tun, mit den Abschlussprüfungen, den Korrekturen, meiner eigenen Fortbildung und dazu noch der Hochzeitsplanung.« Sie schüttelte den Kopf. »Die Anzeichen waren da, aber ich habe mich nicht so darum gekümmert, wie ich das hätte tun sollen.«

Ich rutschte von ihr weg. »Also glauben Sie auch, dass ich zu blöd bin.«

»Ich habe nicht gesagt …«

»Zuerst denken alle, ich wäre 'ne Lesbe. Und jetzt werden sie sagen, dass ich außerdem dumm bin!«

»Hey! Da ist nichts Schlimmes dran, lesbisch zu sein …«

»Na toll, jetzt denken Sie auch, ich wäre lesbisch!«

Miss Valente fasste mich hart an den Schultern. »Das habe ich nicht gesagt! Hör' auf, mir die Worte im Mund zu verdrehen. Du lässt zu, dass diese Gerüchte dich fertigmachen, anstatt sie fertigzumachen. Ich weiß, dass du nicht lesbisch bist, und selbst wenn, dann wäre das vollkommen in Ordnung. Aber du kannst nicht zulassen, dass ein Haufen homophober, bescheuerter … Wie heißt das Wort noch mal, das ihr immer verwendet? Richtig, Assis. Dass sie dir das Gefühl geben, es wäre falsch! Ich habe eine wunderschöne Frau und eine großartige Familie, also wen schert es einen Dreck, was die denken?«

Ich schnaubte und hielt weitere Tränen zurück. Ich hatte noch nie eine Lehrerin fluchen gehört.

»Tut mir leid«, sagte sie mit leisem Lachen. »Da ist es wohl ein bisschen mit mir durchgegangen. Aber, Claudia, ich bin wirklich der Meinung, dass du sehr intelligent bist. Du nimmst … die Dinge nur anders auf als die anderen Schüler und Schülerinnen. Aber das tun doch viele andere auch und das ist auch gar nicht schlimm. Ich wünschte nur, dass ich schon früher etwas gesagt hätte. Vielleicht hätte ich dir etwas von dem Leid ersparen können, das du jetzt durchmachst.

Ich habe schon früher versucht, das Thema anzusprechen, aber man hat mir gesagt, ich solle dich einfach weiter mitziehen. In dieser Schule wird alles von unserem Ranking bestimmt. Niemand hat die Zeit, sich einfach mal einen Moment zu nehmen, um wirklich bei den Schülern zu sein. Du bist inzwischen alt genug, um das zu begreifen, aber manchmal bist du für diese Schule nichts weiter als eine Punktzahl. Je höher die Punktzahl, desto besser der Ruf. Weißt du, was ich meine?«

Ich nickte. »Aber mit mir ist doch alles in Ordnung! Das war nur ein Riesenfehler. Ich habe einfach … Ich war abgelenkt und Monday ist nicht mehr da …«

Ihre Augen weiteten sich. »Moment, heißt das, du hast immer noch nichts von ihr gehört? Du hast sie die ganze Zeit nicht gesehen?«

»Nee.«

»Ich dachte, die hätten dir Bescheid gegeben. Oder jemand hätte es dir gesagt.«

Mein Magen zog sich zusammen. »Mir was gesagt?«

»Die haben mit ihrer Mutter gesprochen. Ihre Mutter hat sie aus der Schule genommen, um sie zu Hause zu unterrichten.«

Mir fiel die Kinnlade herunter. »Sie zu Hause unterrichten?«

Sie nickte. »Ich habe vor etwa einer Woche mit der Sozialarbeiterin gesprochen. Ich muss zugeben, ich habe ihre Mutter ja nur zweimal getroffen und fand es schwer, mir das vorzustellen … Aber es steht mir ja nicht zu, einer Frau zu sagen, wie sie ihr Kind zu erziehen hat.«

»Aber … sie ist doch gar nicht zu Hause! Wie kann sie denn zu Hause unterrichtet werden, wenn sie gar nicht *zu Hause ist?!*«

Miss Valente biss sich auf die Unterlippe. »Sie *ist* zu Hause, Claudia.«

»Was?«

»Die Sozialarbeiterin hat gesagt, dass sie zu Hause ist.«

»Nein! Das ist sie nicht. Sie lügt! Wenn sie zu Hause wäre, dann hätte sie mich angerufen!«

Oder etwa nicht?

»Ja, junge Dame. Wie kann ich dir behilflich sein?«, fragte ein Beamter, der hinter einem hohen Tresen saß, als ich das Polizeirevier betrat, das keine zehn Minuten von Mondays Haus entfernt lag. Ich hatte es absichtlich ausgewählt. Die sind dort dran gewöhnt, nach Ed Borough rüberzugehen.

Monday finden, Monday finden, Monday finden.

Ma und Daddy wollten mir einfach nicht zuhören, Mr. Hill war auch keine Hilfe und etwas war faul an der Geschichte dieser Sozialarbeiterin. Es konnte gar nicht sein, dass Monday zu Hause war und mich nicht anrief. Ich konnte nicht noch einmal dorthin gehen, ohne Ärger zu bekommen, aber die Polizei konnte das.

Ich räusperte mich und hoffte, dass meine Stimme möglichst erwachsen klang.

»Ja, guten Tag. Ich bin wegen einer Freundin hier, die in Ed Borough wohnt. Ich glaube, dass sie in Schwierigkeiten steckt. Kann jemand bei ihr zu Hause nach dem Rechten sehen?«

»Was für Schwierigkeiten?«

»Sie kommt seit einer Weile nicht mehr zur Schule und niemand hat sie gesehen.«

Der Beamte zog die Brauen zusammen. »Dann wird sie also vermisst?«

Das Wort ›vermisst‹ hämmerte wie eine harte Hand, die auf eine Conga schlägt.

»Nein, ähm«, brachte ich hervor. »Sie wird nicht auf diese Weise vermisst. Sie ist … äh … Ich weiß einfach nicht, wo sie ist.«

»Was meinst du denn mit ›auf diese Weise‹?«

Ein großer Mann mit beginnender Glatze in grauer Hose und einem weißen, ordentlichen Hemd trat hinzu, stellte sich zwischen uns und lächelte mich an.

»Immer langsam, Warren, ich übernehme das«, sagte er und schob den Stapel Aktenordner unter seinem Arm zurecht. »Komm doch bitte hier herein, junge Dame, unterhalten wir uns darüber. Ich bin Detective Carson. Wie heißt du?«

»Claudia«, erwiderte ich und folgte ihm zu seinem Schreibtisch.

»Okay, Claudia, ich habe mit angehört, wie du gesagt hast, dass deine Freundin verschwunden ist. Willst du mir erzählen, was da los ist?«

Ich erzählte dem Detective alles. Dass Monday in diesem Schuljahr einfach nicht aufgetaucht war und dass ihre Mom und ihre Schwester sich so seltsam verhielten. Der Detective nickte während meiner Geschichte mehrfach, lehnte sich auf seinem Stuhl zurück und faltete die Hände über dem Bauch. Sollte er sich nicht eigentlich Notizen machen?

»Hast du mit deinen Eltern darüber gesprochen?«

»Teilweise.«

»Okay«, sagte er mit einem leisen Lachen. »Dann sag' mir doch mal, woher du so sicher weißt, dass sie nicht zu Hause ist. Warst du selbst im Haus drinnen?«

»Nee. Aber sie ist nicht da, ich weiß es einfach. Und ihre Mom sagt auch immer wieder, dass sie nicht da ist.«

»Vielleicht lebt sie ja bei einem anderen Verwandten. Vielleicht bei ihrem Vater.«

Ich schüttelte den Kopf. »Nee. Das hätte sie mir gesagt.«

Er lächelte. »Manchmal behält man seine Familienangelegenheiten eben für sich.«

»So läuft das aber nicht«, widersprach ich. »Nicht bei uns.«

»Hm, na gut. Nehmen wir an, dass sie wirklich vermisst wird. Weißt du, ob ihre Mutter eine Vermisstenanzeige aufgegeben hat?«

Da war wieder dieses Wort. Vermisst. Wieso klang es wie quietschende Bremsen vor einem Autounfall?

»Äh. Nee. Sie ist nicht so eine Mom.«

Er machte ein ernstes Gesicht. »Gab es zu Hause Ärger?«

»Nur … das Übliche.«

»Okay, ist es aber grundsätzlich möglich, dass sie von zu Hause weggerannt ist?«

»Was? Nee, sie würde mich nicht verlassen … Nicht einfach so.«

Er zuckte die Achseln. »Manchmal laufen Mädchen lieber vor ihren Problemen davon, statt jemanden um Hilfe zu bitten.«

Ich wollte erneut lautstark protestieren, aber dann fielen mir die blauen Flecken wieder ein und meine Zunge klebte mir plötzlich am Gaumen.

Carson seufzte und rieb sich über die Glatze. »Claudia, ich möchte dir etwas zeigen. Komm mal mit.«

Wir gingen zum Eingang des Reviers, wo nahe der Tür ein großes Anschlagbrett hing, das voller Flyer vermisster Personen hing. Darauf standen jeweils Name, Datum, Alter und Ort unter einem Foto. Ich starrte auf die Wand aus fröhlich lächelnden Gesichtern und eine Tatsache fiel mir dabei direkt ins Auge: An dieser Wand befanden sich nur Mädchen. Und sie alle sahen aus wie Monday.

»Ist deine Freundin hier an der Pinnwand dabei?«

Ich hielt den Atem an und ließ meinen Blick erneut über die Bilder schweifen.

»Nein. Aber sie wird nicht *vermisst,* nicht wie diese Mädchen. Oder … jedenfalls glaube ich das nicht …«

»Ich möchte, dass du dir dieses Brett genau anschaust«, unterbrach mich Carson mit strenger Stimme. »In den vergangenen Monaten hatten wir

Dutzende von Vermisstenanzeigen allein in dieser Gegend, alles Mädchen, bis zu 50 Meldungen in der Woche. Angebliche Entführungen, obwohl die meisten von ihnen bloß von zu Hause abgehauen sind, weil sie nicht tun dürfen, was sie möchten.«

»Aber sollten Sie nicht trotzdem nach ihnen suchen?«

Er öffnete den Mund, klappte ihn dann wieder zu und räusperte sich.

»Ja, aber ich möchte, dass du nicht vergisst, Claudia, wenn du auf ein Polizeirevier kommst und behauptest, dass deine Freundin verschwunden ist, dann bedeutet das, dass wir Polizisten uns nicht auf *diese* Mädchen hier konzentrieren können. Mädchen, die vielleicht wirklich in Schwierigkeiten stecken.«

Die Tränen standen mir in den Augen und ich wich seinem strengen Blick aus.

»Und wenn deine Freundin wirklich verschwunden ist und nicht auf diesem Brett steht, dann kann nur ein Elternteil die Vermisstenanzeige aufgeben. Und wenn ihre Mutter das nicht tun will, dann bleibt nur ihr Vater oder ein gerichtlich bestellter Vormund.«

Ich atmete tief ein, um nicht loszuheulen. Nach diesen Mädchen auf den Flyern suchten alle, aber ich war die Einzige, die nach Monday suchte.

»Ich sag es, dein Vater kauft jedes Jahr wieder den allergrößten Baum und erwartet von uns, dass wir allein damit klarkommen.«

Ma stand auf der Trittleiter neben unserem Weihnachtsbaum, die Arme in die Höhe gereckt, und versuchte, einen Elf ganz weit oben aufzuhängen.

»Entweder ist der Baum noch größer als der vom letzten Jahr oder ich bin geschrumpft.«

Ich saß auf dem Fußboden, umgeben von Lichterketten, die nur teilweise funktionierten, und Schachteln voller Weihnachtsbaumschmuck. Ich steckte neue Haken an die Baumanhänger oder wechselte diejenigen aus, die mit den Jahren verrostet waren. Mas gefühlvolle Lieblings-Weihnachtsalben flossen melodisch aus den Lautsprechern: Nat King Cole, die Jackson 5, die Temptations, Vanessa Williams.

»Du warst doch noch nie besonders groß«, gab ich lachend zurück und entwirrte ein Knäuel von Schleifen.

»So spricht man nicht mit seiner Mutter«, schalt sie mich grinsend. »Okay, gib mir den Nächsten.«

Ich sprang mit zwei hölzernen Nussknackern auf. Am Baum hingen bereits Schneemänner, Ballerinas, schwarze Weihnachtsmänner und gläserne Zuckerstangen. Ma liebte Weihnachten, also musste der Baum perfekt sein, sonst würde sie womöglich das Fest absagen.

Monday hatte uns immer beim Schmücken geholfen, Lichterketten entwirrt und Lametta verteilt. Allein der Gedanke an sie verursachte einen Stich in mein Herz.

Vermisst.

Ich hielt den Atem an, bis meine ganze Brust brannte, denn das Wort machte mir Angst. War sie verschwunden, vermisst? Aus meinem Leben verschwunden, ja, aber war sie wirklich so richtig verschwunden? Unmöglich, sie musste zu Hause sein. Oder?

»Ma?«

»Ja, meine Süße.«

»Ich möchte zu Hause unterrichtet werden.«

Ihr Nacken knackte und der Nussknacker verharrte in ihrer erstarrten Hand.

»Kind, was redest du denn da?«

Ich schluckte und drehte die Schleife in meinen Händen hin und her. »Ich meine, kann ich zu Hause lernen?«

»Zu Hause lernen? Bist du verrückt? Ich kann doch nicht mit dir zu Hause bleiben. Ich muss arbeiten gehen!«

Sie hängte den Baumschmuck mit einem Ruck an einen Zweig, der danach wieder hochschnellte und die anderen Anhänger beinahe heruntergeschleudert hätte.

»Aber Monday wird auch zu Hause unterrichtet.«

Ma stemmte die Hände in die Hüften. »Wenn Monday von einer Brücke springt, springst du dann hinterher? Auf gar keinen Fall, Claudia. Ich kann nicht fassen, dass du mich um so etwas Dummes bittest.«

Ich sackte wieder auf dem Boden zusammen und blickte in eine der Schachteln. Mein Magen drehte sich vor Beklommenheit um.

In der Schachtel lagen nur noch vier Baumanhänger. Die schönsten mit der grässlichsten Geschichte.

»Und, na ja, mit Heimunterricht bekommt man doch keine ordentliche Ausbildung. Schon gar nicht, wenn man wie du … zusätzliche Unterstützung und all so was braucht.« Sie seufzte und ihre Stimme wurde weicher. »Süße, du musst einfach weiter zur Schule gehen. Das ist jetzt wirklich das Beste.«

Ich nickte und schob den Deckel auf die Schachtel. Ich hoffte, sie würde nicht nach weiteren Baumanhängern fragen. Vielleicht war dies das Jahr, in dem ich sie kaputt machen würde, sie zerbrechen, damit wir sie nicht mehr ansehen und uns erinnern müssten. Aber das würde Ma mir niemals verzeihen.

»Hey! Weißt du was«, strahlte Ma mich an, weil sie die Stimmung wieder etwas heben wollte, »du hast noch mit keinem Wort erwähnt, was du dir dieses Jahr zu Weihnachten wünschst. Ich hätte längst mit einer zweiseitigen Wunschliste gerechnet.«

Ich zuckte die Achseln und ließ die Mundwinkel hängen. Ich wünschte mir gar nichts. Ich wollte doch nur meine beste Freundin zurückhaben.

Ma trat zurück, um ihr Werk zu bewundern. Der Baum hätte aus einem Katalog stammen können.

»Wunderschön! Nur noch ... eine kleine Lücke, da vorne. In Ordnung, gib mir den Nächsten.«

Ich schluckte und machte mich auf das Schlimmste gefasst. »Es sind nur noch vier übrig«, murmelte ich.

»Das macht nichts. Gib mir einfach einen davon ...« Ein Ruck ging durch ihren gesamten Körper, als sie begriff, und sie riss die Augen auf.

»Vier«, stieß sie hervor. »Na gut ... in Ordnung. Gibst du mir einen?«

Ich seufzte und öffnete die Schachtel erneut, nahm die vier Kristallengel heraus, die extra für die vier Engelchen angefertigt worden waren, die wir verloren hatten. Ma machte einen unsicheren Schritt auf mich zu und spähte in die Schachtel hinein, als wäre sie ein offenes Grab. Ich hielt den Atem an und wickelte das

Seidenpapier ab, das sie schützend umgab. Sie hielt einen in der Hand, betrachtete seine zarten Züge, bevor ihre Finger zu zittern begannen.

»Ich kann sie aufhängen«, bot ich an und sprang auf.

»Nein, ist schon gut. Ich schaffe das«, murmelte sie und schwebte wieder zum Baum hinüber, wo sie jeden einzeln und behutsam an einen Zweig hängte, so wie Gott die Sterne am Himmel verteilte. Dann trat sie zurück, um erneut ihr Werk zu bewundern.

»So. Perfekt.«

»Ja, perfekt«, hauchte ich.

Sie atmete tief ein und zwang sich zu einem Lächeln. »Nun, ich weiß nicht, wie es dir geht, aber ich bin platt. Ich glaube, ich werde … ins Bett gehen. Macht es dir etwas aus, hier unten aufzuräumen?«

Ich nickte. »Klar, Ma. Ich mach' das.«

Das Licht brach sich glitzernd in den Tränen, die in ihren Augen standen.

»Okay. Gute Nacht, meine Süße.«

Sie schlurfte auf die Treppe zu.

Ich überließ es Daddy, das Durcheinander aufzuräumen, denn er schien praktischerweise jedes Mal einen Gig zu haben, wenn wir den Baum dekorieren wollten.

ZWEI JAHRE VOR DEM VORHER

»Was ist denn mit deiner Mom?«, wisperte Monday mir zu, als wir mit unseren Pizzastücken und den Bechern gesüßtem Tee auf Zehenspitzen die Treppe hinaufschlichen.

Ma lag unter einer roten Wolldecke auf dem Sofa ausgestreckt. Mit weichem, verlorenem Blick starrte sie auf den stumm geschalteten Fernseher, ohne auch nur zu blinzeln.

Wir huschten in mein Zimmer, wo meine Taschen für unseren ersten Weihnachtsurlaub in Georgia fertig gepackt standen.

»Sie hat das Baby verloren«, murmelte ich.

»Verdammt, schon wieder?« Monday atmete erschrocken ein und schlug sich die Hände vor den Mund. »Scheiße, das tut mir leid! So habe ich das nicht gemeint.«

Ich wusste, dass sie es nicht so gemeint hatte, aber ihre Worte trafen trotzdem einen Nerv und die Tränen stiegen mir in die Augen. Ma hatte nun schon vier Babys, die im Himmel auf sie warteten. Auf der Erde hatte sie nur mich und manchmal fragte ich mich, ob ich ausreichte, um ihre Sehnsucht zu stillen. Vielleicht war ich nicht gut genug. Vielleicht wünschten sie sich eine bessere Version von mir. Vielleicht versuchten sie es deswegen immer wieder erfolglos. Ich hasste es ebenso sehr, Ma leiden zu sehen, wie ich es hasste, dass ich ihr nicht ausreichte.

»Ist schon gut, nicht weinen«, sagte Monday und streichelte mir über den Rücken. »Du willst gar nicht, dass hier noch ein Haufen Kinder herumläuft. Dann musst du ja alles mit denen teilen.«

»Das würde ich machen.« Ich schniefte. »Ich teile doch auch mit dir.«

Mondays Gesicht zuckte und verfinsterte sich. »Das ist … was anderes. Glaub mir. Du bist besser dran ohne sie.«

Monday kletterte aus dem Zelt und tat so, als wäre es im Zimmer nicht kälter geworden bei ihren letzten Worten.

»Egal, jedenfalls habe ich etwas, das dich aufheitern wird!«

»Wirklich? Was denn?«

»Ein Weihnachtsgeschenk!«

»Echt jetzt?«

»Ja«, bestätigte sie mit einem Lachen. »Ich hatte keine Zeit, es einzupacken, aber da du morgen schon nach Georgia fährst, dachte ich, ich kann es dir ja jetzt schon geben!«

Sie eilte zu ihrer Schultasche hinüber und zog zwei gleich aussehende Tagebücher heraus, eins rosa und eins lila, mit einem Schloss und einem herzförmigen Schlüssel. Sie reichte mir das lilafarbene mit einem schwindelerregenden Grinsen im Gesicht. Monday hatte mir noch nie zuvor etwas kaufen können und ich wollte dankbar sein, aber stattdessen musste ich gegen den Drang ankämpfen, das Tagebuch quer durch das Zimmer zu werfen.

»Warum hast du das gemacht?«, wollte ich wissen. »Du weißt doch, dass ich nicht gut im Schreiben bin!«

Mondays Grinsen erstarb. »Ja … Aber vielleicht kannst du dich ja verbessern, wenn du jeden Tag übst. Und wir machen das ja beide! Ich werde in meins ebenfalls reinschreiben, siehst du?« Sie wedelte mit dem rosafarbenen Buch, als wäre es ein Tamburin. »Zu Neujahr fangen wir an.«

Sie sah nicht, dass ihre nette Geste voller Stacheln war. Sie sah diese Dinge nicht wie ich.

»Ja, okay. Sicher. Im neuen Jahr«, sagte ich und warf das Tagebuch wie eine heiße gammlige Kartoffel auf meinen Schreibtisch.

Sie blickte enttäuscht darauf, während sie mir aus dem Weg ging. Unsere Blase schien geschrumpft zu sein und das war nichts Gutes.

Am nächsten Morgen wachte ich auf und der Platz neben mir war leer. Monday war fort. Das war nicht anders zu erwarten gewesen, nachdem ich sie den Rest des Abends über angeschwiegen hatte. Ich drehte mich zigmal im Bett um, schlug mit den Beinen auf die Matratze. Ich wollte mich nicht streiten. Ich war ja nicht sauer auf sie, ich war sauer auf mich. Und nun würde ich sie ganze sieben Tage nicht sehen. Ich hatte keine Möglichkeit, mich zu entschuldigen.

Ein lautes Kichern drang von unten herauf.

Ich schlich auf Zehenspitzen zur Treppe, um über das Geländer hinabzuspähen, wo Monday und Ma eng zusammen unter der roten Decke kauerten. *Rudolf das kleine Rentier* lief im Fernsehen, Ma trug ein Lächeln im Gesicht und Monday hatte eine Schüssel Frühstücksflocken im Schoß. Ma küsste Monday auf die Schläfe und schob ihr die Zöpfe hinter die Ohren. Sie blickte zu mir herauf und lächelte.

»Guten Morgen, meine Süße. Komm und schau' den Film mit uns an.«

Monday versteifte sich und beobachtete, wie ich die Treppe hinunterstapfte. Ich setzte mich auf die andere Seite von Ma und kuschelte mich unter ihre Achsel. Ma grinste und küsste mich seitlich an der Schläfe, so wie sie es auch bei Monday gemacht hatte.

»Es ist schön, den Morgen mit meinen beiden Mädchen zu verbringen.«

Monday strahlte sie an und wendete sich dann wieder dem Bildschirm zu, reichte mir die halb leer gegessene Schüssel mit einem schiefen Grinsen herüber. Ein Angebot. Eine Entschuldigung.

Ich grinste und akzeptierte beides. »Danke.«

JANUAR

Vielleicht bin ich nicht die Richtige, um über die blauen Flecken zu sprechen.

Wisst ihr, ich hatte welche an Monday gesehen, hier und da. Aber ich dachte nie groß darüber nach. Sie hatte jedes Mal eine vollkommen plausible Erklärung dafür. Ich meine, Kinder holen sich oft blaue Flecken. Wir toben, springen und rennen, wir fallen, und dann tun wir uns eben weh. Manchmal bleiben sogar Narben zurück. Wenn mir also ein blauer Fleck oder ein Schnitt auffiel, dann hatte das nichts zu bedeuten. Nur ein weiterer Stern am Himmel. Nichts, weswegen man Alarm schlagen müsste.

Ich las einen Bericht, in dem stand, dass Mondays Körper mehr als ein Dutzend Narben aufwies, als man sie fand.

EIN JAHR VOR DEM VORHER

Monday stolperte zur ersten Stunde ins Klassenzimmer. Ihre Beine zitterten bei jedem bedächtigen Schritt.

»Guten Morgen, Monday«, begrüßte Miss Valente sie von ihrem Pult aus, während sie die Anwesenheitsliste abhakte. »Wie waren deine Ferien?«

Monday leckte sich mit einer weißen Zunge über die rissigen, zitternden Lippen und hielt ihre Bücher gegen die Brust gepresst. Miss Valente blickte auf und ihr Gesichtsausdruck wurde weicher.

»Monday? Ist alles in Ordnung?«

»Mir geht's gut«, murmelte sie kaum hörbar, bevor sie zu ihrem Platz neben meinem schlurfte. Miss Valente starrte sie lange an, musterte sie auf eine Weise, wie man eine fremde Person wurde. Monday hielt sich an ihrem Tisch fest, als rechnete sie damit, dass er ihr weggerissen werden würde. Ihre Zöpfe waren struppiger, als ich sie je zuvor gesehen hatte, die Spitzen lösten sich und sahen trocken aus.

Vielleicht hatte sie vergessen, sich vor dem Schlafengehen die Kopfhaut einzureiben.

Ich flüsterte: »Große Neuigkeiten? Geht es dir gut?«

Ihre blutunterlaufenen Augen schenkten mir einen flackernden Blick, aber sie sagte nichts.

Miss Valente starrte sie wachsam an und öffnete den Mund, als es klingelte, aber dann schloss sie ihn wieder.

Monday verhielt sich wie ein Zombie, schlurfte durch die Gänge, stieß ständig gegen irgendwelche Leute, saß regungslos im Unterricht und nahm nicht ein einziges Mal ihren Bleistift in die Hand.

»Was ist denn los?«, flehte ich sie beim Mittagessen an. »Was ist passiert? Hat Jacob wieder irgendwas gemacht?«

Nichts. Kein Lebenszeichen. Da ich es leid war, Selbstgespräche zu führen, saßen wir schweigend am Tisch. Ihr Blick wanderte über ihre Handflächen, deren Linien sie mit dem kleinen Finger nachfuhr, aber das Essen rührte sie nicht an. Woher kommt das denn auf einmal, fragte ich mich ratlos. Sie schien doch ganz normal, als Grandma mich an Weihnachten anrufen ließ. War sie sauer auf mich?

Als der Schultag zu Ende war, rannte ich eilig zur Bücherei. Sie muss krank sein, sagte ich mir immer wieder, um meine ängstlichen Nerven zu beruhigen. Sie geht sicher nach Hause, schläft sich gesund und morgen geht es ihr dann wieder besser. Ich hatte noch nicht einmal den halben Weg zur Bücherei zurückgelegt, als ich einen Schatten bemerkte, der mir die Good Hope Road hinunter folgte. Ich blieb abrupt stehen.

»Was machst du denn hier?«

Monday sah mit einem Blinzeln zu mir auf. Das war die lebhafteste Reaktion, die ich seit dem Morgen von ihr bekommen hatte. »Bücherei?«

»Aber … wo ist denn August? Lässt du ihn einfach allein?«

Sie erstarrte, als hätte ich etwas Schreckliches gesagt, und stammelte eine Antwort.

»Er ist … krank. Mom … hat ihn zu Hause behalten.«

Das sollte die nächsten Wochen ihre wiederkehrende Antwort bleiben. Jedes Mal wenn ich nach ihm fragte, hatte er eine mysteriöse Krankheit, die ihn ans Bett fesselte. Am Ende des Monats war Monday zwar wieder mehr sie selbst, aber wich immer noch allen Fragen nach ihrem Bruder aus.

»Was ist denn mit August los?«, fragte ich auf dem Weg zur Bücherei, während wir über Haufen aus schwarz gewordenem Schnee stapften und der eisige Wind durch meine Handschuhe drang.

»Er ist krank«, erwiderte sie und stopfte sich die Hände in die Hosentaschen.

»Verdammt, immer noch? Wart ihr denn eigentlich mal beim Arzt?«

»Ja«, gab sie zurück und zog die Nase hoch.

»Und? Was sagt der Arzt?«

Monday machte ein genervtes Geräusch. »Wieso fragst du eigentlich immer wieder nach August? Er geht dich doch gar nichts an!«

Die Worte kamen so böse aus ihrem Mund gespien, dass sie sogar eklig rochen.

»Scheiße, du brauchst mich echt nicht so anzumachen! Ich habe ja nur gefragt …«

»Und du fragst andauernd! Ich habe dir doch gesagt, dass er krank ist! Was verstehst du daran nicht? Ist ja nicht so, als ob ich dir das erst noch vorlesen müsste.«

Ich erstarrte und blieb abrupt stehen.

»Was zur Hölle ist denn los mit dir?«, schrie ich. »Es war nur eine Frage!«

Sie fuhr herum und funkelte mich an. »Und ich habe es dir schon gesagt! Also wieso fragst du dann immer wieder und wieder nach?«

»Ich schätze, weil er dein Bruder ist und ich …«

»Richtig, er ist *mein* Bruder! Nicht deiner. Nur weil du keinen eigenen Bruder haben kannst, heißt das noch lange nicht, dass du auf meinen scharf sein musst!«

Ich keuchte auf und fühlte, wie die eiskalte Luft meine Lunge durchbohrte.

Monday zuckte beinahe augenblicklich zusammen. »Shit, Claudia, das habe ich nicht so gemeint. Tut mir leid.«

»Mir doch egal«, fauchte ich und rauschte an ihr vorbei.

»Schön, mir auch. Dann mach' deine Aufgaben doch allein!«, schrie sie und stürmte in die entgegengesetzte Richtung davon.

»Schön, mache ich auch!«

Unser erster richtig heftiger Streit und ich hatte keinen Schimmer, was ich falsch gemacht hatte.

VORHER

Am Martin Luther King Day richtete die Kirche ihre jährliche Suppenküche aus. Dabei werden fast 300 Menschen verköstigt und an diesem Tag ist neben Weihnachten und Ostern am meisten los bei uns.

Daddy und die Männergruppe stellten im Gemeinschaftsraum große Tische und viele Stühle auf, während die Jugendlichen die Dekoration und das Aufräumen übernahmen. Die Mediengruppe war für das DJ-Pult verantwortlich und spielte Gospelmusik zwischen den kurzen Auftritten des Chors.

Ma führte natürlich das Regiment über die Küche und mir blieb gar keine andere Wahl, als ihr dabei zur Hand zu gehen. Wie in einer großen Fabrik, in der alle Plastikschürzen und Handschuhe trugen, nahmen wir Hilfsköchinnen unsere Plätze am Fließband ein, würzten das Hühnchen, schnitten Gemüse klein, backten Brötchen und wickelten Besteck in Servietten ein.

Früher war auch Monday zum Helfen gekommen. Sie liebte es, neben Ma zu stehen und beim Kochen zu helfen, und sie besaß ein Talent dafür, die kleineren Kinder zu beschäftigen.

»Miss Pearl, wie sieht denn mein Blattkohl aus?«, rief Ma über das geschäftige Fließband hinweg und zog ein auf dem Blech gebratenes Hühnchen aus dem Ofen. Ihr Haar war ganz kraus von der Hitze der Herdplatten. Wir waren seit der Morgendämmerung bei der Arbeit und die Türen würden sich erst in einer Stunde öffnen.

»Fast fertig.«

»Miss Janet«, rief jemand, »der Reis ist fertig.«

»Großartig, wir sind also so gut wie fertig«, stellte Ma fest, während sie die Soße über das Huhn goss. »Süße, achte darauf, wie dick du die Karotten schneidest. Wir wollen keine zu großen Stücke, sonst gehen sie uns am Ende noch aus.«

Wir hatten genug Karotten, um die gesamte Stadt durchzufüttern – ich musste es wissen, ich hatte sie alle in Stücke gehackt.

»Ja, Ma«, murmelte ich, während ich mir mit dem Ärmel den Schweiß von der Stirn wischte.

»Und das Lächeln nicht vergessen! Diese Leute haben weit mehr Gründe zu jammern als du.«

Wenn sie ans schlechte Gewissen appellierte, zog das immer. Ich grinste breit und zeigte meine Zähne.

»Oh, Kind, mach' ihnen doch keine Angst!« Ma schüttelte lächelnd den Kopf und legte mir ihren freien Arm um die Schulter. »Komm mal mit mir, ich will dir nur schnell was zeigen.«

Ma führte mich zum Fenster hinüber, das auf den Parkplatz hinausführte. Eine Schlange hatte sich gebildet, die vor der Tür begann, zum Tor hinaus und bis auf die Straße führte. Die Leute standen draußen in der eisigen Kälte in Jacken, die dünn wie Plastikbeutel waren, oder in Kleidung, die dringend gewaschen werden musste. Andere waren in dicke, graue Decken gewickelt. Daddy und einige andere Kirchenmitglieder verteilten Becher dampfenden Kaffees.

»Siehst du das? Das könnten ebenso gut wir sein da draußen. Einige dieser Familien sind zwar nicht obdachlos, aber hatten schon wer weiß wie lange keine ordentliche Mahlzeit mehr. Denk' nur mal daran, wie viel Gutes du denen heute tust.«

Ich erkannte einige der Kinder aus Ed Borough zwischen den Erwachsenen und mir wurde ganz anders zumute, weil ich mir vorstellte, dass Monday da draußen bei ihnen stehen könnte.

»Also vergiss nicht, Süße, nur weil jemand ein Dach über dem Kopf hat, ist das noch lange kein Zuhause. Wir haben vielleicht nicht alles, aber wir haben eine Menge Dinge, für die wir dankbar sein müssen. Verstehst du?«

Ma drückte meine Schulter und ich erwiderte den Druck und nickte.

»Also gut, Miss Allen, wickeln wir die Brötchen ein, damit sie schön warm bleiben. Die Türen werden jeden Moment geöffnet, Leute!«

Die Tische waren gedeckt, der Trockenspiritus unter den Warmhalteplatten entzündet, das Essen stand bereit, also gaben Ma und Daddy das Zeichen. Die Türen gingen auf und eine wahre Stampede ergoss sich in Richtung des Buffets. Ma verteilte scheibenweise Huhn und Schinkenbraten am Anfang der Schlange, während ich am Ende die Brötchen ausgab. Die Leute waren so … dankbar und glücklich. Ma unterhielt sich mit fast jedem Einzelnen, warm und herzlich und voller lieber Grüße und Segen. Sie behandelte immer alle Menschen gleich, egal woher sie kamen oder wie viel sie besaßen.

Den ganzen Tag über eilte die Küchencrew hin und her, um die leeren Schalen aufzufüllen. Als ich mit dem Brot fertig war, ging ich herum und füllte die Becher mit Eistee und Kaffee auf. Die kleineren Kinder rannten im Kreis herum und erinnerten mich daran, wie August und Tuesday immer miteinander gespielt hatten. Der Gedanke an August brachte mich darauf, nach oben in die Kinderkrippe der Kirche zu laufen und eine Handvoll zerbrochener Wachsmalstifte und einen Stapel Papier zu holen. Ich räumte einen Tisch frei, breitete das Malzeug darauf aus und sah, wie sich die Gesichter der Kinder aufhellten. Ich zeichnete lustige Formen und Umrisse mit dem Kuli und zeigte ihnen, wie sie diese ausmalen konnten. Es fühlte sich gut an, diese Kinder zum Lachen zu bringen. Ich weiß, wie sehr Monday es hasste, wenn ich immer wieder nach August fragte, aber wenn Monday wie eine Schwester für mich war, dann war August auch ein bisschen wie ein Bruder für mich. Ich vermisste sie beide. Ich vermisste diesen Teil meiner Familie.

Dad schaute an unserem Maltisch vorbei und grinste. »Hey, Süße, deine Mom sucht nach dir.«

»Okay. Kannst du dann kurz bei ihnen bleiben? Und darauf achten, dass die Stifte nicht für die Wände benutzt werden, sondern auf dem Tisch bleiben? Du musst ihnen zeigen, dass sie innerhalb der schwarzen Linien malen müssen.«

Er lachte leise. »Wieso glaubst du, dass ich nicht über den Strich male?«

»Stimmt auch wieder. Halte dich einfach an ganz

simple Formen«, erwiderte ich kichernd und rannte davon, glitt hinter das Buffet.

»Was ist denn, Ma?«

Erleichtert nickte Ma zu Miss Shonda neben sich hinüber.

»Oh, gut, dann kannst du für Miss Shonda übernehmen. Sie muss ihre Mutter nach Hause fahren. Und holst du bitte noch das letzte Tablett aus der Küche?«

»Lass mich dir helfen«, schlug Miss Shonda vor und ich folgte ihr in die Küche. »Ich habe dich da drüben beobachtet. Das war wirklich toll, dass du dich so um die Kinder gekümmert hast.«

Ich zuckte die Achseln und grinste. »Ich habe nur geschaut, dass sie beschäftigt sind.«

Miss Shonda zog das letzte Tablett mit Hühnchen aus dem Ofen, wo es zum Warmhalten stand.

»Und wo ist deine Cousine? Du weißt schon, die du sonst immer mitgebracht hast zum Martin Luther King Day?«

»Oh, äh, das war nicht meine Cousine. Das war … Das ist meine beste Freundin.«

»Na, und wo ist sie heute? Sie konnte sehr gut mit kleinen Kindern umgehen.«

»Sie ist … bei ihrem Dad. Ich meine bei ihrer Tante«, erwiderte ich und verhaspelte mich dabei. Denn auch wenn es das war, was mir alle gesagt hatten, fühlte es sich wie eine Lüge an. Wie eine Riesenlüge.

Ich eilte zum Buffet zurück und stellte mich neben Ma, um Miss Shondas Platz einzunehmen.

»Nicht zu viel schöpfen, nur einen schönen Löffel voll«, wies Ma mich an. »Nicht zu viel auf die Teller.«

Glücklicherweise wurde die Schlange langsam kürzer, bis nur noch wenige Leute übrig waren, die noch nichts zu essen bekommen hatten.

»Hallo, Miss Swaby«, begrüßte Ma den nächsten Gast strahlend.

Miss Swaby. Eine so dünne, zerbrechlich aussehende alte Dame, dass ich mich fragte, ob ich ihr überhaupt den Teller vollladen sollte, weil ich befürchtete, dass sie nicht die Kraft haben würde, ihn zu halten.

»Hallo, Janet, wie geht es Ihnen?«, fragte sie. Ihre weißen Zähne lächelten breit aus ihrem glatten, dunkelhäutigen Gesicht hervor.

»Mir geht es gut. Wie steht's bei Ihnen? Ich habe Sie seit Thanksgiving nicht mehr gesehen.«

Miss Swaby war eine der Ältesten der Gemeinde und betete stets am eifrigsten und lautesten, wenn der Pastor seinen Sermon gehalten hatte. Sie seufzte tief auf. »Nun, es ging mir so weit gut, bis die Räumungsbescheide eintrudelten.«

»O nein! Sie nicht auch«, keuchte Ma. »Ich habe schon davon gehört.«

»Ja, Ma'am. Ich habe mein gesamtes Leben in Ed Borough verbracht und niemals irgendein Problem gehabt. Und jetzt gehen die herum und werfen jedem so einen Wisch in den Kasten. Die Stadt hat es wirklich auf uns abgesehen. Die haben das Land doch schon haben wollen, solange ich zurückdenken kann. Die werfen uns lieber raus und fangen noch mal ganz von vorne an, als dass sie mal eine kaputte Toilette reparieren.«

»Und was werden Sie jetzt machen?«

»Der Pastor hat eine Notfallbesprechung mit dem Stadtrat einberufen, um zu sehen, was er tun kann.«

»Sie sagen mir Bescheid, wenn ich Ihnen irgendwie helfen kann, ja? Es ist einfach nicht richtig, Leute so aus ihren Häusern zu jagen.«

»Danke, Janet, das ist wirklich nett von Ihnen«, erwiderte Miss Swaby, während sie ein paar Schritte weiter am Buffet entlangging. »In der Zwischenzeit können Sie für uns beten.«

»Ja, Ma'am, das werde ich ganz sicher. Oh! Miss Swaby, ich habe noch eine kurze Frage an Sie. Haben Sie … Monday Charles in letzter Zeit mal gesehen?«

Der Schöpflöffel wäre mir beinahe aus der Hand geglitten und auf den Boden gefallen.

Miss Swaby blieb vor dem Kohl stehen und dachte angestrengt nach. »Monday Charles? Ach, Pattis Tochter? Ja, ich glaube, die habe ich gesehen. Die hat jetzt diese wahnsinnig blonden Haare, oder?«

Ich verschluckte mich an meinem letzten Atemzug und hielt den Blick gesenkt. Ich wollte nicht, dass meine Tränen in den Reis fielen.

Ma atmete aus und setzte ein falsches Lächeln auf. »Nein, Ma'am. Das war schon vor langer Zeit, das macht sie sicher nicht noch einmal.«

»Hm, wirklich? Ich hätte schwören können, dass ich sie erst gestern gesehen habe.« Die Sache mit diesen alten Leuten aus der Gemeinde ist, dass ihre Erinnerung völlig unzuverlässig ist. Wenn die sagten, dass etwas gestern passiert sei, konnte es ebenso gut sein, dass es drei Jahre her war. »Dann, hmm … Na ja, ich kann's nicht mit Sicherheit sagen. Ist das nicht seltsam? Und dabei wohnen sie ja nur ein paar Häuser weiter.«

Ma lächelte gequält. »Das ist schon in Ordnung, Miss Swaby. Machen Sie sich keine Sorgen.«

»Ich bin sicher, es geht ihr gut. Niemand liebt seine kleinen Schätze so wie Patti.«

»Da haben Sie recht. Trotzdem vielen Dank!«

»Aber gern doch. Alles Gute.«

Ma schöpfte weiter das Essen, aber ich sah ihrem angespannten Lächeln und ihren besorgten Augen an, dass sie ebenso darüber nachdachte wie ich.

»Puh, was für ein Tag!«, stieß Daddy hervor und ließ sich auf das Sofa im Wohnzimmer sacken. Wir waren an diesem Abend erst um kurz vor zehn mit Aufräumen und Putzen fertig geworden.

Ma schaltete die Lichter in der Küche ein, packte ihre Gewürze aus und stellte sie in den Vorratsschrank zurück. Mir entwich ein Gähnen, als ich mich neben Daddy fallen ließ.

»Du hast dich heute gut geschlagen, Süße«, sagte Daddy und legte einen Arm um meine Schulter.

»Danke, Daddy!«

»Claudia, mach' es dir nicht zu bequem dort auf dem Sofa«, rief Ma aus der Küche. »Geh lieber gleich nach oben und pack' deine Sachen für die Schule.«

»Ja, Ma«, erwiderte ich mit einem Seufzer. »Gute Nacht, Daddy!«

»Gute Nacht, Süße«, sagte Daddy. »Ich fahr dich dann morgen früh.«

Erschöpft, aber immer noch aufgedreht vom Tag

eilte ich hinauf ins Bad. Es fühlte sich gut an, sich zur Abwechslung mal nützlich gemacht zu haben. Mich von meinen Problemen abzulenken, die so unbedeutend schienen im Vergleich zu denen aller anderen Leute. Dazu hatte es Spaß gemacht, mich mit den vielen kleinen Kindern zu beschäftigen, zu malen und mir Tänze für sie auszudenken.

Mas Stimme war bis oben zu hören, als ich mir das Badewasser einließ. »Baby, ich habe das Gefühl, da stimmt etwas nicht.«

»Wo stimmt etwas nicht?«

»Diese Sache mit Monday.«

»Herrgott, Janet. Nicht schon wieder.«

Ich schloss die Badezimmertür und ließ das Wasser laufen, schlich auf Zehenspitzen näher an die Treppe heran.

»Ich weiß, ich weiß. Aber … Schatz, wir haben sie jetzt seit Monaten nicht mehr gesehen. Sie ist auch an den Feiertagen nicht aufgetaucht, nichts. Das ist doch schon merkwürdig, oder nicht?«

»Finde ich gar nicht«, schnaubte Daddy. »In dieser Stadt gibt es Tausende Menschen, die ich auch nicht jeden Tag zu Gesicht bekomme.«

»Das ist nicht dasselbe und das weißt du auch. Findest du denn nicht, dass es sich irgendwie anders anfühlt … ohne sie?«

»Wie denn anders?«

»Einfach … ruhiger.« Ma kämpfte mit den Worten. »Als würde etwas … fehlen. Wir waren bloß so mit der Arbeit und dem ganzen Schulkram unserer Süßen beschäftigt.«

»Und darauf sollten wir uns auch konzentrieren. Die Bildung unserer Süßen. Das darf man nicht auf die leichte Schulter nehmen. Die High School, das College … Das sind die wichtigen Dinge. Nicht die Frage, was aus ihrer kleinen Freundin geworden ist.«

»Aber es ist so unerklärlich, dass sie sich einfach völlig von unserer Süßen entfernt hat.«

Daddy seufzte. »Okay … Ich wollte das eigentlich nicht sagen, aber vielleicht ist es an der Zeit, das mal zu erwähnen.«

»Was denn? Sprich dich aus, was meinst du denn?«

»Menschen verändern sich, Janet. Auch Kinder. Und vielleicht … Na ja, vielleicht wollte sie nicht mehr mit unserer Süßen befreundet sein. Vielleicht hatten sie ja auch einen Streit, von dem wir nichts wissen. Vielleicht haben ihr diese Gerüchte vom letzten Jahr … zu sehr zugesetzt.«

»Nee, das kann ich mir nicht vorstellen. Die beiden waren so unzertrennlich.«

»Aber so was passiert eben, Janet. Gerade bei kleinen Mädchen. An einem Tag sind sie die besten Freundinnen, am nächsten Tag völlig verfeindet. Du weißt selbst, wie … launisch ihr Frauen sein könnt.«

»Pff. Ach wirklich, Mister?«, ätzte Ma mit einem leisen Lachen.

»Baby, du weißt doch, was ich meine. Ich kann dir gar nicht sagen, wie viele Freundinnen meine Schwester Peggy über die Jahre verschlissen hat. ›Und wenn du dies und jenes nicht machst, dann bin ich nicht mehr deine Freundin.‹ Sie spielte diese Karte öfter, als ich nachzählen kann.«

Ma erwiderte nichts darauf. Ich hoffte, sie würde etwas sagen. Ihm erklären, dass Monday und ich anders waren, dass wir Schwestern waren. Ihr Schweigen fühlte sich wie Verrat an.

»Ich sage ja nur, dass es vielleicht an der Zeit ist, dass unsere Süße sich ein paar neue Freundinnen sucht«, erklärte Daddy. »Und sich nicht auf einen einzigen Menschen versteift. Sie muss ein bisschen mehr aus sich rausgehen, statt die ganze Zeit im Haus zu hocken wie eine alte Jungfer. Und sie kann doch gut mit Leuten! Du hättest sie heute sehen sollen, die perfekte Gastgeberin! Wenn Monday dabei gewesen wäre, dann hätte sie wahrscheinlich nicht mit der Hälfte aller Leute geredet, die da waren. Die beiden hätten in der Ecke gestanden und sich in ihrer ausgedachten, komischen Sprache unterhalten.«

Ma seufzte. »Ich nehme an, du hast recht. Aber das hätte ich einfach niemals erwartet. Nicht von Monday.«

»Nun, manchmal tun uns die Menschen am meisten weh, die wir am meisten lieben. Claudia kommt bald auf die High School und wird lernen müssen, dass Enttäuschungen eben zum Leben gehören.«

Mit einem Gewicht in der Größe von Daddys Lkw auf dem Rücken schleppte ich mich durch den nächsten Schultag. Jede Stunde zog sich Ewigkeiten in die Länge.

In der Mittagspause lastete die Unterhaltung zwischen Ma und Daddy immer noch schwer auf mir. Ich huschte in die größte Toilettenkabine im Waschraum, um meine Tränen vor den anderen zu verbergen. Was, wenn Daddy recht hatte? Was, wenn Monday wirklich nicht mehr meine Freundin sein wollte? Aber was hatte ich ihr getan, dass sie mich so sehr hasste? Dass sie so tat, als würde ich gar nicht existieren? Was, wenn er recht hatte? Oder was, wenn der Detective recht hatte? War Monday weggelaufen?

Hatte dieses Foto uns tatsächlich verändert?

»Ey, wer heult denn hier auf dem Klo?«, blaffte eine Stimme.

Ich biss mir heftig auf die Zunge, um mein Schluchzen zu unterdrücken, und hoffte, dass meine Stille mich unsichtbar machen würde.

»Wer is wohl dadrin?« Ich erkannte Shaylas schrille Stimme.

»Weiß ich doch nicht«, gab Ashley zurück.

Ich trocknete mir das Gesicht, als jemand in die Kabine nebenan ging und auf den Toilettenrand stieg, um zu mir herüberzuspähen.

»Oh, das is bloß Claudia«, verkündete Ashley und verdrehte die Augen, bevor sie wieder von der Toilette sprang.

Shayla machte ein verächtliches Geräusch. »Weswegen heult sie denn?«

»Vermisst wahrscheinlich ihr Schätzchen. Denkt darüber nach, was für eklige Sachen sie miteinander gemacht haben.«

Meine Haut knisterte vor Hitze. Ich stürmte aus der Kabine und rannte direkt in Shayla hinein. Sie schubste mich zurück und schüttelte dann die Hände aus.

»Hey, mach mal locker! Du hast sie doch nicht alle, ich stehe nicht auf Mädchen so wie du!«

Ashley und ihre andere Freundin kicherten hämisch.

»Du kannst mich mal«, fauchte ich und wollte um sie herumgehen. »Geh mir verdammt noch mal aus dem Weg.«

»Oder was?«, keifte sie. »Was willst du sonst machen?«

Ich machte einen Schritt nach links und sie tat es mir gleich.

»Ich meine es ernst!«

Ich machte einen Schritt nach rechts und sie ebenfalls.

»Du Dumpfbacke!«, sagte sie mit leisem Lachen. »Ich habe gehört, du gehst jetzt ins Lernzentrum.«

Ich fuhr zurück, als hätte sie mir ihren Ellbogen direkt in meinen Bauch gestoßen. Shayla war die einzige Person in der ganzen Schule, auf der ganzen Welt, die davon nichts wissen durfte. Wie zur Hölle hatte sie davon erfahren?

Sie verzog höhnisch den Mund. »Warte mal, war es das, was ihr beide die ganze Zeit getrieben habt? Sie hat deine Hausaufgaben für dich erledigt und dafür hast du ihr die Muschi geleckt! Heulst du jetzt deswegen? Weil Monday nicht mehr da ist, um deine Aufgaben zu erledigen? Weil du zu dumm bist, sie allein zu machen?«

Die Mädchen unterdrückten ihr Kichern und klangen dabei wie quietschende Marker auf einem Whiteboard.

»Ach nee, das kann's nicht sein«, korrigierte Shayla sich und ließ ihren Nacken knacken. »Denn auf dem *Foto* sieht es ja eher so aus, als würde Monday deine Muschi lecken.«

Die gesamte Wut, all die aufgestauten Gefühle der letzten Monate brachen sich Bahn, als sie ›das Foto‹ erwähnte. Ich holte mit der Faust aus und wollte ihr eine verpassen, traf aber nur leere Luft, weil sie meinem armseligen Hieb auswich. Shayla schubste mich so heftig, dass ich zurückflog, mir den Kopf an der Toilettentür anschlug und zu Boden stürzte. Der Raum drehte sich um mich herum. Ich versuchte, wieder hochzukommen, aber sie packte mich an den Haaren und zerrte mich weiter.

»Hiiiilfe!«, schrie ich und trat mit den Beinen nach ihr.

»Ey, mach dich mal locker«, warnte Ashley und zog an Shaylas Arm. »Hör auf! Sie ist es doch gar nicht wert!«

»Oh, du willst also versuchen, mich zu schlagen, ja?«

Shayla hob mich wie eine Puppe in die Höhe und stieß meinen Kopf auf die eklige Kloschüssel zu. Meine Arme schossen nach vorn und ich hielt mich seitlich am Sitz fest, rutschte zitternd ab.

»Hilfe! Helft mir!«, schrie ich. Mein Gesicht näherte sich dem Wasser, als sie noch fester gegen meinen Hinterkopf drückte. Der widerwärtige Gestank nach Pisse und Reinigungsmittel drehte mir den Magen um.

»Shayla, hör auf, komm schon!«, flehte Ashley und zerrte an ihr.

Nichts hatte mich je so entsetzt wie jetzt das Spiegelbild, das mir aus der Pfütze in der Kloschüssel entgegenstarrte.

»Nein«, wimmerte ich und meine Stimme hallte im Innern der Schüssel wider, während meine Arme unter dem Druck zitterten. Ich nahm all meine Kraft zusammen und versuchte, die Stärke zu finden, die es mir erlaubte, mich zu wehren, als ich die Stimme eines Engels hörte.

»Hey! Was ist denn hier los?«, brüllte Miss Valente. Ihre Absätze klackerten, als sie losrannte. Shayla ließ mich rasch los. Allzu rasch, denn meine Zähne wären beinahe auf die Kante der Toilette geschlagen. Stattdessen fiel ich mit dem Gesicht voran auf die Fliesen. Miss Valente stieß die Tür der Kabine auf.

»Claudia?« Sie warf Shayla einen Blick zu. Die stand mit absolut unbeteiligtem Blick in der Ecke.

»Miss Valente, sie hat angefangen. Sie hat mich geschubst und dann versucht, mich zu schlagen!«

Mir entwich ein Stöhnen, als ich mich umdrehte. Miss Valente ging neben mir auf die Knie und berührte die Beule, die sich über meiner Augenbraue zu bilden begann. Ich zuckte zusammen.

»Ihr geht jetzt zum Mittagessen«, befahl sie. *»Sofort!«*

»Aber was ist mit ihr?«, kreischte Shayla.

»Ich bringe sie zur Schulschwester«, fauchte sie und half mir auf die Füße.

»Und Sie sagen es nicht dem Rektor? Sie hat versucht, mich zu schlagen. Alle hier haben es gesehen!«

Miss Valente hielt inne und funkelte sie zornig an. »Willst du unbedingt suspendiert werden? Wollt ihr *alle* eine Suspendierung?«

Die Mädchen schüttelten den Kopf. Alle außer Shayla.

»Aber bekommt sie denn gar keinen Ärger? Sie hat mich zuerst geschlagen!«, kreischte Shayla und stampfte mit dem Fuß auf.

»Das passiert eben, wenn man zu lange nach einem Bienenstock haut. Irgendwann wird man gestochen! Und jetzt ab zum Unterricht; ich will nichts mehr darüber hören.«

Tränen der Wut traten Shayla in die Augen und dann stürmte sie aus dem Waschraum. Die anderen Mädchen rannten ihr nach.

Miss Valente half mir auf die Füße und zog mich aus der Kabine, betrachtete mich noch mal genauer.

»Claudia, hast du Shayla wirklich geschlagen?«

Ich schluckte. »Nein … Na ja, ja, aber sie hat schlimme Sachen über mich gesagt.«

Miss Valente atmete schnaubend aus und ihre Züge verhärteten sich.

»Ich will nie wieder hören, dass du dich prügelst. Nie mehr! Was wäre passiert, wenn ich nicht reingekommen wäre? Was, wenn die anderen Mädchen mitgemacht hätten? Du hättest ernsthaft verletzt werden können!«

»Aber … die haben schon wieder über mich und dieses Foto geredet«, verteidigte ich mich.

»Das ist mir egal! Das ist kein Grund für eine Schlägerei«, sagte sie und wies mit dem Finger den Gang hinunter. »Geh jetzt runter zum Krankenzimmer und lass' deinen Kopf verarzten. Sofort!«

Ich hastete aus dem Waschraum. Das Adrenalin floss mir noch durch die Adern, aber schon nach wenigen Schritten bemerkte ich das Stechen über meinem Auge, das mein gesamtes Gesicht pochen ließ.

Ich betrat das Zimmer der Schulschwester und blieb abrupt vor dem Empfangstisch stehen.

»Hallo!«, begrüßte mich eine mir unbekannte, hübsche, blonde, junge Frau, die am Aktenschrank stand.

»Wo ist Miss Orman?«, sprudelte ich mit hämmerndem Kopf hervor.

»Ach, ich schätze, das hat sich noch nicht herumgesprochen, was? Sie ist während der Weihnachtsferien in Rente gegangen. Ich bin Miss Moser.«

»Miss Moser?«, wiederholte ich.

Ihr Lächeln erstarb, als sie den Raum durchquerte.

»Hey, alles in Ordnung? Komm, lass dich mal genauer ansehen«, sagte sie und führte mich zu einer der Liegen.

»Was ist denn passiert?«

»Ich ... äh ... bin gegen die Wand gerannt, im Sportunterricht.«

»Oh, wow! Ist dir schwindelig?«

»Ein bisschen.«

»Siehst du mich verschwommen? Wie viele Finger halte ich hoch?«

»Drei.«

»Okay. Ich hole dir mal ein Kühlpack, und dann schauen wir uns das genauer an«, verkündete sie und holte eins aus dem Schrank hinten im Zimmer. Sie knickte das Pack gegen ihren Oberschenkel, um die Kühlperlen zu aktivieren, und wickelte es dann in einige Papiertücher ein.

»Hier«, flüsterte sie und legte es sacht über meine Stirn. »Weißt du, ob du gegen irgendwelche Medikamente allergisch bist, zum Beispiel Aspirin?«

»Ich glaube, nicht.«

»Ich sehe lieber mal in deiner Akte nach. Wie heißt du denn, Süße?«

Ich hatte das nicht geplant. Der Gedanke kam mir erst, als ihr Name bereits aus meinem Mund kam.

»Monday Charles.«

Sie nickte lächelnd. »Schön, dich kennenzulernen, Monday.«

Ich kann das durchziehen, dachte ich. Die Leute verwechselten uns andauernd. Miss Moser ging um den Tisch herum und öffnete mit dem Schlüssel, den sie um ihren Hals trug, einen Aktenschrank. Vielleicht gab es ja eine weitere Adresse oder Telefonnummer in der Akte. Einen Notfallkontakt, vielleicht die Nummer ihres Vaters oder ihrer Tante.

»Ah, da haben wir dich ja«, sagte sie und zog eine Akte heraus.

Sie überflog Mondays Krankenblatt und kniff die Augen zusammen, bevor ihr die Kinnlade herunterfiel.

»Warte eine Sekunde«, sagte sie mit leiser Stimme. »Ich mache zuerst die Tür zu.«

Miss Moser spähte in den Gang hinaus und schloss dann die Tür, schloss sie sogar hastig ab.

»Monday, Miss Orman hat mir hier eine Notiz hinterlassen … Da steht, dass es sein kann, dass du öfter vorbeischaust. Geht es dir gut?«

Das Kühlpack fühlte sich plötzlich viel kälter an. »Ja, mir geht's gut. Ich habe nur ein bisschen Kopfschmerzen.«

Besorgnis stand ihr ins Gesicht geschrieben und sie zuckte nervös. »Äh, gibt es denn sonst noch etwas, das ich mir ansehen sollte?«

»Was denn zum Beispiel?«

»Andere … Verletzungen, die du vielleicht hast, … die ich untersuchen sollte? Blaue Flecken oder so was?«

Diese Blutergüsse auf ihrem Rücken, dachte ich und das Kühlpack glitt mir aus der Hand.

»Nein, mir geht's gut. Ich habe mir nur den Kopf gestoßen.«

»Monday, ich verspreche dir, dass nichts von dem, worüber wir hier drinnen reden, diesen Raum verlässt. Genau wie bei Miss Orman.«

»Mir geht es gut«, wiederholte ich mit gequältem Lächeln. »Aber … ähm, haben Sie die Nummer von meinem Dad?«

Miss Moser klappte Mondays Akte erneut auf und blätterte sie durch. Wieso war die Akte so dick?

»Tut mir leid, Süße«, sagte sie seufzend. »Hier ist niemand außer deiner Mom aufgelistet. Brauchst du deinen Dad?«

»Nein. Ich wollte ihn bloß anrufen, damit meine Mom nicht … extra von der Arbeit herkommen muss, um mich abzuholen. Aber es geht mir gut. Ich glaube, ich kann jetzt in den Unterricht zurück.«

Sie legte mir eine Hand auf die Schulter und sah mich mit besorgtem Blick an.

»Bist du sicher? Noch vor wenigen Augenblicken hast du gesagt, dass dir schwindelig sei.«

Ich setzte mich auf und blinzelte die Schwärze vor meinen Augen weg. »Ja, mir geht's gut.«

»Nun, dann lass mich dir aber trotzdem eine Aspirin geben.«

Miss Moser nahm eine Dose mit Tabletten in der Billigvariante aus dem Arzneischrank und füllte am Wasserspender einen Becher.

»Und wo ist Miss Orman hingegangen?«, wollte ich wissen.

»Sie ist in Rente gegangen und mit ihrer Tochter

nach Florida gezogen«, erklärte sie, während sie mir die Tablette und den Becher Wasser reichte. »Ihre Nummer hast du sicher noch, oder?«

Ich schluckte die Pille ohne Wasser.

»Nein, ich glaube, die habe ich nicht mehr. Aber haben Sie sie zufällig?«

DANACH

Liebe Monday,
Weist du noch leztes Jahr als ein Video des Auftrits der Gruppe 5 bei Good Morning America gezeigt wurde? Jetzt weis ich auch warum. Miss Manis läst uns immer noch härter trainiren! Sie hat sogar noch mer Übungsstunden angesezt. Ich weis nicht ob ich da mithalten kann. Ich weis aber was du sagen würdes, wenn du hier wärs: »Dann lass es doch einfach.« Aber ich kann nicht aufhörn. Tanzen ist alles was ich habe one dich.

»Claudia, du musst die Arme ganz ausstrecken«, korrigierte Miss Manis meine Haltung. Ihre Stimme war nur ein kleines bisschen lauter als die Musik, die aus den Lautsprechern floss. »Und achte auf deine Beinarbeit.«

Der Auftritt der Gruppe fünf ist der beliebteste beim Publikum. Also mussten wir fehlerlos tanzen; selbst einfache Drehungen des Kopfes mussten synchron erfolgen. Ich war es gewohnt, mit Monday zu üben. Sie war der Spiegel, den ich brauchte, um an mir zu arbeiten, mich makellos aussehen zu lassen, sowohl in der Schule als auch sonst überall. Ohne sie fielen meine Fehler und Mängel viel zu sehr auf, so als würde man einen Ozean orange wie eine Karotte ausmalen statt meeresblau.

»Okay, meine Damen, fangen wir noch mal von vorne an.«

Wir teilten uns auf, stellten uns am hinteren Ende des Studios in zwei Reihen. Megan stand mit den Händen auf den Hüften neben mir und blickte konzentriert in Miss Manis' Richtung, ihre Füße bequem in der ersten Position aufgestellt. Seit unserer Begegnung in der Mall hatte sie kein Wort mit mir gewechselt und ich rechnete auch nicht damit, dass sie es tat.

»Sie spricht nicht gerade viel, oder?«, flüsterte Shannon hinter Megan.

»Würde ich auch nicht machen«, murmelte Megan, ohne in meine Richtung zu schauen. »Aber du hast ja gehört, was Miss Manis gesagt hat, also lass sie in Ruhe.« In diesem Moment mischte sich ein weiteres Mädchen mit hinterhältigem Grinsen in das Gespräch ein. »Denkt ihr, sie weiß es schon?«

Megan warf ihr einen warnenden Blick zu.

»Ey, und wieso hat Michael dich gestern nach ihr gefragt?«

Megans Kopf fuhr herum. »Halt' die Klappe, Kit Kat.«

»Was denn? Was habe ich denn gesagt?«

»Ich sagte, halt' den Rand«, knurrte sie.

»Verdammt, was ist denn mit dir los?«

Als die Stunde vorbei war, rannte ich in die Umkleide, um meine Sachen zu wechseln, bevor die anderen hinzukamen. Ich zog mir hastig die Sneakers an und hielt den

Mantel bereits in der Hand, dann raste ich in die Lobby, wo Megan vor den Aufzügen auf mich wartete.

»Wir müssen reden«, sagte sie knapp.

Ich schluckte. »Äh, okay.«

Ich folgte ihr in einen leeren Übungsraum weiter hinten im Gebäude. Musik drang durch die Wände, denn nebenan fand der Unterricht von Gruppe vier statt. Die Musik war laut genug, dass niemand hören würde, wenn sie mich dafür fertigmachte, dass ich ihren Freund angestarrt hatte.

»Ich muss dich etwas fragen«, sagte Megan, schloss die Tür ab und lehnte sich dagegen.

Ich trat ein paar Schritte zurück, um den Abstand zwischen uns zu vergrößern.

»Ähm … okay.«

Sie verschränkte die Arme vor der Brust und atmete tief ein. »Als wir uns in der Mall gesehen haben … Hast du … Hast du irgendwem erzählt, dass du mich dort gesehen hast?«

Ich blinzelte und war nicht sicher, ob ich richtig gehört hatte. »Nein.«

Sie nickte. »Gut. Sag's keinem.«

Ihre Worte waren wie Knüffe in meinen Bauch, also trat ich noch einen Schritt zurück.

»Wieso … fragst du mich das?«

Sie verdrehte die Augen und seufzte. »Weil ich meiner Mom gesagt habe, dass ich eine zusätzliche Einzelstunde hätte, damit sie nicht weiß, dass ich mit Kam unterwegs war.«

Ich blinzelte erneut, bis mir ein Kichern entschlüpfte, das sich schnell zu einem lauten Lachen hochschaukelte.

»Was ist so lustig daran?«

»Na ja, warum gehst du denn in die Mall, wenn du dich *heimlich* mit deinem Freund treffen willst?«

Sie lachte leise. »Ja, ich weiß. Das war dumm. Ich schätze, weil wir sonst immer nur in seinem Wagen oder bei ihm zu Hause hocken können und ich endlich mit ihm irgendwohin gehen und wie ein normales Pärchen sein wollte.«

»Na, mach dir jedenfalls wegen mir keine Sorgen. Ich sage es keinem. Michael ist eher derjenige, wegen dem du dir Sorgen machen solltest. Er kennt doch jeden!«

Megans Mundwinkel verzogen sich zu einem schiefen Lächeln. »Vertrau mir, ich habe einen Weg gefunden, Michael zum Schweigen zu bringen. Um den mache ich mir keine Sorgen.«

EIN JAHR VOR DEM VORHER

Monday hatte erlebt, wie himmlisch süß Beliebtheit schmeckte, und gierte nun nach mehr.

Jeden Tag versuchte sie, mit jemand Neuem zu sprechen, gesehen zu werden, aufzufallen. Jeden Tag wirbelten ihr viele Ideen durch den Kopf, wie sie sich erneut ins Rampenlicht schummeln könnte. Das Geschäft mit den Frisuren war Geschichte und Jacob starrte sie auf dem Gang immer mit mordlustigen Blicken an, also musste sie sich etwas Neues einfallen lassen. Etwas Großes, Aufregendes.

»Ich glaube, ich will mir die Haare färben«, verkündete sie, als wir die Bücherei betraten.

»Ha! Echt jetzt? Erlaubt deine Mom das denn überhaupt?«

»Der wird das völlig egal sein«, erwiderte sie und ließ ihre Schultasche neben unseren üblichen Tisch fallen.

»Krass, meine Ma würde mich das nicht machen lassen. Die würde mich umbringen, sobald ich sie danach frage!«

Mondays Gesichtszüge spannten sich an und ihre Pupillen wurden ganz klein, so wie bei Ma, wenn sie vom Augenarzt zurückkam. Sie saß bewegungslos da und schien meilenweit entfernt.

»Und was für eine Farbe willst du dir holen?«, fragte ich und rief sie damit in die Wirklichkeit zurück.

Sie brauchte einen Augenblick, bis sie wieder ganz bei mir war, aber dann verzogen sich ihre Lippen zu einem Grinsen. »Blond.«

»Blond? Jetzt weiß ich, dass du spinnst! Das ist doch nichts für dich, Haare wie die Weißen.«

»Nicht so ein Blond, wie Weiße es haben. Eher ein Beyoncé-Blond. Und ich werde es glätten, aber die Spitzen sollen gelockt bleiben.« Monday leckte sich die Lippen. Sie hungerte nach dem Unerreichbaren. »Kein anderes Mädchen auf dieser Schule wird so ein Blond tragen wie ich. Ich werde die Erste sein!«

Wir verbrachten den Rest des Nachmittags damit, im Medienraum Zeitschriften durchzublättern und nach Beispielen für das perfekte Blond zu suchen. Es musste die richtige Nuance sein, goldgelb mit einer Spur kastanienbraun. Das wäre natürlicher, dachten wir. Am Ende des Tages lieh ich ihr fünf Dollar, damit sie sich im Ein-Dollar-Laden eine Schachtel Haarfarbe und ein Glättungsmittel kaufen konnte.

Am Sonntag rief ich sie vor der Kirche, nach der Kirche und noch mal während des Abendessens an. Jedes Mal war sie schwer beschäftigt und kämpfte noch mit ihren Haaren.

Mehr als acht Stunden lang. Auf allen Webseiten stand, dass man die Farbe nicht länger als 20 Minuten drin lassen sollte. Als es Zeit zum Schlafengehen war, ging ich nervös in meinem Zimmer auf und ab und überlegte, wie ich Daddy dazu bringen könnte, mich nach Ed Borough zu fahren. Monday hatte sich das Haar noch nie selbst mit dem Mittel geglättet. Miss Charles nahm sie immer mit zum Haus einer Frau ein paar Türen weiter, die ihr für 20 Dollar in ihrer Küche die Haare machte. Ich konnte an einer Hand abzählen, wie oft sie bisher dort gewesen war.

Am nächsten Morgen wartete ich bei unseren Spinden und hoffte zappelnd darauf, den ersten Blick auf ihr neues Ich zu erhaschen. Ich schaukelte auf den Fußballen vor und zurück, während es in meinem Magen rumorte. Sie hätte es bei mir zu Hause tun sollen. Ich hätte ihr helfen können.

Sie kam wenige Minuten vor dem Klingeln mit meinem rosafarbenen Fischerhut auf dem Kopf hereingeschlurft, den Blick gesenkt und die Augen glasig, das Funkeln darin verschwunden. Der zerknitterte Kragen ihres weißen Hemdes wies am Hals einen bräunlichen Schweißring auf.

Sie musste allzu sehr mit ihren Haaren beschäftigt gewesen sein, um auf ihre Kleidung zu achten, dachte ich.

»Hey«, murmelte sie.

Ich grinste. »Und? Mach schon, lass mich mal sehen!«

Sie seufzte, während sie ihren Spind öffnete, um ihre Jacke hineinzustopfen. Als sie die Tür wieder zuschlug, hätte ich beinahe aufgeschrien.

»Claudia«, fragte sie mit großen, unsicher dreinschauenden Augen, »was ist das für eine Farbe?«

Ihre Haare hatten einen grellen, verbrannt aussehenden Orangeton angenommen, die Spitzen wie rostroter Burgunder. Alles war in Haarspray gebadet, von den Chemikalien ganz strohig geworden, fühlte sich steif und spröde an, die splissigen Spitzen schrien geradezu nach einem Gnadenschnitt. Es tat mir weh, sie anzuschauen.

»Das ist … an…ders«, sagte ich gedehnt und versuchte, mir nichts anmerken zu lassen, aber ich wünschte, sie würde den geliehenen Hut wieder aufsetzen.

Ihre Schultern sackten nach unten.

»Ich glaube, ich habe es verbockt«, erklärte sie. »Die Gebrauchsanleitung war … verwirrend.«

»Na ja … Du weißt doch, Mädchen versauen sich andauernd die Haare. Das macht doch nichts.«

»Wirklich?« Sie sah mich zweifelnd an und berührte die harten Spitzen ihrer Haare.

Es klingelte zum zweiten Mal und ich hakte sie unter, marschierte mit ihr in Richtung Klassenzimmer.

»Klar! Und Ma färbt sich doch selbst die Haare. Vielleicht kann sie dir helfen, das … in Ordnung zu bringen.«

Monday atmete angestrengt aus, als würde sie ihre Lunge an diesem Tag zum ersten Mal benutzen. »Okay.«

Geh nach Hause! Renn' zum Hinterausgang raus, hätte ich ihr raten sollen, um sie zu retten. Aber stattdessen ging ich einfach bloß voran, in Miss Valentes Klassenzimmer. Monday folgte mir hastig.

»Guten Morgen, meine Da…men.« Miss Valente hatte Schwierigkeiten, ihren Schock zu verbergen.

Tödliche Stille umfing uns, als Monday sich auf ihren Platz setzte. Ich meine, man hätte eine Stecknadel fallen hören können – alle Augen waren auf das Feuer auf ihrem Kopf gerichtet. Sie räusperte sich und schlug ihr Heft auf, als würde sie das gar nicht bemerken. Ich biss die Zähne zusammen und schloss die Augen, weil ich wusste, was gleich passieren musste. In drei, zwei, eins …

»Ey! Was zur Hölle ist mit deinen Haaren passiert?«, schrie Trevor.

Die Klasse brach in lautes Lachen aus.

»Leute! Hört sofort damit auf«, warnte Miss Valente.

»Aber sehen Sie sich doch mal ihre Haare an …«

»Du musst aufhören, dich um anderer Leute Haare zu kümmern, und dich stattdessen um deine Noten kümmern. Und um *deine* Geheimratsecken.«

»Oho! Jetzt hat Miss Valente es dir aber gegeben, Kumpel!«

Das Lachen war so laut, dass es bis in den Flur hinausschallte.

»Na, ist doch nicht meine Schuld, wenn sie zur Schule kommt und aussieht wie einer aus der Muppet Show«, lästerte Trevor weiter und zeigte auf Monday.

Mondays Unterlippe bebte. Sie drehte sich um und starrte Jacob an, der ganz hinten saß. Mit stoischem

Gesicht erwiderte er ihren Blick und blinzelte nicht einmal.

Monday sprang auf und rannte aus dem Raum. Ich sah mich nach Jacob um, dessen Lippen sich zu einem zufriedenen Grinsen verzogen.

»Miss Valente!«, flehte ich mit kieksender Stimme.

Sie nickte ernst und ich machte mich aus dem Staub.

»Monday, warte«, rief ich im Flur und rannte ihr nach. Sie legte noch einen Zahn zu und ihre langen Beine trugen sie weg von mir. Ich strengte mich an, um sie dennoch einzuholen. Sie bog links in den Waschraum ab, rannte direkt in die größere Kabine und schloss sich dort ein.

»Monday«, röchelte ich und klopfte vorsichtig an die Tür. »Monday, komm raus. Ich bin es nur.«

»Nein! Ich kann nicht«, heulte sie. »Gott, ich bin so blöd!«

»Nein, bist du nicht«, widersprach ich und lehnte den Kopf gegen die Tür. »Mach schon auf. Bitte!«

Stille.

»Monday, mach die Tür auf!« Ich riss am Türgriff. Immer noch Stille.

»Na schön!« Ich ließ mich auf den Boden sacken, legte mich auf den Bauch und kroch unter der Tür hindurch.

»Claudia! Bist du irre? Robbst auf diesem dreckigen Boden herum!«

Ich blickte zu ihr auf, auf allen vieren kauernd. Monday starrte mit wildem Blick auf mich herab, aber dann brach sie in Lachen aus und wischte sich die Tränen aus dem Gesicht.

»Vollkommen irre«, feixte sie schniefend.

»Ich? Du bist doch diejenige, die mich dazu gebracht hat, dich über den Gang zu jagen und in Toilettenkabinen einzubrechen, als wäre ich die Polizei«, brummte ich. »Und du weißt, dass ich zu niedrigen Blutdruck habe!«

Sie seufzte, während das Lächeln wieder verschwand, lehnte sich gegen die Wand und ließ sich daran hinabsinken wie ein fallendes Blatt, bis sie neben mir auf dem Boden saß. Wir blieben Seite an Seite schweigend sitzen, genau wie in unserem Zelt, und sie drehte eine Haarsträhne zwischen ihren Fingern hin und her.

»Er meinte, ich würde bestimmt echt hübsch aussehen … wenn ich blond wäre. Wie sexy ich dann sein würde … wenn ich wie Beyoncé aussähe. Dass er richtig mit mir zusammen sein wollte, wenn ich aussähe wie sie.«

»Wer? Wer hat das zu dir gesagt?«

Monday barg das Gesicht in ihren Händen und hauchte erstickt seinen Namen. »Jacob.«

»Du redest wieder mit ihm? Warum hast du mir das denn nicht gesagt?«

»Ich schätze, ich … wollte, dass das eine Überraschung wird. Aber ich habe es total verkackt.«

»Das ist doch nicht deine Schuld!«

Ihr Gesicht schien in sich zusammenzufallen. »Nein, Claudia … Es ist alles meine Schuld. Alles ist meine Schuld! Alles! Ich dachte einfach, wenn … wenn ich mit ihm gehen würde … dann würde alles besser werden. Aber …«

»Besser werden? Wovon redest du denn da?«

Sie kämpfte mit sich, wollte etwas sagen, mir erzählen, was ihr auf dem Herzen lag, brachte aber kein Wort heraus. Ich konnte es nicht fassen. Sie hatten sie kaputtgemacht, fertiggemacht. Sie aus unserer Blase herausgezogen und das Leben aus ihr herausgepresst. Sie klappte zusammen, lehnte sich zu mir herüber und ließ ihren Kopf in meinen Schoß fallen, wo sie leise schluchzte. Ich streichelte ihr übers Haar, so als würde ich einen Welpen streicheln. Jacob hatte sie mit einem miesen Trick dazu gebracht, ihre Haare zu versauen.

Alles, was uns in den letzten paar Monaten widerfahren war, hatte mit Jacob zu tun, es war seine Schuld. Warum konnte sie das nicht sehen? Liebe machte wirklich blind und dumm.

»Vergiss Jacob doch endlich, okay? Vergiss all diese Assis hier! Nach dem nächsten Schuljahr gehen wir auf die Banneker, dann kommen wir in die Tanzgruppe und die werden immer noch kleine Würstchen sein! Aber bis wir hier raus sind, gibt es ab jetzt nur noch dich und mich. Okay?«

Monday öffnete die geröteten Augen und blickte zu mir auf.

»Ja. Nur dich und mich«, schniefte sie und wischte sich das nasse Gesicht an meinem Rock ab.

»Iih! Hast du dir gerade die Nase an mir geputzt?«

»Klar.« Sie lachte leise, während sich ein Lächeln den Weg durch die Tränen bannte.

»Du Ekel«, lachte ich. »Ich fasse es nicht, dass du mir gerade …«

Ein greller Blitz traf ihre Augen und zwang sie dazu, sie hastig zusammenzukneifen.

»Ah! Was zur Hölle?!«

Mein Kopf ruckte hoch, aber da war nichts. Wir sprangen auf und aus der Kabine, aber wir waren ganz allein im Waschraum.

»Was war denn das?«, fragte Monday und stieß jede Kabinentür einzeln auf, um ganz sicherzugehen.

»Kam mir vor wie der Blitz einer Kamera.«

Monday spähte durch das vergitterte Fenster bei den Waschbecken nach draußen.

»Kann das von draußen gekommen sein? Wie ein Blitz?«

Ich schluckte unbehaglich und blickte zur Decke hoch. »Vielleicht ist eine Leuchtstoffröhre geplatzt?«

Wir sahen uns an, beide denselben unguten Verdacht, der unseren Magen rumoren ließ. Irgendetwas war hier faul.

Es klingelte zur zweiten Stunde und ich schrie erschrocken auf. Monday machte ein verschlossenes Gesicht und ging rückwärts zurück in die Toilettenkabine.

»Ich kann da nicht rausgehen«, wimmerte sie und streckte die Hand aus, um ihre Haare zu berühren, so als könnten die sie verbrennen. »Ich kann ihm so nicht in die Augen sehen.«

»Aber … wir können uns hier nicht ewig verstecken.«

»Nur noch ein kleines bisschen«, flehte sie. »Bitte!«

Ich seufzte und kehrte mit ihr in die Kabine zurück. »Okay. Noch eine Schulstunde.«

Das Lästern und Lachen ging den Rest der Woche so weiter. Am Freitag nahm Ma Monday mit zur Friseurin. Das war ihr erstes Mal in einem richtigen

Salon mit ordentlichen Haarwaschbecken, Föhnen, Shampoos und professionellen Farben. Die Friseurin rettete ihre Locken, ohne alles abzurasieren. Den Rest des Wochenendes verbrachten wir damit, alte Go-go-Bands auf YouTube anzuschauen, an unseren Choreografien zu feilen und Mas Rindereintopf und Bananenbrot aufzuessen. Ich lackierte ihre Nägel mit einem silbernen Glitzerlack und hellrosa Strasssteinen, während sie mir zwei französische Zöpfe flocht. Es war wieder alles normal, wir waren zusammen in unserer Blase, wo wir sicher waren. Wir hatten keinen Schimmer, was uns bevorstand … am Montagmorgen.

VORHER

»Wartet! Wartet! Wartet! Nee, Leute!«, brüllte Dad über seine Conga hinweg, während die anderen Instrumente verklangen. »Fangen wir noch mal von vorne an!«

Daddy legte los und klatschte mit seinen rauen Händen gegen das straff gespannte Leder. Es ist schwer zu beschreiben, wie sich Go-go in deinem Bauch anfühlt. Wie das funky Kaleidoskop aus Keyboard, Gitarre, Saxofon, Trommeln und Cowbell dich dazu bringt, mit den Füßen zu stampfen, als wäre der Heilige Geist in dich gefahren.

Daddy nahm mich mit zu Onkel Robby nach Hause, damit ich zuschauen konnte, als die Band ihr neues Programm einstudierte. Sie hatten einen fetten Gig am Valentinstag, durften im Howard Theatre den Abend für die Backyard Band und UCB eröffnen. Ma ließ mich aber nicht zu Go-go-Konzerten gehen. Sie beharrte darauf, dass es zu gefährlich sei, aber ich hätte alles dafür gegeben, um oben bei den Trommlern zu sein und vielleicht sogar ein Schild mit meinem Namen hochzuhalten, damit sie ihn bei der Publikumsrunde riefen, so wie ich das immer auf Daddys alten Mixtapes höre.

»Na schön, Kollegen, Schluss für heute.«

Alle stimmten zu und fingen an, ihre Sachen zusammenzupacken. Ich schlüpfte in meinen Mantel und reichte Daddy eine Flasche Wasser, während er sich den Schweiß aus dem Gesicht wischte.

»Puh! Danke, meine Süße. Ich bin auch nicht mehr der Jüngste. Diese Proben machen mich alle!«

Wir gingen schweigend die Zufahrt hinab zum Auto, unsere Schritte knirschten über den harten, übrig gebliebenen Schnee, der wie Glas unter unseren Füßen zerbarst. Die Temperatur war auf minus zehn Grad gesunken.

»Na, das war doch nicht schlecht«, meinte Daddy und klopfte mir auf die Schulter. »Du bist zur Abwechslung mal aus dem Haus rausgekommen. Hey, wie gefällt dir unser neues Stück? Denkst du, das wird deinen Freunden gefallen?«

Ich steckte die Hände in die Taschen. »Jugendliche … hören solche Sachen eigentlich gar nicht mehr, Daddy.«

Daddy zuckte zusammen, als hätte ich ihn geschlagen. »Ja, weiß ich doch. Aber … du schon, oder? Solange ich meinen größten Fan auf meiner Seite habe, bleibe ich immer der Gewinner! Außerdem ist Go-go ja kein Trend, der vorübergeht, sondern unsere Kultur! Das sind unsere Wurzeln, daher weiß ich, dass du dabei helfen wirst, die Tradition am Leben zu halten! Junge Leute vergessen leicht ihre Wurzeln, aber diese Wurzeln sind immer für dich da und tragen dich nach Hause.«

»Ja. Schätze, schon«, murmelte ich und mein Atem bildete eine Wolke.

»Ist alles in Ordnung, meine Süße? Du bist schrecklich still in letzter Zeit.«

»Mir geht's gut, Daddy. Ich … denke nur nach.«

»Ach ja? Ich habe auch nachgedacht. Darüber, wo du diese Beule herhast und wen ich umbringen muss.«

Ich berührte den roten Ball auf meiner Stirn mit meiner behandschuhten Hand.

»Ich habe dir doch gesagt, dass ich beim Sport gegen eine Wand gerannt bin, Daddy. Tut nicht mal weh.«

»Ah ja. Deine Mutter hat dir diese Geschichte auch nicht abgekauft. Wir versuchen ja, dich in Ruhe zu lassen, damit du die Dinge selbst regeln kannst. Du bist ein großes Mädchen, aber ich würde am liebsten bei deiner Schule vorbeifahren und rausfinden, wer von diesen Assis sich mit meinem Baby angelegt hat.«

Ich stieg schweigend ins Auto ein und hoffte, er würde das Thema fallen lassen. Ich hatte nicht die Kraft, so zu tun, als fühlte ich mich nicht wie ein Fisch, der mit dem Bauch nach oben schwimmt, in meiner Blase. Daddy stieg ein und startete den Motor, ließ ihn zunächst warm werden. Ein kalter Luftzug blies mir aus der Lüftung entgegen und ich wickelte mir den Schal enger um den Hals.

»Komm schon, meine Süße«, redete er mir gut zu. »Du kannst über alles mit mir reden, egal was dich beschäftigt!«

»Es ist nichts, Daddy«, erwiderte ich. »Enttäuschungen gehören nun mal zum Leben, richtig?«

Er hob eine Braue. »Oho … Dann hast du das also gehört, was? Sieht aus, als müsste ich als Nächstes das Haus schallsicher machen.«

»Sieht wohl so aus.«

»Nun, das bedeutet aber nicht, dass du nicht mit mir reden kannst. Früher hast du mit mir über alles geredet!« Ich zögerte und fragte mich, wo ich denn überhaupt anfangen könnte, gab dann aber gleich wieder auf.

»Du würdest denken, dass ich mich wie ein Kleinkind verhalte«, schnaubte ich und starrte aus dem vereisten Fenster.

Daddy seufzte, schaltete die Automatik auf D und überließ die Unterhaltung dem Radio. Er nahm die lange Strecke nach Hause, fuhr durch den Nordwesten, an den Denkmälern vorbei, wo die National Mall von den Smithsonian-Museen, dem Kapitol und dem Weißen Haus gesäumt wurde. Er hatte sein ganzes Leben hier verbracht und war immer noch fasziniert von den Lichtern, die die riesigen Marmorgebäude zum Strahlen brachten. Als wir den Fluss überquert und den Highway verlassen hatten, bogen wir auf die Good Hope Road ab. So als ginge der Tag mit einem einzigen Wimpernschlag in die Nacht über, wirkte unser Teil der Stadt mit einem Mal im Vergleich zur Helligkeit, die wir hinter uns gelassen hatten, extrem dunkel.

Daddy trommelte mit seinen Fingern auf dem Lenkrad. »Hey, habe ich dir je von dem Tag erzählt, an dem du geboren wurdest?«

Ich seufzte. »Du meinst die Geschichte, dass Ma 19 Stunden lang in den Wehen lag und dir fast die Hand gebrochen hätte, und auch das Trommelfell fast geplatzt wäre wegen ihrer Schreie, bis du sie endlich überreden konntest, dass sie mich aus ihr rausschneiden durften?«

Er lachte leise. »Schätze, diese Geschichte erzähle ich etwas zu oft, was? Na ja, aber was ist mit der Schwangerschaft deiner Mutter? Habe ich dir davon auch erzählt?«

Ich zog die Brauen zusammen. »Schwanger mit mir oder ... mit den anderen Babys?«

Daddy zuckte zusammen und packte das Lenkrad fester. »Mit dir. Nur mit dir.«

Ich fasste ihn sanft am Arm. »Nein, Daddy. Hast du mir nie erzählt.«

Er nickte und atmete tief ein. »Mann, du wolltest unbedingt raus aus ihrem Bauch. Du hast von Sonnenaufgang bis Sonnenuntergang unaufhörlich getreten. Ich konnte deine winzigen Füßchen sehen, die versuchten, sich durch ihre Haut zu drücken.« Er lachte leise. »Du hattest das Warten dadrin satt, warst bereit für die Welt. Ich sagte, ›Janet, ich glaube, du bekommst den ersten weiblichen Footballspieler der Redskins‹.«

Wir lachten, bis sein Lächeln langsam schwand. Wieder atmete er tief ein. »Aber es hat sie beinahe umgebracht, dich lange genug drinnen zu behalten. Die Morgenübelkeit dauerte Monate. Kopfschmerzen, Kotzen, Würgen ... Die meiste Zeit musste sie liegen und hatte verfrühte Wehen. Zweimal sind wir ins Krankenhaus gefahren, weil sie … blutete. Sie sah einfach schrecklich aus. Diese Platzangst, das Engegefühl kann schon ganz früh anfangen, selbst im Bauch. Du wolltest raus. Um jeden Preis. Und als du dann Wochen zu früh geboren wurdest und es auf der Kippe stand, ob du es schaffen würdest … war es auch eine Erleichterung, dass du draußen warst aus ihr.«

Ein scharfer Schmerz durchfuhr mich, als ich mir vorstellte, wie Ma gelitten hatte. Das Einzige, was ich nicht wollte: dass sie Schmerzen litt.

»Warum hast du mir das bisher nie erzählt?«

»Sie hat gesagt, ich soll es nicht erzählen«, gab er zu.

»Hätte ich sie beinahe umgebracht? Kann sie deswegen keine Kinder mehr bekommen? Wegen mir?«

»Siehst du, genau darum wollte sie nicht, dass ich es dir erzähle. Sie wusste, dass du dir die Schuld geben würdest. Das kannst du gut, dir die Last anderer Leute aufladen und sie zu deiner eigenen machen. Aber nein, meine Süße, du hättest sie nicht beinahe umgebracht. Und deine Schuld ist es auch nicht. Ihr Körper kam einfach nicht damit klar, jemanden zu tragen, der so überlebensgroß ist. Deine Mutter bereut es kein bisschen, dich bekommen zu haben.

Aber – Junge, Junge – als sie dich rausgeschnitten haben, hast du praktisch geleuchtet. Wo immer wir dich mit hinnahmen, wurde es heller. Die Leute konnten gar nicht genug von dir bekommen, sie wurden in deiner Gegenwart richtig lebendig. Es ist, als wärst du mit einer Aufgabe zur Welt gekommen, mit der Mission, andere Menschen glücklich zu machen. Und darum erscheint es mir falsch, dass du aufhörst zu leben, auch wenn deine Freundin nicht mehr bei dir ist. Du wurdest geboren, um diese Welt ein bisschen heller zu machen. Du sollst dich nicht zu Hause verbarrikadieren. Vielleicht habe ich es nicht richtig ausgedrückt, aber das ist alles, was ich mir für dich wünsche, meine Süße.«

Ich schluckte und verschränkte die Finger ineinander.

»Was, wenn ich bei meiner Mission … versage? Was, wenn ich gar nicht so besonders bin, wie alle glauben?«

Daddy streckte eine Hand aus, um meine zu halten. »Na ja, ich bin hier, um dich jedes Mal aufzufangen, wenn du denkst, du fällst gleich. Dafür sind Daddys da, das ist ihre Aufgabe.«

Tränen prickelten in meinen Augen. »Danke, Daddy.«

Er lächelte triumphierend. »Also! Wie wäre es, wenn wir beim Chinesen anhalten?«

»Ich dachte, Ma hat gesagt, dass sie gekocht hat.«

Daddy grinste. »Ja, aber ich habe Lust auf Bratreis. Teilen wir uns eine Portion. Aber verrate es nicht deiner Mutter.«

»Du willst, dass ich lüge?«, fragte ich lachend.

»Neeee, niemals. Aber es kann doch unser kleines Geheimnis bleiben.«

Daddy bog auf Mr. Changs Parkplatz ein. Der Wind wehte stärker und fror mir fast die Augenlider ab. Ich rannte nach drinnen ins Warme und krachte direkt in sie hinein.

»April!«, keuchte ich.

April trat zurück, um ihr Gleichgewicht wiederzufinden und nicht hinzufallen.

»Scheiße, Claudia! Pass doch auf, wo du …«

»April«, sagte Daddy hocherfreut.

April reckte den Kopf, um ihn anzusehen. Ihr Gesicht war wie erstarrt.

»Hey, Mr. Coleman«, krächzte sie und schlurfte noch ein Stück zurück. Sie hielt etwas fest, das sich hinter ihr befand.

Oder jemanden.

Die kleine Tuesday streckte den Kopf hinter ihrer Schwester hervor. Bei jedem Schritt blitzten grellpinkfarbene Lämpchen an ihren hellgrauen Sneakers auf.

»Tuesday!«, stieß ich strahlend hervor.

Tuesday glitt hinter April hervor und rannte auf mich zu, schlang die Arme um meine Taille und zeigte ein überglückliches Grinsen auf ihrem herzförmigen Gesicht. Ich drückte sie und spürte ihre Knochen durch den dünnen Mantel. Es war, als umarmte man ein Skelett, als würden die Knochen gleich brechen.

»Hi, Clau-di-a!«, rief Tuesday.

Ich ging in die Hocke, um auf ihrer Höhe zu sein, und küsste ihre Wange. Mir war bis dahin gar nicht klar gewesen, wie sehr ich sie vermisst hatte. Wie sehr ich sie alle vermisste, meine Geschwister, die keine waren. Ich genoss den Moment und atmete tief ein, als ich den scharfen Geruch wahrnahm. Ich roch noch einmal. Tuesday stank nach vollgepisster Windel. Ich blickte zu April hoch, die mit ihrer Tasche hantierte.

»Tuesday! Wie geht es dir, junge Dame?«, fragte Daddy. »Gib mir fünf!«

Tuesday strahlte und sprang kichernd hoch, um Daddys Hand abzuklatschen.

»Puh! Du hast ja ganz schöne Muskeln, Mädchen!« Dann lächelte er April zu. »Wie geht's dir, April? Lange nicht gesehen!«

April versteifte sich, rang sich mühsam ein Lächeln ab und zog ihre Schwester näher zu sich heran.

»Gut«, murmelte sie. Ihr Blick huschte zwischen der Tür und uns hin und her, als könnte sie sich jeden Moment Tuesday schnappen und wegrennen. Und dem Blick in ihren Augen nach zu urteilen, würden wir sie ganz sicher nicht einholen. »Also, Tuesday, und wie geht es Monday?«, fragte Daddy. »Wir haben sie schon eine ganze Weile nicht gesehen.«

»Gut«, erwiderte Tuesday und wand sich, ein schüchternes Lächeln im Gesicht.

»Dann ist sie wieder zu Hause?«, wollte ich wissen, bevor ich wieder kurz zu April aufsah, deren Gesicht ausdruckslos blieb.

»Mhm«, antwortete Tuesday mit einem Nicken.

»Ach ja, was habt ihr denn so gemacht?«

»Bloß gespielt und so was«, sagte Tuesday kichernd.

»Dann hast du also mit Monday gespielt?«, platzte ich heraus und lehnte mich näher zu ihr.

Tuesday nickte. »Ja. Aber sie versteckt sich immer im Schrank.«

April fiel die Kinnlade herunter. Sie blickte zu Daddy hoch, dann zu mir runter, bevor sie Tuesday eine zitternde Hand auf die Schulter legte und sie wieder zu sich heranzog.

»Oh, ach so! Verstecken«, sagte Daddy lachend. »Ha! Ja, das habe ich in deinem Alter auch immer gespielt.«

»Hör mit dem Blödsinn auf, Tu Tu«, mahnte April und hustete ein trockenes Lachen heraus. »Tut mir leid, Mr. Coleman, Tuesday will Sie nur veräppeln. Sie weiß, dass Monday bei unserem Daddy ist.«

»Ich dachte, du hast gesagt, sie wäre bei deiner Tante?«, mischte ich mich entrüstet ein.

April straffte die Schultern und kniff entschlossen die Augen zusammen, während sie Tuesday mit einer Hand festhielt.

»Da musst du dich verhört haben.«

»Hey, wie geht es denn deinem Daddy?«, fragte Daddy, der Aprils zitternde Hände immer noch nicht bemerkt hatte. »Den habe ich ja auch schon echt lange nicht mehr gesehen.«

»Dem geht's gut«, erwiderte sie und ihr Mundwinkel zuckte. »Äh, tut mir leid, aber wir müssen jetzt gehen. Mom wartet schon auf uns.«

»Na klar. Alles Gute für euch. Sag' Monday, sie soll mal vorbeischauen, wenn sie das nächste Mal hier ist.«

Tuesday starrte mit dem gleichen Blick zu mir hoch, den auch Monday immer gehabt hatte. Ruhig und gleichmütig, aber auch hilfsbedürftig. Sie packte meine Hand und drückte sie.

»Kommst du mal zu uns und spielst mit uns?«

Mein Herz schlug ganz schnell und ich beugte mich noch einmal zu ihr hinunter. »Ja, bald. Versprochen.«

April wich meinem wütenden Blick aus und packte Tuesdays Hand, zerrte sie mit sich hinaus in die Kälte.

FEBRUAR

Gerüchte werden mit Beinen geboren, die in weniger als einer Minute eine Meile weit rennen können.

Gerüchte fressen Träume und brauchen dazu nicht einmal Senf oder Ketchup.

Gerüchte haben kein Verfallsdatum.

Gerüchte können tödlich sein.

Gerüchte können dich umbringen.

Es gibt dieses Gerücht, dass D. C. auf einem Sumpf erbaut wurde und die ›Chocolate City‹ langsam, aber sicher im Schlamm versinkt. Deswegen klebt die feuchte Hitze auf deiner Haut wie Kontaktkleber. Deswegen schwärmen hier weiße Wolken aus Stechmücken wie die Heuschrecken aus der Bibel. Deswegen kommen Alligatoren aus den Kanälen gekrochen und fressen streunende Tiere und Babys, die man in ihren Buggys allein gelassen hat.

»Nichts davon ist wahr«, sagte Ma, als ich mich zu Hause versteckte.

»Woher weißt du das?«, wollte ich wissen.

Sie zuckte die Achseln, während sie frischen Mais für unser Memorial-Day-Barbecue vom Kolben löste.

»Ich habe selbst gegraben und nachgesehen. Glaubst du etwa, ich würde mein Baby auf einem Sumpf großziehen?«, sagte sie mit leisem Lachen. »Du darfst nicht immer alles glauben, was die Leute dir erzählen. Manchmal musst du selbst rausfinden, was Sache ist.«

VORHER

Montags bröckelte immer wieder etwas von meiner Hoffnung in meinem Kopf ab, glitt meinen Rachen hinab und in meinen Magen hinein, wo es mich satt machte wie Mas Gumbo.

Heute ist der Tag, an dem sie auftaucht, sagte ich zu mir, während ich bei meinem Spind stand, zu den Türen hinüberstarrte und die Sekunden zählte. Wenn es klingelte und sie wieder nirgendwo zu sehen war, verwandelte sich meine Hoffnung in Furcht. Ohne Monday schien es unendlich viel Raum in unserer Blase zu geben. Ich könnte ewig im Kreis herumrennen, ohne mir selbst zu begegnen.

Monday finden, Monday finden, Monday finden.

»Miss Valente, kann ich mal kurz mit Ihnen reden?«, bat ich, nachdem ich nach dem letzten Klingeln vor ihrem Klassenzimmer herumgelungert hatte.

Miss Valente schob sich eine Haarsträhne hinters Ohr und seufzte.

»Komm rein, Claudia«, sagte sie. »Ich wollte gerade zusammenpacken.«

Ich setzte mich auf einen Tisch vor ihr, während sie Stapel von Arbeitsblättern und Aufsätzen zusammenlegte. Sie trug einen blauen – nein, eher einen zinngrauen, vielleicht sogar schiefergrauen – Pulli über ihrem schwarzen Kleid. Blau war ihre Farbe. Ich fragte mich, ob ihr das schon mal jemand gesagt hatte.

»Also, was ist los?«, wollte sie wissen, blickte aber nicht auf. »Ich versuche, diese Aufsätze vor der Besprechung heute Abend zu korrigieren. Ich bin Teil des Zulassungskomitees und wir beginnen mit der Auswahl der Bewerber und Bewerberinnen.«

»Jetzt schon?«

»Die Arbeit nimmt hier nie ein Ende.«

Ich nickte und drückte an den Trägern meiner Schultasche herum.

»Sind Sie … immer noch böse auf mich?«

Verblüfft zog sie die Brauen zusammen. »Claudia, ich war doch nie böse mit dir! Nur enttäuscht. Ich hatte mehr von dir erwartet, keine Schlägerei. Gewalt ist niemals die Antwort. Und drei gegen eine … Du hättest ernsthaft verletzt werden können, oder noch Schlimmeres. Es sind nur noch wenige Monate bis zum Abschluss. Warum setzt du das denn aufs Spiel?«

Meine Schultern sackten herab. »Es tut mir leid.«

»Versprich mir einfach, dass du das nächste Mal, wenn du Ärger hast … dass du zu mir kommst oder eine andere Lehrerin dazuholst. Okay?«

Ich nickte dankbar. »Ich schwöre, ich werde so was nie wieder machen.«

Sie schenkte mir ein kleines Lächeln. »Ich glaube dir.«

»Aber ich brauche einen echt großen Gefallen von Ihnen. Sie sind doch die Einzige, die mir zuhört.«

Sie lachte leise. »Na, dann sag' doch mal, worum es geht.«

Ich atmete tief ein. »Können Sie bei Monday zu Hause vorbeischauen?«

Miss Valente sank tiefer in ihren Stuhl zurück und verdrehte die Augen. »Claudia …«

»Miss Valente, da stimmt etwas nicht. Die Schule sagt, sie wäre zu Hause, aber sie ist nicht zu Hause. Ihre

Mom sagt, sie wäre bei ihrem Dad, und ihre Schwester sagt, sie wäre bei ihrer Tante.«

Sie setzte sich wieder gerade hin. »Du hast mit ihrer Schwester geredet?«

»Ja.«

Miss Valente rieb sich die Schläfen und machte ein finsteres Gesicht. »Hm. Ich … bin ihr schon mal begegnet. Warum sollte sie lügen?«

»Das weiß ich nicht. Aber ich weiß, dass etwas nicht stimmt. Und ganz egal wie böse sie auf mich ist, ich will einfach sichergehen, dass alles okay ist. Ich muss es einfach wissen.«

»Warum glaubst du denn, dass sie böse auf dich ist?«

»Wieso sollte sie mich sonst nicht mehr anrufen? Wieso sollte sie nicht mehr meine Freundin sein wollen, wenn sie nicht böse auf mich wäre?«

Miss Valente legte ihren Bleistift hin, faltete die Hände und betrachtete mein Gesicht. »Okay, ich sage nicht, dass ich alles glaube, was du mir erzählst, aber … was ist, wenn es tatsächlich so einfach ist und sie bloß nicht mehr deine Freundin sein möchte? Bist du sicher, dass du damit klarkommst?«

Meine Hände packten die Träger noch fester, bevor ich nickte. »Alles ist besser, als nicht Bescheid zu wissen.«

Sie schüttelte den Kopf und stöhnte.

»Okay, na gut. Ich werde hingehen. Ich bin nicht sicher, ob das so bald geht, aber mal sehen.«

DANACH

Zuerst war Monday bei ihrer Tante, dann wurde sie zu Hause unterrichtet und nun sollte sie bei ihrem Dad sein. Das passte doch alles nicht zusammen. Es war an der Zeit, dass ich herausfand, wieso.

Ich schloss die Tür zu meinem Zimmer, verkroch mich in unserem Zelt und wählte die Nummer, die Miss Moser auf ein Post-it geschrieben hatte. Nach dem dritten Klingeln nahm eine Frau ab.

»Hallo?«

Ich setzte mich aufrecht hin.

»Hi, Miss Orman?«, fragte ich und versuchte, möglichst erwachsen zu klingen.

»Nein, hier ist ihre Tochter, Giselle. Wer spricht denn da?«

»Äh, hier ist … Claudia. Ich gehe auf die Warren Kent. Miss Orman ist … ich meine, sie war meine Schulschwester.«

Die Leitung blieb stumm, bis sie hustend ausatmete. »Claudia, wie bist du an diese Nummer gekommen? Hat dir die Schule die Nummer gegeben? Dazu haben die gar kein Recht.«

»Ähm … Miss Orman hat sie … für mich hinterlassen. Für Notfälle. Kann ich mit ihr sprechen?«

»Worüber denn?«

»Ich will nur … hören, wie es ihr geht.« Ich war eine schlechte Lügnerin.

Sie seufzte. »Hör zu, Claudia. Es ist sehr nett von dir, dass du anrufst, um dich nach meiner Mutter zu erkundigen, aber … Nun ja. Ich weiß nicht, ob dir das irgendjemand gesagt hat, aber bei meiner Mutter wurde Alzheimer diagnostiziert. Weißt du, was das ist?«

Natürlich wusste ich das. Eine von Omas Freundinnen hatte dasselbe. Sie schüttete Salz in ihren Eistee und fauchte jeden an, der versuchte, ihr zu sagen, dass sie etwas falsch machte. Die arme Miss Orman. Kein Wunder, dass sie in Rente gegangen war.

»Ja, Ma'am.«

»Nun, wenn du das weißt, dann weißt du sicher auch, dass sie gute und nicht so gute Tage hat. Manchmal ist sie sehr verwirrt.«

»Das tut mir leid. Ich bin bloß auf der Suche nach meiner Freundin Monday und …«

»Monday«, rief sie aufgeregt, als hätte sie diesen Namen schon einmal gehört. »Pass auf, zum jetzigen Zeitpunkt ist es wirklich heikel und ich möchte sie auf keinen Fall verwirren oder aufregen. Verstehst du das?«

»Ja … aber es sind nur ein paar Fragen, auf die nur sie die Antwort hat.«

»Wenn sie sich überhaupt an irgendwelche Antworten erinnern kann.«

»Bitte«, flehte ich sie an.

Sie seufzte. »Okay, Claudia. Wir können es versuchen. Aber wenn das hier aus dem Ruder läuft, werde ich auflegen.«

»Ich verspreche, das wird es nicht! Danke.«

In der Leitung raschelte es und dann wurde es still. Ich war mit einem Satz aus meinem Zelt und setzte mich auf die Bettkante, starrte in den sanft fallenden Schnee hinaus, der auf die Bücherei herabsegelte.

»Hallo?«, meldete sich eine mir bekannte Stimme.

»Miss Orman? Hi, hier ist Claudia Coleman!«

»Ja?«

Sie erkannte mich nicht. Ich schluckte und sprach weiter.

»Ich bin Mondays Freundin.«

»Monday?«

»Ja, ähm, Monday Charles.«

»Was ist passiert? Ist etwas passiert?«

Plötzlich fühlte es sich an, als stünde ich draußen im Schnee, nur in meiner Unterwäsche.

»Äh, wieso fragen Sie?«

»Na ja, ich … Na ja, worum geht es denn überhaupt?«

»Ich habe mich nur gefragt, ob Sie mir mehr darüber sagen können, was Monday hatte, als sie so lange krank war.«

Sie lachte leise. »Ich kann dir doch nichts über ihre Privatangelegenheiten sagen, meine Liebe.«

»Bitte«, flehte ich. »Ich bin auf der Suche nach ihr.«

»Auf der Suche?«

»Ja, Monday ist nicht mehr in der Schule.«

»Sie … Na, und wo ist sie?«, wollte sie wissen. Ihre Stimme wurde leiser und ganz ernst.

»Das versuche ich ja herauszufinden. Und sie war so oft bei Ihnen im Krankenzimmer … Ich dachte, Sie wissen vielleicht etwas oder … wo sie sein könnte?«

Schweres Atmen, während eine Pause entstand.

»Monday war niemals krank«, sagte Miss Orman.

Ich packte das Telefon fester. »Nee, Miss Orman, wissen Sie denn nicht mehr? Sie hatte diese schlimme Grippe und war wochenlang nicht in der Schule. Und sie hatte doch auch andauernd Fieber.«

»Monday war niemals krank. Sie hatte auch keine Grippe.«

Ihre Stimme war wie ein schwerer Stein, der durch ein kleines Fenster des Zweifels geschleudert wurde.

»Aber … sie war doch …«

»Das war alles nur zur Verschleierung. Ich musste sie da rausholen.«

»Wa-was meinen Sie damit?«

Wieder trat eine längere Pause ein und ihr Atem ging nicht mehr so gleichmäßig wie bisher. »Hallo?«

»Ja. Miss Orman. Was meinen Sie damit?«, drängte ich.

»Was meine ich womit?«

»Wegen Monday!«

»Was ist damit?«

Damit? O nein. »Nein, Monday. Monday Charles! Was ist mit ihr gewesen?«

»O Gott, was ist, wenn ihr etwas zugestoßen ist? Ich muss … sie finden. Ich muss … Moment mal. Hallo? Hallo? Giselle, ich weiß nicht, worum es hier geht!«

»Ich habe dir doch gesagt, dass sie das aufregen würde!«, blaffte Giselle ins Telefon. Hatte sie die ganze Zeit gelauscht?

»Warten Sie bitte! Sie hat doch gerade angefangen, sich zu erinnern!«

»Ruf' hier bloß nicht wieder an! Sie kann dir nicht helfen!«

»Aber Sie verstehen nicht …«

»Wissen deine Eltern eigentlich, was du da machst? Lass mich mal mit deiner Mutter sprechen!«

Ich drückte die rote Taste, um das Gespräch schnell zu beenden. Mein Herz schlug mir so fest gegen den

Brustkorb, als würde jemand Steine mit einem Hammer aus einem Felsen hauen. Was meinte sie denn bloß damit, dass sie sie rausholen musste? Wo denn heraus?

Rrrring!

Ich ließ das Telefon mit einem Aufschrei aufs Bett fallen, als hätte es mir die Hand verbrannt. Das rote Lämpchen blinkte. Giselle rief zurück, um mit Ma zu sprechen und mich zu verpetzen. Shit! Was sollte ich denn jetzt machen?

Rrrring!

Aber Miss Orman erinnerte sich an irgendetwas. Selbst wenn es nur für den Bruchteil einer Sekunde gewesen war, sie hatte sich an Monday erinnert. Was wiederum bedeutete, dass sie keinen Blödsinn redete, als sie sagte, Monday sei nie krank gewesen. Ma würde ausflippen, weil ich meine Nase in die Angelegenheiten der Erwachsenen gesteckt hatte, aber wenn sie erfuhr, dass Monday gar nicht die Grippe gehabt hatte … Vielleicht würde ihr das Feuer unterm Hintern machen und sie endlich dazu bringen, mir zu helfen, Monday zu finden!

Ich sprang hoch und riss die Tür auf.

Rrrring –

Ich blieb mit einem Ruck stehen und fuhr zum Bett herum. Neben dem roten Licht leuchtete nun auch ein grünes. Ma war irgendwo im Haus an das andere schnurlose Telefon gegangen. Ich konnte sie undeutlich reden hören; sie sprach schnell und im Flüsterton. Mein Hirn suchte panisch nach meiner Version der Geschichte. Wie sollte ich mich da bloß rausreden?

Das war doch nur zur Verschleierung …

Wenn sie keine Grippe hatte, wo war sie denn dann einen ganzen Monat lang? Wieso sollte sie …?

»Claudia!«, brüllte Ma. »Claudia!«

Ich zuckte zusammen und ging zögernd zur Tür. »Ja, Ma«, antwortete ich.

»Michael ist am Telefon für dich!«

Ich atmete stockend aus und hielt mir die Brust. *Michael? Was will der denn jetzt?*

»Okay«, brachte ich krächzend hervor und atmete ein paarmal durch, um mich zu beruhigen, bevor ich den Anruf annahm. »Hallo?«

»Hey! Na, was geht?«

»Äh, gar nichts.«

»Wieso klingst du so?«, fragte er mit leisem Lachen.

Ich räusperte mich. »Wie denn?«

»Als hättest du Angst.«

»Ach … Ich bin bloß überrascht, das ist alles.«

»Oh, na ja, jedenfalls haben wir dieses große Basketballspiel an meiner Schule, nächste Woche, gegen unsere Rivalen. Meine Mom hat gesagt, ich kann dich dahin mitnehmen. Ich habe deine Mom gefragt, ob du mitkommen darfst, und sie hat Ja gesagt.«

Ich hielt den Hörer fester und unterdrückte ein Kreischen, während ich aufgeregt im Kreis herumhüpfte. Ich war noch nie bei einem High-School-Basketballspiel. Trotzdem, ich konnte mich ja nicht so verknallt zeigen.

»Wie kommt es, dass du meine Ma gefragt hast, bevor du mich fragst?«

»Ich dachte, ich fange mit dem schwierigen Teil an.«

»Na ja, woher willst du denn wissen, ob ich überhaupt mitkommen möchte?«

»Na, möchtest du mitkommen?«

Ich wartete einen Moment, um es dramatisch zu machen. »Vielleicht.«

Er lachte. »Nun, es ist nächsten Freitag. Glaubst du, bis dahin weißt du, ob du mitkommen möchtest?«

»Vielleicht.«

»Okay, also, wenn du dich entschieden hast, wann auch immer das sein wird, dann kann deine Mom dich an der Schule absetzen und meine Mom setzt dich nach dem Spiel wieder zu Hause ab.«

Ich unterdrückte ein Kichern. »Okay.«

EIN JAHR VOR DEM VORHER

»Ihr seid also echt lesbisch, was?«, begrüßte uns Trevor mit einem hämischen Kichern, als er im Flur auf uns zukam.

»Verdammt, kann man nicht mal mehr in Ruhe die Jacke ausziehen, bevor du mit deinem Blödsinn kommst?«, konterte Monday und zwinkerte mir zu.

Trevor biss sich auf die Faust und dann zeigte er mit einem albernen Grinsen auf uns.

»Das hab ich gesehen! Ich hab' ja nur Spaß gemacht, aber ihr habt euch doch jetzt ganz offen geoutet, oder?«

Monday verdrehte die Augen. »Achte gar nicht auf ihn«, flüsterte sie mir zu.

An jedem anderen Tag hätte ich das auch nicht. Ich meine, dieses Gerücht, dass wir beide ein lesbisches Paar wären, war von Anfang an albern gewesen. Aber die Art und Weise, wie uns alle im Gang anstarrten, wie alle Gespräche verstummten, wenn wir vorbeigingen … Das kam mir mehr als komisch vor.

»Wovon redest du denn überhaupt?«, fuhr ich ihn an.

Monday winkte ab, als wäre er eine lästige Fliege. »Interessiert mich null.«

Trevor tänzelte vor uns herum, zog sein Handy aus der Hosentasche und wischte, um den Bildschirm zu entsperren. »Bitte sehr!«

Er hielt uns das Telefon unter die Nase und ich schrie auf, schlug mir eine Hand vor den Mund, während ich ein paar Schritte zurückwich. Monday ging näher heran. Ihre Brauen waren zusammengezogen, sodass sich eine steile Falte auf ihrer Stirn gebildet hatte.

Dort, auf Facebook und damit für die ganze Welt zu sehen, war ein Bild von uns beiden, wie wir im Waschraum der Schule auf dem Boden saßen, Mondays Kopf in meinem Schoß. Durch den Winkel der Aufnahme von oben und die Art, wie ihr Kopf in meinem Schoß vergraben lag, als sie sich die Tränen an meinem Rock abgewischt hatte, dazu die Art, wie ich meinen Kopf lachend zurückgeworfen hatte, wirkte das Bild … verwirrend.

»Was zum … Wer hat das aufgenommen?«, verlangte Monday zu wissen und riss ihm das Telefon aus der Hand. »Wer hat das verdammt noch mal hochgeladen?«

Ich las die Treffer unter dem Bild. 293 mal geteilt. 1000 Likes. Mein Mund wurde trocken.

»Alter, weiß ich doch nicht«, maulte Trevor und riss ihr sein Telefon wieder aus der Hand. »Es ist am Freitag plötzlich aufgetaucht.«

»O mein Gott«, heulte ich und bemerkte Jacob, der vor seinem Spind stand. Sein Gesicht war ausdruckslos, der Mund geschlossen, eine Augenbraue hatte er gehoben, während er Monday anstarrte. Unsere Blicke trafen sich und er drehte sich weg.

»Claudia …«, hauchte Monday.

Während wir am Wochenende Brownies gegessen und zur Junk Yard Band getanzt hatten, hatten alle das Bild gesehen; wahrscheinlich selbst ihre Omas. Ob von den Posts auf Facebook oder Instagram, das Gerücht eilte die Stufen zu den Häusern der Leute hinauf und verschaffte sich Einlass. Abgesehen von ihrem lohfarbenen Haar und der Art, wie sie ihr Gesicht in meinem Schoß barg, ließ sich nicht eindeutig erkennen, dass es sich um Monday handelte. Mein Gesicht dagegen, mein lachender Mund war unverkennbar. Wenn ich ein Handy besessen hätte, dann hätte ich im Vorfeld von dem Flächenbrand gewusst, der uns erwartete, und auch, wer ihn entzündet hatte.

Meine Eltern machten sich umgehend auf den Weg zur Schule und drohten damit, sie zu verklagen, wenn sie nicht dafür sorgten, dass das Bild gelöscht und Ermittlungen eingeleitet wurden. Ma ging ans Telefon und nahm die neugierigen Anrufe entgegen; ihr Anstand war unerschütterlich. »Ach, wenn zwei kleine Mädchen eng befreundet sind, dann bedeutet das sofort, dass sie homosexuell sind? Was sagt das über Sie und Ihre beste Freundin aus, Schwester Karen? … Übernachtet Ihr Sohn nicht auch jedes Wochenende bei seinem kleinen Kumpel? … Ich unterstelle gar nichts, aber Sie brauchen ja auch nicht mit solch dummen Sachen zu kommen!«

Monday und ich vergruben uns in meinem Zimmer und warteten darauf, dass das Unwetter vorüberzog. Wir versuchten, uns nicht zu viele Sorgen wegen des bleibenden Schadens zu machen, den die Sache angerichtet hatte.

»Ich wette, das war Shayla«, murmelte Monday, die im Kreis herumging und angestrengt nachdachte.

»Nee, Shayla kann uns doch nicht so sehr hassen«, meinte ich, während ich einen Wattebausch in Nagellackentferner tauchte. Ich musste etwas tun, um von der Angespanntheit abzulenken, und wollte mir die Nägel kanariengelb mit goldenen Spitzen lackieren.

»Du redest doch Blödsinn. Die Alte hasst uns völlig grundlos.«

Ich spürte den Druck, der sich um unsere Blase herum sammelte und uns kaputtzumachen drohte.

»Was ist mit Jacob?«, fragte ich.

Monday kaute auf ihrer Unterlippe herum. »Das glaube ich nicht. Das würde er nicht machen.«

»Was? Er war doch derjenige, der dieses Gerücht überhaupt erst in die Welt gesetzt hat! Willst du ihn immer noch verteidigen, auch nachdem du ihm den Arsch versohlt hast und er dich andauernd nur belügt?«

Monday schüttelte den Kopf. Sie wirkte immer noch sehr nachdenklich. »Nee. Das passt aber nicht zu ihm. So was würde er nicht machen.«

DANACH

»Stopp, Aufhören!«, rief Miss Manis und würgte die Musik ab.

Ich zuckte mitten in der Drehung zusammen und wäre beinahe aufs Gesicht gefallen. Gott sei Dank waren wir allein – vor den anderen Mädchen wäre mir das schrecklich peinlich gewesen.

»Was habe ich falsch gemacht?«, fragte ich atemlos. Es waren nur noch zehn Minuten bis zum Ende der Stunde und ich hatte den Abschluss meines Stücks noch nicht in Form gebracht. Wir schienen immer wieder irgendwo in der Mitte abzubrechen, wie ein Gedanke, den man nicht zu Ende bringt.

Mit schmalem Lächeln durchquerte sie anmutig den Raum, die Hände auf den Hüften.

»Claudia, ist alles in Ordnung?«

Ich schluckte. »Ja, Ma'am.«

»Hm.« Sie tippte sich zweimal ans Kinn, während sie mich umkreiste wie ein Raubtier die Beute.

Der Schweiß tropfte mir in den Nacken und meine Beine prickelten.

»Deine Eltern zahlen gutes Geld dafür, dass du hierherkommst. Daher hoffe ich doch, dass du das ernst nimmst, was ich dir jetzt sagen werde. Ja?«

»Ja, Ma'am.«

Sie nickte und sprach dann leise weiter: »Ein Tanz braucht Emotionen – eine Seele. Deinem Stück *fehlt* etwas. Eine gewisse Leidenschaft, ein Funke Leben! Die Soloauftritte sind dazu gedacht, dass ihr eure kreativen Muskeln stärkt und ausprobiert, unter meiner

Anleitung. Aber ich frage mich, ob du dazu schon bereit bist.«

Ich hielt meinen Atem an und zählte bis fünf, bevor ich herausplatzte: »Ich tanze schneller als das hier! Dieser Song … der ist einfach zu langsam für mich.«

Sie zog die Brauen zusammen und ihr Blick wurde kühler.

»In diesem Leben bekommst du nicht immer das, was du willst, aber du musst dennoch tanzen, direkt hindurch«, erwiderte sie. »Hör auf das Klavier, Claudia! Es gibt dir den Takt, nach dem du dich sehnst. Du musst nur genau hinhören.«

Liebe Monday,
ey, hast du mir alle meine Klammoten geklaut? Nee, nur ein Witz aber ist es nicht irre das man einen Schrank voller Zeuk hat und doch nichts anzuzien? Ich gehe mit Michael aus der Kirche zu disem Spiel. Ich weis was du denkst aber das ist kein Date! Ich habe mein ganzes Zimmer verwüstet bei der Suche nach dem perfeckten Autfit. Aber alles was ich anprobirt habe flog gleich wider in die Ecke. Ich kann dich schimfen hören: »Nein, das doch nicht … Meins du das ernst? Das kannst du nicht anzien! Ey, du spinst doch, du siest aus wie zwölf!« Sei bitte nicht sauer das ich ohne dich zu einem Spiel gehe.
Ok?

Der Schweiß rann mir vom Körper und drang aus Stellen, von denen ich nicht gedacht hätte, dass man mitten im Winter dort schwitzen könnte. Ich schätze, ich konnte mir einfach nicht vorstellen, ohne Monday zu meinem ersten High-School-Spiel zu gehen. Die Aussicht machte mich fertig. Aber wie Daddy gesagt hat, ich musste da rausgehen und leuchten. Selbst wenn das bedeutete, dass ich es ohne sie tun würde.

Ma half mir, meine Haare zu glätten, und wir einigten uns auf einen Kompromiss mit Lipgloss und Mascara. Ich trug schwarze Jeans, einen flauschigen lavendelfarbenen Pulli und hohe schwarze Stiefel. Passend dazu tauschte ich meinen dunkel granatroten Daunenmantel gegen Mas Lederjacke, die die Farbe von schwarzem Lakritz hatte. Die trug sie immer, wenn sie ein Date mit Daddy hatte. Ich lackierte mir die Nägel in Aubergine und malte dunkelrosa Schleifen auf die Spitzen.

Wir hielten vor den Stufen der Cardozo High School, wo ein Meer von Jugendlichen in Dunkellila und Weiß wogte. Zwei Ehrenamtliche standen an der Treppe und verteilten leuchtend rote Flyer. RETTET ED BOROUGH! UNSERE GEMEINSCHAFT! UNSER ZUHAUSE!

»Okay, meine Süße«, sagte Ma. »Viel Spaß beim Spiel!«

Dieselbe Angst, die mich auch am ersten Schultag gepackt hatte, machte sich erneut bemerkbar. Ich konnte da einfach nicht allein reingehen. Wenn ich zumindest Monday bei mir hätte, würde unsere Blase uns gegen drohende Angriffe abschirmen.

»Was ist los?«, wollte Ma wissen.

Ich klappte die Sonnenblende runter und überprüfte meinen Lipgloss im Spiegel, um etwas Zeit zu schinden. »Nichts.«

Ma hob eine Braue. »Bist du nervös? Willst du, dass ich mit dir reingehe?«

»Ma! Ich kann doch da nicht mit dir reingehen, als würdest du mich im Kindergarten absetzen. Ich wollte nur …«

Ein lautes Klopfen ans Seitenfenster ließ uns beide zusammenschrecken. Michael beugte sich herunter und grinste durch das vereiste Glas. Ma drehte das Fenster herunter und ich roch sein Eau de Cologne.

»Hey, Michael«, begrüßte Ma ihn.

Er winkte und sah dann mich an. Sein Lächeln wurde breiter.

»Das Spiel fängt jeden Moment an. Lass uns einen Platz suchen gehen.«

Eine grölende Menge füllte die gesamte Tribüne und jedes Mal, wenn der Ball rauschend im Netz landete, sprangen alle auf. Man konnte den Schweiß der Spieler bis hier herauf riechen und die Sportschuhe auf dem glänzenden Boden der voll besetzten Sporthalle quietschen hören, geblendet vom Licht, das von den geringelten Pompons der Cheerleaderinnen reflektiert wurde, wenn sie sie über ihren Köpfen schüttelten.

Ich zog den Reißverschluss meiner Jacke auf, als wir zur obersten Reihe der Tribüne hochgingen und uns mitten hineinquetschten.

»Ganz schön hoch hier«, sagte ich und fuhr mir mit den Händen über die Haare. Ich hoffte, dass sie sich in dieser klebrigen Hitze nicht kräuseln würden.

»Die Luft ist okay so, keine Sorge«, kommentierte er zwinkernd und rückte näher. Meine Wangen brannten und ich verkniff mir ein mädchenhaftes Grinsen. *Das hier ist kein Date.*

Im zweiten Viertel führten die Clerks mit 20 zu 15. Ich inhalierte die berauschende elektrisch aufgeladene Luft. Eine Szene wie aus einem Spielfilm und ich spielte plötzlich die Hauptrolle.

»Ist dir nicht heiß?«, fragte Michael und zupfte an meinem Ärmel. »Zieh die Jacke aus, bleib' noch ein bisschen.«

Ich zog auf dem beengten Platz an Mas Jacke und er half mir. Dabei strichen seine Finger über meinen Nacken und ein Funke übertrug sich zwischen uns. Unsere Blicke trafen sich, die Spannung kochte wie Wasser, das von heißem Öl hochspritzt. Er schluckte und sein Blick huschte zurück zum Spiel. Nur noch weißes Rauschen. *Das hier ist kein Date.*

»Also … äh … Wir führen mit nur drei Punkten. Das wird knapp«, erklärte er und rieb sich die schwitzenden Hände an seiner Jeans ab. »Kennst du dich ein bisschen mit Basketball aus?«

Ich stieß ein nervöses Lachen aus. »Ja, aber ich mag Football lieber.«

Er grinste. »Das ist doch prima. Vielleicht kannst du ja nächstes Jahr zu einem meiner Spiele kommen. Der Coach hat gesagt, dass ich dann aufs Feld geschickt werde.« Ich zuckte die Achseln und tat unbeteiligt. »Okay.«

Er lachte und wir wandten uns wieder dem Spiel zu. *Das hier ist kein Date.* Er ist bloß freundlich und nett. Aber ich fragte mich, wie Monday die Sache eingeschätzt hätte. Ich konnte uns in unserem Zelt sehen, wie wir jedes Wort und jede Bewegung analysierten. Wenn Monday niemals zurückkehrte, mit wem sollte ich dann über Jungs reden?

Das Signal zur Halbzeit ertönte und der Ansager meldete sich laut und blechern über die Lautsprecher.

»In Ordnung, Leute! Einen Riesenapplaus für die Cardozo-Tanztruppe, die Besten im ganzen Bundesstaat!«

Ein Wirbelwind aus silbernen und lilafarbenen Pailletten rannte ins Zentrum der Halle, winkte in die Menge, baute sich mit gesenkten Köpfen zur Pyramide auf. Die Musik brandete auf und die Köpfe der Truppe ruckten hoch, mit breitem, rotwangigem Lächeln, bevor sie alle hoch in den Spagat sprangen und sich verteilten. Ich erkannte Megan aus der Tanzschule in der hinteren Reihe. Ihre Augen funkelten, als sie ihr Bein in die Höhe warf. Ich beugte mich vor, ganz in ihren Auftritt vertieft. Michael beobachtete mich mit einem spöttischen Lächeln.

Die Menge jubelte lauter als während des Spiels. Megan sah großartig aus, ihre Bewegungen waren flüssig, ihr Lächeln mühelos. Sie grinste bei ihren Drehungen und warf den Kopf lachend zurück, bevor sie in die Knie ging. Sie sah aus, als hätte sie einen Riesenspaß. Vielleicht war es das, was meinem Tanz fehlte: Spaß. Früher hatte ich Spaß dabei.

Dann sah ich sie, die Schrittfolge, die Monday mir beigebracht hatte. Die *Wumm Klack Klack Schritt Schritt*-Folge. Sie zogen sie zweimal durch vor dem großen Finale. Ich stand auf, ebenso beeindruckt wie der Rest der Zuschauer, sprang auf und ab und schrie mir die Seele aus dem Leib, als hätten die Tänzerinnen das Spiel gewonnen. *Das werden wir sein,* dachte ich. *Monday und ich, in der Tanztruppe, und die Menge wird uns lieben.*

Und dann fiel mir ihr Pulli ins Auge. Mein Pulli. Der weiß-fuchsia-gestreifte, den ich Monday letztes Jahr geliehen hatte. Wie eine riesige Zielscheibe, die weiter unten auf der Tribüne saß. Mein Herz blieb beinahe stehen. Aber es war nicht Monday, die ihn trug – er lag eng am vollbusigen Körper ihrer Schwester.

»April«, entfuhr es mir, aber Michael konnte mich nicht hören, weil die Menge laut aufbrüllte, als die Mannschaften zurück in die Halle kamen. Die Halbzeitpause war vorbei.

Sie saß mit dem Rücken zu mir, aber ich erkannte deutlich ihr Profil, das dem von Monday so ähnlich war. Sie saß neben einem Jungen mit kurz geschorenem Haar, der den Arm um ihre Taille gelegt hatte und ihr etwas ins Ohr flüsterte. Sie stieß ein gespieltes Lachen aus und er stieß sie zweimal an. Dann stand er auf und nickte in Richtung der Stufen; seine Jogginghose hing viel zu tief, sodass man seine Shorts sehen konnte. Sie seufzte und folgte ihm, hielt auf die Türen zu, die am hinteren Ende der Sporthalle in die Schule führten. Seine Hand lag schwer über ihrem Hintern und schob sie weiter. Sie schüttelte leicht den Kopf und er flüsterte ihr wieder etwas zu, aggressiver als zuvor. Ihr Blick wurde verhangen, so als würde sie sich geschlagen geben, bevor sie durch die Tür verschwand. Das Signal ertönte wieder und das Spiel ging weiter.

Ich weiß nicht, was ich mir dabei dachte. Vielleicht

lag es daran, dass seit Monaten eine Begegnung mit ihr einer mit Monday am nächsten kam, aber ich sprang auf und eilte hastig durch die Menge.

»Claudia?«, rief Michael mir nach. Ich rannte am Rand des Basketballfeldes auf die Tür zu, durch die sie verschwunden war. Gerade als ich unter dem Korb vorbeihuschte, ertönte eine Trillerpfeife und dann hörte ich die quietschenden Schritte ganz nah, bevor zwei Spieler vor mir vorbeiflogen und in die mit lilafarbenen Matten bewehrte Wand knallten.

»Aaah!«, schrie ich und bremste abrupt ab. Um Haaresbreite wäre ich unter die Räder gekommen. Der verirrte Basketball traf meinen Knöchel und die Spieler stöhnten vor Schmerzen, holten keuchend Luft. Der Größere von ihnen funkelte mich wütend an. Ich erkannte ihn wieder – es war Megans Freund Kam. Er schnappte sich den Ball zu meinen Füßen und ächzte.

»Verschwinde vom Platz«, murmelte er und warf den Ball zurück ins Spiel.

»Shit«, brachte ich hustend hervor und hielt mir die Brust.

»Claudia!«, rief Michael erneut. Seine Stimme holte mich aus der Trance und ich rannte auf die Türen zu, flog geradezu hindurch.

»April!«, brüllte ich und meine Stimme hallte durch den leeren Flur. Ich ging ziellos umher, an dunklen Klassenzimmern vorbei, blieb an der Haupttreppe stehen, die von lila-goldenen Wandbildern geziert wurde, starrte die Stufen hinauf, die mehrere Stockwerke in die Höhe führten. Ich wanderte weiter, betrachtete das große Schwarze Brett mit den Fotos von

Schülerreisen nach Italien, vom Gemeinschaftsgärtnern und dem Spirit Day … bis ich mich in einem Innenhof mit Glasdach wiederfand, der mich an ein Gewächshaus erinnerte, und in den Nachthimmel hinaufstarrte. *Das ist eine High School,* dachte ich und wusste nicht, ob mich die schiere Größe und Weitläufigkeit begeisterte oder ich einfach nur einen Heidenschiss hatte.

»Huch, hör auf, Keith«, kicherte April. Ihre Stimme kam ganz aus der Nähe. Ich folgte ihr, obwohl die Leichtigkeit darin mich verwirrte. *Wollte* sie etwa bei diesem Typen sein?

Plötzlich klapperte hinter mir etwas laut, so als würde ein Metallbecher herunterfallen und vom Boden abprallen. Einige Buntstifte flogen umher und rollten durch die angelehnte Tür eines dunklen Klassenraums in den Flur hinaus, wo sie vor meinen Sneakers liegen blieben.

»Psst«, wollte der Junge sie zum Schweigen bringen. Seine Stimme klang gedämpft. »Du bringst hier alles durcheinander.«

Ich schlich auf Zehenspitzen zur Tür und spähte durch das Fenster, wo der Junge sich mit heruntergelassener Hose zwischen Aprils gespreizte Beine zwängte, während sie auf dem Lehrerpult lag.

Ich riss die Tür weit auf und ließ das gedimmte Licht aus dem Flur herein, sodass es die beiden wie ein Scheinwerfer einfing.

»Shit«, fluchte Keith, zog sich die Hose hoch und sprang von April weg. Sie versuchte hastig, sich zu bedecken, und dann klappte ihr die Kinnlade herunter.

»Claudia?«, murmelte sie schockiert.

Keith musste zweimal hinschauen. »Wer zum Teufel ist das?«

April wand sich vom Pult herunter und knöpfte sich die Jeans zu, während sie mich mit einem zornigen Blick bedachte. »Das ist … eine Freundin meiner kleinen Schwester.«

»April … Was tust du denn da?«, brachte ich hervor, denn das war der erste Gedanke, der mir in den Sinn kam. Ich meine, wie konnte sie mit irgendeinem Typen Sex in einem Klassenzimmer haben? Wusste sie denn nicht, dass die Leute schon jetzt über sie redeten? Wusste sie nicht, wie peinlich das Monday war?

Schwere Schritte hallten durch den Flur und wir erstarrten alle. Verdammt, da war mir wohl ein Lehrer gefolgt. *Jetzt bekommen wir alle Ärger,* dachte ich. Keith hielt sich einen Finger an die Lippen und zog sich ins Dunkel zurück, als die Schritte näher kamen.

Ich fuhr herum, machte mich aufs Schlimmste gefasst, aber dann tauchte Michael auf.

Keith lächelte und entspannte sich. »Oh, was geht, Mikey?«

Michael erfasste die Situation, während Keith noch damit beschäftigt war, sich die Hose zurechtzurücken. Er kniff die Augen zusammen.

»Alles okay?«, fragte er und berührte sanft meinen Ellbogen.

»Ja«, murmelte ich.

Keith lachte leise und nickte in meine Richtung. »Ey, Mikey, wilderst du jetzt schon im Kindergarten?«

Michaels Züge verhärteten sich. »Nee, sie ist nur … Sie geht in meine Kirche.«

Verflixt, das war also alles, was ich ihm bedeutete? Er verhielt sich immer noch so, als wäre ich bloß irgendjemand aus der Kirche. Ich riss meinen Arm weg und machte ein verächtliches Geräusch. Er zog die Augenbrauen zusammen, bis sie sich beinahe trafen.

»Ähm, was macht ihr denn überhaupt hier hinten?«, wollte Michael wissen.

»Pff. Gar nichts. Nur abhängen«, erwiderte Keith lachend und schenkte April ein spöttisches Lächeln.

»Aber was macht *ihr* denn hier?«, fuhr April ihn an. »Wieso geht *ihr* nicht einfach zum Spiel zurück und kümmert euch um euren eigenen Kram?«

Michael seufzte. »Ach, komm schon, April. Du bist nicht mal auf dieser Schule. Du bist doch nur wegen der Schwänze hier. Und bist du nicht langsam zu alt für diesen …«

Ein unbestimmter Funke sprang zwischen ihnen hin und her, bevor sie mir beide einen raschen Blick zuwarfen, um zu sehen, ob ich es bemerkt hatte.

»Du dummer Wichser! An deiner Stelle würde ich mal meine große Fresse halten!«, kreischte April und sorgte damit dafür, dass Michael einen winzigen Schritt vor mich und sich zur Verteidigung bereit machte.

Sie kannten einander. Aber woher?

Keith beobachtete April mit einem amüsierten, spöttischen Grinsen.

»Hey, das ist nix Ernstes. Wir haben nur ein bisschen Spaß«, erklärte Keith mit einem leisen Lachen und klatschte Michael ab. »Na ja, und als Party war das hier eh nicht gedacht.« Er zuckte die Achseln in Aprils Richtung. »Bis später, wa?«

»Wie jetzt?«, fragte sie mit flehender Stimme und großen Augen. »Ich dachte, wir wollten …«

»Nee, wir sehen uns später«, fauchte er sie an. Es nervte ihn offenbar, dass er es zweimal sagen musste.

April wich mit verschränkten Armen zurück. Selbst ich konnte fühlen, wie weh diese Abfuhr tun musste. Er behandelte sie wie einen Teller Essensreste, den er an einem anderen Tag wieder aufwärmen konnte. Das erinnerte mich an Jacob … und Monday. »Bis dann, Kumpel«, sagte Keith zu Michael. »Wir sehen uns in der Muckibude.«

»Ja, bis dann«, murmelte Michael.

Wir standen zu dritt im Klassenraum und wechselten unbehagliche Blicke, bis April anfing, mit dem Fuß auf den Boden zu tippen und dann am ganzen Körper zu zittern. Mehrmals hintereinander machte sie ein höhnisches Geräusch.

»Wieso zum Geier glotzt ihr mich so an?«, fauchte sie. Jedes Wort war wie eine Klaue, mit der sie nach uns hieb. Sie wandte sich zu mir und warf die Hände in die Luft. »Bist du jetzt zufrieden?«

Ich zuckte zusammen und verschränkte die Hände hinter dem Rücken. Ich hatte gedacht, ich würde sie retten. Stattdessen hatte ich sie gedemütigt.

»Ich muss mal eine Sekunde allein mit April reden«, flüsterte ich Michael zu.

»Ist das dein Ernst?«

»Bitte!«, flehte ich.

Er stieß den Atem aus und funkelte mich wie ein enttäuschter Vater an, bevor er den Kopf schüttelte.

»Na schön«, zischte er. »Ich bin in der Turnhalle.«

Er beachtete April gar nicht, als er sich umdrehte und den Flur hinaufstürmte, bis wir das Quietschen seiner Sneakers nicht mehr hören konnten.

April schnaubte und zog sich den Pulli gerade. Mondays Pulli. Meinen Pulli. An ihr saß er wie ein Crop-Top, das den Blick auf ihren flachen Bauch freigab, sodass alle Welt ihn sehen konnte. Ich war sicher, dass sie das auch genau so wollte.

»April, es tut mir leid.«

Ihr Blick flackerte. »Ist doch eh egal! Er war eh nichts Besonderes.«

Sie sprang vom Pult und rückte sich die Kleidung zurecht, benahm sich, als wäre ich gar nicht da, stünde nicht direkt neben ihr. Es war sinnlos zu versuchen, mit ihr zu reden, damit sie einsah, dass das alles nicht cool war. Ihr Verhalten würde sich nicht ändern. Aber sie war meine einzige Verbindung zu Monday.

»Und, ist Monday in letzter Zeit da gewesen?«

Sie lachte leise, rau und heiser, genau wie ihre Mutter.

»Bist du immer noch auf diesem Trip, Claudia?« Sie schüttelte den Kopf. »Okay, na schön, dann spiele ich eben mit. Monday ist bei meiner Tante.«

»Hä? Beim letzten Mal hast du gesagt, sie wäre bei ihrem Dad.«

»Ja. Das habe ich auch gemeint.«

»Aber Tuesday hat doch gesagt, sie war zu Hause und hat mit ihr gespielt.«

Das ließ April erstarren. Ihre Augen weiteten sich und sie blickte zu Boden. Sie schwankte leicht und dann zog sie die Nase hoch und schloss den Reißverschluss ihrer Jacke.

»Lass Tuesday da raus!«, fuhr sie mich fauchend an. »Kein Wort mehr über Tuesday.«

Sie war ein Eisblock, kalt und unangreifbar. Sie zog ihre hellbraune Jacke gerade, glättete die Stacheln, die sie gerade noch ausgefahren hatte. Ihr Haar schien anders, ein bisschen heller, aber es war schwer zu sagen, ob es nur so aussah.

»Verdammt, vermisst du Monday denn gar nicht?«

»Tu doch nicht so, als würdest du sie kennen, Mann!«

»Ich kenne sie besser als du«, fuhr ich sie an. Die Worte sollten sie wie Schüsse treffen, aber sie landeten mit weichem Aufprall an ihrer harten Schale – nicht mehr als Papierflieger.

Ihr hämisches Lächeln nahm mir beinahe meinen Mut.

»Ach wirklich? Du glaubst, du kennst sie so gut? In Ordnung, was war ihre Lieblingsfarbe?«

»Rosa«, erwiderte ich und schnalzte mit der Zunge. Was für eine dumme Frage.

»Und das war die falsche Antwort! Ihre Lieblingsfarbe war nicht Rosa. Es war Lila. Sie hasste Rosa. Sie hat das bloß gesagt, weil ihr ja nicht beide die gleiche Lieblingsfarbe haben konntet.«

Das komische Gefühl tief in meinem Bauch wurde stärker.

»Das ist nicht wahr«, flüsterte ich.

»Monday hat alles getan, was du wolltest, weil du die Einzige warst, die blöd genug war, mit ihr befreundet zu sein. Sie hatte niemanden außer dir. Und diesen Typen, den sie gefickt hat.«

Das Wort ›gefickt‹ war wie ein Einschlag, der meine Blase erzittern ließ.

»Nee … Monday hat mit Jacob so was nicht gemacht.«

»Ha! Wer hat denn gesagt, dass es Jacob war?«

Meine Zunge lag schwer in meinem Mund und mein Körper versteifte sich.

Sie grinste hämisch. »Siehst du?«

Sie lügt, wiederholte ich immer wieder in meinem Kopf. April lügt. Das tut sie immer.

Ihr Ärmel rutschte hoch, als sie die Arme streckte, um ihren Pferdeschwanz zu richten, und mir fiel ein rauer Streifen an ihrem Arm auf. Eine Narbe. Als hätte sie den Arm über eine Geburtstagskerze gehalten und die Flamme hätte daran geleckt.

»Scheiße, was ist denn mit deinem Arm passiert?«, fragte ich und streckte instinktiv die Hand aus.

»Nichts«, stieß sie keuchend hervor, zog sich den Ärmel wieder herunter und schlug meine Hand beiseite. Sie schubste mich hart zurück, nur eine Handfläche gegen meine Brust. Ich schrie, als ich zu Boden fiel. April stand über mir und hatte die Hände zu Fäusten geballt, genau wie ihre Mutter.

»Und ich sage dir das nicht noch mal. Hör auf, immer nach Monday zu fragen, und halte dich verdammt noch mal aus meinen Angelegenheiten raus!«

Ich blieb wie erstarrt auf dem Boden liegen und lauschte dem Geräusch ihrer Sneakers, die den Flur hinunterliefen, bis sie verschwunden war. Genau wie Monday.

VORHER

»Ich habe keinen Schimmer, wo dein Vater ist!«

Ma klatschte einen dicken Teigfladen auf die Arbeitsfläche und knetete ihn mit ihren Fäusten. Wenn sie ihn ausreichend zurechtgedrückt und geschlagen hatte, würde sie ihn über Nacht gehen lassen und wir bekamen frische Brötchen für das Sonntagsessen.

»Er weiß doch, dass ich mir Sorgen mache«, grummelte sie. »Arbeitest du heute Abend noch an deinen Hausaufgaben?«

»Ja, Ma«, murmelte ich vom Tisch, wo ich mir die Nägel so lackierte, dass sie wie ein Nachthimmel mit Farbverlauf und winzigen weißen Sternen aussahen.

Die Eingangstür schlug zu. Ma sah auf und stemmte die bemehlten Hände in die Hüften.

»Wo warst du denn? Du hast das Abendessen verpasst! Hast du deine Stimme verloren? Kannst du nicht Bescheid sagen?«

Daddy kam in die Küche spaziert. Ihr Temperament amüsierte ihn.

»Tut mir leid, Baby, ich war mit Onkel Pete unterwegs. Der Van ist am Straßenrand liegen geblieben.« Er beugte sich runter und küsste sie auf die Stirn. »Ich habe nicht drauf geachtet, wie spät es schon ist.«

Sie schnaubte. »Na, dann wasch dir die Hände, damit du essen kannst. Ich mache dir einen Teller fertig.«

Daddy zwinkerte mir zu und ging zum Spülbecken, während Ma etwas Blattkohl, zuckrig überbackene Süßkartoffeln und gebratenes Huhn für ihn aufwärmte.

»Ladys, es ist schweinekalt da draußen«, verkündete Daddy und rieb sich die Hände, bevor er sich ein Bier aus dem Kühlschrank holte. »Ich dachte, mir fallen jeden Moment die Finger ab.«

Er strich mir mit der Außenseite seiner Finger über die Wange und ich zuckte vor der Kälte zurück.

»Daddy! Wegen dir versaue ich mir noch die Nägel.«

Er grinste und kitzelte mich im Nacken. Ich musste lachen, denn er ist so ein großes Kind.

»Du hast Glück, dass du keine Frostbeulen bekommen hast«, kommentierte Ma, während sie ihm das Essen auf den Teller lud. »Es ist fast minus 20 Grad. Und durch diesen Wind fühlt es sich eher an wie minus 30 Grad.«

»Du hättest uns sehen sollen, wie wir versucht haben, den Van wieder zum Laufen zu bringen, direkt am Rand der Schnellstraße. Wir sind dabei fast erfroren. Das Ding ist einfach stehen geblieben während der Fahrt. Völlig verrückt. Jedenfalls waren wir dann bei der Werkstatt ein Stück weiter die Straße rauf … und was für ein komischer Zufall: Dort ist mir Smokey Davenport über den Weg gelaufen. Wir haben früher zusammen Musik gemacht, auf der High School.«

»Er heißt aber nicht wirklich Smokey, oder?«

Er lachte leise. »Nein, er heißt Herman. Ist bloß ein Spitzname.«

Ma schüttelte den Kopf. »Was für einen verrückten Namen der sich gegeben hat.«

Daddy lächelte. »Ich weiß nicht, wie ewig ich den schon nicht mehr gesehen habe. Wir haben ein bisschen gequatscht und er meinte, er hat Tip erst vor Kurzem gesehen, der arbeitet an einer Tankstelle drüben beim Maryland House an der I-95.«

Ich zuckte zusammen und schlug mir die Nägel am Tisch an. Auch Ma fuhr herum.

»Tip? Tip Charles?«

Daddy setzte sich neben mich an den Tisch und konzentrierte seinen Blick auf die Flasche. »Jawoll.«

Ma warf mir einen raschen Blick zu, sah dann wieder Daddy an, dem sie seinen Teller hinstellte. »Okay … Und?«

Er nahm einen gemächlichen Schluck von seinem Bier. »Und ich habe gefragt, ob er Tips Nummer hat. Und er hat ja gesagt.«

Ich starrte auf meine Nägel hinab, um nicht allzu ungeduldig zu erscheinen. An der linken Hand waren Ringfinger und kleiner Finger beinahe komplett verwischt. Ich versuchte, auf die Nägel meiner rechten Hand zu pusten, konnte aber kaum genug Luft holen.

»Und?«, drängte Ma weiter.

»Er rief ihn an … Gleich als wir drüber sprachen. Also habe ich ihn nach Monday gefragt.«

»*Und?*«

Daddy seufzte. »Und … er hat sie nicht gesehen.«

Mas Kopf ruckte zurück. Unsere Blicke trafen sich, beide entsetzt.

»Wie meinst du das, er hat sie nicht gesehen?«, fragte Ma ungläubig.

»Er hat seit über einem Jahr weder Monday noch sonst jemanden aus der Familie gesehen, vielleicht sogar länger nicht.«

Meine Kinnlade fiel herunter. Ma riss die Augen auf. »Seit einem Jahr!«, rief sie. »Wie kann man denn ein ganzes Jahr sein eigenes Kind nicht zu Gesicht bekommen?«

Er trank den Rest seines Bieres auf ex. »Er schuldet Patti Tausende Dollar Unterhalt. Du weißt, dass dieses Weib unmöglich ist. Die lässt ihn seine Kinder ganz sicher nicht sehen, bevor er Tribut gezahlt hat. Er hat versucht, vernünftig mit ihr zu reden, aber das wurde wohl … zu anstrengend.«

»Aber ein ganzes *Jahr!* Das ist nicht richtig!«, brüllte Ma und warf den Teig in eine Schüssel.

»Ich weiß, ich weiß. Er hatte eben keine Arbeit. Er konnte den Unterhalt nicht bezahlen und ohne Job konnte er sich auch keinen Anwalt nehmen, um deswegen vor Gericht zu gehen. Den Job jetzt hat er gerade erst bekommen. Aber noch hat er nicht genug verdient, um ihr die Summen zurückzuzahlen, die er ihr schuldet. Er hat Angst, dass sie ihn vielleicht in den Knast bringt. Was würde das den beiden helfen?«

Ma schüttelte den Kopf. »Das ist eine echte Schande. Nichts sollte einen Mann davon abhalten, seine eigenen Kinder zu sehen.«

»Sollte es nicht. Aber Patti kann ihn davon abhalten.«

Ich schlich mich vom Tisch weg und ging schweigend nach oben in mein Zimmer.

»Weißt du … Du hast noch kein Wort über das Spiel gesagt!«

Ich stemmte mich gegen den eisigen Morgenwind und half Ma, ihre Pasteten- und Kuchenbestellungen in den Kofferraum des Autos zu packen, bevor wir zur Kirche fuhren. Aprils Worte gingen mir immer noch im Kopf herum. Monday würde doch nicht lügen, was ihre Lieblingsfarbe anging, oder?

»Doch, habe ich. Ich sagte, es war toll.«

»Ja, aber wie hat es sich denn angefühlt, in einer High School zu sein? Mit so vielen Jugendlichen auf einem Haufen!«

Ich zuckte die Achseln und dachte an die breiten Flure und an Aprils Pulli – meinen Pulli –, der ihr zu eng war.

»Das war okay«, erwiderte ich und stieg in den Wagen.

Ma stieg ebenfalls ein und schnallte sich an.

»Aber … freust du dich jetzt mehr darauf? Kannst du dir vielleicht vorstellen, dort zur Schule zu gehen?«

»Zur Cardozo?«

»Ja! Ich habe gehört, dass es eine richtig gute Schule ist. Miss Walker hat erwähnt, wie gut sie zu dir passen würde!«

Mas Tonfall klang vielsagend. Sie wollte eine Richtung einschlagen, an der ich kein Interesse hatte.

»Aber ich will doch auf die Banneker.«

Sie zuckte die Achseln. »Ja, aber es ist doch gut, wenn man mehrere Optionen hat, nicht wahr?«

Optionen, klar. Aber was waren Mondays Optionen? Spielte das nach dem, was April gesagt hatte, überhaupt noch eine Rolle?

Als wir die Straße hinunterfuhren, bog Ma von der Good Hope Road nach rechts ab statt nach links in Richtung unserer Kirche.

»Wieso fahren wir hier entlang?«

»Weil wir Michael abholen.«

»Was? Wieso das denn?«

Ma nahm den Blick für einen Moment von der Straße, um mich anzusehen. »Seine Mutter ist dieses Wochenende bei einer Tagung für Lehrer«, erklärte sie. »Sie hat mich gefragt, ob wir ihn zum Gottesdienst mitnehmen können. Es ist ja zu kalt, als dass er den ganzen Weg laufen könnte. Ich dachte … das würde dir nichts ausmachen.«

Tja, tut es aber, hätte ich am liebsten geschrien. Michael und ich hatten uns nicht gerade im Guten getrennt. Ach, von wegen, er hat kein Wort mehr mit mir gewechselt, sondern saß den Rest des Spiels über mit verschränkten Armen zusammengesunken auf seinem Platz.

Ma hielt vor Michaels Haus und drückte zweimal auf die Hupe. Michael kam in seinem dicken, grauen Wollmantel, einer Stoffhose und schicken Schuhen heraus. Sein kalter Blick streifte mich, bevor er hinten einstieg.

»Guten Morgen, Michael«, begrüßte Ma ihn herzlich.

»Morgen, Mrs. Coleman«, gab er mit leiser Stimme zurück. »Danke fürs Mitnehmen.«

Ma warf mir einen bedeutsamen Blick zu und ich musste ein Stöhnen unterdrücken.

»Morgen, Michael«, murmelte ich in Richtung Fußraum.

»Morgen«, murmelte er.

Mas Blick huschte zwischen uns hin und her, bevor sie leise in sich hineinlachte. »Na gut, dann los.«

Nach einer kalten Fahrt zur Kirche parkten wir auf dem Hauptparkplatz und Michael sprang praktisch aus dem Auto, um mindestens zwei Schritte Abstand zwischen uns zu gewinnen. Er begrüßte Pastor Duncan an der Eingangstür und rannte hinein. Ma packte mich am Arm, als wir zur Treppe kamen. »Okay, was ist los zwischen euch?«

Ich zuckte die Achseln und balancierte die Schachteln mit den Kuchen in meinen Händen. »Nichts.«

Sie hob eine Braue. »Claudia Mae, lüg' mich bloß nicht an.«

»Wenn du glaubst, dass ich lüge, warum fragst du dann nicht den Goldjungen?«

Ma fuhr herum; es fehlte nicht viel und ihr wäre der Kopf weggewirbelt. »Sag' mal, spinnst du eigentlich mit deiner frechen Klappe? Willst du bis an dein Lebensende Küchendienst von mir bekommen?«

Ich atmete tief durch, um mich zu sammeln.

»Tut mir leid, Ma«, murmelte ich. »Können wir jetzt reingehen? Es ist kalt.«

Ma kniff die Augen zusammen und stürmte dann hinein.

Wir begrüßten den Pastor und lieferten die Kuchen in der Küche ab. Ich setzte mich in die letzte Bank, während Ma es sich in der Kinderbetreuung bequem machte. Sie kümmerte sich gern während des Gottesdienstes um Babys. Sie hatte ein Talent dafür, selbst die Unruhigsten zu beruhigen. Michael ging umher, als wäre das Begrüßen der Gemeinde sein Job. Er schüttelte eine Menge Hände und umarmte die Leute. Alle schienen sich wohlzufühlen in seiner Gegenwart. Offenbar war ich die Einzige, die die Anspannung in seinem Blick oder seine Erschöpfung bemerkte. Er sah aus, als hätte er tagelang nicht geschlafen. Er warf mir quer durch den Raum einen Blick zu und das aufgesetzte Lächeln verschwand. Dann machte er sich rasch auf den Weg hoch zur Empore und nahm dort seinen Posten in der Tonkabine ein, bevor zum Gottesdienst geläutet wurde.

Nach der Messe marschierten wir alle zum Auto zurück. Michael folgte mir und Ma mit einigem Abstand und schlurfenden Schritten, die Hände in den Taschen vergraben.

Ma grinste mich an, als sie die Türen entriegelte. »Michael, hast du Pläne fürs Abendessen?«

Ich legte den Kopf schief und verzog den Mund.

Michael sah erst mich an, dann Ma. »Äh, nein, Ma'am.«

»Na, wieso kommst du dann nicht mit zu uns nach Hause? Ich mache gebratenes Hähnchensteak. Du bist herzlich eingeladen!«

Bei dem Wort ›Steak‹ hellte sein Blick sich merklich auf. »Ja! Ich meine, vielen Dank, gerne.«

»Danke, Michael. Die kannst du in der Küche abstellen«, sagte Ma und hielt ihm die Tür auf.

Michael hatte darauf bestanden, alle Einkäufe allein hineinzutragen. Ich glaube nicht, dass ich jemals zuvor im Leben meine Augen so sehr verdreht hatte.

»Claudia, nimm ihm den Mantel ab und hilf mir dann, das alles einzuräumen«, befahl Ma. »Michael, mach du es dir gemütlich.«

Michael war an der Tür stehen geblieben und sah sich in unserem Wohnzimmer um. Er reichte mir vorsichtig seinen Mantel und starrte auf den Fernseher.

»Warum steht euer Fernseher auf diesen großen Lautsprechern?« Das waren die ersten Worte, die er an diesem Tag direkt an mich richtete.

»Der ist schon seit einer ganzen Weile kaputt. Daddy hatte bloß noch keine Gelegenheit, ihn zu reparieren.«

Michael näherte sich langsam dem Gerät und ging davor in die Knie wie ein Sanitäter, der den Puls eines Verletzten fühlen will.

»Wird er überleben?«, fragte ich mit leisem Lachen.

Er blickte auf und zur Wand, klopfte sie mit den Fingerknöcheln an ein paar Stellen ab und lehnte sich aufmerksam lauschend näher heran. »Weißt du, wo dein Dad sein Werkzeug aufbewahrt?«

Michael machte sich an die Arbeit und verbrachte die nächste Stunde damit, mit Kabeln und Drähten zu hantieren, Löcher zu bohren, abzumessen und Halterungen an der Wand zu befestigen. Ich sah ihm von der Küche aus zu, während ich Ma half, Süßkartoffeln für Kartoffelbrei zu schälen.

Nachdem April mich in dem Klassenzimmer zurückgelassen hatte, war der Blick, mit dem Michael mich bei meiner Rückkehr in die Sporthalle angesehen hatte, so scharf gewesen, dass er damit Kleinholz aus mir hätte machen können.

»Biete ihm mal ein Glas Wasser an«, sagte Ma leise zu mir.

Ich warf einen Blick über die Schulter. »Ihm geht's gut.«

»Claudia Mae, jetzt habe ich aber wirklich genug davon«, zischte Ma. »Biete dem Jungen ein Wasser an. Sofort!«

Ich schnaubte entnervt, lärmte mit allem herum, was ich zu fassen bekam – der Schranktür, dem Becher, der Arbeitsfläche –, und goss ihm ein Glas ein.

»Danke«, sagte Michael, als ich ihm das Getränk reichte, und wischte sich den Schweiß von der Stirn. Er hatte die Ärmel hochgekrempelt und die Krawatte längst abgenommen. Er nahm einen großen Schluck und stieß ein erfrischtes »Aaaah« aus, bevor er sein Handy aus der Tasche zog. »Ich muss Hersteller und Modell dieser Lautsprecher nachschauen. Wie lautet euer WLAN-Passwort?«

»Wir haben kein WLAN.«

Michael zuckte zusammen und schüttelte den Kopf, als hätte er sich verhört.

»Was? Aber … das Modem ist doch da drüben!«

Ich zuckte die Achseln. »Das funktioniert nicht.«

Er seufzte. »Hast du eine Taschenlampe?«

In der folgenden halben Stunde schloss Michael unser Modem neu an und verband es per WLAN mit dem Computer, den er auch gleich neu konfigurierte. Als Daddy zur Tür hereinkam, war er gerade damit fertig geworden, die Lautsprecher wieder zuzuschrauben.

»Oh, hey, Mr. Coleman«, begrüßte Michael ihn mit einer Handbewegung. »Gut, dass Sie da sind. Können Sie mir helfen, den hier hochzuheben? Dafür braucht man mehr als zwei Hände.«

Daddy ließ seine Tasche an der Tür fallen und sah sich erstaunt um, so als wäre er gerade ins falsche Haus gekommen.

»Wer sind Sie?«, blaffte er. »Und was tun Sie mit meinem Werkzeug?«

»Hi, Mr. Coleman. Ich bin Michael«, erwiderte der Angesprochene mit einem Lachen. »Aus der Kirche.«

Daddy blickte zu mir herüber. Ich saß am Rechner. Dann nahm er wieder Michael ins Visier. »Mikey?«

»Er heißt jetzt Michael, Baby«, korrigierte Ma, die herauskam, um ihm einen Kuss zu geben. »Das Essen ist fast fertig. Tu, was der junge Mann sagt.«

Daddy machte ein finsteres Gesicht und folgte ihr in die Küche.

»Was macht dieser Junge denn in meinem Haus? Wieso spielt er mit meinem Fernseher herum?«, wollte Daddy in lautem Flüsterton wissen.

»Psst … Er ist ein Freund unserer Süßen.«

»Ich sagte, sie braucht mehr Freunde. Keinen *Freund.*«

Michael und ich sahen einander an und mein Gesicht wurde unerträglich heiß. Ich betete, dass dieser Tag endlich vorbei wäre.

»Beruhige dich. Er ist ein netter junger Mann.«

»Ein junger *Mann,* du sagst es. Ist er nicht schon auf der High School? Er ist zu alt für sie.«

Ma lachte in sich hinein. »Und du bist zu alt für

mich. Jetzt geh schon und hilf dem Jungen, bevor er sich verletzt, weil er das Ding allein anhebt.«

Daddy machte ein verächtliches Geräusch.

»Gerald! Auch wenn sie sonst nichts von dir hat, deine Sturheit hast du deiner Tochter ganz sicher vererbt.«

Grummelnd marschierte Daddy ins Wohnzimmer zurück. Er hob den Fernseher mit Leichtigkeit hoch und platzierte ihn balancierend auf der Halterung.

»Diese Kiste ist ziemlich cool, Mr. Coleman«, sagte Michael, während er die Schrauben anzog.

»Ja, danke. Den habe ich bei einer Verlosung auf der Arbeit gewonnen. Aber … ich hatte bisher noch keine Gelegenheit, ihn in Gang zu bringen.«

»Mein Coach könnte so einen in seinem Büro gebrauchen, wenn wir die Aufnahmen der Spiele durchgehen. Er hat einen dieser alten Röhrenfernseher, die hinten so tief sind.«

Daddy hob eine Braue. »Du spielst Football?«

»Als Offensive Tackle«, bestätigte Michael mit stolzem Lächeln.

»Soso. Wie schnell sprintest du die 40 Yards?«

»Fünf Komma zwei.«

»Wirklich?«

Und kaum hatte ich mich versehen, redeten Daddy und Michael pausenlos nur noch über Football. Das ging immer weiter, auch während des Essens. Eigentlich nicht verwunderlich, denn die Leute verliebten sich ständig in Michael, ohne dass er sich dafür anstrengen musste. Ma lachte, machte ihm noch eine zweite Portion und warf mir mitfühlende Blicke zu, während ich schmollte.

Ma und Daddy boten sich an, in der Küche aufzuräumen, während Michael und ich im Wohnzimmer Nachtisch aßen. Ich spielte mit dem blättrigen Teig meines Stücks Blaubeerkuchen herum, aber dann ließ ich den Löffel auf den Teller fallen, weil mir die peinliche Stimmung auf den Nerv ging.

»Willst du wirklich einfach immer weiter sauer auf mich sein? Was soll ich denn deiner Meinung nach sagen … Dass es mir leidtut?«

Er machte ein verächtliches Geräusch. »Mensch, deine lahme Entschuldigung kannst du behalten. Das war einfach richtig dämlich, was du da gemacht hast. Einer Schlampe so nachzulaufen.«

»Woher kennst du sie überhaupt? Und woher weißt du, dass sie eine Schlampe ist?«

»Echt jetzt? Du warst doch da, oder nicht? Der Coach sagt immer, man soll die Dinge beim Namen nennen.«

»Trotzdem. Sprich nicht so über sie. Sie ist die Schwester meiner besten Freundin.«

Er zog die Brauen zusammen, als würde ich Japanisch sprechen und er kein einziges Wort verstehen.

»Aber … das bedeutet nicht, dass sie auch deine Freundin ist, Claudia.«

Meine Zunge schien anzuschwellen. Er hatte recht. April war weder meine Freundin noch gehörte sie zur Familie. Ohne Monday war April nicht weit davon entfernt, eine Fremde zu sein – eine gefährliche Fremde.

»Und überhaupt, ich bin nicht sauer auf dich. Ich war nur sauer, dass wir nicht so zusammen abhängen konnten, wie ich mir das gewünscht hatte.«

»Wie du dir das gewünscht hattest? Ich dachte, ich wäre nur irgendein Mädchen, das in dieselbe Kirche geht.«

Michael rutschte auf dem Stuhl hin und her. »Na ja, ich wollte nicht, dass die Leute denken, dass wir … Du weißt schon, es sei denn, du wolltest das. Leute reden immer. Das solltest du doch am besten wissen.«

War es das? Wollte er mich beschützen … vor Gerüchten?

»Hey, worüber unterhaltet ihr euch denn hier drinnen so ganz alleine?«, wollte Daddy wissen, der mit einigen Dosen Rootbeer auftauchte. Ma folgte ihm.

»Wir haben über Ihre Band geredet«, verkündete Michael und zwinkerte mir zu. »Ich möchte zu Ihrem nächsten Auftritt kommen.«

Ich grinste ein bisschen und spielte mit. »Daddy hat einen neuen Song, an dem er gebastelt hat.«

Daddy lachte. »Heute frisch aus dem Studio.«

»Wirklich? Lassen Sie mal hören!«, bat Michael. »Wir können ihn über die Lautsprecher laufen lassen.«

»Na los, Baby«, stimmte Ma mit ein. »Zeig' uns, was du mitgebracht hast.«

Liebe Monday,
gestern Abend hat Daddy uns seinen neuen Song vorgespilt und ich habe Ma ein par Tanzschritte beigebracht. Weil heute Presidents' Day und deswegn frei war, kam Michael vorbei um abzuhängn. Wir haben YouTube Videos geschaut, diese blöden die du auch gern schaust, und gelacht bis wir hoilen mussten. Dann kam Daddy mit Krabbnbeinen und Mais

nah Hause und wir haben die Krabbn gekocht – einfah in unserer Küche! Ma hat sogar den Rürkuchen mit saurer Sane gebacken den du gern ist. Ich glaube du würdes Michael mögen. Ich weis schon was du jetz denkst und NEIN! Ich steh nicht auf ihn. Oder villeich ja doch. Er ist irgenwie süs und echt nett.
Vor kurtzem hab ich April gesehn und sie hat mir par Sachen gesagt … und ich weis auch nicht. April lügt aber du bist nicht da um das aufzuklärn. Sind jetz schon Monate und du bist einfah weg ohne was zu sagen? Was soll das denn?

VORHER

Irgendwann zwischen all diesen Dingen fing ich an, das Lernzentrum zu mögen.

Ich saß ganz hinten im Raum und hörte *Die Bienenhüterin* über Kopfhörer. Die TLC-Nachhilfelehrerinnen gaben mir Bücher auf CD, damit ich mitlesen konnte, so wie früher, als Monday mir vorgelesen hatte. Ich wollte nicht, dass sie das Gefühl bekamen, dass ich für immer dort hingehörte, aber zum ersten Mal seit Monaten fühlte ich mich wieder wie mein altes Ich. Meine Noten waren nicht mehr im Keller, mein Essay für die High-School-Bewerbung war spitze und mein Zulassungsgespräch an der Banneker würde im folgenden Monat stattfinden. Abgesehen von dem ständigen Gefühl, dass ich irgendetwas zu tun vergessen hatte, schwebte ich auf Wolke sieben dahin.

Allerdings nur, bis Miss Valente in den Raum gestürmt kam, als wäre jemand hinter ihr her, und mich auf den Boden der Tatsachen zurückholte.

»Miss E, darf ich mir Claudia mal kurz ausleihen?«, fragte Miss Valente liebenswürdig, während sie mit zitternden Händen ihr Kleid glatt strich. In ihren Augen stand deutlich die Anspannung geschrieben. »Sie … äh … hilft mir bei einem … Projekt, an dem ich arbeite.«

Miss E zuckte die Achseln und klappte ihr Arbeitsheft zu. »Klar, natürlich.«

Miss Valente schenkte mir ein gezwungenes Lächeln und nickte zur Tür. Ich sammelte meine Bücher zusammen und wich den neugierigen Blicken meiner Mitschüler aus.

Sie eilte den Flur entlang und ihre Absätze klapperten hastig über den Boden. Ich folgte ihr und musste fast rennen, um Schritt zu halten. Sie blieb abrupt stehen und blickte sich um, bevor wir ins Lehrerzimmer huschten und sie die Tür hinter uns zuknallte, sie zuhielt, als müsste sie die Welt draußen halten. Sie atmete schnaufend durch die Nase und starrte mich an, während ihr Gesichtsausdruck in tausend verschiedene Emotionen zu zerfallen schien, so als wüsste sie nicht, was sie sagen oder wo sie anfangen sollte.

»Du hattest recht«, begann sie dann und drückte noch einmal gegen die Tür, bevor sie ein paar stolpernde Schritte in Richtung der Küchenecke machte. Ich sah blinzelnd auf die leere Stelle, wo sie gerade noch gestanden hatte.

»Womit?«, flüsterte ich mit versagender Stimme.

Sie spülte einen Kaffeebecher im Becken aus und fuhr mit dem Daumen über den Rand. »Ich bin gestern bei ihr zu Hause vorbeigegangen«, erklärte sie und goss sich einen Kaffee ein. Ihre Hände zitterten immer noch.

Ich rückte näher heran und fühlte mein Herz rasen, als hätte ich gerade vier Stunden am Stück getanzt. »Was ist passiert?«

Sie schüttelte den Kopf. »Diese Frau … Mit der stimmt etwas nicht.«

Wir wechselten einen sekundenlangen Blick und setzten uns dann an einen Tisch am Fenster.

»Sie wollte mich nicht reinlassen. Hat sich geweigert, überhaupt mit mir zu sprechen. Ich konnte nicht richtig nach drinnen sehen … aber da war dieses kleine Mädchen … Das stand hinter ihr in schmutziger Unterwäsche. Und diese Frau hat mir einfach die Tür vor der Nase zugeschlagen.«

Tuesday hatte nach Pisse gerochen, erinnerte ich mich schluckend. »Was haben Sie dann gemacht?«

»Ich habe den Notruf gewählt. Ich habe versucht, die Polizei dazu zu bringen, augenblicklich dorthin zu kommen.«

»Und sind sie gekommen? Haben Sie Monday gesehen?«

Sie schüttelte den Kopf. »Der Sozialdienst hat gesagt, dass ein Beamter hingefahren ist und alle erfasst wurden.«

»Der Beamte hat Monday in ihrem Zuhause gesehen?«

Sie schürzte die Lippen. »Das behaupten die zumindest.«

»Sie glauben ihm nicht?«

»Ich glaube absolut gar nichts mehr von dem, was hier irgendjemand behauptet«, murmelte sie. »Ich habe beim Jugendamt Anzeige erstattet. Es ist mir egal, dass das nicht den Richtlinien entspricht. Jemand muss irgendetwas tun.«

Die Angst schärfte ihre Krallen an den Rippen in meinem Brustkorb und machte sich bereit, sich noch tiefer in mich hineinzugraben.

»Da ist noch eine Sache«, fügte Miss Valente hinzu. »Erinnerst du dich daran, als Monday einige Wochen in der Schule gefehlt hat? Nun … sie war damals nicht krank.«

Mein Körper fühlte sich plötzlich hohl und leer an, als wäre alles darin zu Staub zerfallen.

»O Gott.«

»Vor zwei Jahren«, erzählte Miss Valente in gedämpftem Flüsterton, als würde die gesamte Schule uns belauschen, »wurden Monday, August und ihre Schwestern wegen Vernachlässigung aus ihrem Zuhause geholt.«

»Vernachlässigung? Ist das so was wie Kindesmisshandlung?«

»Vernachlässigung kann sehr vieles bedeuten«, erwiderte sie und nahm noch einen tiefen Schluck aus dem Kaffeebecher. »Aber Mrs. Charles hat ein paar Erziehungskurse absolviert, die das Gericht ihr auferlegt hatte, und bekam so das Sorgerecht zurück. Das Jugendamt sollte ihr dann später einen Kontrollbesuch abstatten, aber ich bin nicht sicher, ob solche Besuche tatsächlich stattgefunden haben.« Sie blickte mich an. »Hat Monday je etwas … erwähnt?«

Ich schüttelte meinen Kopf. »Nee.«

»Gar nichts? Nichts über ihre Mutter? Hatte sie Angst vor ihr?«

Ich zuckte die Achseln. »Ich meine, wer hat denn keine Angst vor seiner Mutter?«

Ihr Mundwinkel verzog sich zu einem ganz schwachen Grinsen.

»Ja, aber mehr als normal ist«, beharrte sie. »Erinnerst du dich vielleicht an einen Moment, in dem sie praktisch starr vor Angst war?«

Mir fiel die Prügelei in der Schule wieder ein. Und die Art und Weise, wie Monday im Büro des Rektors gesessen und gezittert hatte. »Wir müssen sie finden. Sofort.«

»Wir können nicht einfach ins Haus dieser Frau eindringen und ihr die Kinder wegnehmen. Das müssen die Behörden übernehmen.«

Ich hielt mir den Bauch und hatte das Gefühl, dass die Luft im Raum immer drückender wurde, während mir weitere Fragen auf der Zunge lagen.

»Glauben Sie, dass ihr etwas … Schlimmes zugestoßen ist?«

Miss Valente stellte den Kaffeebecher ab.

»Nein. O Himmel, nein, Claudia. Nichts dergleichen! Ich bin sicher, es geht ihr gut. Sie ist … irgendwo, aber wir müssen herausfinden, wo.« Sie nickte ein paarmal. »Aber du musst mir versprechen, Claudia, versprich mir auf jeden Fall, dass du nie wieder auch nur in die Nähe dieses Hauses gehst. Ich weiß auch nicht … irgendetwas an dieser Frau … verursacht mir eine echte Gänsehaut.«

Ich nickte, obwohl ich wusste, dass das ein Versprechen war, das ich nicht vorhatte zu halten.

MÄRZ

Der März war früher mein Lieblingsmonat. Die Frühjahrsferien sind im März. Manchmal fallen auch Karfreitag und Ostern in den März. Und im März habe ich auch Geburtstag.

April hätte im März geboren werden sollen. Stattdessen kam sie ganze zwei Wochen später auf die Welt – ausgerechnet am ersten April und seither hat sie uns immer nur angelogen. Bei ihr weiß man nie, worauf man sich gefasst machen muss. Sie liegt irgendwo zwischen einem bräunlichen Gelb, Bernstein, Karamell und Kupfer mit einem Schimmer Elfenstaub.

Ihre Farbe ist Gold, ihrer Mutter einerseits sehr ähnlich und doch extrem anders.

Andere Menschen schmelzen, biegen und formen sie zu Schmuck, den sie tragen können, wenn sie sich königlich fühlen wollen. Ihre Echtheit, Stärke und reine Schönheit ziehen jeden an.

Aber wenn sie nicht golden ist, wenn ihr Inneres so ausgehöhlt ist, dass nichts mehr übrig ist, kann sie deine Haut grün verfärben.

NACHHER

Adele hat eine eindringliche Stimme. Überirdisch. Sie löst etwas in dir aus.

Statt in der Bücherei Miss Walkers Arbeitsblätter fertig auszufüllen, wie ich es versprochen hatte, starrte ich aus dem Fenster und sah den vorbeifahrenden Autos auf der Good Hope Road zu. Michael hatte mir geholfen, »All I Ask« auf meinen iPod zu laden, und nun hörte ich mir den Song in Dauerschleife an, um so vielleicht seinen Pulsschlag zu finden.

Sie singt für die Person, die sie liebt, und weiß, dass es vorbei ist, fleht aber um einen letzten Augenblick und fragt sich, ob sie jemals wieder jemanden so lieben wird. Am Ende des Stücks zieht das Tempo an und Adele singt verzweifelter und fleht darum, sich an der letzten Erinnerung festhalten zu können, was sie einmal füreinander waren. Ich schloss die Augen und stellte mir die Situation vor. Ich versuchte, jemanden heraufzubeschwören, den ich um einen weiteren Augenblick anflehen würde, aber mir fiel nur Monday ein. Ich liebte sie. Na ja, ich meine, nicht auf diese Weise. Ich liebte sie nicht, wie Frauen einander lieben, es war keine romantische Liebe. Ich liebte sie eher wie eine Seelenverwandte. Wer legt die Regeln fest, die besagen, wem deine Seele gehört oder gehören darf? Aber was, wenn April recht hatte? Was, wenn ich Monday überhaupt nicht kannte? Das würde erklären, warum sie mich einfach so verlassen hatte.

Etwas krachte auf den Tisch und riss mich aus meinen Gedanken. Michael hatte seine Schultasche darauf geworfen. Nun schnaubte er mit verbittertem Gesicht. Ich sammelte meine Arbeitsblätter ein und stopfte sie in meine Tasche. »Was machst *du* denn hier?«

Er verdrehte die Augen. »Du hast mir doch erzählt, dass du nachmittags immer hierherkommst, oder?«

»Schon, aber das war keine Einladung«, feuerte ich zurück und tat genervt.

Michael ließ sich schwer auf seinen Platz sinken und kniff die Nasenwurzel mit den Fingern zusammen. »Hör mal, können wir das heute bitte lassen?« Ich schluckte den Fluch herunter, der mir auf der Zunge lag, und stellte mich blöd.

»Was denn lassen?«

»Das hier«, fauchte er und wedelte mit der Hand zwischen uns hin und her. »Dass du immer so tust, als wäre bei dir alles in bester Ordnung und als wolltest du keine Gesellschaft, obwohl du die *sehr wohl* möchtest, und dass ich so tun muss, als wüsste ich nicht, was mit dir nicht stimmt. Können wir das heute einfach mal lassen … *bitte?*«

Mir blieb der Mund offen stehen, während er ein Geschichtsbuch aus der Tasche riss. »Was ist denn los?«

Er stach ein paarmal mit seinem Stift auf sein Schreibheft ein und seufzte dann. »Mein Dad will dortbleiben. In Dubai.«

»Oh«, reagierte ich achselzuckend, bis mir das ganze Ausmaß seiner Worte bewusst wurde. »Oooooh!«

»Ja. Du sagst es. Allerdings«, murmelte er, »er sagt, das Geld ist einfach zu gut. Und Mom könnte dort auch eine Stelle als Lehrerin finden. Er will, dass ich ihn nächsten Monat besuchen komme, um mir einige Schulen anzuschauen.«

»Wow«, murmelte ich.

»Und das Schlimmste ist … Die spielen dort nicht mal Football!«

Er knallte den Stift hin und seine Beinbewegung brachte den Tisch zum Wackeln. Kein Wunder, dachte ich. Football bedeutete ihm alles! Ich konnte mir nicht vorstellen, irgendwo hinzuziehen, wo ich nie wieder tanzen könnte.

»Na ja, und was willst du jetzt machen?«

»Sieht nicht so aus, als hätte ich eine Wahl. Mom hat für nächste Woche schon ihr erstes telefonisches Bewerbungsgespräch klargemacht.«

Dann fiel es mir plötzlich wie Schuppen von den Augen. Wenn er wegzog, hätte ich niemanden mehr.

»Kannst du denn hier niemanden finden, bei dem du bleiben könntest?«, fragte ich mit wachsender Verzweiflung.

Michael hob eine Braue. »Hierbleiben? Du meinst jemanden, bei dem ich wohnen könnte?«

Ich nickte. »Ja. Auf meiner Schule gibt es einen Jungen, der wohnt bei seiner Tante, bis er den Abschluss hat. Kannst du das nicht vielleicht auch machen? Zu einer Verwandten ziehen, bis du mit der Schule fertig bist? Was ist denn mit deiner Oma?«

»Meiner Oma?« Michael rieb sich über sein Kinn. »Na ja, hm. Ich nehme an, fragen könnte ich sie. Aber was ist dann mit meinen Eltern?«

»Die siehst du doch trotzdem! Die werden dich besuchen kommen und umgekehrt. So werdet ihr alle glücklich sein.«

Michael nickte mehrfach und lächelte dann. »Ja, du hast recht. Ich werde sie fragen. Danke, Claudia. Da brodeln ein paar echt ganz gute Ideen in deinem Köpfchen.«

Ich lachte. »Das habe ich schon mal gehört. Und übrigens hast du dich mit dem Datum vertan.«

»Was?«

»Mit dem Datum«, wiederholte ich lachend. »Du hast das falsche Jahr hingeschrieben.«

Michael warf einen Blick auf sein Heft und schluckte. »Oh! Ja, stimmt, du hast recht. Ich Dummkopf«, stieß er hervor, riss die Seite heraus und zerknüllte sie, bevor er in Richtung meiner Schultasche nickte, aus der immer noch die Arbeitsblätter unordentlich hervorschauten. »Und was übst du gerade?«

Der Schreck machte sich auf meiner Zunge breit und fühlte sich an wie ein dicker Klumpen Bratfett in meinem Hals. »Gar nichts.«

Er lächelte mich wissend an. »Weißt du, wir haben einen in unserer Mannschaft, der … na ja, der ins Lernzentrum an meiner Schule geht. Die haben ihm einen eigenen Nachhilfelehrer zur Seite gestellt und so was. Er schreibt bessere Tests als der Rest von uns.«

»Wie bitte?«

»Diese Arbeitsblätter«, gab er mit einem schuldbewussten Achselzucken zu. »Das Zeug, das meine Oma dir mitgibt. Ich habe gesehen, wie einige Schüler meiner Schule mit den gleichen Blättern lernen.«

Mein Herz machte einen Satz und ich sprang vom Tisch auf. »Hast du … Hast du irgendwem davon erzählt?«

»Was? Nee. Wem soll ich das denn erzählen?«

»Allen! Du kennst doch Gott und die Welt!«

»Claudia, ich schwöre dir, so was würde ich nie machen.«

Mit Tränen in den Augen stopfte ich hastig den Rest meiner Sachen in meine Tasche. Es war zu demütigend, dass er nun mein einziges Geheimnis kannte, obwohl ich mich so angestrengt hatte, dass niemand davon erfuhr.

Samstagnachmittags öffnete Miss Manis das Studio für freie Tanzübungen, damit wir uns auf unsere Auftritte vorbereiten konnten. Samstage sind eigentlich dafür da, mit Jungs und Freundinnen abzuhängen, aber solche tollen Probleme hatte ich nicht.

Ich beugte mich runter und dehnte mich, stellte die Beine weiter auseinander, um die Dehnung bis tief in meine Hüften zu spüren. Ich war froh, allein an diesem einzigen Ort zu sein, wo ich die Dinge unter Kontrolle hatte. An diesem einen Ort, wo die Vergangenheit nicht hinreichte und wo es keine Rolle spielte, ob ich lesen konnte oder nicht. Ein Zufluchtsort vor der Welt da draußen.

Aber du *kannst* ja lesen, sagte eine Stimme in meinem Kopf. Ich glaubte dieser Stimme immer mehr, je häufiger ich mit Miss Walker lernte, ins TLC ging, las und mir Hörbücher anhörte. Was mir Angst machte, waren die anderen … wie Michael … die womöglich dachten, dass ich es nicht konnte. Es war mir wichtig, was er über mich dachte.

Ich verband meinen iPod mit den Lautsprechern und stellte »All I Ask« mit automatischer Wiederholung ein. Den Auftakt liebte ich. Es gibt keine Aufwärmphase – das Stück springt donnernd aus dem Tor hervor.

Der schroffe Beginn half mir dabei, in den Schritt zu kommen. Weil er gewohnter klang. Aber an meinem Tanz war rein gar nichts so elegant, wie es sein sollte. Statt wie Wasser dahinzufließen, bewegte ich mich wie ein schwerer Felsbrocken.

»Du musst lächeln.« Ihre Stimme übertönte die Musik und ich beendete meine Drehung abrupt. Megan lehnte im Türrahmen. Sie trug Leggings und ein Sweatshirt in Übergröße, das eine Schulter frei ließ. Ihre Sporttasche hing an ihrem Arm.

»Deswegen siehst du so steif aus«, erklärte sie mit leisem Lachen. »Du musst atmen und lächeln.«

Erst in dem Moment, als mir jemand sagt, ich soll atmen, fällt mir der stechende Schmerz in meiner Brust auf, der daher kommt, dass ich es nicht tue.

»Und wenn du vielleicht deinen Nacken etwas entspannen und dich mehr in die Drehung fallen lassen würdest. Ungefähr so!«

Sie ließ ihre Tasche fallen, glitt aus ihren Sneakers und galoppierte quer durch den Tanzsaal.

»Schau her und dann probier' du es aus.« Sie stellte sich mit dem Gesicht zum Spiegel, machte einen langen Hals, setzte ihr breitestes Lächeln auf und rollte dann ihre Schultern nach hinten. Gleitend bewegte sie sich durch den Raum und wirbelte mit geschlossenen Augen in eine Reihe von Spitzendrehungen, ließ ihren Nacken der Drehung nachgeben. Die Bewegung war fließend wie Seide.

»Siehst du? Ganz leicht. Versuch es.«

Ich nickte und schüttelte nervös meine Arme und Beine aus.

»Ach, du denkst schon im Vorfeld zu viel darüber nach«, mahnte Megan lachend. »Mach dich locker! Ist ja niemand außer uns hier. Lächeln. Wie eine Schönheitskönigin!«

Ich grinste – zeigte alle meine Zähne und klimperte mit den Wimpern.

»Jap«, sagte sie lachend. »Ganz genau so.«

Wir versuchten die Drehung noch zehn weitere Male und taten dabei alles, um uns gegenseitig zum Lachen zu bringen. Albernes Grinsen und dramatische Gesten. Bis die Drehung mir so natürlich von der Hand ging, dass ich beinahe vergessen hätte, warum wir sie übten.

»Scheiße, wie spät ist es?«, fragte Megan und rannte zu ihrer Tasche hinüber. »Ach, verdammt. Ich muss los!«

Ich spürte einen Anflug von Enttäuschung, als ich ihr dabei zusah, wie sie ihre Sneakers wieder anzog, weil mir klar wurde, dass ich den ganzen Nachmittag gemeinsam mit ihr hätte lachen können. Ich vermisste es, zu lachen.

»Hey, danke für deine Hilfe. Das war … Das hat Spaß gemacht.«

»Spaß? Ha! War doch keine große Sache«, winkte sie ab und band sich die Schuhe, bevor sie den Kopf hob. »Hey, was machst du denn heute Abend?«

Ich zuckte die Achseln. »Gar nichts.«

»Ich gebe eine kleine Übernachtungsparty bei mir zu Hause. Hast du Lust, auch zu kommen?«

»Äh … klar. Ich muss nur zuerst meine Mom fragen.«

»Cool. Hier ist die Einladung.« Sie griff in ihre Tasche und reichte mir ein gefaltetes Blatt Papier, das sie aus einem Hefter gerissen hatte. Um ihre Adresse herum waren Herzen und Sterne gezeichnet.

»Dann bis später!«, rief sie über die Schulter zurück, bevor sie auch schon aus der Tür rannte.

»Das wird sicher ein Riesenspaß«, wiederholte Ma zum tausendsten Mal während der Fahrt zu Megans Haus.

»Deine erste Übernachtungsparty!«

Als ich Ma wegen Megans Party um Erlaubnis gebeten hatte, war sie total aus dem Häuschen gewesen. Sie hatte meinen Schlafanzug gebügelt, meine zinnfarbene Tasche gepackt und sogar eine frische Ladung Kekse mit Schokostückchen gebacken.

Ich wechselte dreimal mein Outfit, bevor wir losfuhren. Das war schließlich nicht einfach nur irgendeine Übernachtung. Es war eine Übernachtungsparty mit High-School-Mädchen. Die waren ganz automatisch viel cooler als ich. Aber Megan hatte mich eingeladen, also musste sie mich für in Ordnung halten.

Richtig?

»Weißt du was, vielleicht könnten wir ja zu deinem Geburtstag auch eine Übernachtungsparty veranstalten«, schlug Ma vor und strahlte bei dem Gedanken. »Dann kannst du deine neuen Freundinnen einladen!«

»Wirklich?«

»Ja. Das wäre doch sicher ein Riesenspaß! Eine Pyjamaparty!«

Ich hatte bisher noch nie eine richtige Geburtstagsparty. So ist das, wenn man nur eine einzige Freundin hat: Die Möglichkeiten sind begrenzt.

»Na ja … Wenn ich eine Party gebe, darf Monday dann auch kommen?«

Ma presste die Lippen zusammen und ihre Augen wurden groß. »Claudia … Darüber sprechen wir später.«

Ich kuschelte mich in meinen Sitz und konnte ein Lächeln nicht unterdrücken. Das wäre der perfekte Test, denn Monday würde es nicht *wagen,* meinen Geburtstag zu verpassen. Sie liebte Geburtstage noch mehr als Weihnachten. Wenn sie den verpasste, dann würde ich nie wieder mit ihr reden.

Ma hielt vor einem Reihenhaus im Nordwesten, nur wenige Blocks vom Kongresszentrum entfernt, und dieselbe Nervosität, wie ich sie auch am ersten Schultag gespürt hatte, kroch mir das Rückgrat hinauf wie eine Ameisenparade.

»Okay! Da sind wir! Versuch einfach, dich zu amüsieren, meine Süße. Genieße den Moment … und vergiss mal alles andere, was dich sonst umtreibt. Versuch, dich mit neuen Leuten anzufreunden, in Ordnung?«

Was sie eigentlich sagen wollte: *Sprich nicht über Monday.*

Ich nickte mit einem schwachen Lächeln.

»Also gut! Und vergiss die Kekse nicht!«

Meine Beine fühlten sich steif an, als ich die Stufen zur Veranda hinaufging. Ich konnte gedämpft die Musik, das Lachen und die Freude von drinnen hören.

»Bleib' im Hier und Jetzt. Lächeln«, flüsterte ich mir selbst zu. Ich atmete tief ein und klingelte. Die Tür wurde aufgerissen. Grelles Licht und dröhnende Bässe schlugen mir entgegen.

Megan stand grinsend in der Tür. »Hey! Du hast es geschafft!«

»Hey«, erwiderte ich mit unsicherer Stimme. Ich hatte ganz vergessen, wie anders sie ohne ihre Tanzkleidung aussah – mit offenen, geglätteten Haaren, in engen Jeans und einem weißen Tanktop.

»Komm rein!«

Ich drehte mich um und winkte Ma noch mal zu. Selbst im Dunkel des Wagens konnte ich ihr strahlendes Lächeln erkennen, als sie zurückwinkte, bevor ich das Haus betrat.

»Was hast du denn da alles?«, wollte Megan leise lachend wissen und zeigte auf die riesige Tupperdose in meinen Händen, das Kissen unter meinem Arm und die Tasche, die schwer über meiner Schulter hing.

»Meine Ma hat uns Kekse gebacken«, erklärte ich und zuckte dann selbst zusammen, als die Worte aus meinem Mund waren. Meine Ma? Wie alt war ich denn, fünf?

»Ach, cool! Pizza ist auch gerade gekommen. Ich hoffe, du magst *Papa John's.*«

Sie nahm mir die Keksdose ab und ich folgte ihr in ein Wohnzimmer mit einem riesigen mokkabraunen L-förmigen Sofa, einem großen Flachbildfernseher, der über dem Kamin hing, und afrikanischen Ölgemälden in Goldrahmen, die an den kobaltblauen Wänden hingen.

»Hey, Leute, Claudias Mom hat uns Kekse gebacken!«

Einige bekannte Gesichter blickten von ihren Plätzen auf dem weichen Teppich hoch.

»Claudia, Shannon und Katherine aus der Tanzschule kennst du ja. Außerhalb vom Tanzen nennen wir Katherine Kit Kat.«

»Hey, Claudia!«, begrüßten sie mich gleichzeitig und

kicherten, während sie in Zeitschriften blätterten und sich mit Salamipizza vollstopften.

»Und das ist Paris. Sie geht mit uns zur Schule.«

Paris saß auf dem Sofa und spielte mit einem iPod herum, der mit einem Lautsprecher verbunden war. Sie hatte kupferbraunes Haar, das gut zu ihrer kokosnussfarbenen, samtigen Haut mit den kleinen Sommersprossen passte.

»Hi«, grüßte ich zurück und versuchte, ebenso enthusiastisch zu klingen. Vielleicht probierten sie gerade Schminke aus, so wie Monday und ich das manchmal gemacht hatten, aber sie sahen irgendwie beinahe zu geschliffen aus – übertrieben erwachsen. Sie alle trugen Jeans und T-Shirts, aber ich fühlte mich in meiner helllila Jogginghose mit passendem Sweatshirt nicht schick genug.

Megan reichte mir zwei Stücke Pizza, während Paris die Musik wechselte und Chris Browns Album laufen ließ, bevor sie uns auf dem Fußboden Gesellschaft leistete.

»Na jedenfalls, wie gesagt, dieser Junge will dir doch bloß an die Wäsche«, sagte Shannon zu Paris.

»Und?«, konterte Paris grinsend. »Und wenn schon? Ich will es doch auch!«

Die Mädchen lachten, während ich an meiner Pizza herumkaute.

»Nee, habt ihr denn nicht gesehen, wie er die ganze Zeit um sie herumscharwenzelt?«, widersprach Kit Kat schmatzend. »Der Typ liebt sie echt.«

Megan verdrehte die Augen. »Tja, ich habe aber schon mitbekommen, wie er ein paar andere Mädels genauso angeschaut hat. Ich sage ja nur, wenn du es tun willst, dann machst du es besser mit … jemand Besonderem. Jemand, bei dem du dich, ich weiß auch nicht, sicher fühlst. Jemand, der nett ist.«

Shannon stieß sie mit ihrer Schulter an. »So wie Kam?«

Megan lächelte kokett. »Ja.«

Paris schüttelte den Kopf. »Aber so fühle ich mich mit Andre!«

Kit Kat stöhnte. »Na schön! Aber du könntest doch wenigstens so tun, als wärst du nicht allzu leicht zu haben. Meine Güte!«

Die Mädchen lachten und ich kicherte mit ihnen, auch wenn ich zu diesem Gespräch nichts beitragen konnte. Meine Erfahrung mit Jungs beschränkte sich auf meine Fantasie und auf das, was Monday mir erzählt hatte. Was nicht viel war.

Es dauerte nicht lange, bis die Mädchen die gesamte Keksdose leer gegessen und alles mit Pepsi runtergespült hatten. Ich versuchte, bei den Unterhaltungen mitzuhalten – über die Jungs, die sie mochten, und die Mädels, die sie nicht mochten –, aber sie redeten alle so schnell, dass ich irgendwann Kopfschmerzen bekam.

»Okay, wer von euch Lästerschwestern will mir die Nägel lackieren?«, fragte Shannon und zog ein paar Fläschchen Nagellack aus ihrer Schultasche.

»Ich!«, quiekte ich.

Shannon verzog das Gesicht. »Ähm … okay.«

Ich schnappte mir eine Zeitschrift vom Couchtisch und rutschte beiseite, um ihr Platz zu machen.

»Äh … Bist du sicher, dass du weißt, was du da tust? Denn meine Nägel müssen nachher gut aussehen für … nachher.«

Shannon und Megan wechselten einen merkwürdigen Blick.

Ich lächelte. »Ich mach das schon. Welche Farbe willst du?«

»Hm … diese hier«, entschied sie und reichte mir ein Fläschchen Mintgrün.

Ich begann mit ihrer rechten Hand, während die anderen jeden einzelnen Pinselstrich genau verfolgten.

Kit Kat räusperte sich grinsend. »Also, Claudia … Ich habe gehört, du bist bei diesem Spiel April Charles nachgerannt oder so was.«

Ich schluckte und hielt meine Hand ganz ruhig. Dann blickte ich Hilfe suchend zu Megan auf, aber die blinzelte bloß. Natürlich. Sie musste gesehen haben, wie ich beinahe zu Tode getrampelt wurde, als ich April folgte.

»Äh … Sie ist die Schwester meiner besten Freundin.«

Man hätte eine Stecknadel fallen hören können, weil sie alle schockiert erstarrten, als könnten sie sich gar nicht vorstellen, dass ich eine beste Freundin hatte. Kit Kat warf Megan einen Blick zu und hob eine Braue.

»Und … ihr beide seid demnach auch dicke Freunde oder wie jetzt?«, wollte Shannon wissen und pustete auf die fertige Hand.

»Nicht … wirklich.« Das war keine Lüge. Wie Michael gesagt hatte, wir waren keine Freundinnen.

»Gut. Denn sie ist eine Schlampe.«

Kit Kat prustete.

»Mensch, mach mal halblang«, meinte Megan lachend.

»Was denn? Ich sage ihr doch nichts, was sie nicht schon gewusst hat. Und wenn sie's nicht gewusst hat, ist es sicher besser, wenn sie das von uns zu hören bekommt! Oder etwa nicht?«

Megan schüttelte seufzend den Kopf. »Was sie sagen will, ist, na ja, wenn du mit ihr gesehen wirst ... dann werden die Leute denken, dass du bist wie sie. Du weißt schon, gleich und gleich gesellt sich gern.«

»Und mit der willst du nichts gemeinsam haben«, murmelte Kit Kat.

Megan schüttelte erneut den Kopf. »Verdammt, Kat.«

»Was denn? Eine Schlampe ist eine Schlampe. Ich werde das doch nicht süß und mit Schleifchen verpacken, damit sie es leichter schluckt!«

»Und wir wissen ja alle, dass du weißt, wie man schluckt«, gackerte Shannon und streckte ihr die Zunge heraus.

Die Mädchen lachten und mir drehte sich fast der Magen um, während die Gedanken wirr durcheinanderwirbelten. War es in Ordnung, mit Mädels abzuhängen, die schlecht über die Schwester meiner besten Freundin redeten? Sollte ich sie nicht eigentlich verteidigen? Ich meine, was würde Monday machen, wenn sie jetzt hier wäre?

Aber sie war nicht da.

Sie war aus unserer Blase herausgetreten, hatte mich im Stich gelassen, als ich sie am meisten gebraucht hätte. Was, wenn Daddy recht hatte? Was, wenn sie ganz einfach nicht mehr meine Freundin sein wollte? Was hätte ich davon, ihre tyrannische Schwester zu verteidigen?

Also stimmte ich mit einem nervösen Lachen in ihr Gelächter ein. Ich tat so, als hätte ich ihren Witz verstanden, nur um dazuzugehören. Ich vermisste es, *irgendwo* dazuzugehören.

Shannon betrachtete ihre Nägel eingehend. »Verdammt, du hast es drauf.«

»Möchtest du noch ein Muster oder so was darauf haben?«, fragte ich.

»Echt jetzt? Aber klar doch!«

Ich holte mein Reiseetui hervor, das ich in das kleine Seitenfach meiner Tasche gesteckt hatte. Wenn Monday bei mir übernachtete, hatte ich ihr immer die Nägel gemacht, also war es mir ganz logisch erschienen, es auch heute Abend mitzubringen. Der Raum verfiel in gespanntes Schweigen, als die Mädchen mir zusahen, wie ich mit dem Nagellackstift goldene Punkte auf jeden zweiten Nagel tupfte.

»Na schön. Fertig!«

»Wow«, machte Shannon ehrfürchtig. »Ey, das sieht voll scharf aus!«

»Wer hat dir denn beigebracht, so die Nägel zu machen?«, wollte Paris wissen, die Shannons Hand ausgiebig bewunderte, während Kit Kat die andere hin und her drehte. »Das ist besser als im Nagelstudio.«

»Habe ich mir selbst beigebracht. Ist ganz leicht, wenn man erst einmal ein bisschen Übung hat.«

»O Mann! Darf ich als Nächste?« Kit Kat sprang auf.

»Und dann ich!«, meldete Megan sich an.

Eine Stunde später quatschten wir immer noch über Jungs, Musik und Klatsch aus der Glitzerwelt. Wir lachten, bis uns die Limo aus der Nase kam, während ich allen die Nägel schön machte – Megan bekam rote mit schwarzen Punkten wie ein Marienkäfer, Kitkat rosafarbene mit silbernen Streifen wie eine Zuckerstange und Paris eine French Manicure aus milchkaffeebrauner Basis und schwarzen Spitzen.

Plötzlich kamen schnelle Schritte die Treppe hinuntergeeilt. Eine Frau in Krankenhausuniform mit einem kurzen, rabenschwarzen Bob, die Megan wie aus dem Gesicht geschnitten war, rauschte durchs Wohnzimmer.

»Ladys, ich muss los. Ich erwarte, dass meine Küche morgen früh sauber ist«, verkündete die Frau, während sie in einer ausladenden Handtasche herumwühlte.

»Ja, Mrs. Forte«, antworteten die Mädchen alle gleichzeitig.

»Und keiner spielt auf meinem …« Jetzt erst bemerkte sie mich und lächelte mich an. »Oh! Und wer ist diese junge Lady?«

»Das ist Claudia aus der Tanzschule.« Megan strahlte und streckte die Hand aus. »Sieh nur! Sie hat mir die Nägel gemacht!«

»Hi, Claudia aus der Tanzschule. Nett, dich kennenzulernen«, sagte sie leise lachend und betrachtete Megans Fingerspitzen. »Sehr schön.«

»Nett, Sie kennenzulernen, Ma'am.«

»Himmel, nenn' mich bloß nicht Ma'am. Dann fühle ich mich so alt.« Sie zwinkerte mir zu und zog sich rasch den Mantel über. »Okay, Meg, dann bis morgen früh.«

»Oh, oh, Mom! Könntest du uns morgen früh Pfannkuchen machen?«

»Bitte!«, bettelten die Mädchen hinter mir.

Sie lachte. »Wenn ich nicht zu müde bin, werde ich sehen, was ich tun kann. Bis später, Ladys.«

»Wo geht denn deine Mom hin?«, flüsterte ich.

»Sie ist Krankenschwester im Howard Hospital. Nachtschicht«, erwiderte Megan und winkte dann zur Tür. »Tschüs, Mom!«

»Tschüs, Mrs. Forte!«, riefen die anderen wie ein glockenheller Chor.

»Viel Spaß euch«, sagte sie und zog die Tür hinter sich zu.

Im Zimmer wurde es kurz totenstill, bevor alle aufsprangen und sich verteilten.

»Okay, Leute, wir haben 15 Minuten«, spornte Megan sie an und klappte die Pizzaschachtel zusammen. Dabei achtete sie darauf, ihre Nägel nicht zu verwischen.

»Wofür denn?«, wollte ich wissen.

Shannon und Paris zogen sich T-Shirts und Jeans aus und standen dann in ihren Spitzen-BHs in Rot und Türkis da, beide im selben Push-up-Stil.

»Ich kann immer noch nicht glauben, dass mir Moms BHs inzwischen passen«, sagte Shannon zu Paris und umfasste ihre Brüste. »Verrückt, oder?«

Ich drehte mich um, damit ich sie nicht anstarren musste. Kit Kat zog sich ein weißes, bauchfreies Top an. Ihr Bauchnabel war gepierct. Ein silberner Ring ging hindurch und daran hing ein diamantbesetzter Stern.

»Hab' ich dir doch gesagt«, meinte Paris, während sie in ein tief ausgeschnittenes schwarzes Kleid schlüpfte. »Aber diese Standard-BHs von *Victoria's Secret* sind so teuer. Darum kaufe ich immer nur die aus der

Pink-Serie. O Mist! Meg, kann ich mir deinen Lippenstift ausborgen? Ich habe meinen vergessen.«

»Ja, du weißt ja, wo er ist«, erwiderte Megan, die nun ein enges burgunderrot gestreiftes Kleid ohne Ärmel anzog. Sie schob ihre Brüste nach oben, sodass sie sich bis zum Ausschnitt wölbten.

»Und bring' das Glätteisen mit«, rief Kit Kat und grinste mir zu. »Ich will ihr die Haare machen.«

»Was … ist denn hier los?«, wollte ich wissen.

Megan lächelte. »Wir wollten es dir vorher nicht sagen, weil … wir erst sichergehen wollten, ob du cool bist.«

»Kit Kat hat dir etwas zum Anziehen mitgebracht, das du dir ausleihen kannst, denn ihr habt ja ungefähr die gleiche Größe«, fügte Paris hinzu.

Kit Kat wühlte in ihrer Schultasche und reichte mir einen Rock und ein schwarzes Oberteil. »Die sollten passen.«

»Ich habe das Glätteisen«, verkündete Paris, die wieder die Treppe heruntergerannt kam. Ihre vollen Lippen leuchteten jetzt in rosigem Pink.

»Beeil' dich, wir haben nur noch zehn Minuten, bevor das Taxi hier ist.«

»Wo gehen wir denn hin?«

Megan pflanzte sich mit breitem Grinsen vor mich hin und holte ihr Schminktäschchen hervor.

»Na, auf eine Party.«

Eine kühle Brise traf meinen nackten Bauch, als ich aus dem Taxi stieg, das vor einem zweistöckigen, hellen Ziegelhaus in Hyattsville in Maryland angehalten hatte, nicht weit von der PG County Mall entfernt. Ich hatte die Strecke während der Fahrt wiedererkannt. Daddy würde mich umbringen, wenn er wüsste, dass ich mich so weit außerhalb herumtrieb, ohne ihn.

Besonders in *diesem* Aufzug.

Das bauchfreie Top, das Kit Kat mir geliehen hatte, hätte genauso gut ein BH sein können und der Rock saß so knapp, dass ich mich nur leicht hätte vorbeugen müssen, dann wären meine Arschbacken zu sehen gewesen. Ich bettelte die anderen an, meine Jeansjacke anlassen zu dürfen, damit ich Taschen hatte, um mein Geld und meinen Lipgloss aufzubewahren, aber in Wahrheit wollte ich mich bloß nicht ganz so nackt fühlen.

Wir folgten dem dumpfen Rhythmus der Musik, ich im Windschatten einer grinsenden Megan, um das Haus herum zum Hintereingang. Paris, Kit Kat und Shannon stolzierten wie Supermodels einher, mit makellosen Haaren, Outfits und Gesichtern. Ich stakste in Megans Stiefeln mit dem hohen Absatz über den betonierten Weg wie ein Clown auf Stelzen.

Die Musik wurde lauter, als wir auf eine Tür unter der hinteren Veranda zugingen. Ein Typ stand mit erhobenen Brauen davor. Megan flüsterte ihm ein paar Worte ins Ohr, während er uns alle von Kopf bis Fuß musterte und sein Blick schließlich auf mich fiel. Wahrscheinlich durchschaute er das fleckige Make-up, die angeklebten Wimpern und den rubinroten Lippenstift und wusste ganz genau, dass ich hier nicht hergehörte. Ich verfiel in Panik, holte rasch meinen Taschenspiegel hervor, um sicherzugehen, dass meine Haare richtig saßen, und schenkte ihm ein kurzes Lächeln. Er nickte

Megan zu und ließ uns dann herein. Wir klapperten die steile Treppe hinunter und betraten einen verrauchten, niedrigen Keller, in dem sich ganz viele Jugendliche wie wir drängten. Na ja, nicht wie ich, sondern alle im High-School-Alter. Sie standen nah beieinander in Grüppchen zusammen, tranken, lachten, rieben beim Tanzen die Becken aneinander. Aber der Raum hielt inne, als wir hinzukamen, als würden sich alle Augen auf die eine Außenseiterin in der Runde richten: mich.

Ein großer Junge mit brauner Haut und einigen Sommersprossen auf den Wangen steuerte durch die Menge in unsere Richtung, die ausdruckslosen Augen auf uns gerichtet. *Er wird mich rauswerfen,* dachte ich und machte einen unsicheren Schritt auf die Tür zu.

»Hey, Baby«, sagte er dann zu Paris, schlang die Arme um ihre Taille und zog sie in eine enge Umarmung. Sie küssten sich. Und ich meine keinen einfachen Kuss, ich meine, die beiden küssten sich, als ob sie ineinander ertrinken wollten. Ich hielt den Blick gesenkt, um sie nicht anzustarren. Megan grinste und stieß mich mit der Schulter an.

»Tut mir leid, dass ich so spät bin«, hauchte Paris.

»Passt schon. Ich habe dich heute vermisst.«

Paris blickte zu ihm auf. »Ich habe dich auch vermisst.«

Kit Kat tat so, als müsste sie sich übergeben. »Kommt, Leute, holen wir uns was zu trinken.«

Wir bahnten uns einen Weg durch den brechend vollen Keller, während uns alle anstarrten. Ich konzentrierte mich darauf, mein Gleichgewicht zu halten, während mir eine Million Fragen durch den Kopf rasten: Wer sind all diese Jugendlichen? Wessen Haus ist das hier? Wissen deren Eltern, dass sie sich so anziehen? Und kennt hier irgendjemand meine Eltern und wird mich verpetzen?

Auf dem Tisch in der Ecke standen reihenweise halb leere Flaschen mit braunen alkoholischen Getränken, ein Beutel schmelzendes Eis und ein Stapel roter Plastikbecher. Kit Kat und Megan machten sich daran, Drinks zu mixen.

»Was ist das?«, wollte ich wissen, als Megan mir einen Becher in die Hand drückte.

»Der ist gut. Probier' einfach mal!«

Kit Kat machte ein verächtliches Geräusch. »Sei nicht so ein Baby.«

»Ich bin kein Baby«, fauchte ich mit kaltem Blick.

»Ach ja? Dann beweise es«, fauchte sie zurück und schnippte mit dem Finger gegen meinen Becher.

Bleib' im Hier und Jetzt, Claudia.

Ich leckte mir die Lippen, schloss die Augen und nahm einen großen Schluck. Der lauwarme Alkohol floss mir die Kehle hinab wie tausend Messer und ich unterdrückte ein Husten.

»Siehst du, ich hab' dir doch gesagt, sie ist in Ordnung«, meinte Megan und schubste Kit Kat leicht an. »Sie ist zu hübsch, um verklemmt zu sein.«

Kit Kat lachte. »Jaja.«

Sie kicherten, so wie Monday und ich immer gekichert hatten, und das brachte mich dazu, noch mehr trinken zu wollen, um die Erinnerungen auszulöschen.

»Was zur Hölle machst du denn hier?«

Ich zuckte zusammen und spuckte den letzten Schluck vor Schreck aus. Sein rauer Tonfall hätte die gesamte Party zum Stillstand bringen können. Michael stand hinter mir, so nah, dass ich zurücktreten musste, um zu ihm hochzusehen. Seine Augen wurden groß, als er auf meinen nackten Bauch hinabstarrte. Was tat er denn überhaupt hier? Das war doch gar nicht seine Clique.

»Ähm … Ich …«

»Wir haben sie mitgebracht«, ging Megan dazwischen und hakte mich unter.

Michael hielt seinen Becher mit viel zu festem Griff. »Megan, du bist verrückt, sie hierherzubringen«, kochte er. »Du weißt doch, dass sie noch nicht bereit ist für all das hier!«

»Und sie wird nie dafür bereit sein, wenn ihr sie weiterhin alle wie ein Baby behandelt«, konterte Megan aufgebracht. »Wie lange wollt ihr sie denn noch im Dunkeln tappen lassen?«

Er verdrehte die Augen und wandte sich wieder mir zu. »Weiß deine Mom, dass du hier bist?«

Shannon hob eine Braue und flüsterte Megan und Kit Kat ein stummes »O Shit« zu. Michael war nur ein Jahr älter als ich, aber ich fühlte mich, als hätte Daddy mich auf frischer Tat ertappt. Wie konnte er es wagen, mich so vor allen Leuten bloßzustellen?!

»Weiß denn *deine* Mom, dass du hier bist? Oder dein Dad, wo auch immer der ist?«, fauchte ich. »Ich meine, verdammt noch mal! Wieso steckst du deine Nase dauernd in meinen Kram?«

Michael klappte die Kinnlade herunter, als hätte ich ihm einen Schlag gegen die Kehle verpasst. Er schüttelte den Kopf und stürmte dann davon, zu einigen seiner Freunde, die beim DJ abhingen. Das schlechte Gewissen ließ nicht lange auf sich warten. Vielleicht war ich zu weit gegangen.

Megan schmunzelte, als könnte sie meine Gedanken lesen. »Der beruhigt sich schon wieder. Komm schon, lass uns da drüben hinsetzen.«

Wir setzten uns auf ein müffelndes, graues Sofa unter der Kellertreppe, neben Paris, Andre und seine Kumpels. Die Party war in vollem Gange, die Leute lachten und tanzten und mir wurde siedend heiß bewusst, dass ich auf einer High-School-Party war! Wie konnte ich Monday davon erzählen? Von meinen Haaren, meinem Make-up und dem ekligen braunen Getränk, das meinen gesamten Körper zum Kribbeln brachte.

Michael blieb in seiner Ecke, aber sein Blick huschte alle 30 Sekunden in meine Richtung. Ich hätte nicht so gemein zu ihm sein sollen. Seinen Dad ins Spiel zu bringen war ein Schlag unter die Gürtellinie gewesen. Aber ich brauchte keinen Babysitter.

»Er macht sich voll die Sorgen um dich«, flüsterte Megan. »Er steht auf dich.«

»Nee, wir sind bloß aus der Kirche befreundet«, wehrte ich lachend ab und spielte es herunter. Auf dieselbe Art, wie er mich ständig vor anderen herunterspielte. »Er denkt, er ist mein großer Bruder oder so was.«

Sie verdrehte die Augen. »Na ja, so geht er jedenfalls nicht mit anderen Mädchen in der Schule um. Und die sind alle hinter ihm her.«

Ich warf einen verstohlenen Blick in seine Ecke. *Andere Mädchen?*

»Was … Wie meinst du das?«

»Ich meine, dass die Mädels versuchen, etwas mit ihm anzufangen. Aber er beachtet sie gar nicht. Nicht so wie dich.« Sie nahm einen weiteren gierigen Schluck. »Wenn du auf die High School gehst, werden alle Jungs was von dir wollen.«

Mein Herz flatterte wie die Flügel einer Biene. »Glaubst du wirklich?«

»Ja, weil du echt richtig hübsch bist. Deswegen versucht er wahrscheinlich auch, dich jetzt schon abzugreifen.«

Der DJ drehte die Musik noch etwas lauter. Die Menge ließ ein kollektives »Ooooh …« hören. Alle kamen jetzt richtig in Stimmung. Diejenigen, die weiter außen herumstanden, sammelten sich in der Mitte des Kellers.

»Na los, Leute, kommt schon«, rief Megan und zog uns von der Couch.

Zuerst machte jeder sein eigenes Ding, aber dann sprang ein Typ in die Mitte und machte Tanzschritte, die Monday und ich schon vor Monaten perfektioniert hatten.

»Das kann ich auch«, lachte ich, denn der Alkohol brachte mich dazu, Dinge zu sagen, die ich sonst für mich behalten hätte.

»Ja, Alte, worauf wartest du dann noch?«, rief Kit Kat und stieß mich in die Mitte.

»Nein! Ich …«

Durch ihren heftigen Schubs stieß ich mit dem Jungen zusammen. Er grinste und ruckte mit seinem Kopf ganz nah an mich heran und ich lachte. *Er denkt wirklich, er hätte es drauf,* dachte ich. *Dem zeige ich jetzt mal, wie das geht!*

Dank des Alkohols fühlte ich mich irgendwie leichter, als wäre mir eine Last von den Schultern genommen worden. Also fing ich an zu tanzen. Und ich meine, ich ging in die Vollen, jeder Schritt saß perfekt. Der Junge und ich lieferten uns einen Battle, die anderen feuerten uns an.

»Na los, Claudia!«, schrie Megan über die Musik hinweg. Und im Handumdrehen war ich wieder in meinem eigenen Wohnzimmer, in meiner Blase mit Monday, wo ich mich lebendig fühlte. Als Nächstes legte der DJ ein Go-go-Stück auf und alle machten bei den Moves in der Mitte mit. Der Song endete, alle jubelten und klatschten einander ab. Megan fiel mir um den Hals und lachte wie verrückt, während wir weitertanzten.

Und so glücklich ich auch war, ich musste unwillkürlich daran denken, dass Monday schon immer Teil dieser Szene hatte sein wollen. Sie wollte genau dieses Leben führen. Und nun war ich hier und erlebte es ohne sie.

»Verdammt, du bist so sexy, wenn du tanzt«, sagte eine tiefe Stimme hinter uns.

Megan straffte ihren Rücken und wirbelte dann herum. »O mein Gott! Du bist da!«

Kam grinste und sie warf sich ihm in die Arme.

»Ich dachte, du würdest es nicht schaffen«, sagte Megan mit verschwitztem, gerötetem Gesicht.

Sie begannen, sich zu küssen und sich langsam hin und her zu wiegen. Ich kam mir dumm vor, dazustehen und zuzusehen, aber ich wusste nicht, wo ich sonst hingehen sollte. Die Mädchen waren wieder auf dem Sofa mit ihren Jungs und küssten sie. Ich meine, die machten richtig rum, mit Zungenküssen, Händen unter Tops, die die geliehenen BHs ihrer Mütter berührten. Also blieb ich lieber auf der Tanzfläche bei Megan und Kam.

Ich tanzte einfach weiter und verlor mich in der Musik, bis sich ein Junge von hinten an mich herandrängte und meine Taille umfasste. Ich erstarrte und sah Megan Hilfe suchend an. Sie nickte und formte lautlos die Worte: »Es ist okay.«

Schon okay, so was machen Mädchen auf Partys, redete ich mir gut zu und tanzte weiter – mit einem Jungen, den ich nicht sehen konnte, während der Alkohol dafür sorgte, dass meine Taille schneller kreiste. Der Junge zog mich noch näher an sich heran und seine Brust strahlte eine pulsierende Hitze ab. Und das fühlte sich … na ja … gut an. So als könnte ich den ganzen Abend so mit ihm weitertanzen. Mein Herz raste und ich fragte mich, ob es Michael war, der sich so an mir rieb, mich so anfasste. Jetzt war ich wohl nicht mehr bloß irgendein Mädchen aus der Kirche!

Ich warf einen Blick in die Ecke und sah Michael mit einem Mädchen reden, das lange, golden geflochtene Zöpfe trug. Sie anlächelte. War es ihm gleichgültig, dass irgendein Kerl sich an meinem Hintern rieb und mir schwer ins Ohr atmete?

»Verdammt, ich wusste nicht, dass du *das* alles draufhast«, flüsterte der Typ mir über meine Schulter zu und mein Körper kam mit einem Ruck aus dem Takt, bevor ich mich hastig aus seinem Griff wand.

Jacob.

»Was geht?«, fragte er mit einem Schmunzeln und wollte wieder nach meiner Taille greifen. Ich stieß ihn angewidert weg. Wie hatte ich nur zulassen können, dass er mich auf diese Weise betatschte? Wie konnte ich Monday so verraten? Mir drehte sich der Magen um und ich rannte nach hinten, schlug mir die Hände vor den Mund. Ich musste dringend ein Badezimmer finden.

»Claudia, warte, bleib' stehen«, rief er und lief mir nach. »Wir müssen reden.«

»Wir haben gar nichts zu bereden. Du hast meine Freundin verarscht!«

Er ließ den Blick durch den Raum schweifen, um zu sehen, ob mich jemand gehört hatte. Aber die Party war schließlich in vollem Gang, also achtete niemand auf uns. Er fasste mich sacht am Arm und zog mich in Richtung eines Zimmers weiter hinten, dessen Tür offen stand.

»Komm mal für eine Sekunde mit hier rüber, ich muss dir die Wahrheit erzählen.«

Ich entriss ihm meinen Arm und schwankte, weil der Alkohol mich so furchtbar leicht machte.

»Glaubst du, ich bin blöde? Mit dir gehe ich nirgendwohin, damit du dich dann nachher umdrehen und allen erzählen kannst, dass wir irgendwas gemacht haben! Mit dir Assi würde ich sowieso niemals irgendwas machen.«

Jacob schnaubte und stützte sich mit einer Hand an der Flurwand ab, sodass ich nicht an ihm vorbeigehen konnte. »Was machst du denn überhaupt hier?«

»Mit meinen Freundinnen abhängen!«

»Du meinst Megan und die anderen? Echt jetzt?«

»Wieso sagst du das so erstaunt?«, blaffte ich ihn an.

»Einfach so, gibt keinen Grund. Mein Bruder ist total in sie verschossen, also schätze ich mal, dass sie in Ordnung ist.«

Ich spähte über seine Schulter und hielt nach Megan Ausschau, die mit Kam tanzte. Die beiden himmelten einander völlig versunken an.

»Dein Bruder? Kam ist dein Bruder?«

Er lachte leise. »Ja. Wir haben unterschiedliche Väter, aber wir sind trotzdem Brüder.«

Kein Wunder. Er war mir gleich so bekannt vorgekommen. »Aber … Kam ist ein netter Typ! Und du bist …«

Sein Gesicht spannte sich an. »Ach Mann, mir doch egal.«

Ich schluckte. »Du hast eben etwas davon gesagt, dass du mir die Wahrheit erzählen willst. Was hast du damit gemeint?«

Jacob verdrehte die Augen. »Na schön, hör zu. Monday und ich … Wir *haben* etwas miteinander getan.« Er atmete tief ein. »Sie … hat meinen Schwanz gelutscht. Ich wollte echt eigentlich nicht, dass das passiert, aber es ist halt … irgendwie passiert.«

»Iih, das ist eklig! Du lügst doch!«

»Ich schwöre bei meiner Mutter, sie hat es getan! Sie sagte immer wieder, dass sie mit mir zusammen sein will, kam dauernd bei mir zu Hause vorbei und so was … Meine Mom meinte, sie sei zu freizügig.«

Dieses Wort stach mir wie ein Dorn entgegen und drohte meine Blase platzen zu lassen. Auf keinen Fall. Monday würde so was niemals tun. Oder?

»Und dann läufst du herum und erzählst allen, dass wir lesbisch sind?!«

Er seufzte und stopfte die Hände in die Hosentaschen. »Mein Bruder meinte, dass das eine miese Nummer gewesen ist, was ich über euch gesagt habe, also bin ich bei ihr zu Hause vorbeigegangen, weil ich mich entschuldigen wollte. Aber ihre Mom ist total ausgerastet und hat mich den ganzen Block hinuntergejagt! Ich schätze, inzwischen weiß ich auch, warum.«

»Moment, du warst bei ihr zu Hause? Wann denn?«

»Du weißt schon, gleich nachdem das Schuljahr vorbei war. Ich dachte, ich würde sie bei einem der Ligaspiele auf dem Platz sehen oder vielleicht im Freizeitzentrum, weil sie doch Schwimmunterricht nahm, aber ich habe sie den ganzen Sommer über nicht gesehen.« Sein Blick ging einen Moment lang in die Ferne, als würde er sich erinnern. »Dann fing das neue Schuljahr an und … sie war weg.«

Mein benebeltes Hirn versuchte all das zu erfassen, was er mir da vor die Füße warf, aber die Fakten entglitten mir. *Freizeitzentrum? Schwimmen?*

»Sie hing aber doch nie im Freizeitzentrum herum«, murmelte ich.

Er verzog das Gesicht. »Machst du Witze? Sie war fast jeden Tag da.«

Er lügt, dachte ich. Aber es war schwer, den kindlichen Blick zu ignorieren, der in seine Augen trat, wenn er über sie sprach.

»Mann, ich denke immer wieder daran, was passiert ist … Andauernd, weißt du?« Er seufzte und schüttelte den Kopf. »Du vermisst sie, oder?«

Ich schwankte wie ein Baum im Wind, mein Körper wurde ganz leicht.

»Hey, Claudia, alles in Ordnung?«, fragte Jacob und packte mich am Arm, damit ich nicht hinfiel.

»Was geht hier vor?« Michael stand hinter mir wie ein riesiger Schatten. Seine Stimme dröhnte laut. Jacob musste den Kopf in den Nacken legen, um ihm in die Augen zu sehen.

»Nichts«, murmelte Jacob und ließ mich wieder los. »Wir haben nur geredet.«

Michael musterte ihn abschätzig. Er ließ die Fingerknochen gegen seine Seite knacken und legte mir dann eine Hand auf die Schulter. »Komm mit. Du musst jetzt mal einen Becher Wasser trinken.«

Ich nickte, nur allzu bereit, vor Jacob und den Gedankengängen wegzulaufen, die dafür sorgten, dass mir der Kopf schwirrte. Als wir weggingen, brüllte ich über meine Schulter hinweg: »Und denk' nicht mal daran, irgendwelchen Leuten zu erzählen, dass wir auf dieser Party miteinander getanzt haben!«

Jacob verdrehte die Augen. »Jaja, schon klar.«

Michael hob eine Braue und führte mich aus dem Flur zurück in den Hauptraum und zur behelfsmäßigen Bar. Ich hatte die Kühlbox mit den Wasserflaschen und Softdrinks unter dem Tisch vorher gar nicht bemerkt. Er reichte mir ein Wasser und schnappte sich selbst eine Cola. Wir lehnten an der Wand in der Nähe des DJs, wo wir niemandem im Weg waren.

»Also. Du hängst jetzt mit diesen Mädels rum?«, wollte er in hartem Tonfall wissen.

»Wieso überrascht euch das alle so? Ich meine, verdammt noch mal! Du bist so sehr damit beschäftigt, dich um mich zu sorgen, aber wieso bist *du* denn überhaupt hier?«

Er wand sich. »Kollegen aus der Mannschaft sind hergekommen. Ich konnte schlecht Nein sagen.«

»Nun, bei mir waren es Kollegen aus der Tanzmannschaft und ich konnte schlecht Nein sagen!«

Er schmunzelte. »Tanzmannschaft ist aber kein richtiges Wort.«

Ich erwiderte sein Lächeln und lehnte mich gegen seinen Arm, weil mir das Gleichgewicht fehlte.

»Claudia … Wegen letztens, als du …« Er ließ den Blick durch den Raum schweifen. »Na ja, du weißt schon. Ich wollte doch nur, dass du dich besser fühlst. Ich wollte nicht, dass du dich … anders fühlst. Du bist doch wie alle anderen.«

Ich starrte in seine schokoladenbraunen Augen und versank in seinem lieblichen Blick, aber dann wurde ich von einer seltsamen Stille abgelenkt, die sich plötzlich über den Keller legte. Alle glotzten in Richtung Tür, durch die eine ganze Gang von Typen hereinkam, die Augen gesenkt. Eine Rauchwolke hing über ihren Köpfen. Die Stimmung im Raum kippte, selbst die Musik wurde leiser und stattdessen wurde überall laut geflüstert. Und direkt hinter den Typen kam April herein. Zum ersten Mal trugen wir ähnliche Klamotten – bauchfreies Top, Rock, Stiefel und riesige goldene Creolen. Die Haare trug sie zu einem hohen, krausen Dutt, die Lippen waren dunkelrosa und glänzten. Selbst auf einer Party wirkte sie in diesem Aufzug fehl am Platz. Megan flüsterte etwas in Kams Ohr und warf mir einen Blick zu.

Die Typen machten sich auf den Weg zu den Drinks und alle gingen ihnen aus dem Weg. April folgte ihnen mit trotzigem Blick und verhielt sich ganz so, als würde sie nicht von allen im Raum angestarrt werden.

Jacob rückte näher an mich heran. »Was ist denn los?«

»Ich weiß es nicht«, brummte ich und verdrehte die Augen. Wieso musste er sich jetzt eigentlich schon wieder ausgerechnet zu mir stellen?

Die Typen zündeten sich Joints an und gingen den anderen Gästen auf den Geist. Niemand hatte mehr Lust zu tanzen.

»Wie zum Henker bekommen wir diese Assis hier wieder raus?«, flüsterte jemand hinter uns.

»Kumpel, wir gehen nirgendwohin!«, tönte einer der Kerle und der Raum erstarrte erneut.

»Wir sollten gehen«, flüsterte Michael und rückte näher. »Bevor das hier ungemütlich wird.«

April zappelte herum, wippte unruhig auf und ab wie eine tickende Zeitbombe.

»Vögelt sie mit allen von denen?«, wisperte ein Mädchen, aber sie war laut genug, dass April sie hören konnte.

»Weiß ich doch nicht«, wisperte eine andere zurück. »Du weißt doch, wie diese zurückgebliebenen Tussis aus dem Ed Borough drauf sind.«

April schien äußerlich gelassen, aber ihr Blick huschte wild umher, suchte nach einem Fluchtweg. Verzweifelt zog sie an der Jacke des einen Typen und murmelte ihm etwas zu. Er schüttelte den Kopf und winkte verächtlich ab. Sie tippte ihn erneut an, diesmal entschlossener.

»Ey, Alter, ich habe gesagt, jetzt nicht!«, fauchte er sie an und wieder erstarrten alle.

April taumelte zurück, als hätte ihr jemand ins Gesicht geschossen, und stieß gegen ein Mädchen, das hinter ihr stand. Und in diesem Augenblick entdeckte sie mich an der Wand – und dann neben mir Jacob. Ihr Blick huschte zwischen uns hin und her. Mein Herz rutschte mir in die Hose.

»O Scheiße«, hauchte ich.

Sie kniff die Augen zusammen und hetzte zur Tür.

Sie würde Monday erzählen, dass ich ohne sie auf eine Party gegangen war. Mit Jacob! Und dann würde Monday nie wieder mit mir reden! Ich musste sie aufhalten.

Ich huschte um Michael herum und eilte zwischen den verschwitzten Körpern hindurch, rannte die Stufen hinauf und stieß die Tür nach draußen auf.

»April!«, schrie ich, während die kalte Luft mir auf der feuchten Haut brannte. Ich stolperte den Pfad entlang. »April, warte!«

April blieb mitten im Lauf stehen und ließ die Schultern hängen, bevor sie sich zu mir umdrehte. »Ja, was ist?«

Allein hier draußen konnte ich sie mit meinen verschleierten Augen im Dunkeln kaum erkennen.

»April! Bitte sag' Monday nichts«, flehte ich lallend. »Ich wusste nichts … von alldem.«

April zog die Brauen zusammen, als hätte sie nicht den geringsten Schimmer, worüber ich redete, aber dann verdrehte sie die Augen. »Ja, na schön. Werde ich nicht«, murmelte sie.

»Nee, ehrlich jetzt, April. Bitte!«

»Ich habe doch gesagt, dass ich nichts sage, also sage ich auch nichts. Scheiße!«

Ich versuchte, mir die Arme warm zu reiben. Es war dumm gewesen, ohne Jacke nach draußen zu rennen.

»Und … glaubst du, dass sie zu meiner Geburtstagsparty kommen kann?«

April machte ein finsteres Gesicht und fauchte dann: »Wie bitte?!«

»Ich gebe eine Geburtstagsparty und ich möchte, dass sie kommt. Daddy kann sie bei ihrem Vater … oder bei ihrer Tante abholen und dann kann sie bei mir übernachten und danach wieder zurückgehen oder so was.«

April trat näher an mich heran. Ihre glasigen Augen wirkten beinahe fasziniert, so als wollte sie in meinen Kopf hineinschauen. Dann lachte sie. Es war kein fröhliches Lachen, eher ein unheilvolles.

»O mein Gott! Meinst du das ernst? Ich fasse es nicht, dass wir das immer noch machen.« Sie atmete dampfende Luft aus und schüttelte den Kopf. »Claudia, Monday wird nicht kommen.«

Ihr Tonfall hätte mir signalisieren sollen, dass dies das Ende unseres Gesprächs war, aber ich wollte nicht aufgeben.

»Bitte, es ist doch nur für …«

»Sie kommt nicht! Hast du das nicht verstanden?«

Ich schluckte den Rest meiner Bitten hinunter und erstickte fast daran.

»Du hast verdammt noch mal Nerven«, spie sie mir entgegen. Ihre Verbitterung war überdeutlich. »Du wolltest nicht, dass sie ohne dich irgendwohin gegangen ist oder irgendwas gemacht hat. Du wolltest euch einfach immer bei dir zu Hause zusammen einsperren. Und jetzt sieh dich an! Auf einer Party, am Saufen und all das. Und quatschst darüber, dass du selbst eine Party schmeißen willst, während du sie immer nur zurückgehalten hast. Bei allem!«

Mit einem Mal fühlte sich meine Blase an wie ein Gewächshaus. Die Luft war klebrig und drückend. Sie hatte recht. Ich hatte Monday festgehalten wie ein Spielzeug, das ich nicht teilen wollte. Ich brauchte sie viel mehr, als sie mich jemals gebraucht hatte.

»Ich … weiß«, gab ich zu und rang die Hände. »Und es tut mir leid. Aber kann ich denn nicht einfach mit ihr reden und ihr das sagen?«

April schüttelte den Kopf. »Monday kommt nicht zurück. Sie kommt nie mehr zurück!«

»Aber warum denn?«, wollte ich sie anschreien. Ich musste einfach wissen, warum meine allerbeste Freundin auf der ganzen Welt nichts mehr mit mir zu tun haben wollte. Die Tränen ließen mich tief im Hals schluchzen, aber ich hielt sie zurück. Ich weigerte mich, aufzugeben.

»Mein Daddy hat mit deinem Daddy gesprochen«, platzte ich heraus.

April schluckte und spannte den Kiefer an. »Ja. Und?«

»Na ja … Er hat euch seit einem Jahr nicht gesehen.«

Sie lachte wieder dieses böse Lachen. »Drei Jahre. Ich habe ihn seit drei Jahren nicht gesehen.«

Ich biss mir auf die Lippe und hatte das Gefühl, den Kampf zu verlieren. »Und: Ich weiß, dass Monday nicht die Grippe hatte.«

Diese Tatsache schien ihr direkt in den Magen zu fahren und ihr fiel die Kinnlade herunter. Die Kälte umfing uns und roch nach Schnee.

Sie schüttelte den Kopf. »Verdammt, Claudia, wieso kannst du das nicht einfach endlich auf sich beruhen lassen?«

»Lass mich mit ihr reden, dann tue ich das.«

April starrte durch mich hindurch, dann schüttelte sie den Kopf.

»Na schön«, stöhnte sie. »Ich schätze, ich hab keine andere Wahl, als es dir zu sagen.«

Meine Knie drohten nachzugeben. »Mir was zu sagen?«

»Claudia!«

Ich wirbelte herum, als Michael durch die Kellertür gestürmt kam.

»Verdammt! Alles in Ordnung! Ich rede doch nur mit …«

Aber April war verschwunden, hatte sich wie ein Geist in der Dunkelheit in Luft aufgelöst.

»Scheiße«, murmelte ich.

Michaels Blick wanderte von der Stelle, wo sie eben noch gestanden hatte, zu meinem nackten Bauch und dann wieder hoch zu meinem Gesicht.

»Worum ging es denn hier?«

»Um nichts.«

Er lachte leise und verschränkte die Arme. »Läufst du ihr schon wieder nach?«

»Was soll ich denn bitte darauf antworten? Ich kenne April schon mein ganzes Leben lang. Sie ist wie eine große Schwester … oder irgend so was. Wieso erwarten die Leute denn von mir, dass ich so tue, als würde ich sie nicht kennen? Es ist bescheuert, sie zu ignorieren! Hältst du mich für bescheuert?«

Michael blinzelte, machte dann ohne Vorwarnung zwei Schritte auf mich zu und zog mich in seine Umarmung. Nicht die Art von Umarmung, die ich schon oft gesehen hatte, wenn er andere Mädchen begrüßte – einen schlaffen Arm um den Nacken, mit christlichem Sicherheitsabstand und nach zwei Sekunden wieder vorbei. Nein, dies war die Art von Umarmung, die mit zwei kräftigen Händen begann, deren Finger sich um meine Taille schlossen, mich festhielten und an seine Brust heranzogen, bevor sie auf meinem Steißbein liegen blieben. Die Art von Umarmung, die sich anfühlte, als würde man in ein warmes Bett hineingleiten, in Daunendecken gehüllt und in die weichsten Kissen der Welt gekuschelt. Die Art Umarmung, die etwas aussagt, aber was?

»Du hast recht. Es tut mir leid«, sagte er und dabei kitzelte sein Atem mein Ohr, bevor er den Kopf wieder etwas zurücknahm. »Das ist so ähnlich, wie wenn ich in der Schule jemanden aus der Kirche sehe, dann sage ich immer mindestens ›Was geht?‹. Ich würde ja auch nicht so tun, als ob ich die Leute nicht kenne.« Er legte seine Hand an meine Wange. »Du bist ganz und gar nicht bescheuert. Ich will nur … darauf achten, dass mit dir alles in Ordnung ist.«

Seine Lippen waren meinen so nah, es wäre ihm ein Leichtes gewesen, noch ein winziges Stück vorzurücken und mich zu küssen. Und ich wollte, dass er das tat. Ich wollte, dass er mich küsste. Aber ich konnte ihn doch nicht einfach um so etwas bitten. Man lief doch nicht herum und bat irgendwelche Jungs, einen zu küssen. Oder?

»Hey. Du zitterst ja«, stellte er mit einem angedeuteten Lächeln fest. »Willst du wieder reingehen?«

Nein. Ich wollte nicht reingehen, wo all die Leute waren. Ich wollte mit ihm allein sein. Heiße Schokolade trinken, über Musik reden, lachen … Meine Lippen kamen seinen näher und im gleichen Moment strich er mit seinen über meine und dann stießen wir richtig zusammen.

Niemand sagt dir, dass ein Kuss wie eine Explosion aus Farben ist, grell und blendend.

Michael drückte mich gegen die Hauswand, presste sich gegen mich. Sein Brustkorb strahlte Hitze aus. Seine Zunge schmeckte nach Coke, weich und warm.

»Verdammt, das wollte ich schon so lange tun«, hauchte er, bevor er wieder in mich eintauchte. Ich schlang die Arme um ihn, während meine Gedanken viel zu schnell vorbeirasten, um sie wirklich zu verarbeiten.

Ich küsse einen Jungen, Monday. Ich küsse einen Jungen. Genau wie du.

Aber es fühlte sich nicht richtig an, sondern unordentlich, wie wenn man beim Ausmalen über den Rand kommt. War das hier nicht das, was ich tun sollte? Monday hatte es getan. Monday hatte sogar noch mehr getan. Sollte ich das nicht auch machen?

Ich packte seine Arme und drehte uns mit Schwung

herum, sodass ich ihn nun gegen die Wand drücken konnte. Seine Augen weiteten sich und der Mund blieb ihm offen stehen.

»Hey, was tust du denn da?«, fragte er mit einem leisen, nervösen Lachen.

Ich atmete tief ein und ging dann runter auf meine zitternden Knie. Der Boden war kalt.

»Oha … Claudia.«

Als ich die Hand nach seiner Gürtelschnalle ausstreckte, schob er meine Hände sanft beiseite und hielt mich am Handgelenk fest.

»Nein, Claudia, hör auf!«

Aber ich wollte nicht aufhören. Wenn ich das tat, dann würden sie aufhören, mich eine Lesbe oder ein Baby oder verklemmt zu nennen. Wenn ich das tat, würde ich mit Monday gleichziehen. Nicht zurückgelassen werden.

»Claudia! Bist du hier draußen?«, hörte ich Megan von der Tür her rufen.

Die Schärfe in ihrer Stimme riss mich aus meiner Benommenheit. Ich fiel mit einem Keuchen auf meinen Hintern und schürfte mir den Ellbogen auf dem Betonboden auf.

»Shit! Alles in Ordnung?«, fragte Michael und streckte die Hand nach mir aus.

Der Nebel aus blendend grellen Farben löste sich auf. Was zur Hölle machte ich denn hier? Hier draußen in der Kälte und kein bisschen besser als April in diesem Klassenzimmer. Ich stieß Michael weg und rannte in den Keller zurück.

EIN JAHR VOR DEM VORHER

Das Bild verschwand, aber die Erinnerung daran blieb. Als die Kirschblüten entlang des Flusses wieder zu blühen begannen, spürte ich eine Distanz, eine blendend weiße, kahle Leerstelle zwischen Monday und mir. Monday tat so, als würden die Gerüchte sie nicht berühren, während ich so tat, als bemerkte ich die längeren Abstände zwischen unseren Telefonaten nicht, oder die Tatsache, dass sie nach der Schule nach Hause musste, statt zur Bücherei mitzukommen.

Wochenlang hatte sie sich komisch verhalten. Still und reserviert. An manchen Tagen kam sie überhaupt nicht zur Schule und wenn sie dort war, verschlang sie mittags in der Cafeteria zwei Portionen, trank aus jedem Wasserspender, an dem sie vorbeikam, in zerknitterten Klamotten, die Haare ein wirres, schiefes Durcheinander.

Die wenigen Male, wenn sie zu mir kam, übten wir unsere Choreografien, aber ihrem Tanz fehlte die Leidenschaft, die Seele, wie Miss Manis sagen würde.

Und ich dachte nur immer wieder, was passiert bloß mit uns?

DANACH

Am Morgen nach der Party fanden sie eine Leiche.

»Hallo, ich bin Christine Madden und liefere Ihnen die Meldung des Tages. Zwei Jogger fanden heute früh die Leiche eines jungen Mädchens, teilweise vergraben in der dicht bewaldeten Umgebung von Leakin Park in

Baltimore. Das Opfer wurde bisher noch nicht identifiziert. Die Ermittler sind derzeit am Tatort und nehmen das Gebiet unter die Lupe. Noch gab es keine Verhaftung …«

»Mom«, grummelte Megan unter der Decke hervor. Wir lagen auf dem Wohnzimmerboden. »Kannst du den Fernseher leiser schalten? Meine Güte!«

Ich lag unter einer Decke neben ihr und lauschte auf Mrs. Fortes Hausschuhe, die über die Küchenfliesen schlurften, während ich meinen ersten Kuss eine Milliarde Mal im Kopf wiederholte und mich fühlte, als müsste die Verlegenheit praktisch aus mir triefen.

»Ihr wacht jetzt besser mal auf, wenn ihr diese Pfannkuchen haben wollt«, rief Mrs. Forte.

»O ja! Pfannkuchen!« Kit Kat sprang von der Couch hoch. »Ich bin am Verhungern!«

Ich setzte mich auf und mein Hirn pochte gegen meine Schädelhöhle. Das Taxi hatte zweimal anhalten müssen, damit ich mich übergeben konnte. Zu viel von dem braunen Zeug. Megan tat ihr Bestes, mich sauber zu kriegen, und sorgte sich, dass ihre Mom Bescheid wissen würde, wenn ich bei ihr zu Hause kotzen musste. Wir putzten uns die Zähne und gurgelten, bevor wir uns schlafen legten. Ich konnte keine 20 Minuten geschlafen haben, als ich hörte, wie in der Küche der Fernseher anging.

»Worüber reden die da, Mrs. Forte?«, wollte Kit Kat wissen.

»In einem Park in Baltimore haben sie ein totes, begrabenes Mädchen gefunden.«

»Och … Schon wieder eine Leiche in dieser Mörderstadt«, stöhnte Shannon mit leisem Lachen.

»Ja, aber das ist was anderes. Die Polizei wird diese Tat nicht durchschlüpfen lassen, auf keinen Fall.«

»Alles okay?«, fragte Megan, die mich besorgt ansah.

Ich nickte. Mir war immer noch übel, aber in meinem Magen befand sich nichts mehr, das ich auskotzen könnte.

»Brot wird dir helfen«, sagte sie. »Deswegen habe ich Mom gebeten, uns Pfannkuchen zu machen.«

»Machst du das oft?«

»Ha! Auf gar keinen Fall«, flüsterte sie grinsend. »Ich will ja keins von ›diesen‹ Mädels sein. Nicht wahr?«

In der Küche stellte ihre Mom einen Teller Würstchen neben den Stapel Pfannkuchen und einen Krug Orangensaft. Ich schüttete zwei Gläser Eiswasser in mich hinein, weil meine Kehle staubtrocken war.

»Na, ihr seht aber aus, als wäre es eine lange Nacht gewesen«, machte sie sich leise lustig.

»Ja. Wir sind lange aufgeblieben und haben Netflix geschaut«, erklärte Megan, die am schmalen Ende des Tisches saß.

Mrs. Forte blickte mich über ihre Kaffeetasse hinweg an und zog die Brauen zusammen. »Claudia, was hast du denn da im Gesicht?«

Ich rieb mir die Augen und meine Fingerspitzen waren danach schwarz verschmiert. Ich hatte vergessen, mir das Gesicht abzuwaschen.

Megan riss die Augen auf, aber dann grinste sie. »Wir haben uns gegenseitig geschminkt.«

»Na ja, sieh zu, dass du das Zeug abwäschst, bevor deine Mom dich abholt.«

»Ja, Ma'am«, sagte ich und gleichzeitig klingelte Megans Handy. Sie sprang auf und riss es vom Ladekabel.

»Hallo? Ja, wer ist da? Oh! Hey. Einen Moment.« Megans Blick huschte zu mir, sie biss sich auf die Lippen und hielt ein breites Grinsen zurück. »Michael ist am Telefon für dich.«

Die Mädchen wechselten Blicke, als ich aufsprang und einer kichernden Megan das Telefon aus der Hand riss, um damit ins Wohnzimmer zu eilen.

»Hallo?«

»Hey«, sagte Michael mit unsicherer Stimme.

»Hey«, murmelte ich.

»Also … ähm … Geht es dir gut?«

»Äh, ja.«

»Oh. Na ja, du warst heute Morgen nicht in der Kirche und … so wie du dich verabschiedet hast, wollte ich bloß mal nachhören.«

Ich erinnerte mich vage daran, mit den anderen aus dem Keller gestolpert und in ein Taxi geschoben worden zu sein, aber das war es auch.

»Ich habe bei Megan übernachtet. Ma holt mich nachher ab.«

»Ja. Deine Mom hat mich für heute Abend zum Essen eingeladen.«

Ich warf einen Blick über die Schulter. Die Mädels saßen am Tisch und kicherten immer noch.

»Oh. Und kommst du?«

»Willst du, dass ich komme?«

Mein Herz schlug schneller und ich unterdrückte ein Grinsen. »Ja.«

»Cool«, gab er mit Erleichterung in der Stimme zurück. »Ich bin gegen sechs da.«

Mindestens zehn Sekunden lang herrschte peinliches Schweigen.

»Ähm, Michael … Wegen gestern Abend … Ich meine, das war nicht …«

»Mach dir keinen Kopf deswegen«, sagte er mit leisem Lachen. »Zu viel Alkohol. Wir sind Freunde, oder?«

Ich schluckte gegen den Kloß in meinem Hals an. »Äh, ja. Sind wir.«

»Cool. Also dann bis später?«

»Ja, bis später«, murmelte ich und legte auf. Hatte ich mir das alles nur eingebildet? Wie er mich im Arm gehalten hatte … Ich hätte schwören können, dass er mich küssen *wollte*. Vielleicht war ich zu bereitwillig gewesen. Freizügig wie Monday. Hatte Jacob die Wahrheit gesagt?

Ich atmete tief durch und kehrte in die Küche zurück. Meine Gedanken wirbelten wild durcheinander.

»Und … was wollte er?«, fragte Kit Kat und biss in das letzte Würstchen.

»Er wollte nur hören, ob es mir gut geht«, erklärte ich vage, aber meine Wangen brannten.

»Und seid ihr beide jetzt zusammen?«, wollte Shannon wissen.

»Nee. Wir sind nur … Freunde aus der Kirche.«

»Alte, keiner der Jungs aus dem Chor ruft an, um zu hören, ob es mir gut geht, wenn ich mal nicht zum Gottesdienst erscheine«, sagte Kit Kat.

Ich verdrehte die Augen und unterdrückte ein Schmunzeln. »Was weiß ich.«

»Er mag dich«, verkündete Megan grinsend.
Mein Herz flatterte und meine Haut war ganz heiß.

VORHER

Am letzten Märztag zog ich mit zitternden Fingern den Reißverschluss meiner Jacke hoch und stapfte über die Hügel aus dunkel verfärbtem Schnee durch den eisigen Wind, der von den Highways herab in Richtung Ed Borough wirbelte. In der Schule war ich den ganzen Tag immer wieder durchgegangen, was ich tun und zu ihr sagen würde. Aber meine Zunge war wie festgeklebt an meinem Gaumen, als wäre sie mit irgendeinem krassen Kleber bestrichen, und meine Stimme verbarg sich in meinen Stiefeln bei meinen kalten Füßen.

Im Sommer waren die Basketballplätze ein brechend voller Zirkus, in dem die Ligaspiele stattfanden. Aus dem gesamten Einzugsgebiet der Hauptstadt strömten die Leute hierher, quetschten sich auf die Tribünen und verteilten sich auf die umliegenden Straßen. Wenn die Sonne hinter den Häusern von Ed Borough unterging, spielten die Mannschaften unter einem orangefarbenen oder bereits sternenübersäten Himmel für die jubelnde Menge. Ed Borough war dann voller Lichter, Farben und Musik, reich und lebendig. Aber im Winter war die Gegend verlassen, der Schnee lag in hügeligen Schichten auf den Plätzen und von den Körben hingen Eiszapfen herab.

Ein Grüppchen Jungs hing an der Ecke beim hinteren Eingang zum Freizeitzentrum ab und Darrells heiseres Lachen hallte über den Platz. Vielleicht hatte er sie gesehen, vielleicht konnte er mich auf jemanden verweisen, der sie gesehen hatte, überlegte ich, während ich über den verschneiten Untergrund stapfte und an einem Mädchen in einer Kapuzenjacke vorbeiging, das mit dem Rücken zu mir allein auf der leeren Tribüne saß. Ich hatte fast das Tor erreicht, als sie meinen Namen rief.

»Claudia?«

April riss sich die Kapuze runter und ihr fielen beinahe die Augen aus dem Kopf.

»Was … Was machst du denn hier?«

Meine Entschlossenheit brodelte. »Ich bin auf der Suche nach Monday.«

In diesem Moment schien das undefinierbare Monster, das in April lauerte und normalerweise jetzt zum Vorschein gekommen wäre, zu schrumpfen und abzusterben. Sie schien so antriebslos, dass selbst ihre Stimme leblos klang.

»Du weißt doch, dass du dich hier gar nicht rumtreiben solltest. Hast du keine Angst, dass deine *Mami* das herausfindet?« Sie musterte mich von oben bis unten – oder eher von den Schuhspitzen bis hinauf zu dem Band, das meinen Dutt zusammenhielt. »Alter, deine Haare sehen immer beschissener aus, seit Monday sie dir nicht mehr macht.«

Beleidigungen. Damit fing sie jedes Mal an. Ich straffte die Schultern und streckte die Brust heraus. Ich durfte nicht zulassen, dass sie mich durcheinanderbrachte.

»Ich habe nicht lange Zeit. Wo ist Monday?«

Sie seufzte, lehnte sich zurück, hatte es offenbar gar nicht eilig, sich zu bewegen, und rief dann über die Schulter nach hinten.

»Hey, Darrell! Komm mal kurz rüber.«

Darrell sah mich bei April sitzen und kam lächelnd zu uns getrabt.

»Hey, Claudia. Was machst du denn hier?«, fragte er. Seine Nase war verstopft, weil er hier draußen in der Kälte herumstand.

April schmunzelte. »Darrell, hast du nicht mit meiner Schwester gevögelt?«

Darrells Züge entglitten und die Farbe wich ihm aus dem Gesicht. »Verflucht, April«, sagte er mit einem genervten Geräusch. »Warum musst du das aller Welt erzählen?«, schimpfte er und kickte eine Plastikflasche weg, die neben seinem Schuh gelegen hatte.

Ich verlagerte mein Gewicht auf das hintere Bein, um nicht das Gleichgewicht zu verlieren. Darrell erwiderte meinen wütenden Blick und rannte dann davon. April schlug sich auf den Oberschenkel und fand sich offenbar sehr witzig.

»Sie hätte doch mit diesem Assi keinen Sex gehabt«, zischte ich wütend. »Er wünscht sich bloß, es wäre so gewesen. Das hätte sie mir erzählt.«

Sie lachte leise. »Nein, hätte sie nicht. Hätte sie doch gar nicht gekonnt!«

»Wieso nicht?« Meine Verzweiflung war deutlich herauszuhören.

»Weil du die Nase zu hoch trägst! Monday hat mir erzählt, dass du immer nur zu Hause bei deinen spießigen Eltern hocken wolltest, nur malen und mit Puppen spielen wie ein kleines Kind. Wenn sie es dir erzählt hätte, hättest du sie doch bloß dafür verurteilt.«

April setzte gern ihre Zähne ein, um mir Stücke aus meinem Herzen zu reißen. Ich hob das Kinn und ließ nicht zu, dass sie mich schon wieder verjagte.

»Pass auf, ich bin hergekommen, um Monday zu finden, und ich werde nicht weggehen, bevor ich sie gesehen habe.«

April starrte mich mit ausdruckslosem Gesicht an. Sie seufzte und kletterte von der Tribüne herunter, klopfte sich den Hintern ab.

»Na, dann komm mit. Die werfen uns sowieso bald raus. Da kommt's nicht mehr drauf an, ob du es siehst.«

»Was denn sehe?«

Sie stopfte ihre Hände in die Hosentaschen und ging durchs Tor, ohne mir eine Antwort zu geben. Ich folgte ihr mit einigen Schritten Abstand. Wir nahmen eine Abkürzung zwischen zwei Reihen von Häusern hindurch, gingen dann den Weg zu ihrer Haustür hinauf. Ich machte einen Schritt über den Riss im Gehweg hinweg, als sie mit ihren Schlüsseln klimperte.

»Ist deine Mom zu Hause?«, fragte ich mit angehaltenem Atem.

April schloss die Tür auf und stieß kräftig mit der Schulter dagegen. Die Tür grollte und öffnete sich dann knarzend. Sie musterte mich noch einmal mit wachsender Härte im Blick.

»Nein. Sie babysittet«, erwiderte sie und betrat das Haus.

Ihr Zuhause gab einen komischen Geruch ab, wie ein Furz, abgestanden und stechend.

»Ist Monday dadrin?«

April nickte und winkte mich herein. Ich schluckte und mein Herz raste. War Monday die ganze Zeit über zu Hause gewesen?

Meine Nerven waren zum Zerreißen gespannt und schrien mir zu, dass ich es nicht tun sollte, aber ich ging trotzdem hinein.

Sie schob die Tür zu und schaltete das Licht ein. Jetzt sah ich auch, warum Mrs. Charles die Tür immer nur zur Hälfte geöffnet hatte. Direkt dahinter stand eine große Gefriertruhe an der Wand. Die Art Truhe, die man sonst eher in Supermärkten findet, wo sie die gefrorenen Truthähne und vorgegarten Schinken lagerten. Das Ding summte wie eine kaputte Leuchtstoffröhre.

Ich trat rückwärts in einen Haufen zerbrochener Wachsmalstifte ohne Papierhüllen und einen Stapel Zeitungsseiten, die in der Mitte des engen Wohnzimmers lagen. Ein großer Fernseher stand einem schwarzen Sofa gegenüber, dessen Leder gerissen und wie blätternde Farbe aufgeplatzt war. Schwarze, mit Klebeband befestigte Müllsäcke verdunkelten alle Fenster und sperrten die Sonne aus.

In der Küche stapelten sich schmutzige Töpfe und Pfannen auf der Arbeitsfläche, daneben leere Suppendosen. Eine Kakerlake krabbelte über einen Haufen Räumungsbescheide und ungeöffneter Briefe von der Schule.

»Hier oben«, sagte April mit stoischem Gesichtsausdruck, während sie bereits die Treppe hinaufstieg. Ich versuchte, den Schauer zu unterdrücken, der mir den Rücken hinunterlief und mir signalisierte, dass ich davonrennen sollte, und folgte ihr.

Oben befand sich links ein Badezimmer und rechts eine geschlossene Tür, vielleicht ein Wandschrank.

»Hier drinnen«, lockte mich April, die weiter den Flur entlanggegangen war, während ich einen Blick hinab auf das Chaos und zur Haustür warf, durch die ich am liebsten gesprintet wäre.

Sie schaltete einen lauten Deckenventilator in einem weiteren Zimmer an. Ich trat hinein und glotzte, bevor meine Arme zu Wackelpudding wurden.

Als Erstes fiel mir auf, dass es keine Stockbetten gab. Nur drei einzelne Betten, die zu einem U angeordnet im Zimmer standen, so niedrig, dass man ebenso gut Matratzen auf dem Fußboden hätte auslegen können. Die Laken waren zerknittert und hingen herab. Auch die Vorhänge hingen schief am Fenster, die Jalousien waren vom Staub ganz dunkel. Überall auf dem Boden lagen Verpackungen von Schokoriegeln, Chipstüten und leere Limoflaschen herum. Die hellgrauen Wände gaben mir das Gefühl, von aufwallendem Nebel umgeben zu sein, während sich auf Kniehöhe das Gekritzel von Wachsmalstiften in allen Regenbogenfarben hinzog. Und obwohl wir uns ein Stockwerk höher befanden, konnte ich die Gefriertruhe von unten immer noch summen hören, als stünde sie direkt neben uns.

Keine Monday.

»Komm schon, April«, sagte ich mit eingeschüchterter Stimme. »Hör mit dem Blödsinn auf. Wo ist sie?«

April lehnte im Türrahmen und hielt die Hände hinter dem Rücken.

»Siehst du sie denn nicht?«, fragte sie mit leisem Lachen. »Sie ist doch hier überall.«

Ich schluckte und der Gestank lenkte mich so sehr ab, dass es beinahe wehtat. Monday konnte unmöglich hier leben, dachte ich. Sie ertrug ja kaum den Anblick von Geschirr im Spülbecken, wenn sie bei mir war. Sie fegte und staubsaugte, ohne dass jemand sie darum gebeten hätte, und machte mein Bett gleich mit, wenn sie bei mir übernachtete.

»Das ist ihres«, sagte April und nickte in Richtung des Bettes, das der Tür am nächsten stand. Ich musste mich einfach draufsetzen, um das Leben einmal aus ihrer Perspektive zu betrachten. Ihre Laken waren hart und staubig, als wäre das Bett seit Ewigkeiten nicht benutzt worden. April beobachtete mich mit einem intensiven Blick. »Willst du irgendetwas von ihr haben? Als Erinnerungsstück?«

Die Worte zogen einen Riss durch meine tapfere Fassade.

»*Erinnerungsstück?* Du meinst … sie kommt gar nicht mehr zurück?«

April erwiderte nichts darauf, sondern starrte mich nur weiter an.

Meine Unterlippe zitterte und die Tränen quollen heraus. Ich beugte mich vor, denn der Schmerz in meiner Brust war kaum auszuhalten. Es gab so vieles, das ich ihr sagen musste. Ich brauchte noch einen Tag mit ihr, noch einen Augenblick.

Meine Hand glitt von meinem Schoß und stieß an etwas Hartes unter dem Kissen. Ihr Tagebuch, das gleiche wie meins, das sie mir geschenkt hatte. Rosa mit

Wirbelmuster und Glitzer. Ich berührte das goldene Vorhängeschloss.

»Wo ist der Schlüssel?«, fragte ich schniefend.

April rieb sich seufzend über die Arme. »Der ist immer noch bei ihr.«

Ich drückte das Tagebuch an meine Brust, stopfte es dann in meine Schultasche und stand auf.

»Wo ist sie? Sag' es mir doch einfach«, flehte ich. »Hat das Jugendamt sie mitgenommen? Ist sie bei ihrer Tante? Sag' es mir doch einfach!«

April schluckte. Ihr Blick war panisch und wild und ihr kamen die Tränen. Ich machte einen Schritt auf sie zu. Sie würde jeden Moment fallen und ich stand bereit, sie aufzufangen.

Aber dann knarrte unten die Haustür und krachte ins Schloss. Mrs. Charles' Stimme tönte über das Summen der Gefriertruhe hinweg. »April! Wo bist du? Beweg' deinen Arsch hierher!«

Unser Einatmen saugte die gesamte verfügbare Luft im Haus auf.

»Shit, sie ist zurück!«

EIN JAHR VOR DEM VORHER

Jedes Mal wenn wir Monday nach Hause brachten, hatten wir während der Autofahrt einen Go-go-Song gefunden, den wir voller Inbrunst laut mitsingen konnten. »Pieces of Me« von Rare Essence lief an den meisten Sonntagnachmittagen in Dauerschleife. Daddy trommelte den Rhythmus auf dem Lenkrad mit und lachte, wenn wir versuchten, die Töne der Remix-Version von Ashlee Simpson zu treffen.

»Pop-Quiz, Kinder!«, rief Daddy und drehte die Musik leiser. »Welche berühmte Go-go-Band hat drüben in Ed Borough angefangen?«

Ich zuckte die Achseln und sah Monday an, die bloß grinste. »Weiß ich nicht. Welche denn?«

»Die Junk Yard Band«, antwortete Monday lachend. »Ey, das weiß doch jeder!«

»Echt jetzt?«

»Ganz genau«, bestätigte Daddy. »Als ich jung war, bin ich immer hingefahren, um sie spielen zu sehen. Zu Beginn haben die nur auf Mülltonnen und mit Löffeln gespielt. Sie wollten, dass ich bei ihnen einsteige.«

»Wirklich? Warum hast du das nicht gemacht? Dann wären wir jetzt reich!«

Daddy lachte. »Na ja, meine Mutter wollte, dass ich aufs College gehe, und ich wäre echt sehr dumm gewesen, wenn ich ein Football-Stipendium abgelehnt hätte. Aber nachdem ich mir das Knie verletzt hatte, kam ich nach Hause zurück, sah ein Konzert von ihnen und stieg gleich wieder ein. Musik kann dich immer wieder an die Dinge erinnern, von denen du dachtest, du hättest sie verloren.«

Daddy fuhr langsamer, als wir uns der Zufahrt zu Ed Borough näherten. Unsere Musik wurde von lauten Sprechchören übertönt. Eine wachsende Zahl von Protestierenden versammelte sich mit riesigen, neongrünen Schildern, auf denen in Großbuchstaben stand: RETTET ED BOUROUGH! UNSERE GEMEINSCHAFT! UNSER ZUHAUSE!

»Wir brauchen Renovierungen, keinen Abriss!«, brüllte ein Mann mit einem Megafon.

»Daddy, was ist da los?«, fragte ich und kurbelte das Autofenster herunter.

»Weiß ich auch nicht, meine Süße«, murmelte er und hielt neben einem Mann an, der Flyer verteilte. »Hey, mein Junge, was ist denn los?«

Der Mann schüttelte den Kopf. »Die Stadt hat die Gesetzgebung verabschiedet.«

»Verdammt, wirklich?«

»Schau mal, da ist April!«, flüsterte Monday und zeigte aus dem Fenster.

April stand an der Ecke mit Tuesday im Buggy und August, der an seiner Kleidung zerrte, als würde sie ihm die Haut verbrennen. Monday und ich sprangen hinten raus und gesellten uns dazu.

»April, was ist hier los?«, fragte Monday, als wir zu ihr gerannt waren.

April schnaubte und machte eine Geste, mit der sie die Menge abkanzelte. »Weiße versuchen, Ed Borough aufzukaufen.«

»Was?«, keuchte Monday. »Was heißt denn das? Können die … das einfach so machen?«

April zuckte die Achseln und packte Tuesday enger in ihre *Doc McStuffins*-Decke.

»Die Verwaltung kann machen, was immer sie will. Niemandem hier in der Gegend gehört irgendwas.«

Monday wurde blass; das glückliche Mädchen vom Rücksitz des Wagens war verschwunden. Die Menge klatschte Beifall, während das Mikrofon herumging und die Sprecher vor Räumungsbescheiden und Bulldozern warnten, die Ed Borough dem Erdboden gleichmachen und es durch einen Parkplatz ersetzen wollten. Mein Magen rumorte beim Anblick der Kamerateams.

»Also … müssen wir hier weg?«, fragte Monday mit wackliger Stimme. »Werfen die uns aus unserm Haus raus?«

April blinzelte, als hätte jemand direkt vor ihrem Gesicht in die Hände geklatscht. Sie hielt Monday an der Schulter fest und beugte sich hinunter, um ihr in die Augen zu sehen. Das war der deutlichste Ausdruck von Zuneigung, den sie ihrer Schwester je geschenkt hat, soweit ich das mitbekommen habe.

»Day-Day, beruhige dich. Mach dir darüber keine Sorgen! Das wird nicht passieren.«

Mein Magen drehte sich noch stärker um, während mir eiskalt die Eifersucht durch die Adern kroch. Ich sollte diejenige sein, die Monday tröstete, nicht April.

Monday strich August über den Kopf, der sich unter ihrer Hand wand. »Aber wo sollen wir dann hin?«

»Du kannst bei mir wohnen«, bot ich hastig an und wollte ihre Hand halten. »Ich kann Ma und Daddy fragen.«

April kniff die Augen zusammen. »Du brauchst sie überhaupt nichts zu fragen. Wir haben alles im Griff!«

Mondays Blick huschte von mir weg und sie ließ meine Hand los.

»Claudia, du solltest jetzt vielleicht besser … nach Hause gehen«, murmelte sie.

Die Mauer, die sie zwischen uns errichtete, lag in einem Schleier aus Lila. Ich hatte gedacht, dass wir alles teilten, keine Geheimnisse voreinander hatten, niemals.

April fasste Monday am Kinn und drehte ihren Kopf, damit sie sie ansah. »Hey! Ich sagte, mach dir darüber keine Sorgen, oder? Ich kümmere mich darum. Kümmere ich mich nicht immer um alles?«

»Ja«, bestätigte Monday und hielt mühsam die Tränen zurück.

April atmete tief ein und sah zur Menge hinüber. Sie entdeckte ein Grüppchen Jugendlicher, die bei dem Weg herumstanden, der zu den Basketballplätzen führte. Sie biss sich auf die Lippe, als hätte sie sich gerade einen Schnitt an einem Blatt Papier zugezogen. »Bring' Tuesday nach Hause zurück«, befahl sie. »Es ist kalt hier draußen.«

Monday folgte ihrem Blick und zog die Brauen zusammen.

»April … Mach das nicht.«

»Mach was nicht?«, wollte ich verwirrt wissen.

April und Monday wechselten einen Blick, in dem etwas Unausgesprochenes lag. Aber das konnte doch gar nicht sein, denn Monday und ich waren die Einzigen, die eine solche Verbindung miteinander hatten. Richtig?

»Du weißt doch, dass ich für eure Schuluniformen dieses Jahr einen Haufen Geld ausgegeben habe«, sagte April. »Jetzt bring' Tu-Tu schon nach Hause. Ich bin auch bald da.«

Sie eilte davon, bevor Monday sie aufhalten konnte. Der blieb nichts anderes übrig, als ihr schwer enttäuscht nachzuschauen.

»Wo geht sie denn hin?«, platzte ich heraus.

Monday seufzte und schob den Buggy vor sich her.

VORHER

»April!«, brüllte Mrs. Charles. »Wo ist diese Göre denn schon wieder?«

April schloss die Zimmertür. Der Fernseher ging an und Cartoon Network plärrte laut durchs Haus, aber dennoch konnte man immer noch das merkwürdige Summen der Gefriertruhe hören.

»Du musst dich verstecken!«, flüsterte sie. »Unter dem Bett, schnell!«

Sie hob das Laken vom Boden an. Unter Mondays Bett erwartete mich ein schwarzes Loch. Mein Verstand kam nicht mehr mit.

»Bist du irre, das kann ich nicht machen!«

»Du musst aber!«

»April! Ich weiß genau, dass du mich hörst!«, bellte Mrs. Charles. Ihre Stimme kam immer näher. Die Treppenstufen knarrten.

»Beeil' dich«, flüsterte April den Tränen nahe und fuchtelte mit den Händen.

»Aber wie soll ich dann hier wieder rauskommen?«

»Weiß ich noch nicht, aber meine Mom bringt uns beide um, wenn sie dich hier drin findet.«

Ihr Tonfall ließ das gar nicht so abwegig erscheinen.

»O mein Gott. Monday …«

Ihre Augen weiteten sich flehend, aber dann packte sie mich an den Armen und zog mich nah zu sich heran. »Hör zu, als ich sie zum letzten Mal lebend gesehen habe, war *deine* Mom dabei.«

»Meine Mom?«, fragte ich und atmete scharf ein. »Was? Wann?«

»Letzten Sommer. Jetzt komm bitte, mach schnell, na los!«

»April!«, keifte Mrs. Charles. Ihre Stimme saß uns jetzt bereits im Nacken.

Es war keine Zeit zum Nachdenken oder für weitere Fragen. Ich glitt unter das Bett und robbte in Richtung Wand. Der Boden war voller Krümel und schwarzer Häufchen Mäusekacke. Die Matratze stank furchtbar.

April strich das Laken glatt und dann schwang auch schon die Tür auf. Sie krachte gegen das Bett und erzeugte einen Luftzug, der noch mehr Staub unter das Bett wirbelte. Auf der Türschwelle standen schwarze Reebok-Sneakers und ich musste mir den Mund mit beiden Händen zuhalten, um nicht laut aufzuschreien.

»Hast du mich nicht rufen hören?«

»Ich ... Ich habe geschlafen. Ich bin gerade erst aufgewacht«, stammelte April und wich vor ihrer Mutter zurück.

»Du hast geschlafen? Ohne deine Schuhe vorher auszuziehen?«

April hielt inne und stellte einen Fuß vor den anderen. »D-die habe ich doch gerade erst wieder angezogen.«

»Hm. Na, komm schon mit und hilf mir unten mit diesem Kind.«

Mrs. Charles stampfte die Treppe wieder hinunter. April blieb erstarrt im Zimmer stehen. Dann atmete sie tief ein und verließ das Zimmer, zog die knarzende Tür hinter sich zu.

Ich zog mich noch weiter zur Wand hin zurück und mein Kopf stieß gegen etwas Hartes. Ein Buch. Ich holte es hervor und hielt es in Richtung des Lichts, um das Cover zu sehen.

Blumen der Nacht.

Ich hielt es an meine Brust gedrückt und presste mich gegen die Wand.

Unten zappte Mrs. Charles sich durch die Fernsehkanäle, während Tuesday immer wieder leise auflachte. Ich zählte die Minuten anhand der Serien, die sie anschaute. Vier Folgen der *Simpsons* … Ich lag zwei Stunden lang unter dem Bett meiner verschwundenen besten Freundin und hatte zu viel Angst, mich auch nur zu bewegen. Die Zimmertür zu knarrend, meine Schritte zu schwer – was, wenn sie mich hörte?

»Tuesday, wo gehst du hin?«, schrie April.

»Ich hole mir meinen Becher.«

»Hier! Ich habe doch hier einen für dich«, schlug April mit kieksender Stimme vor. »Du musst nicht extra bis nach oben gehen. Komm, bleib' hier bei mir!«

»Nein, ich will aber meinen!«, brüllte sie und ihre kleinen Füße stapften die Treppe herauf. Sie hüpfte ins Zimmer hinein und die rosafarbenen Lichter blinkten an den Sohlen ihrer grauen Sneakers, gedämpft von getrocknetem Matsch. Ich drückte mich noch enger an die Wand und mein Herz hämmerte wie wild. Tuesday hoppelte zu ihrem Bett rüber, wühlte darauf herum, bevor sie sich wieder umdrehte und abrupt vor Mondays Bett stehen blieb. Ihre Füße waren so nah, dass ich meinen Finger nur ein kleines Stück hätte ausstrecken müssen, um sie zu berühren. Sie machte einen Satz, und das Bett bog sich durch, ihr Hintern landete auf meinem Rücken. Ich unterdrückte einen Aufschrei und kniff die Augen ganz fest zusammen. Sie hüpfte dreimal auf und ab, sprang dann vom Bett und eilte aus dem Zimmer. Erst danach stieß ich keuchend den Atem aus.

Drei weitere Folgen der *Simpsons* und dann tat mir der ganze Körper so weh, dass ich mich immer dringender danach sehnte, aus dieser Enge herauszukommen. Ma war wahrscheinlich bereits auf der Suche nach mir. Ich hatte keine Brotkrumen hinterlassen, denen sie folgen konnte. Was, wenn Mrs. Charles mich zuerst fand? Was würde sie mit mir machen? Zitternd ließ ich den Tränen freien Lauf und hielt Mondays Buch ganz fest. Ich versuchte, mich mit der Erinnerung an sie zu trösten.

Monday, wie komme ich hier wieder raus?

»Ich habe mich gestern Abend aus dem Haus geschlichen.«

»Ist das dein Ernst? Wie hast du das denn gemacht?«

»Ich bin aus dem Badezimmerfenster geklettert und runtergesprungen.«

»Was? Wie kommt's, dass du nicht tot bist?«

»Ich bin auf die Mülltonnen direkt darunter gesprungen.«

Das Badezimmer. Es war direkt neben der Treppe. Und Tuesday hatte die Zimmertür offen gelassen.

»Du kannst das«, flüsterte ich mir selbst zu und glitt unter dem Bett hervor.

Das Geräusch von Mrs. Charles' gackerndem Lachen zu Beginn einer weiteren Folge sorgte dafür, dass sich mir die Nackenhaare aufstellten. Jetzt musste ich schnell handeln. Ich stopfte das Buch in meine Tasche, spähte in den Flur hinaus und schlich auf Zehenspitzen aus dem Zimmer. Fernseher und Tiefkühltruhe waren zusammen laut genug, um meine Schritte zu übertönen, als ich mir den Weg durchs Halbdunkel entlang der Treppe bahnte, von wo aus ich einen Blick auf ein seltsames Familienporträt erhaschen konnte: Tuesday auf dem Boden, die mit Wachsmalstift-Resten malte, April ganz starr auf dem Sofa, Mrs. Charles gegenüber, die einen Fruchtsaft trank. Ich schlich weiter in das schmale Badezimmer und zog die Tür leise halb zu.

Wie Monday gesagt hatte, befand sich das Fenster direkt über der Toilette. Das Bad war im gleichen Zustand wie der Rest des Hauses: die Ablage ein Wirrwarr aus leeren Duschgel-Flaschen und ausgequetschten Zahnpastatuben, das Becken voller Haare. Auf dem Boden bei der Wanne entdeckte ich eine leere Packung Haarfarbe. Es war dieselbe, wie Monday sie vor über einem Jahr ausprobiert hatte. Mir wurde ganz schlecht. Ich klappte den Klodeckel herunter und stieg auf den Badewannenrand, um dann auf die Toilette zu klettern. Draußen war es dunkel geworden. Straßenlaternen erleuchteten den Gehweg in Richtung Martin Luther King Boulevard. Ich löste den Riegel des Fensters und versuchte, es anzuheben. Es klemmte.

»Keine Panik«, redete ich mir gut zu und kniff die Augen zusammen, stemmte mich mit der Schulter dagegen, aber es bewegte sich nicht. Monday war immer so viel stärker als ich gewesen, egal worum es ging.

»Mom, wo gehst du hin?«, rief April laut.

Ich erstarrte.

»Was kümmert es dich? Und wieso schreist du so? Was ist denn los mit dir? Kann ich nicht mal mehr in Ruhe pissen gehen?«

Die Treppe ächzte unter ihrem Gewicht.

Versteck' dich!, hörte ich Monday in meinem Kopf schreien.

Ich stieg schnell von der Toilette herunter, sprang in die Dusche und zog den Vorhang zu.

Die Lampe ging an, und das Licht wurde von den senfgelben Wänden reflektiert. Ich ging in die Hocke und rollte mich dann in der Duschtasse so klein wie möglich zusammen.

Mrs. Charles kam grummelnd ins Badezimmer gestampft und bemerkte mich nicht, obwohl der Duschvorhang einen Spalt frei ließ. Sie setzte sich schwer auf den Toilettensitz und der Deckel quietschte. Ich hielt die Arme noch fester um meine Beine geschlungen und lag regungslos wie ein Felsbrocken da. Sie müsste nur ihren linken Arm ausstrecken, dann könnte sie mich an den Haaren packen.

Ein paar stille Sekunden, dann hörte ich lautes Furzen, feucht und stinkend, das in der Schüssel widerhallte. Mein Magen rebellierte und ich hielt mir eine Hand vor den Mund, um nicht zu würgen.

»April!«, brüllte Mrs. Charles. »April! Komm sofort hierher.«

April kam ins Bad gerannt. »Ja«, murmelte sie hustend und hob sich das T-Shirt über die Nase.

»Wieso hast du kein neues Klopapier hingestellt?«

»Ich hab das alte nicht aufgebraucht.«

»Du warst den ganzen Tag zu Hause und kein einziges Mal auf dem Klo? Du bist doch eine miese Lügnerin! Geh und hol mir neues Klopapier!«

April erspähte mich durch den schmalen Spalt zwischen Vorhang und Wand. Sie ließ das T-Shirt sinken und der Mund blieb ihr offen stehen.

»Was stehst du denn noch da herum?«, keifte Mrs. Charles. »Los!«

April zögerte und sprintete dann nach unten. Sie kam mit einem Ballen Papierservietten vom Chinesen zurückgehastet.

»Hier«, sagte sie, während ihr Blick von mir zu Mrs. Charles huschte. Mein Fuß rutschte ein paar Zentimeter über das Porzellan der Duschtasse und ich stützte mich an deren Rand ab. Ich brach mir Fingernägel ab an den wabenförmigen Fliesen.

»Na?« Mrs. Charles lachte in sich hinein. »Willst du da stehen bleiben und mir zusehen? Raus mit dir, zum Teufel!«

April warf mir einen letzten Blick zu und zog krachend die Tür zu.

Mein Magen drehte sich gleich zweimal um, in meinem Kopf drehte sich alles und das Zimmer wurde verschwommen, dann dunkel. Ich war nahe davor, ohnmächtig zu werden, aber dann hörte ich die Klospülung, die frisches Wasser durch die Schüssel gurgeln ließ. Mit einem befriedigten Aufseufzen wusch sich Mrs. Charles die Hände am Waschbecken. Als ich mich ein wenig vorbeugte, um hinauszuspähen, glitt ich aus und mein Sneaker quietschte auf dem Porzellan. Panisch rollte ich mich wieder zusammen und hielt den Atem an. Die Muskeln an meinem Hals waren so angespannt, dass es mich würgte. Vielleicht hatte sie nichts gehört.

Mrs. Charles hielt inne und das Wasser lief über ihre erstarrten Hände. Dann drehte sie den Hahn zu. Sie stand kerzengerade am Becken und lauschte in die Stille hinein.

Zehn Sekunden lang stand die Welt still.

Sie murmelte etwas und schlurfte zur Toilette zurück. Mein Herz blieb stehen und ich stellte mir bereits vor, wie sie ihre Hände um meinen Hals legte. *Das war's,* dachte ich und unterdrückte ein Wimmern. Aber stattdessen rüttelte sie am Fenster herum. Dieses schien sich zu wehren, es quietschte laut, aber dann stand es weit offen. Kalte Luft wehte herein und trug mir süße Erleichterung zu.

Mrs. Charles klopfte sich die Hände ab und stapfte die Treppe hinunter. Ich ließ meine Beine los und glitt auf den Rücken, starrte zur Decke hinauf und rang keuchend nach Luft.

Steh auf. Sie kommt sicher gleich wieder!

Ich kam hoch auf die Knie und spähte hinter dem Vorhang hervor, in Richtung der offenen Tür. Mrs. Charles' Lachen konnte man bis hier oben hören.

Der Klodeckel gab unter meinem Gewicht ein bisschen nach, als ich hinaufkletterte und meinen Kopf durchs Fenster in den Nachthimmel streckte. Ich atmete so viel frische Luft ein, wie meine Lunge zuließ. Genau wie Monday gesagt hatte, standen darunter zwei Mülltonnen. Aber aus dieser Höhe … Wie zur Hölle hatte sie das geschafft?

Ich hielt mich am Duschkopf fest, während ich mein linkes Bein nach draußen bugsierte und mich rittlings auf den Fensterrahmen setzte. Der Sprung sah von Nahem noch schlimmer aus – mit der Nase voran in den Tod.

»Ich kann das nicht, Monday«, hauchte ich. »Ich kann nicht. Ich …«

Und dann bemerkte ich das schwache Licht ihrer Sneakers. Ich atmete erschrocken ein und hätte beinahe den Halt verloren und wäre seitlich aus dem Fenster gefallen. Tuesday stand erstarrt vor der Tür zum Wandschrank. Sie hatte die kleine Hand wie zum Klopfen erhoben.

Wir starrten einander an. Meine Hände zitterten und das Zittern setzte sich in meinem gesamten Körper fort. Tuesdays Mund stand offen, als würde sie jeden Augenblick meinen Namen herausschreien.

Entweder stürzte ich mich in den Tod oder diese Frau würde mich umbringen.

»Tuesday? Tuesday! Wo bist du?«, rief April in Panik von unten.

»Tuesday!«, brüllte nun auch Mrs. Charles.

Tuesday zuckte heftig zusammen und ihre Blase entleerte sich. Die Pisse rann ihr die erdbeerfarbenen Leggings hinab. Ich wartete nicht ab, wollte nicht Zeugin der Folgen werden. Ich sprang mit den Füßen voran, fiel direkt in die leere Mülltonne unter mir und kreischte auf, als sie in den harten Schnee kippte.

APRIL

Wenn Daddy eine Farbe wäre, dann wäre er tannengrün – dicht, satt, ruhig, das Flüstern wohltuender Weisheiten, die nur wenige Menschen hören konnten.

Wenn Michael eine Farbe wäre, dann wäre er braun wie Baumrinde – Kokosnussschale, Mokkabraun, Schokoladenbraun, Erdbraun. Still, unterstützend, aber dabei stark. Eine Weichheit, auf der Liebe wachsen kann.

Gemeinsam sind sie der Baum, an den ich mich anlehnen kann, wenn ich erschöpft und es leid bin. Der Baum, an dessen Ästen ich schaukeln kann.

Der Baum des Lebens, wenn um mich herum nur Tod ist.

VORHER

Es war bereits nach Mitternacht, als ich den ersten Schritt ins Feuer machte.

»Wo zum Teufel bist du gewesen?«, schrie Ma mich an und kam aus der Küche marschiert. »Dein Vater ist da draußen und sucht nach dir! Meinst du etwa, du wärst jetzt groß und kannst einfach so losziehen, ohne jemandem Bescheid zu sagen? Alle telefonieren herum und suchen nach dir!«

Man beachte den Unterschied: Ich war gerade mal zwei, höchstens drei Stunden verschwunden und

Ma hatte die halbe Gemeinde alarmiert, um mich zu suchen. Monday war seit Monaten verschwunden und das erschien niemandem auch nur merkwürdig.

»Ma …«

»Warte nur, bis dein Vater nach Hause kommt! Wir sollten dir Hausarrest geben, bis du 90 bist!«

Im Haus fühlte es sich an, als wäre bei zehn Öfen gleichzeitig die Grillfunktion eingeschaltet. Ma beruhigte sich mit Kochen, wenn sie nervös war.

»O Himmel! Was ist mit deinem Gesicht passiert?«

Ich blinzelte. »Hä? Was?«

»Dein Gesicht, Claudia! Du blutest ja«, stellte sie fest, während sie mein Kinn anhob. »Und wieso humpelst du?«

Ich warf einen Blick in den Flurspiegel und zupfte langsam die Staubflusen aus meinem zerzausten Haar. Den Schnitt auf meiner Wange hatte ich kaum bemerkt, obwohl er direkt unter meinem Auge war und Blut herausquoll. Meine Schulstrumpfhose war zerrissen, mein Knie aufgeschürft.

»Das muss … bei meinem Sturz passiert sein«, erklärte ich. Die Worte kamen nur mit Mühe heraus, kullerten dann wie Eiswürfel aus der Tür eines Gefrierschranks hervor. Ich hob den Blick, stellte mir vor, das Fenster wäre direkt über mir. »Ich bin gesprungen. Ich musste …«

»Was für ein Sturz? Was ist denn passiert?«

Ich war so erschöpft, weil ich seit Monaten im Kreis lief, also seufzte ich und griff nach dem Ende eines groben Seils.

»Ma, wann hast du Monday zum letzten Mal gesehen?«

Ihr Kopf ruckte zurück, als hätte ich sie geohrfeigt.

»W-was redest du denn da? Am Wochenende, bevor du zu Oma gefahren bist! Als sie hier übernachtet hat.«

»Du hast sie noch einmal gesehen, als ich schon weg war.«

Ma versteifte sich und atmete dann laut aus, schüttelte den Kopf.

»Mädchen, ich weiß nicht, wovon du da redest.«

»Lüg' mich nicht an!«, brüllte ich und trat trotzig mit dem Fuß auf. Ihre Augen weiteten sich. Ich war selbst schockiert.

»Ma, Monday ist nicht bei ihrem Daddy. Sie ist auch nicht bei ihrer Tante. Sie ist nicht weggezogen. Sie ist nicht in der Schule. Seit Monaten hat niemand sie gesehen. Und sie hatte auch nie die Grippe.«

Ma blinzelte einige Male hintereinander.

Ich legte den Kopf schief. »Und etwas sagt mir, dass du wusstest, dass sie nicht die Grippe hatte. Nicht wahr?«

Sie schluckte, presste eine Handfläche gegen ihre Stirn und schloss die Augen.

»Es war … gleich nachdem ich das Baby verloren hatte«, gab sie mit einem Seufzer zu. »Das letzte.«

Ich erinnerte mich daran, wie sie zusammengerollt auf dem Sofa gelegen hatte, wie festgewachsen an dem Möbelstück. Das Ende der Welt hätte vor der Tür stehen können und sie hätte sich nicht gerührt. Ich erinnerte mich daran, dass ich nicht von ihrer Seite gewichen war. Hatte ich deswegen nicht gesehen, was sich direkt vor meinen Augen abspielte?

Ich atmete tief ein und versuchte, mit ruhiger

Stimme zu sprechen. »Ich glaube, dass Monday etwas Schlimmes zugestoßen ist. Etwas ganz Schlimmes.«

Sie wischte sich die Hände an einem Küchenhandtuch ab und sackte auf das Sofa, starrte den Fußboden an.

»Du glaubst mir doch, oder?«

Sie blickte mit glasigen Augen zu mir auf.

»Ja. Ja, ich glaube dir. Aber … warten wir bitte, bis dein Vater nach Hause kommt. Wir können überlegen, was wir tun sollen, wenn er da ist.«

Nachdem Ma mir geholfen hatte, mich wieder in einen Normalzustand zu versetzen, verzog ich mich mit zwei Tüten gefrorener Erbsen und einem dicken Knie, das einer Pflaume glich, in mein Zimmer. Die hatte sie mir ums Knie gewickelt, um es zu kühlen, und ich fragte mich, wie ich damit tanzen sollte.

Ich trommelte mit den Fingern auf Mondays Tagebuch herum, folgte den Kreismustern mit dem kleinen Finger. Es fühlte sich in meinen Händen an wie eine tickende Zeitbombe, als würde die Welt explodieren, sobald ich es aufschlug und den Beweis für ein Leben, von dem ich nichts wissen sollte, zutage beförderte. Als würde ich die Tür in ihre Vergangenheit aufschließen.

Scheiße, der Schlüssel!

Das Metall schepperte, als ich daran herumstocherte und zerrte, in dem Versuch, die Verriegelung aufzubrechen. Ich konnte Daddy nicht bitten, es aufzusägen. Er würde zu viele Fragen stellen, es vielleicht sogar zurückbringen!

»Au«, quiekte ich und brach mir einen Nagel ab, bevor ich bemerkte, dass das Schlüsselloch ebenso breit war wie bei meinem Tagebuch. Mein Kopf ruckte hoch und ich fokussierte den herzförmigen Schlüssel, der an einem Schnürsenkel an meinem Schminktisch hing. Wenn unsere Bücher die gleichen waren, galt das dann auch für die Schlüssel?

Hatte sie gewusst, dass ich eines Tages meinen Schlüssel gebrauchen würde, um ihr Schloss zu knacken?

Mit einem Klicken sprang es auf und ich klappte die erste Seite auf, wo ihr Name unter der Zeile ›*Dieses Tagebuch gehört*‹ in lilafarbener Tinte stand. Mein Daumen rieb über die Buchten des *M* und über die lustige Schlinge, die sie mit dem *Y* machte. Es schien eine Ewigkeit her, dass ich zuletzt ihre Handschrift gesehen hatte. Die Seiten des dicken, abgegriffenen Tagebuchs waren bis fast zum Ende geknittert. Wir redeten doch über alles. Was behielt sie alles für sich, sodass sie hier einen ganzen Roman per Hand schreiben musste?

Ich hatte so viele Fragen und die schwierigste war, wo ich anfangen sollte. Aber wie bei jedem Buch schien es mir nur folgerichtig, am Anfang zu beginnen. Langsam blätterte ich zur nächsten Seite um.

O Maaaaann! Claudia kann echt nicht lesen oder richtig schreiben! Ich weiß nicht, wie ich das weiterhin für sie geheim halten soll. Ich will nicht, dass sie in die Klasse mit den dummen Kindern geht, aber vielleicht würde sie dort besser lernen.

Ich schlug das Buch zu und schleuderte es unter mein Bett.

Schule, Tanzen, Hausaufgaben, im Haushalt helfen, zur Kirche gehen. Und wieder von vorn.

Zwischen Schule, Kirche, Tanzschule, Nachhilfe, High-School-Bewerbungen, Mas zusätzlichen Catering-Aufträgen und Daddys Bandauftritten glitten mir die Wochen durch die Finger, bevor ich sie festhalten und genauer betrachten konnte. Was stimmte nicht mit diesem Bild? Was fehlte hier? Aber dann lief ein Song im Radio oder ich sah irgendwo etwas Rosafarbenes und es fiel mir wie Schuppen von den Augen.

Ich fand mich mit der Tatsache ab, dass mein Leben zu einer Reihe weniger Schritte geworden war, dass es da sonst nicht viel gab. Daddy hatte recht. Monday hatte mich ganz einfach sattgehabt. Ich hatte gedacht, dass sie meine Freundin wäre, dass ich ihr etwas bedeutete. Aber ich hatte unrecht gehabt. Auch das war Teil des Erwachsenwerdens, sich die dummen Fantastereien aus dem Kopf zu schlagen. Außerdem, wenn man April glauben konnte, fand sie mich sowieso zu eingebildet. Also schrieb ich Monday ab, so wie sie mich abgeschrieben und mein Leben in einen traurigen Stundenplan verwandelt hatte.

Schule, Tanzen, Hausaufgaben, im Haushalt helfen, zur Kirche gehen. Und wieder von vorn.

»Du warst still in letzter Zeit«, flüsterte Michael mir über den Tisch in der Bücherei hinweg zu. Sein Mathebuch lag aufgeschlagen vor ihm.

»War ich denn je laut?«, fuhr ich ihn an, während ich meinen Aufsatz schon wieder ganz sorgfältig neu formulierte. Die Bewerbungen waren am Ende der Woche fällig und Miss Manis hatte noch mehr Übungsstunden angesetzt, um uns auf den Auftritt vorzubereiten. Ich hatte keine Zeit zu vergeuden.

»Verdammt! Du musst mir aber nicht gleich den Kopf abreißen.«

Diese eine Zeile aus ihrem Tagebuch fraß mich innerlich auf und vergiftete mir jeden Tag aufs Neue die Stimmung. Ich wollte so tun, als hätte ich sie nie gelesen, als hätte ich nie einen Fuß in ihr Haus gesetzt und den Vorhang beiseitegezogen, um all die Lügen zu sehen, die sie über die Jahre erzählt hatte. Ich wollte das alles vergessen, aber das Summen machte mir das unmöglich. Wann immer ich allein war und nichts hatte, was mich ablenken konnte, trug mich das Summen zurück nach Ed Borough, zu ihrem Haus, in ihr Zimmer … und erinnerte mich daran.

»Mein Fehler«, murmelte ich und wühlte in meiner Tasche, suchte nach einem neuen Stift. Mondays *Blumen der Nacht* rutschte heraus und knallte auf den Tisch.

»Igitt. Was machst du denn mit diesem Buch?«

Verlegen schob ich es beiseite. »Das hatte Monday ausgeliehen. Ich vergesse bloß immer wieder, es Miss Paul zurückzugeben.«

»Krass, echt?« Michael schnappte sich das Buch und drehte es herum, als hätte er noch nie eins gesehen. »Wieso hat sie denn so was gelesen?«

»Weiß ich nicht, aber sie hatte es vorher schon mal gelesen. Ich erkenne das Bild auf dem Umschlag wieder.«

»Sie hat das *zweimal* gelesen?«, fragte er. »Wieso?«

»Wen interessiert's? Und woher kennst du das überhaupt? Ist doch voll alt.«

»Es gibt eine Verfilmung davon, die auf *Lifetime* lief.« Er grinste. »Die habe ich mal mit meiner Oma gesehen. Die Geschichte ist allerdings echt wild! Es geht um diese Kinder, zwei Teenager und ein kleines Zwillingspärchen, die jahrelang auf dem Dachboden im Haus ihrer Oma eingesperrt werden, weil die Mutter nicht will, dass der Opa weiß, dass sie überhaupt Kinder hat. Aber die Oma behandelt sie völlig irre, foltert und schlägt sie, lässt sie hungern. Die sind da so lange allein, dass die Älteren anfangen, Sex miteinander zu haben. Also Bruder und Schwester. Und dann hat die Mutter versucht, die Kinder zu vergiften, um sie loszuwerden, damit sie einen anderen Mann heiraten kann, wegen Geld. Krasses Zeug!«

Ich legte meinen Stift hin, um ihm das Buch aus der Hand zu nehmen.

»Du hast recht, das klingt irre«, murmelte ich. »Ich meine, wieso sollte Monday so ein Buch lesen wollen? Geschwister, die Sex haben? Das ist eklig. Was würden die Leute denken, wenn sie sähen, was sie da liest?«

Der Gedanke nahm mir ganz plötzlich den Atem. Ich sprang auf und der Stuhl kippte hinter mir um.

Michael nahm den Kopf zurück. »Claudia? Was ist los?«

Ich konnte nicht sprechen, konnte die Worte nicht schnell genug ausspucken; sie wirbelten durcheinander und waren ganz verdreht, verkehrt herum. Stattdessen rannte ich nach vorn und war erleichtert, Miss Paul dort sitzen zu sehen.

»Miss Paul!«, quiekte ich und krachte gegen ihren Schreibtisch.

»Hey, Süße«, begrüßte sie mich mit leiser, beruhigender Stimme, während sie einen Stapel zurückgegebener Bücher einscannte.

»Miss Paul, ich habe Mondays Buch zurückgebracht«, erklärte ich und schob es mit hämmerndem Herzen über den Tisch.

Ihre Augen weiteten sich. »Oh. Ach du … Nun … Danke, Claudia.«

»Kein Problem!«

Sie starrte auf das Buch, als hätte ich ihr gerade eine tote Ratte vor die Füße gelegt, und schien unsicher, was sie damit anfangen sollte.

»Also, äh, Miss Paul, ich habe da mal eine Frage«, begann ich. »Gibt es eine Möglichkeit … alle Bücher zu sehen, die jemand sich in einer Bücherei ausgeliehen hat?«

Miss Paul schluckte und scannte das Buch mit einem nervösen Lächeln ein. »Nein, Süße. Das ist nur so ein modernes Märchen.«

»Oh, okay«, murmelte ich.

»Das ist lustig; Monday hat mir einmal genau die gleiche Frage gestellt.« Sie seufzte und legte das Buch in den dafür vorgesehenen Kasten. »Der einzige Ort, wo man so was festhalten kann, ist online. Wenn man Bücher online ausleiht oder wenn man welche verliert.«

Ich atmete tief ein, um mich zu beruhigen. »Jedenfalls, kann ich … Könnte ich mir anschauen, ob Monday online Bücher ausgeliehen hat?«

»Was … Wozu denn?«

Ich schenkte ihr ein schüchternes Lächeln und zuckte die Achseln. »Ich möchte bloß … dieselben Bücher lesen, die sie gelesen hat. Sie hat im Sommer so viel gelesen, während ich nicht hier war. Ich wollte endlich aufholen! Sie wissen doch, wir haben immer dieselben Sachen gemacht.«

Sie stieß ein unbehagliches Lachen aus. »Ähm … Na ja, das sind private Informationen, Claudia.«

»Bitte, Miss Paul«, mischte sich Michael ein, der hinter mich getreten war. »Sie möchte doch nur schnell einen Blick hineinwerfen. Ich glaube, das würde ihr echt helfen, sie vermisst sie doch so sehr. Wir sagen es auch niemandem.«

Miss Paul schürzte die Lippen. Sie tippte etwas auf ihrer Tastatur ein und schnaubte.

»Tut mir leid, das ist gegen die Regularien.« Dann stand sie auf und klopfte sich das Haar zurecht. »Und jetzt gehe ich mir eine Tasse Kaffee holen. Michael, ich glaube, mit meinem Computer stimmt etwas nicht. Würde es dir etwas ausmachen, dir das mal anzusehen? Ich bin dann in fünf Minuten wieder da.«

Mit einem knappen Nicken machte sie sich auf den Weg zum Personalraum.

Ich wirbelte mit offenem Mund zu Michael herum.

Er schmunzelte. »Verdammt, ich dachte immer, dass so was nur in Filmen passiert!«

»Beeil' dich!«, drängte ich mit einem Lachen.

Michael eilte hinter den Schreibtisch, setzte sich in Miss Pauls Stuhl und ich spähte über seine Schulter auf den Bildschirm.

»Krass, sie hat dieses *Blumen der Nacht*-Buch seit Februar fünfmal ausgeliehen«, murmelte er und scrollte sich durch eine lange Liste von Büchern. Bücher, die ich nie gelesen hatte. Bücher, von denen ich nichts gewusst hatte. Bücher, für die ich ewig brauchen würde.

»Kennst du irgendwelche Bücher aus dieser Liste?«

»Einige, ja«, erwiderte er, während er konzentriert die Titel las. »Viele davon sind dieselbe Art Bücher. Sie handeln alle von … Kindesmisshandlung oder -missbrauch.«

Mein Magen krampfte sich zusammen. Ich starrte auf die Liste und benutzte meinen Zeigefinger, um ganz langsam die Titel zu lesen.

Blumen der Nacht, Vielleicht lieber morgen, Sharp Objects, Push …

»Das klingt jetzt verrückt«, sagte er langsam und schien verunsichert. »Aber ich denke, sie hat auf diese Weise gesagt, was mit ihr passiert ist, ohne es tatsächlich auszusprechen. So als hätte sie versucht, einen Hinweis rauszuschicken, Spuren zu hinterlassen.«

»Brotkrumen!«, rief ich und stach mit dem Finger gegen den Bildschirm. »Das sind Brotkrumen! Sie glaubt, dass die Regierung sie durch ihre Bücher beobachtet!«

Michael rieb sich das Kinn. »Niemals. Nie im Leben«, murmelte er. »Wenn das hier Brotkrumen sind … dann sollten sie jemanden zu ihr führen.« Michael drehte sich mit ernstem Gesicht zu mir um. »Claudia …«

Das Summen war plötzlich wieder da, wie aus dem Nichts, als hätte die Gefriertruhe Beine bekommen, wäre aus dem Haus marschiert und hätte sich direkt hinter mich gestellt.

»Es gibt keinen Dachboden in Mondays Haus«, krächzte ich.

»Ja … aber das heißt ja nicht, dass sie nicht woanders eingesperrt wurde. Claudia, erinnerst du dich an … irgendetwas?«

Ihre Schwester Tuesday. Sie hatte erwähnt, dass Monday sich im Wandschrank versteckte. Und es gab einen Wandschrank gegenüber vom Badezimmer! Sie war die ganze Zeit dort gewesen.

Ich sprintete um den Schreibtisch herum, holte mir meine Jacke von unserem Tisch und wollte zur Tür.

»Wo gehst du hin?«, blaffte Michael mich an und packte mich am Ellbogen.

»Ich muss noch mal zurück!«, schrie ich und riss mich los.

»Zurück? Nee, du kannst da nicht hingehen! Rufen wir doch einfach die Polizei und sagen ihnen, dass du dieses Buch mitgenommen hast …«

»Die Polizei wird gar nichts tun. Und wie soll ich denen die Brotkrumen erklären, ohne Miss Paul da mit reinzuziehen und ihr Ärger zu bereiten?«

»Du musst mit deinen Eltern reden …«

»Das kann ich nicht machen! Ma und Daddy wollen nichts mehr über Monday hören!«

Michael rieb sich die Hände an seiner Jeans ab. »Na ja, vielleicht sollten wir dann mit Pastor Duncan sprechen. Ihm erzählen, was wir herausgefunden haben.«

Was sollte der Pastor denn machen? Er kannte Monday ja nicht einmal. Abgesehen von April kannte ich niemanden, der je einen Fuß in dieses Haus gesetzt hatte und wüsste, wo man nachsehen musste. Aber es musste doch jemanden geben, der bereit war, sich mit Mrs. Charles anzulegen. Jemanden, der groß und kräftig war und …

»Ihr Dad! Ich muss es ihrem Dad sagen!«

»Ihrem Dad? Claudia …«

»Die Polizei hat zu mir gesagt, dass der Einzige, der eine Vermisstenanzeige aufgeben kann, ihr Dad ist. Wenn er das tut, dann können sie nach ihr suchen! Er arbeitet an einem Ort, der Maryland House heißt. Weißt du, wo das ist?«

Michael verschränkte die Arme. »Warst du noch nie dort? Das ist an der I-95, gleich hinter Baltimore. Aber, Claudia …«

»Ich muss ihn finden. Ihm von den Brotkrumen und alldem erzählen.«

»Nee. Ich … Ich glaube nicht, dass das eine gute Idee ist.«

»Er ist der einzige Mensch, der das alles ernst nehmen wird!«

Michael schüttelte den Kopf. »Mensch, ich weiß nicht.«

Mochte sein, dass er es nicht wusste, aber ich hatte mich bereits entschieden.

»Hör zu, ich werde ihn finden, mit dir oder ohne dich.«

Er seufzte und rieb sich über den Kopf. »Ja, ich weiß. Aber ich werde dich nicht allein gehen lassen. Warte mal kurz.«

Er zog sein Handy aus der Hosentasche und fing an, hastig eine SMS zu schreiben. Etwa zehn Minuten später lächelte er mich an.

»Na siehste. Mein Cousin hat gesagt, er kann uns am Donnerstag nach der Schule hinfahren. Er besucht seine Freundin in Delaware. Aber zurück müssen wir allein kommen.«

»Und wie machen wir das?«

Er zuckte lässig die Achseln. »Wir bitten einfach Mr. Charles, uns nach Hause zu bringen.«

Schwere Regenschwaden umgaben den Pick-up von Michaels Cousin, als wir vor dem Maryland House ausstiegen. Es war eine geschäftige Raststätte, die von Autobahnen nach Norden und Süden und von dichtem Wald umgeben war. Die Temperatur hatte mich dazu verleitet zu glauben, dass sich der Frühling bereits bemerkbar machte.

»Na dann, passt auf euch auf«, sagte sein Cousin, bevor er das Fenster wieder hochließ und davonfuhr. Auf der Fahrt, die eine Stunde und 20 Minuten gedauert hatte, hatte er uns nicht gefragt, was wir vorhatten, und schien sich auch keine Gedanken darüber zu machen, wie wir von hier wieder nach Hause kommen wollten.

»Okay, wir sind da«, stellte Michael fest, der den Schirm für uns beide hielt. »Was jetzt?«

»Daddy sagte etwas davon, dass er an den Zapfsäulen arbeitet«, erklärte ich und zeigte auf die Exxon-Tankstelle am hinteren Ende des Parkplatzes.

»Lass uns mal rübergehen.«

Ostern war dieses Wochenende und lange Autoschlangen krochen im Schritttempo auf die Zapfsäulen zu. Wir liefen zwischen den Autos hindurch, rannten platschend durch Pfützen und meine Sneakers waren bereits nach wenigen Metern vollgesogen. Wir blieben am Bordstein neben dem Tankwarthäuschen stehen.

»Okay, welcher ist es?«

Ich blinzelte. »Ähm … Ich bin nicht sicher.«

Michael zog die Brauen zusammen. »Heißt das, du bist ihm noch nie vorher begegnet?«

Ich wollte mich gerade verteidigen, aber dann winkte uns einer der Tankwarte, ein älterer Weißer mit weißblonden Locken, zu sich heran.

»Hey, ihr da«, brüllte er über das laute Rauschen des Regens hinweg. »Ihr könnt hier nicht einfach im Weg rumstehen.«

Ich machte rasch einen Schritt auf ihn zu und nahm mir vor, mir Michael zum Vorbild zu nehmen, der wusste, wie man mit Fremden redete. Ich versuchte, so erwachsen wie möglich zu klingen.

»Guten Tag, Sir. Ist Tip hier?«

Er machte ein finsteres Gesicht. »Tip? Wer ist Tip?«

Verdammt, waren wir etwa völlig umsonst hergekommen?

»Ich glaube, die meinen Tommy«, meldete sich ein anderer Mann zu Wort, der gerade den Tankdeckel des Wagens neben uns aufschraubte. »Das ist sein Spitzname.«

Der ältere Mann lachte. »Ach so, Tommy. Ja, wer will das denn wissen?«

Ich leckte mir über die Lippen. »Ich bin seine Tochter Monday.«

Er hörte auf zu lachen und starrte mich an, als hätte er gerade einen Geist gesehen. »Oh. Das … tut mir leid, ähm, er kommt nicht vor sechs.«

Ich warf einen Blick auf meine Armbanduhr. Es war erst vier. Hinter mir rieb Michael seine Hände aneinander, als wollte er damit Feuer machen, und zuckte dann die Achseln. »Dann warten wir drinnen.«

»Ihr könnt durch den Laden da drüben gehen, das geht schneller.«

»Danke«, sagte Michael, legte mir eine Hand auf den Rücken und schob mich auf den kleinen Tankstellenladen zu, der ans Hauptgebäude der Raststätte grenzte. Dort drinnen erinnerte mich alles an das Erdgeschoss der Pentagon City Mall, hektisch und betriebsam, und die Leute liefen im Zickzack vor uns umher, eilten zu den Toiletten. Michael fasste mich am Arm und rettete mich vor dem Zusammenstoß mit einem viel zu schnellen Kinderwagen, bevor er zur Theke von Phillips Seafood zeigte.

»Essen wir was. Ich bin am Verhungern!«

Wir standen fast eine halbe Stunde in dem riesigen Food-Court in einer Schlange an, die so lang war wie sonst nur die Schlangen in Six Flags. Dann bestellten wir zwei Krabbenpuffer-Sandwiches mit Pommes und zwei mittlere Cherry-Cola. Michael zahlte und weigerte sich, Geld von mir anzunehmen.

»Und was hast du deiner Mom erzählt, was du heute machst, damit du herkommen konntest?«, fragte Michael, der unser Tablett trug und Ausschau nach einem freien Platz hielt.

»Ich habe ihr gesagt, ich hätte mich mit Megan für eine zusätzliche Übungsstunde für meinen Soloauftritt angemeldet. Das sollte mir ein paar Stunden Luft verschaffen.«

Er lachte leise. »Mann, sie bringt dich *und* mich um, wenn sie je die Wahrheit rauskriegt.«

Ich hatte definitiv bereits einige gefährliche Grenzen überschritten: mit einem Erwachsenen gesprochen, als wäre ich selbst einer, mich in Familienangelegenheiten von Leuten eingemischt, die nicht meine Familie waren, aus D.C. rausgefahren … mit einem Jungen! Wenn Ma etwas davon wüsste, würde sie mir den Hintern versohlen! Aber Monday zu finden … das wog jedes Risiko auf. Wie hatte ich nur darüber nachdenken können, sie abzuschreiben? Sie hatte mich niemals abgeschrieben.

Wir setzten uns in eine Nische hinten bei den Fenstern und sahen dem Regen beim Fallen zu.

»Also, was willst du zu ihm sagen, wenn wir ihn sehen?«, wollte er wissen, bevor er von seinem Sandwich abbiss.

Es gab so viele Dinge, die ich sagen wollte, dass ich kaum wusste, wo ich anfangen sollte. »Ich weiß nicht.«

»Na, wie ich sehe, hast du das ja gut durchdacht.«

»Ich improvisiere.«

»Gut, dass du wenigstens einen starken Mann mitgenommen hast«, sagte er, ließ die Knöchel knacken und tat, als würde er seine Muskeln anspannen. »Du weißt schon, zur Absicherung.«

»O ja, du weißt genau, wie ich ticke«, kicherte ich und warf eine Fritte nach ihm. Er fing sie mit dem Mund auf und riss die Arme hoch, als hätte ich gerade ein Tor geschossen.

»Weißt du, das wollte ich immer schon mal machen.«

»Was denn?«, fragte ich lachend.

Er schmunzelte und spielte mit einer großen Fritte herum, bevor er sie sich in den Mund steckte. »Ein Mädchen zu *Phillips* ausführen.«

Es fühlte sich an, als hätte der Regen aufgehört und die Sonne würde auf uns herabstrahlen. Nur auf uns. Als wäre der Laden leer und wir die einzigen Menschen auf der ganzen Welt.

»Wirklich?«

»Ja. Na ja, nicht dieses *Phillips* hier, sondern das am Wasser. Warst du da schon mal? Es ist total schick drinnen. Mein Dad hat meine Mom immer dorthin ausgeführt. Jetzt redet er ständig nur noch davon, dass es kein gutes Meeresfrüchte-Restaurant in Dubai gibt.«

Er seufzte, nahm einen Schluck von seiner Cola und starrte ins Leere.

»Hast du eigentlich schon gefragt, ob du bei deiner Oma wohnen kannst?«

»Ja«, erwiderte er mit einem Schnauben. »Und das scheint okay für sie zu sein. Aber es wird einfach Kacke werden ohne sie. Ich werde meine Mom vermissen, aber vor allem werde ich meinen Dad vermissen.«

»Das tut mir leid.«

Er nickte achselzuckend. »Egal. Aber sag' mal, was ist eigentlich mit dieser Aufführung, über die ihr Mädels alle dauernd redet?«

Ich lachte. »Was soll damit sein?«

»Hast du nicht einen Soloauftritt oder so was?«

Mein Rücken spannte sich an, als ich an die letzten Kommentare von Miss Manis dachte. »Ja.«

»Meine Güte, du klingst aber begeistert«, stellte er mit leisem Lachen fest. »So wie Megan in der Schule drüber spricht, ist das doch eine große Sache. Ich habe dich in der Kirche und auf dieser Party tanzen sehen. Worüber musst du dir denn da Sorgen machen? Du kannst dich doch bewegen!«

Ich nahm einen Schluck von meiner Cherry-Cola. »Na ja, zuerst war ich begeistert, aber dann hat meine Tanzlehrerin mir einen langsamen Song ausgesucht.«

Er zuckte die Achseln. »Und wo liegt das Problem?«

»Das Problem ist, ich wollte mit einigen dieser Moves angeben, die ich mir mit Monday ausgedacht hatte. Langsame Songs sind nicht so mein Ding!«

»Oh. Also ... willst du sie deswegen unbedingt finden?«

»Nein! Das ist es nicht«, antwortete ich und mein Magen zog sich zusammen. »Sie steckt in Schwierigkeiten. Ich weiß nicht, wie ich das erklären soll, aber ich spüre es ganz genau.«

Er starrte mich einen Moment lang an, bevor er nickte und sich den Mund mit einer zerknüllten Serviette abwischte. Zum ersten Mal fühlte es sich nicht wie eine Lüge an. Ich suchte sie nicht, weil ich sie brauchte – ich suchte sie, weil sie mich brauchte. Sie brauchte meine Hilfe.

»Schaust du Football?«, fragte Michael und stahl sich ein Gürkchen von meinem Teller.

»Mit Daddy, ja.«

»Hast du je gesehen, wenn sie den Videobeweis zeigen?«

Ich zog die Brauen zusammen. »Natürlich. Wieso?«

»Na ja, ich finde, manchmal, wenn etwas richtig schnell abläuft, dann kann es in Zeitlupe echt schön aussehen. Vielleicht kannst du das ja auch machen. Deine Moves zeigen, aber in Zeitlupe.«

Ich schüttelte den Kopf. »So funktioniert das aber nicht.«

Er wies auf den Platz neben unserem Tisch und schmunzelte. »Versuch's mal.«

»Was? Jetzt und hier? Vor all diesen Leuten? Du spinnst doch.«

»Du kannst auf der Bühne vor Hunderten von Leuten tanzen, oder vor unserer ganzen Gemeinde, aber nicht vor einem Haufen Touristen?«, forderte er mich gackernd heraus. »Komm schon, das will ich sehen!«

Monday würde das machen, flüsterte eine Stimme in meinem Innern. Sie würde nie vor einer Herausforderung kneifen. Ich hob das Kinn an.

»Na schön«, sagte ich seufzend und wischte mir die Hände ab. »Das ist verrückt.«

Er lehnte sich mit seiner Cola und einem zufriedenen Grinsen auf dem Stuhl zurück. »Das sagst du nicht mehr, wenn es funktioniert.«

Ich stand auf und beschloss, die ersten paar Schritte unserer »Heartbeat«-Choreografie auszuprobieren. Zwei schnelle Luftboxer, Rücken nach hinten und Drehung. Ich blickte mich zu Michael um, der mir zunickte.

»Okay, also lass sehen, was passiert, wenn du das Ganze langsamer machst. Also *richtig* langsam.«

Ich rollte meinen Nacken und schloss die Augen, um mir die Schritte auszumalen. Wie würde es aussehen, wenn sie in Zeitlupe abliefen? Was, wenn meine Arme nicht so abrupt vorschnellen würden, sondern sich eher … anmutig bewegten? Was, wenn ich anstelle der Beugung und Drehung eine Pirouette machte?

Ich entspannte meine Muskeln und begann, mit den Bewegungen zu atmen, ließ meine Arme zart die Luft um mich herum auffalten, anstatt sie scharf zu zerschneiden. In letzter Sekunde dachte ich an Megan, dann an die Tanzgruppe in der Kirche, wo wir unsere Auftritte mit einer tiefen Verbeugung und in den Himmel erhobenen Armen beendeten. Ohne Spiegel hatte ich keinerlei Vorstellung, wie ich aussah, aber die Bewegungen fühlten sich gut an.

Michael klatschte und jubelte und das taten auch die anderen Leute um uns herum.

»O mein Gott«, quiekte ich und barg das Gesicht in den Händen. »Ich kann nicht fassen, dass ich das getan habe!«

Michael stand auf und zog mich in eine Umarmung. »Ich habe doch gesagt, dass das funktioniert.«

In der nächsten Stunde gingen wir im Gespräch einen Haufen meiner Tänze durch, bevor wir langsam zurück zu dem kleinen Supermarkt spazierten. Wir blieben im Gang mit den Snacks stehen, starrten durch die riesige Fensterwand und sahen zu, wie der Regen auf den Boden prasselte.

»Na schön, es ist fünf vor sechs«, verkündete Michael und rieb sich die Hände. »Er müsste jeden Moment auftauchen.«

»Sollen wir lieber draußen warten?«

»Und völlig durchnässt werden? Nee. Von hier sehen wir doch auch alles.« Er blickte sich kurz über die Schulter um und ging dann weg. »Bin gleich wieder da.«

Die Dämmerung hatte eingesetzt und der Himmel wurde zunehmend schwarz. Der Wind wurde stärker und ein Blitz krachte durch die Bäume, während aus Pfützen Ozeane wurden. Was, wenn er nicht auftauchte?

Michael kehrte mit zwei dampfenden Styroporbechern zurück. Darin war heiße Schokolade.

»Gute Arbeit heute, Champion«, lobte er und reichte mir einen Becher. »Ich habe den Kollegen vorn gefragt, ob er die mit Milch macht, und er meinte so: ›Was glaubst du, was das hier ist? Ein Starbucks?‹«

»Danke«, sagte ich kichernd und pustete gegen den aufsteigenden Dampf. »Wie viel Zucker hast du da reingeschüttet?«

»Gar keinen. Der Coach sagt, wenn ich den nicht weglasse, bekomme ich bald Diabetes. Ich lasse Zucker jetzt überall weg!«

Ich lachte. »Du redest oft von deinem Coach.«

»Ja, er ist cool.« Er schlürfte aus seinem Becher.

»Also, na ja, ich weiß, dass es dich traurig macht, wenn dein Dad weit weg ist und so, aber das klingt doch, als hättest du hier eine ganze Reihe von Papas.«

Sein Lächeln verging ihm. »Wie meinst du das?«

»Ich meine, du hast deinen Coach, Pastor Duncan … Himmel, selbst meinen Daddy, die sind alle für dich da. Manche Kinder haben niemanden, zu dem sie gehen können.«

Er senkte den Blick auf seine Schuhe. »Das ist einfach nicht dasselbe. Mein Dad … Er ist so was wie mein bester Freund.«

Ich wusste nur allzu gut, wie es sich anfühlte, die beste Freundin zu vermissen, und dass andere

Menschen die Lücken, die ihre Abwesenheit riss, nicht einfach so füllen konnten. Es machte Spaß, mit Michael an meinen Tanzschritten zu arbeiten oder bei Megan allen die Nägel zu lackieren, aber es war nicht dasselbe.

»Aber danke«, murmelte er und hob den Blick, um mich anzusehen, atmete tief ein. »Hör zu … Wegen der Party …«

Ich winkte rasch ab. »Nee, vergiss es. Wie du schon sagtest, wir waren beide betrunken und da ist es aus dem Ruder gelaufen, das ist alles.«

Er seufzte. »Ich war nicht betrunken.«

Die heiße Schokolade fühlte sich plötzlich ganz kalt an in meiner Hand. »Was?«

Er streckte die Hand aus und ließ seine Finger zwischen meine gleiten, zog mich näher zu sich heran.

»Ich sagte … ich war nicht betrunken.«

Wieder hörte der Regen auf. Wir versanken in den Augen des anderen und er kam langsam näher, trat zu mir in meine Blase, wo es warm und sicher ist, wo die Sonne mir heiß in den Nacken scheint. *Er wird mich küssen,* dachte ich. *Jetzt und hier. Und dieses Mal bin ich nicht betrunken. Dieses Mal werde ich nichts überstürzen.*

Aber als ich den Kopf hob, ging mein Blick aus dem Fenster und blieb an einem rostigen, hellbraunen Cadillac hängen, der vor einer Garage gleich rechts neben der Tankstelle hielt. Ein Mann stieg aus. Er trug einen blauen Arbeitsoverall und braune Stiefel. Ich erkannte seine Augen, die hohen Wangenknochen, das finstere Gesicht. Monday hatte viel von seinem Aussehen geerbt.

»Da«, flüsterte ich und nickte über seine Schulter hinweg. »Da ist er.«

Michael fuhr herum und beobachtete, wie Tip Charles seinen Wagen abschloss. Ich konnte spüren, wie Michael ihn mit hochgezogenen Schultern abschätzte. Tip war vielleicht zwei, drei Zentimeter größer als er, aber vom Gewicht her schienen sie ungefähr auf dem gleichen Level zu sein.

Tip Charles rannte durch den Regen zu dem blonden Mann und nickte ihm zur Begrüßung zu, während er dicke Arbeitshandschuhe überzog. Der Blonde sagte etwas zu ihm und zeigte zum Supermarkt hinüber. Tip Charles' Gesichtszüge entglitten und er fuhr herum, stand jetzt mit dem Rücken zu uns. Sie wechselten einige zornige Worte und der Blonde warf die Hände in die Luft.

Michael und ich wechselten einen Blick. Das schien ja gar nicht gut zu laufen.

Ohne überhaupt einmal in unsere Richtung zu schauen, rannte Tip zurück zur Garage und zog seine Kapuze über das Gesicht, als wollte er sich verstecken. Er sprang in seinen Wagen und zog hastig die Tür zu.

»Warte … Was macht er denn jetzt?«, murmelte Michael und stellte seine heiße Schokolade langsam auf dem Fensterbrett ab. Das Kitzeln in meiner Magengegend wurde zum Stechen.

Tip Charles hantierte hektisch mit den Schlüsseln wie jemand, der in einem Horrorfilm auf der Flucht vor dem Killer ist – sein Gesicht war ganz blass, in den Augen stand die blanke Angst.

»Ist er … Will er verschwinden?«, blaffte Michael und rannte zur Tür.

»Michael!«, schrie ich und rannte ihm nach. Tip Charles hatte den Rückwärtsgang eingelegt und trat kräftig aufs Gaspedal, als Michael draußen ankam.

»*Verdammter Feigling!*«, schrie Michael, während das Auto davonraste.

»Michael!«, brüllte ich, als ich mit rasendem Herzen im Regen stand.

»Was denn?«

Ich seufzte. Mein Atem dampfte vor meinem Gesicht. »Wie kommen wir denn jetzt nach Hause?«

»Sollten wir nicht vielleicht unsere Eltern anrufen?«, fragte ich, als wir am Amtrak-Bahnhof in Baltimore aus dem Taxi stiegen. Es war schon nach acht. Meiner Lüge zufolge hätte ich jetzt zu Hause sein sollen.

»Um auf der Fahrt nach Hause eine Stunde lang angeschrien zu werden? Nee. Ich würde lieber erst nach D. C. fahren und dort umgebracht werden.«

Wenn Michael nicht die Notfall-Kreditkarte von seinem Dad gehabt hätte, wären wir mitten auf dem Highway gestrandet, also beschwerte ich mich nicht. Es war schlimm genug, dass er nun ebenso Ärger bekommen würde wie ich. Unsere durchweichten Sneakers quietschten auf dem Marmorfußboden im wuseligen Bahnhofsgebäude. Ich hielt mich nah bei Michael und hätte verzweifelt gern seine Hand gehalten, um die Nervosität zu bekämpfen, die in meinem Magen brodelte, weil ich mich in dieser Stadt nicht auskannte.

»Ich fasse es nicht, dass er einfach so abgehauen ist«, sagte Michael zum wahrscheinlich tausendsten Mal, seit wir Maryland House verlassen hatten. »Wer macht so was? Nach allem, was passiert ist, zischte er davon, als wären wir die Polizei!«

Ich wusste nicht, was ich noch sagen sollte. Der Schock saß mir immer noch in den Knochen. Der Augenblick spulte sich immer wieder aufs Neue in meinem Kopf ab und verdrängte jeden anderen Gedanken.

Aus dem Lautsprecher tönten Durchsagen, als wir einige runde Sitzbänke aus Holz passierten, dann Zeitungskioske und Fahrkartenschalter, Fernsehbildschirme an jeder zweiten Säule, auf denen der lokale Nachrichtensender lief.

Wir blieben stehen und glotzten zu der riesigen Infotafel mit den Abfahrtszeiten hoch, die von der Decke hing. Die Zeiten und Gleisnummern wurden dort oben klackernd angezeigt.

»Die nächste Bahn nach D.C. fährt in zehn Minuten«, las ich von der Tafel ab, während ein paar Leute an uns vorbeirannten, die ihre Gleise rechtzeitig erreichen wollten.

»Fährt von Gleis drei. Warte dort auf mich, ich besorge uns die Fahrkarten.«

Ich nickte und er rannte davon. Ich sah mich in der mich umgebenden Hektik um.

»Baltimore«, murmelte ich. Die Suche nach Monday hatte mich in eine fremde Stadt geführt und dennoch hatte ich nichts herausgefunden. Wie sollte es jetzt weitergehen? Wem könnte ich es noch erzählen? Ich schaffte es nicht einmal, über den nächsten Schritt nachzudenken, weil mich der Ausdruck in Tip Charles' Gesicht nicht losließ, sein Blick bei der bloßen

Erwähnung seiner Tochter. Wieso war er davongerannt?

»Die Behörden bitten um Ihre Mithilfe bei der Identifizierung der Leiche eines jungen Mädchens, die im Leakin Park gefunden wurde …«

Die Worte ›Leiche‹ und ›Mädchen‹ blieben bei mir hängen. Ich blickte zum Fernseher an der Säule vor mir hoch und konzentrierte mich auf den kirschroten Lippenstift. Aufnahmen des Tatorts, Polizisten, die einen Bereich des Parks mit Absperrband markierten, und der schneebedeckte Boden des Vormonats huschten über den Bildschirm.

»Es gibt keine Vermisstenanzeige, die zur Personenbeschreibung des jungen Opfers passt … Die Mediziner versuchen zu ermitteln, wie lange die Leiche schon … Das Opfer scheint zwischen 14 und 16 Jahre alt gewesen …«

Vorher war alles leer. Nur ein weißes Blatt Papier mit leeren Formen, die nichts darstellen. Erst wenn die Formen ausgemalt sind, fügt sich das Ganze zu einem Bild.

»Monday«, keuchte ich. Mein Magen krampfte sich zusammen und die Welt wurde dunkler.

Michael kam mit zwei Fahrkarten zurückgelaufen. »Okay. Wir haben noch fünf Minuten. Los geht's! Hey? Was ist los?«

Das Bild wurde schärfer und schnitt mir ins Herz. Alles fügte sich, ergab Sinn. Ich hatte gedacht, dass sie verschwunden war, wäre das Schlimmste, was uns hätte passieren können. Wie konnte ich nur so blind sein?

»Sie ist tot«, sagte ich und starrte immer noch auf den Fernsehbildschirm.

Michael zuckte zusammen. »Was?«

»Monday. Sie ist tot.«

Michael folgte meinem Blick und las die Schrift auf dem unteren Bildschirmrand. Er blickte auf mich herab und dann wieder zum Fernseher. Er wirkte alarmiert, aber auch gefasst.

»Nee. Das ist sie nicht«, sagte er und schüttelte den Kopf.

In meinen Ohren war ein schrilles Geräusch, das alles andere um mich herum übertönte. Ein Summen.

Michael beugte sich herunter, sah mir in die Augen, stellte sich gleichzeitig vor den Fernseher und legte mir eine beruhigende Hand auf den Oberschenkel.

»Claudia, das ist sie nicht«, sagte er leise. »Ich schwöre dir, sie ist es nicht.«

»Ihr Dad lebt in Baltimore«, murmelte ich.

»Sie finden immer wieder Leichen in diesem Park. Aber ich schwöre dir, das ist sie nicht.«

Ich schüttelte den Kopf. »Hast du seinen Gesichtsausdruck gesehen? Du hast selbst gesagt, er ist weggerannt, als wären wir die Polizei.« Hysterie machte sich breit und mir kamen die Tränen. »Was, wenn ihre Mom gar nicht gelogen hat? Was, wenn sie sie wirklich zu ihrem Dad gebracht hat? Was, wenn er meinen Dad angelogen hat, dass er sie ewig nicht gesehen hat?«

Michael atmete tief ein und seine Züge entglitten. »Claudia, du … Erinnerst du dich wirklich an gar nichts? Überhaupt nichts?«

»Hm? Was meinst du damit?«

Michael zuckte, als hätte ihn eine Spinne in den Hintern gebissen, und riss sein Handy aus der hinteren Hosentasche.

»Verdammt«, murmelte er und scrollte durch die eingegangenen Nachrichten. »Das ist die Telefonkette von der Kirche. Deine Mom sucht nach dir.«

»Shit«, murmelte ich. »Aber wir können jetzt nicht nach Hause fahren! Wir müssen zur Polizei gehen und das melden. Sie haben sie im Wald gefunden und können sie nicht identifizieren, weil niemand weiß, dass sie verschwunden ist!«

Michael seufzte mit einem Blick, der so traurig war, wie ich es noch nie bei ihm gesehen hatte.

»Claudia, es tut mir leid. Ich dachte … Ich weiß auch nicht. Aber ich denke, wir sollten jetzt deine Mom anrufen.«

VORHER

Am nächsten Morgen wachte ich auf und fühlte mich schwerfällig und schwach. Als ich mich für die Schule angezogen hatte, wurde mir eiskalt und mein Mund war ganz trocken, dann setzten die Kopfschmerzen ein. Ich schleppte mich nach unten. Mein Knie war immer noch eine dicke Pflaume. Ma saß in der Küche, trank Kaffee und starrte ins Leere.

»Ma?«

Sie erwachte aus ihrer Trance und sah mich mit einem Blick an, der beinahe verwirrt war. »Oh. Guten Morgen, meine Süße«, sagte sie mit kratziger Stimme.

Mir fiel auf, dass sie Jeans und Pulli trug. »Gehst du heute nicht zur Arbeit?«

Sie zog die Brauen zusammen. »Ich habe mir heute freigenommen. Für dein Bewerbungsgespräch an der Banneker, schon vergessen?«

Das Gespräch. Für den 1. April angesetzt. Ich hatte das völlig vergessen.

»Und es ist Karfreitag. Muss doch das Fischessen heute Abend vorbereiten.« Sie trank noch einen Schluck und stellte dann behutsam die Tasse ab. »Dein Vater ist auf dem Weg nach Hause. Wir gehen am Montag rüber zu Patti, um nach dem Rechten zu sehen. Ich will, dass du … dann hierbleibst.«

Sie sprach es nicht aus, aber der Gedanke drang trotzdem bis zu mir durch. »Nur für den Fall?«

Sie nickte. »Nur für den Fall.«

Kalte Schauer krochen mir die Arme hoch. Ich wollte nicht, dass Ma auch nur in die Nähe von Mrs. Charles kam oder in die Nähe dieses Hauses. Was, wenn sie am Ende auch verschwand?

»Alles wird wieder gut«, beharrte sie. »Wir klären, was da genau los ist. Okay?«

Ich nickte und merkte, wie ich schwankte. Sie stand auf und nahm mich in den Arm, wollte mich an sich drücken, zuckte aber sofort wieder zurück und betrachtete mein Gesicht. Dann legte sie mir ihren Handrücken an die Wange und zog ihn wieder weg, als hätte sie eine heiße Pfanne berührt.

»Claudia! Du glühst ja!«

Das Thermometer zeigte 38,3 Grad.

»Wahrscheinlich weil du bei Regen nachts draußen

herumgelaufen bist«, sorgte sie sich und steckte mich wieder ins Bett. »Hast dir bestimmt eine Lungenentzündung oder so was eingefangen. Ich muss schnell zum Laden gehen. Dein Vater hat die letzten *Tylenol*-Tabletten aufgebraucht. Kommst du klar, wenn ich kurz weg bin?«

Ich nickte.

»Okay, gut. Und dann mache ich eine Suppe zum Mittagessen.«

Kurz nachdem Ma gegangen war, hörte ich in der Ferne einen Schwarm Sirenen heulen. Sie klangen wie eine Band, die nicht im Gleichklang war, und sie wurden lauter. Sirenen hörte man im Südosten häufig, aber der drängende Lärm von so vielen auf einmal … Ich machte hastig die Augen wieder auf, wälzte mich aus dem Bett und humpelte rüber zum Fenster, um hinauszuschauen. Ich starrte in den blauen Himmel hinauf, sah die Hubschrauber in geringer Höhe kreisen. Dann wanderte mein Blick zur Bücherei hinüber, wo all die Bücher standen, die Monday gelesen hatte. Wenn wir in Englisch etwas zu lesen aufbekamen, übersprang ich manchmal ein paar Kapitel, um mit ihr Schritt zu halten. Monday lachte dann und meinte, das sei dasselbe, als würde man bei einem Film zum Ende vorspulen.

Zum Ende.

Ich rannte zu meinem Bett zurück und tauchte darunter, schnappte mir Mondays Tagebuch und blätterte zur letzten Seite vor. Ich hatte keine Ahnung, wieso ich daran nicht schon früher gedacht hatte. Warum ich nicht hinten angefangen und mich nach vorne vorgearbeitet hatte. Ich schätze, weil man ein Buch eben immer auf der ersten Seite beginnt. Genau wie in dieser Geschichte muss man erst etwas über die Vergangenheit eines Menschen erfahren, um zu verstehen, wie er oder sie sich jetzt verhält. Aber um Monday schnell zu finden, musste ich wissen, was sie zuletzt gemacht hatte.

Auf der letzten Seite standen zwei hastig hingekritzelte Zeilen:

Morgen fährt Claudia in die Sommerferien. Wenn sie weg ist, erzähle ich ihrer Mom, was passiert ist. Vielleicht darf ich bei ihr wohnen, bis sie zurückkommt.

In die Stille dieses Augenblicks kroch die Furcht hinein, aber dann klingelte das Telefon.

»Claudia, alles okay?«, fragte Ma. Daddys Album lief im Hintergrund.

»Ja.«

»Okay. Ich bin jetzt auf dem Rückweg. Aber da ist … Der Verkehr staut sich. Ich glaube, drüben in Ed Borough ist etwas passiert. Sie sperren alle Querstraßen ab.«

Ein einzelner Streifenwagen kam unseren Block hinuntergerast, wich einer Mülltonne aus, die der Wind in die Mitte der Straße geweht hatte. Die Sirenen heulten. Ich erhaschte nur einen kurzen Blick auf den Fahrer und seine harten Züge. Wäre ich nicht schon ganz blass vom Fieber gewesen, dann wäre ich ganz sicher blass geworden, als der Wagen an der Bücherei links abbog, die Good Hope Road hinaufraste und den anderen folgte, die nach links auf die Martin Luther King Avenue abgebogen waren, in Richtung Ed Borough.

Ich erinnere mich nicht an die letzten Worte, die ich zu Ma sagte. Ich erinnere mich auch nicht, dass ich in meine Fellstiefel schlüpfte oder mir den Mantel über den Schlafanzug zog. Ich kann mich nicht einmal daran erinnern, dass ich aus dem Haus gerannt bin und die Tür weit offen stehen ließ. Das Einzige, woran ich mich erinnere, ist, wie ich in die Pedale trat und die Straße entlangkeuchte wie ein sterbendes Tier.

Ich musste es mit eigenen Augen sehen.

Das Wetter war über Nacht umgeschlagen und nun war es viel wärmer als in den letzten Wochen. Typisch D. C., würde Ma sagen. Einen Tag Winter, am nächsten schon Sommer. Der Schweiß lief mir in die Augen und meine Socken waren schon ganz durchnässt, aber die Panik sorgte dafür, dass ich weiterfuhr.

Streifenwagen blockierten die Hauptzufahrt nach Ed Borough. Ich kämpfte mit jedem Atemzug und kürzte durch den schmalen Pfad im Gras ab, der hinter den Basketballplätzen entlang zu Mondays Seite der Wohnanlage führte. Ich hoffte, dass der Verkehr hier nachlassen würde.

Aber die Absperrungen nahmen zu, ebenso die Menge, die sich in einem Halbkreis direkt vor ihrem Haus versammelt hatte.

Ich ließ mein Rad am Bordstein fallen und wankte den Weg hinauf zu den Gaffern. Gelbes Absperrband der Polizei war um die alten Bäume gewickelt, die ihre langen Schatten auf die geparkten Streifenwagen und Krankenwagen warfen. Die murmelnde Menge wurde lauter. Alte Damen in ihren Hauskleidern, Jogginghosen oder dünnen Mänteln. Männer in übergroßen Sweatshirts und Jeans. Frauen mit Babys auf dem Arm, die ihre wild gewordenen Kleinkinder im Zaum zu halten versuchten.

Ein Polizist kam aus dem Haus gestolpert, sein weißes Gesicht war grün angelaufen. Er hustete und würgte, bedeckte den Riss im Zement, über den ich gestolpert war, mit rosafarbener Kotze. Eine gespenstische Ruhe legte sich über die Menge. Polizeibeamte und Sanitäter bewegten sich nur im Schneckentempo. Sie hatten keine Eile und das bedeutete: Was auch geschehen war, war geschehen. Es gab niemanden mehr, den sie hätten retten können.

Ein Fotograf schien Bilder von den Zuschauern zu machen. *Klick, klick, klick.* Nachrichtenteams setzten ihre Ellbogen ein, um sich nach vorne durchzudrängen, während die Nachbarn zu flüstern begannen …

»Was ist denn dadrinnen passiert?«

»Die sagen, dass sie ein paar tote Kinder im Haus gefunden haben.«

»Tot?«

»Ist nicht wahr!«

Das Absperrband, das uns zurückhielt, knatterte laut im Wind. Mein Herz brach und meine Kehle wurde so eng, dass ich kaum noch atmen konnte.

Klick, klick, klick.

»Hey, ist das nicht Pattis Haus?«

»O mein Gott! Sie hat vier Babys!«

»Ich habe gesehen, wie sie April mitgenommen haben.«

»Na, und wen haben sie nun tot aufgefunden?«

»Weiß ich noch nicht.«

»Die sagen, sie haben zwei Kinder in der Gefriertruhe gefunden.«

»In der Gefriertruhe? Ist das dein Ernst?«

»Herr im Himmel! Wen haben sie in der Truhe gefunden?«

Meine Beine, meine Arme, meine Hände … Alles wurde ganz taub. Die Stimmen traten in den Hintergrund. Obwohl sich die Münder der Menschen noch bewegten, hörte ich sie nicht mehr. Ich hörte nur noch das Hämmern meines Herzens … und das Summen der Gefriertruhe.

Summmmm.

Die Welt drehte sich, zuerst nur langsam, aber dann immer schneller. So wie Monday und ich uns miteinander im Kreis gedreht hatten. Immer im Kreis … wie wild kichernd … bis wir ins Gras fielen und in den Himmel hinaufstarrten.

Summmmm.

Ich hustete die angehaltene Luft aus und blickte zu den Wolken hoch. Nur eine hing in der Nähe am Himmel, ein kleiner, grauer Bausch, als wäre sie von einem vorbeiziehenden Sturm hier vergessen worden – dem Tod überlassen. Meine Augen rollten sich ohne mein Zutun nach hinten. Mit zitternden Knien schwankte ich vor und zurück, stieß gegen etwas Hartes, Verlässliches.

Daddy.

Er hob mich hoch, legte eine Hand schützend um meinen Hinterkopf. Ich hielt mich an seinem Hals fest, krallte meine Hände in seine blattgrüne Jacke und zitterte am ganzen Körper.

»Psst … Ist ja gut, meine Süße. Daddy ist bei dir. Mach die Augen zu. Ist ja gut.«

Er entfernte sich rückwärts aus der Menge und trug mich den ganzen Weg nach Hause.

DANACH

»Oh, Gott sei dank!«

Als wir das Haus betraten, nahm mich Ma ganz fest in den Arm und vergrub ihre Nase in meinem Haar. »Ich habe mir solche Sorgen um euch gemacht.«

Ich wand mich aus ihrer Umarmung, während Michael die Tür hinter uns zumachte.

»Ma, wir haben keine Zeit dafür! Wir müssen zur Polizei gehen!«

Ma zog die Brauen zusammen und rieb mir über die Arme. »Zur Polizei? Warum?«

»Das ist meine Schuld, Mrs. Coleman«, murmelte Michael mit gesenktem Kopf. »Ich dachte, wenn sie … ihn sieht, würde ihr das vielleicht helfen, sich zu erinnern.«

Ma seufzte. »Ist schon gut, Michael. Ich weiß, dass du nur versuchen wolltest, zu helfen. Tip hat vorhin hier angerufen.«

»Siehst du!«, sagte ich zu Michael. »Ich habe es dir doch gesagt! Er rannte davon, als wären wir die Polizei, weil er wusste, dass er etwas ausgefressen hatte. Er hat angerufen, weil er uns aufhalten wollte!«

Michael seufzte und vergrub die Hände in seinen Hosentaschen. Mas Blick ging zwischen uns hin und her. »Süße …«

»Ma, du musst mir zuhören. Monday … Sie ist nicht

bei ihrer Tante zu Hause. Sie ist auch nicht bei ihrer Mom oder ihrem Dad. Die haben eine Mädchenleiche im Wald in Baltimore gefunden, und ihr Dad wohnt dort in der Nähe und … und ich glaube, dass das Monday ist. Ich weiß, dass das verrückt klingt, aber ich habe die Schulschwester Miss Orman angerufen. Monday hatte nie die Grippe. Das Jugendamt hat sie damals dort weggeholt …«

Mas Augen füllten sich mit Tränen und ihre Lippe zitterte. »O meine Süße. Ich … Ich dachte wirklich, es würde schon wieder besser werden.«

»Was? Nein, es wird doch besser! Ich war regelmäßig bei Miss Walker und im TLC! Das hat doch gar nichts hiermit zu tun!« Ich sah zu Michael hinüber, damit er mich unterstützte, aber er stand bloß da und starrte den Fußboden an.

»Die Brotkrumen!«, fuhr ich hastig fort. »Monday hat sich in der Bücherei lauter Bücher ausgeliehen, in denen es um misshandelte Kinder ging. Sie wollte der Regierung so mitteilen, was bei ihr los war, aber die Regierung kontrolliert gar nicht die Bücher, die man sich ausleiht! Da hat ihre Mutter sie angelogen!«

Ma nickte schniefend. »Okay … Wie wäre es, wenn du dich hinsetzt und …«

»Ma! Du hörst mir nicht zu! Ich versuche dir zu erklären, dass Monday verschwunden ist! Wieso hört mir denn niemand zu? Wieso glaubt mir denn niemand?«

Ma erstarrte und sah zu Michael hinüber. Ihr liefen jetzt die Tränen übers Gesicht. »Du hast recht, Claudia«, flüsterte Ma. »Du hattest von Anfang an recht. Wir hätten dir beim *ersten* Mal glauben sollen, als du davon gesprochen hast.«

Beim ersten Mal, dachte ich. *Was redet sie denn da?*

»Schatz, hör mir zu. Monday … Monday ist nicht mehr da. Sie ist schon seit fast zwei Jahren nicht mehr da.«

»Wie meinst du das?« Ich wandte mich an Michael. »Wovon redet sie denn bitte?«

Michael schüttelte den Kopf. »Es tut mir leid, Claudia.«

»Was tut dir leid? Was denn?«

»Claudia, Monday ist vor *zwei Jahren* gestorben«, erklärte Ma sanft und fasste mich am Handgelenk, um mir Halt zu geben. »Sie und August wurden … wurden …«

Das Platzen meiner Blase konnte man auf der ganzen Welt hören.

»Nein«, keuchte ich und wollte vor ihr zurückweichen.

»Doch, Süße!«, beharrte sie und hielt mich noch fester. »Und es tut mir so leid! Du hast immer wieder diese … Episoden, in denen du vergisst, was geschehen ist.«

Zwei Jahre! Zwei Jahre? Aber das würde ja bedeuten …

»Moment, wie … alt bin ich denn?«

Ma atmete tief ein. »Du wirst bald 16.«

»Das ist unmöglich … Ich bin doch noch nicht einmal 14 geworden«, murmelte ich. »Du hast gesagt, ich darf eine Party feiern! Ich bewerbe mich an mehreren Schulen!«

»Ja, du bewirbst dich für die High School. Erneut. Wir haben dich aus der Schule genommen. Erinnerst du dich an deinen letzten Tag? Weißt du nicht mehr, was passiert ist?«

Ich versuchte, mich zu erinnern. An das Vorher, aber alles fühlte sich verkehrt herum an, so wie die Wörter durcheinandergerieten, wenn ich sie aufschrieb. Ich sah Michael Hilfe suchend an, aber er starrte weiterhin nur auf den Boden. *Zwei Jahre?*

Ma. Ihre Haare waren nicht mehr so golden, es waren mehr graue Strähnen darin, als mir je vorher aufgefallen waren.

Summmmm.

»Das ist nicht wahr«, murmelte ich.

Ma strich mir über die Wange. »Miss Walker hat dich das letzte Jahr über zu Hause unterrichtet. Wir haben dich zur Tanzschule geschickt, damit du dich langsam wieder an alles gewöhnen kannst. Und Michael … Er ist von Anfang an an deiner Seite gewesen. Aber vielleicht haben wir ein bisschen zu viel Druck auf dich ausgeübt. Wir versuchen es aufs Neue. Denn wir wollen alle, und ich meine wirklich alle, dass es dir besser geht.«

Ich starrte Michael an. Er schien wirklich älter zu sein, als ich ihn in meinem Kopf hatte. Größer, dünner, reifer. War ich wirklich so blind gewesen?

»Miss Valente«, brachte ich unter Schluckauf hervor. »Sie weiß über Monday Bescheid … Sie …«

»Sie ist zurück nach New York gezogen, kurz nachdem es passiert ist.«

Das Zimmer drehte sich in alle Richtungen. »Es? Was … Was ist denn mit Monday passiert?«

Ma schüttelte den Kopf und wischte sich die Tränen aus dem Gesicht.

»Nein!«, schrie ich. Mir wurde der Boden unter den Füßen weggezogen und ich fiel hin, zog meine Beine ganz nah an den Körper. Sie haben unrecht! Ich kenne Monday besser als mich selbst: Sie liebt Krabbenchips und süßen Eistee, kann den Salto auch rückwärts, hat in der fünften Klasse den Buchstabierwettbewerb gewonnen … und sie kann nicht tot sein. Sie darf einfach nicht tot sein!

Richtig?

»Komm schon, Kleines. Wir bringen dich ins Bett. Und morgen früh reden wir weiter.«

Ich nickte. Ich war zu schwach und zu verwirrt, um mich zu wehren. Dann kam mir ein letzter Gedanke.

»Weiß April … über mich Bescheid?«

»Ja, meine Süße. Sie weiß Bescheid.«

MAI

Kann ich euch ein Geheimnis verraten? Ich wusste, dass sie tot war. Ich hoffte aber, dass sie im Kofferraum eines Wagens lag, zerhackt und dann irgendwo vergraben.

Nicht in einer Gefriertruhe, wo sie vor aller Augen verborgen lag. Das machte den Schmerz nur noch schlimmer, und zwar für jeden, der sie jemals gesehen hatte. Ehemals rot, war sie zu einem sternenlosen Himmel, einer endlosen Mitternacht geworden, ein Loch im Universum, das die ganze Welt verschlingen und alle Menschen blind zurücklassen konnte. Onyx, Ebenholz, Pechschwarz.

Ein Teil von mir war froh, dass Monday nicht Friday geheißen hatte. Das wäre zu tragisch gewesen.

VORHER

Ich wünschte, meine Mom wäre wie Claudias Mom.

Gestern Abend hat Mom August geschlagen, bis er nicht mehr aufstand. Sie sagte, er habe es verdient. Ich dachte, er wäre nur ohnmächtig, aber als April versucht hat, ihn ins Zimmer zu tragen, wachte er nicht mehr auf. April wollte ihn retten, aber Mom hielt sie davon ab. Sie zwang April dazu, ihn in die Truhe zu legen. Ich habe solche Angst. Ich will es jemandem sagen. Aber was, wenn sie uns dann wieder aufteilen, so wie letztes Mal? Dann sehe ich Claudia vielleicht nie wieder.

August liegt immer noch in der Truhe. Ich sage April immer wieder, dass wir es jemandem sagen müssen. Aber sie hat Angst. Sie versucht, zuerst mit Tante Doris zu sprechen, damit sie uns nicht aufteilen. Im Freizeitzentrum reden alle davon, dass wir aus Ed Borough rausgeworfen werden. Also teilen sie uns entweder wieder auf, wenn sie das mit August herausfinden, oder wir müssen auf der Straße leben wie die Penner.

Ich hätte Claudia heute beinahe erzählt, was mit August passiert ist. In der Schule haben mich alle ausgelacht wegen meinen Haaren. Ich habe die völlig versaut, sie haben fünf verschiedene Farben. Claudia meinte aber, ihre Mom kriegt das wieder hin. Und da hätte ich es ihr fast gesagt. Ich habe Angst davor, was sie dann macht. Was, wenn sie es ihrer Mom oder einer Lehrerin erzählt? Dann wissen es alle! Was würden die von uns denken? Ich sollte das alles nicht einmal aufschreiben. Wenn Mom dieses Buch je findet, bringt sie mich um.

Bei seiner Pressekonferenz, die im Fernsehen übertragen wurde, hustete Tip Charles seine Ausreden unter Tränen heraus.

»Ich wusste es nicht. Ich wusste nichts davon«, heulte er. »Ich habe immer wieder angerufen und sie wollte mich nicht mit ihnen sprechen lassen. Ich durfte sie nicht sehen. Sie wollte zuerst Geld von mir haben.«

Er brach zusammen und die umstehenden Familienmitglieder trösteten ihn. Mondays Familie. Wo waren die denn die ganze Zeit? Wieso haben die sie nicht ebenfalls gesucht?

»Ich musste genau wie der Rest der Welt aus dem Fernsehen erfahren, dass meine Kinder tot sind. Das ist doch nicht richtig. Wie konnte sie das meinen Babys nur antun?«

Die Polizei befragte April, die kleine Tuesday, die Nachbarn und Vertreter der Schule. Es dauerte nicht lange, das Puzzle zusammenzusetzen.

August lag seit anderthalb Jahren in der Gefriertruhe.

Monday … seit mindestens zehn Monaten.

Mrs. Charles war nicht zu Hause, als sie kamen, um endlich die Zwangsräumung vorzunehmen. Sie war nicht da, als die Gerichtsvollzieher einen Blick in die merkwürdig aufgestellte Gefriertruhe warfen und zwei tote Kinder darin fanden. Sie war nicht da, als sie Tuesday aus Aprils Armen rissen, während sie bitterlich darum flehte, sie nicht zu trennen. Sie war nicht da, als eine Nachbarin ihnen einen Tipp gab, wo sie sich vielleicht aufhielt. Mrs. Charles war ein paar Häuser weiter die Straße runter, irgendwo in der Nähe von Darrell's, und rauchte seelenruhig einen Joint, während sie den Sirenen lauschte, mit denen die sie holen kamen.

Ein Berg aus Teddybären wuchs vor Mondays Tür in die Höhe, breitete sich bis auf die Straße aus. Hunderte von Kerzen, die den ganzen Tag über in einem Tal von Blumen brannten, dazwischen Plakate, auf denen RUHE IN FRIEDEN stand. Reporter standen vor den Basketballplätzen und durchkämmten die wirren Stränge der Geschichte, während die Jugendlichen in Dreierteams gegeneinander spielten.

Summmm.

Junge, Junge, ich wünschte, ihr wärt da gewesen und hättet die Beerdigung sehen können.

Ihr hättet die vielen Menschen aus dem gesamten *Tri-State*-Einzugsgebiet gesehen, die vor Mt. Holy Spalier standen. Die Beamten vom Polizeirevier umringten den gesamten Block, schirmten uns ab, während die Vans der Nachrichtenteams die Seitenstraßen in Parkplätze verwandelten.

Ihr hättet eine Kirche gesehen, in der kein Stehplatz mehr frei war, Fernsehkameras auf der Empore, Hunderte weißer Nelken und Lilien um die Kanzel herum, die alten Damen in ihren schwarzen Hüten, der Gospelchor in Festtagsgewändern, der Bürgermeister in der ersten Reihe.

Ihr hättet die Pfützen – nein, Ozeane – von Tränen der Mitschülerinnen und Mitschüler gesehen, die Ma als Krokodilstränen bezeichnete. Dieselben Jugendlichen, die sie wegen ihrer blondierten Haare ausgelacht hatten, sie als Schlampe und Lesbe verspottet hatten. Shayla und Ashley, die einander trösteten, mit nassen Gesichtern, Rotz und Wasser heulend. Jacob Miller, der mit hängendem Kopf neben seinem Bruder saß.

Ihr hättet die Kirchenhelferinnen in weißen Handschuhen und kohlrabenschwarzen Kleidern gesehen, die mit Schachteln voller Taschentücher herumgingen, Fächer und Programmhefte verteilten, in denen ihr zweiter Vorname falsch geschrieben war.

Ihr hättet Daddy gesehen, der mitgeholfen hat, ihren Sarg zu tragen, gemeinsam mit einigen anderen Nachbarn, die verstaubte, uneinheitliche Anzüge trugen und dazu Schuhe, die dringend geputzt werden sollten.

Tip Charles war zu aufgelöst, um überhaupt irgendetwas zu tragen, hielt sich nur mühsam aufrecht und trug ein T-Shirt mit ihrem Gesicht darauf – es war ein Foto, das vier Jahre alt war.

Was Fotos anging, gab es nicht viele. Mondays Mom hatte keine, die man hier zeigen wollte. Ihr Dad hatte nur ein paar alte, verschwommene Bilder auf seinem billigen Klapphandy. Also gab Ma ihnen alle Bilder, die sie hatte. Fast sieben Jahre Bilder von uns beim Tanzen, beim Dekorieren von Weihnachtsbäumen, unterwegs an Halloween … und sie schnitten mich aus jedem Bild heraus. Als hätten ›wir‹ niemals existiert. Im Programmheft war ich immer nur der geheimnisvolle Arm, der in ihren eingehakt war.

Wo war ich während alldem? In der dritten Reihe, vor einem perlrosa Sarg, in dem meine beste Freundin lag. Neben ihr August in einem identischen Sarg in Perlblau. Von ihm gab es noch weniger Bilder. Die Spieler der Redskins hatten sich angeboten, für die gesamte Beerdigung aufzukommen. Jemand musste ihnen erzählt haben, dass ihre Lieblingsfarbe Rosa war. Ich war nicht dieser Jemand.

Ma hatte ihren Arm um meine Schulter gelegt. Sie trug ein schwarzes Wickelkleid, feine Kirchenschuhe mit Absatz und zusammengezogene Brauen. Sie musterte die Anwesenden einen nach dem anderen, maß sie mit ihren Blicken, suchte nach etwas, woran sie eine Erinnerung, einen Augenblick festmachen konnte, bis ihr schließlich eines klar wurde. Niemand von diesen Leuten hatte Monday gekannt. Ich fragte mich, ob ich sie denn überhaupt wirklich gekannt hatte.

»Danke, dass ihr alle gekommen seid«, sagte Pastor Duncan von der Kanzel. »Wir sind hier, um das Leben von Monday Cherry … ich meine, Monday Cherie Charles und August Devante Charles zu feiern. Dieser Heimgang ist besonders schmerzhaft für uns alle. Kinder sollten ihr Leben nicht so jung verlieren … Aber als Gemeinde müssen wir auf Gott bauen …«

Ich starrte Aprils Hinterkopf an. Sie saß in der ersten Reihe, die Haare zu einem hohen Dutt getürmt, Tuesday auf dem Schoß und ihre Tante Doris neben sich, die ihnen Luft zufächerte. Ich wollte ihr Gesicht sehen, den Ausdruck darin, wollte wissen, was sie dachte, was sie fühlte. Fühlte sie überhaupt irgendwas? Ich blickte hoch zur Empore, wo dicht gedrängt die Leute standen. Die Kameras und Lautsprecher der Kirche waren von CNN ersetzt worden und Michael stand ein Stück abseits, die Hände hinter dem Rücken. Unsere Blicke trafen sich und er nickte mir zu.

Der Pastor las eine Bibelpassage als Willkommen vor, dann sang der Chor eine Hymne. Nach der Trauerrede lud der Pastor die Gemeinde ein, ihre Erinnerungen vorzutragen. Shayla und Ashley traten als Erste ans Mikrofon, eingehakt. »Monday war unsere Schulfreundin«, wimmerte Shayla und blickte direkt in die Kamera. »Wir werden sie so sehr vermissen …«

Ashley brach zusammen und heulte stärker als alle anderen zusammen. Sie machten ein echtes Theater, bevor eine der Kirchenhelferinnen sie von der Bühne eskortierte.

Weitere Leute gingen ans Mikro, um etwas zu sagen. Ich kannte keinen von ihnen.

»Monday hat ganz viel gelesen. Unsere Sommerleseliste hatte sie ruckzuck durch. Und sie half immer gern, die Bücher nach der Lesestunde wieder aufzuräumen …«

»Das kleine Mädchen war mein Herz, sie war stets bereit, einer alten Frau zur Hand zu gehen …«

»Monday und August hatten im Sommer zusammen Schwimmunterricht bei uns. Sie lächelten ständig – man lächelte automatisch mit, wenn man mit ihnen zu tun hatte …«

Miss Valente zitterte, als sie auf das Podium stieg. Ihr Gesicht war gerötet, ihre Schminke ruiniert. Sie blickte ins Publikum, bis sie mich entdeckte, schenkte mir ein halbes Lächeln, bevor sie begann.

»Monday war klug und gewitzt, lustig und weiser als viele in ihrem Alter. Sie war sehr neugierig auf das Leben. Eine meiner besten Schülerinnen in Englisch und eine der fürsorglichsten Freundinnen, die man sich vorstellen kann. Sie wollte mich beschützen. Ich habe noch nie zuvor ein so junges Mädchen getroffen, das so voller Liebe und Leidenschaft war. Es war mir eine Ehre, Monday fördern zu dürfen.«

Der Pastor beendete seinen Gottesdienst und der Chor stimmte eine weitere Hymne an. Jacob Miller stand auf und ging langsam zum Sarg, um eine einzelne rosafarbene Rose darauf abzulegen. Wie ein Uhrwerk wurden unzählige Fotos gemacht. Später würde sein perfekt einstudiertes, verweintes Gesicht das Cover des *Time Magazine* zieren. Der Chor sang den Lobpreis, aber ich hörte nichts außer diesem Summen.

Summmmm.

Ma war von der Theatralik verwirrt und drückte meine Schulter. »Möchtest du etwas sagen?«, flüsterte sie mir zu.

Ich schüttelte den Kopf.

Wenn man aus einem Albtraum aufwacht, sucht man als Erstes nach etwas, das einen auf die Erde zurückholt, in der Realität verankert. Nachdem sie Monday gefunden hatten, starrte ich jeden Morgen zunächst aus dem Fenster zur Bücherei hinüber und wartete, ob sie sich in eine Höhle voller fleischfressender Ratten verwandeln würde. Erst wenn ich sicher war, dass es ein gläserner Kasten blieb, schlug ich die Decke zurück, stand auf und begann einen neuen Tag, an dem jeder Schritt mir schwerer fiel als der vorherige.

Meine Zahnbürste wog 1000 Pfund, mein Kamm stach mir in die Kopfhaut und das Duschen schien mir eine überflüssige Aufgabe. Der Geruch von Haferflocken mit Milch verursachte mir Übelkeit. Allein der Gedanke an die Schule ließ die Furcht in meiner Brust aufsteigen und ich blieb auf dem Badezimmerboden sitzen, bis ich wieder genug Luft holen konnte, um herauszukommen. Ich schlief zu jeder Tages- und Nachtzeit. Und wenn ich aufwachte, schaute ich mir die immer gleichen Nachrichten an, in denen dasselbe Bild von Monday gezeigt wurde, welches Tip Charles auf seinem T-Shirt getragen hatte.

Meine beste Freundin, meine andere Hälfte, war tot.

Du hattest recht, wiederholte eine Stimme in meinem Kopf immer wieder, wenn ich die Treppe hinunterschlurfte. Aber recht zu haben gab mir nicht die erhoffte Befriedigung.

Eines Morgens betrat ich das Wohnzimmer und schaltete den Fernseher ein. Die lokalen Nachrichten liefen. Es ging immer noch um Mondays Tod. Endlose Berichterstattung, Interviews mit Spezialisten und Zeugen.

»Süße, ich glaube, du schaust in letzter Zeit zu viel fern«, kommentierte Ma. »Das ist nicht gut für dich.«

Ich zuckte die Achseln und schaltete zu CNN um. Die brachten ebenfalls die Geschichte über die Kinder, die man in einer Gefriertruhe gefunden hatte.

»Wie wäre es mit Mittagessen?«, schlug Ma vor. »Vielleicht können wir später ins Kino gehen. Oder einfach einen Spaziergang machen. Was meinst du?«

Ich schüttelte den Kopf und zog mir die rote Decke komplett über den Körper.

»Die Leiche von Monday Charles wird derzeit erneut auf Spuren sexuellen Missbrauchs untersucht, nachdem sich eine Zeugin gemeldet hat, die Anschuldigungen erhebt, die darauf hindeuten, dass sie außerhalb ihres Zuhauses …«

Daddy kam die Treppe heruntergestapft. »Jetzt reicht's!«

Er riss den Fernseher mit solcher Kraft aus der Wand, dass Löcher zurückblieben, und stellte ihn krachend auf einem Paar alter Lautsprecher ab.

»Ich habe genug davon!«

Ein paar Wochen später fand ich Ma in der Küche, wo sie Schweinekoteletts briet, Blattkohl kochte, gerade ein frisches Blech Mac and Cheese aus dem Ofen geholt hatte … und ein umgedrehter Ananaskuchen wartete auch schon im tragbaren Tortenbehälter.

»Wir besuchen heute April«, verkündete sie mit schuldbewusstem Lächeln. »Ihre Tante hat heute früh angerufen. April hat nach dir gefragt.«

Wie ein Rudel schlafender Wölfe standen die Nachrichtenwagen um das Haus von Tante Doris herum. Das Interesse erreichte seinen Höhepunkt, als wir in die Einfahrt einbogen. Ich trug den Kuchen, während Ma die Tabletts mit dem Essen balancierte. Tante Doris begrüßte uns von den Stufen der Veranda aus und wir eilten nach drinnen, als sich der Schwarm der Kameraleute auf uns stürzen wollte.

»Tut mir leid wegen diesem Aufruhr«, sagte sie kopfschüttelnd. »Jemand hat denen einen Tipp gegeben. Jeder versucht, ein paar Worte aus uns herauszuquetschen, obwohl sie genau wissen, dass sie die Kinder in Ruhe lassen sollten.«

Im Innern des Hauses kam man sich vor wie in einer dunklen Höhle, denn die Jalousien waren komplett geschlossen, bis auf eine Fliegengittertür, die in den sonnigen, eingezäunten Garten hinter dem Haus führte. Und dort saß April mit dem Rücken zum Haus auf einem grünen Plastikstuhl mitten auf der Wiese.

Wir starrten schweigend zu ihr hinaus. Eine Brise spielte mit ihrem Pferdeschwanz.

»April hat … Ihr hat das alles sehr zugesetzt. Das arme Mädchen hat eine Menge durchgemacht.«

Tante Doris hatte dunkle Ringe unter den Augen,

größer als meine Wangen. Ihr schwarzes Haar war am Ansatz ergraut. In ihrem Lächeln erkannte ich etwas von Monday wieder.

Ma atmete ein und zog die Lippen zwischen die Zähne, hielt die Tränen zurück. »Hat sie irgendwelche Freunde, die wir beim nächsten Mal mitbringen könnten?«, erkundigte sie sich.

»Nee. Schätze, sie war eher die Einzelgängerin. Kann ich ihr nicht verdenken.« Sie seufzte und führte uns in die Küche. »Ich war gestern bei Tuesday im Krankenhaus. Sie fragt nach ihrer Mutter und wann Monday zum Spielen vorbeikommt.«

»Die Arme«, sagte Ma. »Das arme kleine Ding.«

Ich glitt auf einen der Hocker an der Frühstückstheke und beobachtete April – ein Mädchen auf einem Bild, wie eingefroren.

»Und was ist mit dir?«, fragte Ma, während sie die Tabletts auf der Arbeitsfläche abstellte und den Herd anmachte. Es war ganz selbstverständlich für sie, sich in der Küche einer anderen zu Hause zu fühlen. »Wie geht es dir mit alldem?«

Tante Doris zuckte ein wenig zusammen und rieb sich die Hände an den Oberschenkeln, als wollte sie sie wärmen.

»Ich komme klar. Ich versuche, einen Tag nach dem anderen zu meistern.« Sie fuhr sich übers Haar, um es zu glätten. »Patti hat gestern hier angerufen und wollte mit April sprechen.«

»Das sollte sie gar nicht erst versuchen! Sie weiß doch, dass sie keinen Kontakt zu den Kindern haben darf«, schimpfte Ma mit abgehackter Stimme.

»Es wird einen Sorgerechtsprozess geben. Sie versuchen, die Elternrechte für sie und Tip aufzulösen.«

»Tips auch? Wow, na ja, ich schätze, das ist nur folgerichtig. Ist ja nicht so, als wäre er für sie da gewesen.«

»Ja, aber er will das anfechten«, erklärte sie und holte ein paar durchsichtige Plastikbecher aus dem Küchenschrank. »Ich glaube, er wäre wirklich gern mehr für sie da gewesen, aber er hatte Angst vor Patti und dem, was sie tun würde. Die Gerichte waren noch nie besonders auf der Seite schwarzer Väter.«

Ma nickte. »Hast du dir denn schon einen Anwalt genommen?«

»Ich habe einige Empfehlungen bekommen«, sagte sie. »Von überallher kommen Leute auf mich zu. Ich mache mir bloß Sorgen, dass ich nicht mehr weiß, wo oben und unten ist. Aber ich weiß, der Herr wird es richten.«

Tante Doris versteckte sich hinter einer dünnen Schicht Zuversicht wie hinter einer zu kurzen Decke. Es sah aus, als wäre sie warm genug, aber dann fiel ihr auf, dass unten die kalten Füße herauslugten.

»Jedenfalls hat die Kirche uns gebeten, euch das auszuhändigen«, erklärte Ma und reichte ihr einen dicken, braunen Umschlag voller Geldspenden. »Das soll dir übergangsweise helfen, weil du ja nun ein paar Mäuler mehr durchfüttern musst. Wir denken an euch und beten für deine Familie.«

»Das ist sehr lieb von euch. Und noch mal danke, dass ihr gekommen seid. Ich glaube, ein bekanntes Gesicht wird ihr helfen«, sagte sie zu mir.

Ma lächelte und rieb meine Schulter. »Ich glaube, uns wird das auch helfen.«

»Claudia«, schlug Tante Doris mit aufgehellter Miene vor, »wieso gehst du nicht raus und bringst April ein Glas Limonade, damit deine Mom und ich uns unterhalten können?«

Ich nickte und trug das Tablett auf die Terrasse hinaus, dann die Stufen hinab und durch einen dichten Mückenschwarm hindurch. April saß noch etwa einen Meter weit entfernt und rührte sich auch bei meinen näher kommenden Schritten nicht. Ich stellte das Tablett auf dem Tisch neben ihr ab. Sie bewegte sich nicht, starrte nur weiter ins Leere.

Sie sollte eine schönere Aussicht haben, zum Beispiel auf den Fluss, in Richtung der Kirschbäume und der Denkmäler. Als ich zum Haus zurückschaute, warf Ma mir einen Blick zu, der mich anflehte, ein Gespräch zu beginnen.

Ich seufzte. »Hey.«

April begrüßte mich mit einer leichten Drehung ihres Kopfes und wirkte beinahe erleichtert, mich zu sehen, aber dann ging ihr Blick wieder ins Leere.

»Hey«, murmelte sie.

Ich zog den Stuhl neben ihrem unter dem Tisch hervor, setzte mich und starrte in denselben Abgrund. Ich weiß nicht, wie viel Zeit vergangen war, bis ich ihr eine der grundsätzlichsten Fragen stellte.

»Bist du okay?«

Sie antwortete mit einem geübten Nicken, fing sich aber dann und zog den Mundwinkel zu einem halben Grinsen hoch. »Diese Beerdigung war ein verdammter Schwindel, oder?«

Ich lachte leise. »Ja.«

Sie nahm sich einen Becher und sah sich über die Schulter um. Die Erwachsenen beobachteten uns durch die Fliegentür wie Tiere im Zoo. Sie warteten, ob wir miteinander spielen oder kämpfen würden.

»Haben sie dir erzählt, dass ich ihr geholfen habe?«, wollte sie wissen.

»Wem geholfen?«

Sie verdrehte die Augen. »Meiner Mom. Haben sie dir gesagt, dass ich ihr geholfen habe, die beiden in die Gefriertruhe zu stopfen?«

Das Bild erschien schneller vor meinem inneren Auge, als ich gedacht hätte. Ich zog die Knie hoch gegen die Brust und schüttelte den Kopf.

Summmm …

April betrachtete mich schnaubend und schüttelte ebenfalls den Kopf. »Die bescheuerte Truhe war doch schon halb voll, weil August drin lag. Sie ging nicht zu, weil Monday so groß war.«

Ich schüttelte den Kopf und hielt mir die Ohren zu, weil das Summen immer lauter wurde.

»April, bitte … Hör auf.«

»Die sollten mich auch verhaften. Für das, was ich getan habe.«

»Aber … du hast sie nicht umgebracht.«

»Aber ich habe ihr geholfen. Wie nennt man das, Beihilfe zum Mord oder so was?«

»Weiß ich nicht. Aber du … hast doch nur getan, was deine Mom dir befohlen hat. Du kannst nichts dafür.«

»Sie hat mir gar nichts befohlen. Ich habe das von allein getan.« Ihre Knie hüpften auf und ab und sie hielt den Becher knapp darüber. »Ich war nicht sicher, ob sie tot war oder noch lebte, aber … ich musste mir mehr Zeit verschaffen.«

Das Summen brach plötzlich ab, als wäre jemand über das Kabel gestolpert und hätte so den Stecker herausgerissen.

»Mehr Zeit? Mehr Zeit wofür denn?«

»Um einen Plan zu machen.« April sackte in ihrem Stuhl zusammen. »Monday hat dir nie etwas über den Monat erzählt, in dem wir weg von zu Hause waren?«

»Nein«, fauchte ich zurück. »Und was soll's?«

Sie schlang die Arme um ihren Körper. »Die haben uns aufgeteilt. Monday und August in ein Haus, mich in ein Heim für Jugendliche. Tuesday war noch so klein, also haben sie sie einem weißen Paar gegeben. Und wenn es nach denen gegangen wäre … dann hätten sie sie adoptiert. Ich musste Mom anbetteln, uns da rauszuholen, sie anflehen, diese Kurse zur Kindererziehung zu machen.« Sie atmete scharf aus. »Ich hatte August verloren. Ich konnte Tuesday nicht auch noch verlieren.«

Ich schüttelte den Kopf. »Hast du Monday so sehr gehasst?«

April wurde stocksauer, griff nach meinem Kragen und zog mich so nah zu sich heran, dass ich die goldenen Sprenkel in ihren braunen Augen erkennen konnte.

»Alte, du hast doch *keine* Ahnung, was ich alles tun musste, um für sie zu sorgen! Ich habe für meine Familie alles aufgegeben!« Ihre Stimme brach und sie schluckte. »Aber du hörst mir nicht richtig zu. Monday hätte geredet! Die hätten uns wieder getrennt und wer weiß wohin geschickt. Wir hätten Tuesday niemals wiedergesehen! Und diese Räumungsbescheide stapelten sich auch schon … Ich brauchte erst einen Plan, wie ich uns da rausholen konnte.«

Ich riss mich von ihr los. »Glaubst du, jetzt geht es Tuesday besser?«, fuhr ich sie an. »Sie ist nicht weit davon entfernt, so zu enden wir die Verrückten in der Metro!«

April zuckte zusammen und ließ nervös das Knie hüpfen. »Die schicken mich wahrscheinlich eh in den Knast, wenn sie es herausfinden«, grummelte sie und wischte sich eine Träne aus dem Augenwinkel. »Ich sage ja auch gar nicht, dass es richtig war. Ich weiß nur, dass ich noch ein Jahr habe, bis ich 18 werde, und dann gibt es nur noch Tuesday und mich.«

Mir fiel auf, dass sie Tante Doris oder ihren Dad mit keinem Wort erwähnte. »Hat Monday dir je erzählt, dass ich diejenige war, die sie für die Schul-Auslosung angemeldet hat?«

Hitze stieg mir ins Gesicht. Noch ein Geheimnis. »Nein.«

April schmunzelte und trank noch einen Schluck. »Sie war so klug. Schon mit vier Jahren hat sie Bücher gelesen, ich meine richtige Bücher. Es wäre dumm gewesen, wenn sie auf eine normale Schule gegangen wäre und nichts gelernt hätte. Also bin ich an den Computer in der Bücherei gegangen und habe sie angemeldet. Ich habe auch den ganzen Papierkram ausgefüllt.«

Sie rieb sich die Hände und schenkte mir einen bösen Blick. »Und dann ist sie dir begegnet. Und auf einmal hat sich ihr diese ganz neue Welt eröffnet. Sie erfuhr, wie die Dinge eigentlich laufen sollten. Ein gutes Zuhause, nette Eltern, Tanzschule … Manchmal weiß ich nicht, ob ich dich hassen soll oder was ich überhaupt fühle. Aber ich hatte nie jemanden … wie *dich,* als ich jünger war. Weißt du, was ich meine?«

Ausnahmsweise verstand ich endlich etwas Grundlegendes, nämlich dass unsere gegenseitige Abneigung derselben Eifersucht entsprang. Mich machte es wütend, dass April eine ganz andere Monday kannte. Dass sie richtige Schwestern waren und ich mit dieser Verbindung niemals hätte konkurrieren können. April nahm es mir übel, dass wir eine andere Art von Schwestern waren – Seelenschwestern.

»Wieso hat sie mir denn nie etwas gesagt?«

»Sie wollte nicht, dass du sie bemitleidest«, erklärte sie.

»Ich hätte versucht, ihr zu helfen.«

April schüttelte den Kopf. »Wie denn? Und sie hätte das auch gar nicht gewollt.«

»Es spielt doch gar keine Rolle, was sie gewollt hätte! Was wäre das Schlimmste, das hätte passieren können? Dass sie mich hassen würde? Zumindest wäre sie noch am Leben!«

April schloss die Augen und wischte sich ein paar verräterische Tränen weg. »Wirst du mich jetzt verraten?«, flüsterte sie.

April hatte immer so viel älter ausgesehen als wir. Nicht bloß wie sie sich gekleidet hat, sondern auch ihre Gesichtszüge – eingesunkene Augen mit dunklen Ringen, ein harter Kiefer, Fältchen um den Mund herum. Nach allem, was ich heute weiß, was sie alles durchgemacht hat, ergab das durchaus einen Sinn. Es brachte auch nichts, mit ihr darüber zu streiten, was hätte sein können oder was hätte passieren sollen. Monday war tot und nichts würde sie wieder zurückbringen. Und so wahnsinnig das auch klingen mag, ich verstand April. Ich verstand, dass man versuchte, ein Geheimnis zu wahren, um zumindest einen kleinen Teil des Lebens zu beschützen, das man einmal geliebt hatte. Ich lehnte mich auf meinem Stuhl zurück.

»Nein«, murmelte ich.

Eine Brise ging durch die schwüle Luft, als sie aufseufzte. »Das erste Mal seit zwei Jahren, dass ich meinen Dad gesehen habe, war im Fernsehen. Sie haben ihn bei NBC interviewt und er hat geweint und gelabert. Hast du das auch gesehen?«

Ich nickte. »Es scheint ihm jetzt wirklich leidzutun.«

»Monday ist tot. August ist tot. Tuesday ist im Krankenhaus für Verrückte … Natürlich tut ihm jetzt alles Mögliche leid!«

Summmm.

»April«, murmelte ich und blickte mich über die Schulter um. »Hörst du … das auch?«

»Was denn hören?«

»Dieses … Summen.«

DANACH

»Claudia, Süße? Aufwachen.«

Daddy setzte sich auf die Bettkante und stupste mich wach. Ich ließ den Blick nach draußen zu den

Straßenlaternen wandern, suchte nach der Bücherei, um mich an etwas Realem festzuhalten.

»Hey, da ist ja meine Kleine.«

Ich schlang die Arme um ihn und mir kamen augenblicklich die Tränen. Jedes Mal wenn ich aus diesem Albtraum aufwache, weine ich.

»Ist ja gut«, flüsterte er und rieb mir über den Rücken. »Hey! Ich habe eine kleine Überraschung für dich.«

»Noch ein Malbuch?«

»Nee, diesmal nicht«, sagte er mit leisem Lachen. »Schau es dir an.«

Daddy holte die Schachtel hinter seinem Rücken hervor. Ich seufzte und musste den letzten Rest Energie aufwenden, um sie auszupacken. Darin befand sich ein glänzendes neues iPhone in einem lilafarbenen Glitzer-Case. Ich rang mir ein Lächeln ab.

»Wir haben jetzt schon eine Weile damit gewartet, dir das zu schenken … Wir haben die ganze Zeit versucht, dich von dem abzuschirmen, was passiert ist. Aber ich glaube, das hat mehr Schaden angerichtet, als dass es gut für dich war. Vielleicht hilft dir das ja dabei, dich zu erinnern und nicht wieder alles zu verdrängen.«

MITTEN IN DER NACHT, 3:15 UHR

Ich saß im Schneidersitz mitten auf meinem Bett und sah den Minuten beim Vergehen zu, auf dem Bildschirm meines neuen Telefons. Es brauchte nicht mehr als einmal Wischen und das Eintippen von ein paar Buchstaben in die Suchmaske, und schon hatte ich die ganzen Artikel auf dem Bildschirm, alle von vor zwei Jahren. Ich klickte den Link zum NBC-Video an und stellte die Lautstärke leiser …

»Heute hat der Bürgermeister angekündigt, dass mindestens acht Mitarbeiterinnen und Mitarbeiter des Jugendamts des District of Columbia entlassen werden sollen, da sie sich nicht angemessen um das Wohlergehen von Monday und August Charles bemüht haben, die vor zwei Wochen tot in ihrem Haus aufgefunden wurden. Die grausige Entdeckung hat selbst erfahrene Polizeibeamte sprachlos gemacht.«

»Während meiner 22 Jahre bei der Polizei … habe ich noch nie dergleichen gesehen. Das Haus war schmutzig und wirklich unbewohnbar. Über die beklagenswerten Zustände hinaus muss man aber auch sagen, dass jeder Gebäudemanager, der noch ganz bei Trost ist, auf den ersten Blick erkennen müsste, dass hier mehrere Sicherheitsstandards verletzt wurden.«

»Während der heutigen Pressekonferenz hat der Bürgermeister auch die Aufnahmen zweier Notrufe abgespielt, die Michelle Valente, eine ehemalige Lehrerin von Monday Charles, abgesetzt hatte, nachdem unklar war, wo sich das Mädchen aufhielt.«

»Hallo? Ja, mein Name ist Michelle Valente, ich arbeite als Lehrerin an der Warren Kent Charter School. Eine meiner Schülerinnen, Monday Charles, fehlt schon seit einer Weile und ich glaube, mit ihrer Mutter stimmt etwas ganz gewaltig nicht. Sie weigert sich, auch nur eine meiner Fragen zu beantworten oder mich ins Haus hineinzulassen! Bitte, Sie müssen jemanden hinschicken, und zwar gleich! Bitte!«

»Valentes Anruf stellt auch nicht den ersten Versuch eines Einschreitens dar. Eine pensionierte Krankenschwester der Warren Kent Charter School hat ebenfalls ausgesagt, dass sie schon früher Anzeige erstattet hat. Die Verantwortlichen in der städtischen Verwaltung entwickeln momentan mehrere Änderungen der Richtlinien, um zu verhindern, dass in Zukunft eine ähnliche Tragödie stattfinden kann.«

Im nächsten Video entdeckte ich einige mir wohlbekannte Nachbarn.

»Anwohner in Ed Borough zeigen sich schockiert über die Tragödie, die ihre Gemeinschaft nach dem Auffinden der 13-jährigen Monday Charles und des neunjährigen August Charles tief getroffen hat.«

»Ich hatte die sonst dauernd auf den Basketballplätzen gesehen oder draußen beim Spielen, aber dann habe ich sie eben ziemlich lange nicht mehr gesehen.«

»Patti redete doch ständig über ihre Kinder! Sie liebte die Kleinen und gab dauernd mit ihnen an. Sie erzählte mir, dass sie bei ihrem Vater wären, und ich sah keinen Grund, das infrage zu stellen.«

»Nee, ich habe nie gesehen, dass sie ihre Kinder geschlagen hätte. Sie hat sie geliebt. Deswegen ergibt das alles so gar keinen Sinn.«

»Ich habe sie manchmal heulen gehört, aber meine Kinder heulen auch, wenn sie wissen, dass sie Prügel beziehen. Ich kann ja nicht bei ihr reinmarschieren und sie beschuldigen.«

»Die Anwohner hoffen, dass dies auch ein neues Licht auf die derzeitigen Zustände der Wohnanlage wirft und den erst kürzlich genehmigten Erneuerungsplan der Stadt kippt, nach dem 500 Wohneinheiten abgerissen und

sowohl Eigentums- als auch Mietwohnungen neu gebaut werden sollen, dazu Verkaufsflächen. Es ist unsicher, ob die verdrängten Einwohner zu diesem neuen Wohnraum überhaupt Zugang hätten oder ob man ihnen seitens der Verwaltung finanzielle Hilfen zubilligt, damit sie in ihr Viertel zurückkehren können. Das würde die meisten zwingen, in Obdachlosenunterkünfte auszuweichen.«

»Mehrfach wurde behauptet, dass die bevorstehende Zwangsräumung Mrs. Charles in einen mentalen Zusammenbruch getrieben hat.«

»Da fahren ständig diese Busse voller Weißer durchs Viertel. Die tragen Kameras um den Hals, als wären sie auf Safari, auf der Jagd nach ihrem neuen Zuhause. Kein Wunder, dass sie durchgedreht ist!«

Ich schaute hinaus zur Bücherei und stellte mir vor, dass Mondays Geist dort saß und jedes Buch las, das sie in die Finger bekam, an diesem Ort, den sie am meisten geliebt hatte. In der Kontaktliste des Telefons waren nur vier Nummern eingespeichert. Ich hatte mir immer vorgestellt, dass der erste Anruf, den ich von meinem eigenen Handy aus machen würde, bei Monday wäre.

»Hallo? Claudia?«, fragte Michael mit müder Stimme. »Hallo? Bist du dran?«

Ich räusperte mich und leckte mir über die Lippen, hielt das Telefon an mein Ohr gedrückt.

»Hey? Bist du okay? Bist du noch dran? Was ist los?«

So vieles war los und nicht okay, dass ich nicht wusste, wo ich anfangen sollte.

»Claudia, möchtest du reden?«

Ich wollte schreien und heulen, aber stattdessen fühlte ich mich bloß taub. Ich atmete tief ein, die Gedanken zwickten mir in die Schläfen, während ich mich abmühte, ein paar Worte hervorzubringen. »Wieso hat kein Reporter mit mir gesprochen?«

»Meinst du … jemand von den Nachrichten?«

»Ja, die haben doch mit ihren Nachbarn gesprochen, warum dann nicht mit mir? Denkst du, die haben geglaubt, ich wüsste sowieso nichts? Dass ich nicht klug genug bin? Weil ich zum TLC gehe?«

»Wie kannst du so was auch nur denken? Verstehst du denn nicht? Du bist diejenige, die von Anfang an gewusst hat, dass etwas nicht stimmte. Du hast gesehen, was die anderen Leute nicht gesehen haben, was auch bedeutet, dass du schlauer bist als alle anderen – auch als all diese Leute, die für die Stadt arbeiten und jetzt gefeuert wurden. Nur weil dir das Lesen ein bisschen schwerer fällt, heißt das doch nicht, dass du nicht schlauer bist als der Rest der Leute.«

»Oh«, murmelte ich und blickte aus dem Fenster zur Bücherei hinüber. Ich wünschte, ich könnte mich mit beiden Händen an dem Gebäude festhalten, um mich zu erden, bei mir zu bleiben.

»Alter, du hättest dein Gesicht sehen sollen«, schwärmte Michael mit einem kurzen Lachen. »Nachdem du eins und eins zusammengezählt hast, hättest du am liebsten mit voller Breitseite das Haus gestürmt. Ich kenne niemanden, der so schlau und mutig ist wie du.«

»Aber ich habe sie nicht gerettet«, stellte ich fest und brach in Tränen aus. »Ich konnte sie nicht retten.«

»Du *hast* sie gerettet, Claudia. Du hast sie jahrelang vor diesem Haus gerettet und wusstest es nicht einmal.«

VORHER

Ma verbrachte den gesamten Vormittag damit, abzustauben, zu fegen, Staub zu saugen, zu schrubben und zu bügeln. *Da kommt Besuch,* dachte ich. *Wichtiger Besuch.* Eine Stunde später klingelte es an der Tür. Ich kam in meinem zinnfarbenen Kirchenkleid die Treppe hinunter, blieb aber auf halbem Weg abrupt stehen und wäre beinahe gestürzt. Detective Carson, der Beamte, der sich geweigert hatte, nach Monday zu suchen, der mir das Gefühl gegeben hatte, ich sei dumm, auch nur darum zu bitten, stand im Türrahmen. Bei meinem Anblick fiel ihm die Kinnlade herunter. Neben ihm stand eine Frau in einem Business-Anzug und lächelte Ma an.

»Mrs. Coleman? Hi, ich bin Detective Woods, wir haben telefoniert«, begrüßte die Weiße sie und streckte die Hand aus. Sie trug ihr lockiges braunes Haar zum Pferdeschwanz gebunden. »Schön, Sie kennenzulernen. Das ist mein Partner, Detective Carson.«

Carson sah aus, als stünde er kurz vor einem Herzinfarkt.

»Hi, nett, Sie kennenzulernen«, erwiderte Ma. Sie trug ein blaues Etuikleid. Daddy stand hinter ihr in seiner frisch gebügelten Stoffhose. »Das ist mein Ehemann, Mr. Coleman. Und das ist meine Tochter Claudia.«

Detective Carson schluckte. »Schön, dich … *kennenzulernen,* Claudia.«

Ich grub meine Nägel in meine Seite. Wollte er wirklich so tun, als wären wir uns noch nie begegnet? Dass ich nie bei ihm war und um Hilfe gebeten hatte?

»Bitte, setzen Sie sich doch«, sagte Daddy und führte sie ins Wohnzimmer.

»Claudia, komm runter«, drängte Ma. »Die Detectives möchten gern mit uns sprechen. Über Monday.«

Ich hielt die Tränen der Wut zurück und stampfte die Treppe hinunter, setzte mich schweigend neben Ma.

Auf dem Zweiersofa zog Detective Woods mehrere Akten aus ihrer Tasche, während Detective Carson ein Diktiergerät aufstellte. Er hantierte fahrig und konnte mir nicht in die Augen sehen.

»Mehrere Zeugen haben uns gesagt, Sie wären die Richtigen; mit Ihnen sollten wir reden, wenn es um Monday ginge«, erklärte Detective Woods. »Wir hoffen, dass Sie uns einige Fragen beantworten können, um die Lücken zu füllen. Wie Sie wissen, leugnet Mrs. Charles … na ja, im Grunde alles.«

»Wie kann sie nur auf nicht schuldig plädieren?«, fragte Ma. »Nach allem, was sie getan hat!«

»Nun, das ist nicht ganz richtig. Sie hat zugegeben, für Augusts Tod verantwortlich zu sein, behauptet aber, mit Mondays Tod nichts zu tun gehabt zu haben. Sie war der Meinung, sie ist davongelaufen, und weiß nicht, wie sie in der Gefriertruhe gelandet ist.«

»Davongelaufen? Wirklich?«, sagte ich spitz an Carson gewandt. »Ich frage mich, wieso sie das nicht bei der Polizei gemeldet hat.«

Carson versteifte sich und räusperte sich dann.

»Die Autopsie ist ein bisschen widersprüchlich, was am Zustand der … Leichen liegt«, erläuterte Carson. Sein Blick huschte kurz zu mir herüber, dann wieder weg. »Es ist schwierig, die Todesursache exakt zu bestimmen.«

Ma rieb mir über den Rücken. »Süße, bist du sicher, dass du dabei sein möchtest? Diese Fragen könnten ganz schön hart werden.«

»Lass sie hierbleiben«, meinte Daddy. »Sie ist alt genug und hat das Recht zu erfahren, was mit ihrer Freundin passiert ist.«

Carson und Woods wechselten einen raschen Blick.

»Claudia … Es tut mir sehr leid, was deiner Freundin zugestoßen ist«, wandte sich Carson an mich. »Deine Mutter sagte, dass dich das ziemlich aus der Bahn geworfen hat. Deswegen wollten wir hierherkommen, wo du dich sicher fühlst, um darüber zu reden. Ist das okay für dich?«

Ich habe doch versucht, mit Ihnen zu reden, aber Sie wollten mir nicht zuhören, wollte ich ihn anschreien. Stattdessen straffte ich meinen Rücken und reckte das Kinn. Er wusste, was er getan hatte. Mit dieser Schuld leben zu müssen war Strafe genug.

»Ja, Sir.«

Daddy und Ma lächelten stolz.

»Großartig. Also, wir versuchen, einen zuverlässigen zeitlichen Ablauf zu rekonstruieren«, erklärte Woods und blätterte zu einer leeren Seite ihres gelben Schreibblocks. »Wir wollen, dass die Anklage wasserdicht ist, darum schauen wir uns jedes Detail ganz genau an.«

Die Detectives bohrten ganz tief, um ihre Informationen zu sammeln. Sie stellten uns einen Haufen Fragen: Wann hatten wir Monday kennengelernt? Wie war sie so? Wie verhielt sich Mrs. Charles? So ging es immer weiter, sie buddelten sich durch den Boden, immer tiefer gruben sie die Erde um und pflanzten neue Theorien an.

»Mrs. Coleman«, fragte Carson, nachdem er einen Schluck aus seiner Wasserflasche genommen hatte, »wann haben Sie Monday zuletzt gesehen?«

Ma knabberte an ihrer Unterlippe. »Eine Woche nachdem Claudia weggefahren ist, um meine Mutter zu besuchen. Sie kam eines Nachmittags einfach vorbei. Es muss Samstag gewesen sein, weil ich zu Hause war. Ich bot ihr Eistee und ein Sandwich an. Sie schien, ich weiß auch nicht, mit den Nerven völlig am Ende.«

Woods nickte. »Erinnern Sie sich daran, was sie anhatte?«

»Ja. Grün-blaue Shorts mit weißem Spitzensaum und ein weißes Trägerhemdchen. Die Shorts hatten so eine Art Ethno-Muster. Ich glaube, ein bisschen Rosa war auch mit drin.«

Die Detectives sahen einander mit sehr hochgezogenen Augenbrauen an.

»Das ist aber sehr genau«, stellte Carson fest.

»Ich hatte diese Hose für Claudia gekauft; sie sollte sie eigentlich nach Georgia mitnehmen. Sie verbringt jedes Jahr die Sommerferien dort bei meiner Mutter.«

Woods notierte sich etwas. »Und dann hat Monday sie mitgenommen?«

Ma kniff die Augen zusammen. »Monday hat noch nie in ihrem Leben etwas gestohlen. Claudia hat sie ihr wahrscheinlich geschenkt. Sie schenkte oder lieh Monday häufig ihre Sachen. Wir wussten davon, aber das war ja auch nicht schlimm.«

Woods zog ein Foto in DIN-A4-Größe aus ihren Akten und schob es über den Couchtisch. Ich versteifte mich und grub die Nägel ins Sofa. Würden wir jetzt Mondays Leiche zu Gesicht bekommen?

»War es dieses Muster?«

Ma schluckte und beugte sich langsam vor, zog das Foto näher zu sich heran. Ich hielt den Atem an und blickte über ihre Schulter. Es handelte sich um die verschwommene Großaufnahme eines hektischen Ethno-Musters – eines, wie ich es immer so gern ausmalte. Lagunenblau, leuchtendes Hellgrün und Magenta, von eckigen schwarzen Linien zu Formen zerteilt.

»Ja, das ist es«, murmelte Ma und atmete dann scharf ein. »Moment mal, haben Sie sie darin gefunden? Bedeutet das, sie hat diese Hose getragen, als sie …«

»Wir können es nicht mit Bestimmtheit sagen«, erwiderte Woods.

»O Gott!«, stieß Ma hervor und lehnte sich bei Daddy an, schluchzte an seiner Brust.

Ich grub meine Nägel in meine Handflächen und hoffte, etwas anderes zu spüren als diese Taubheit. Es juckte mich in den Fingern, das Foto zu berühren.

»Claudia«, wandte sich Carson an mich. »Man hat einen sehr speziellen Schlüssel in einer ihrer Hosentaschen gefunden. Wir konnten uns keinen Reim darauf machen, wozu er gut war, aber ihre Schwester April hat erwähnt, dass er zu einem Tagebuch gehört.«

Im Zimmer wurde es kalt und mir schnürte es die Kehle zu.

»Wir haben kein Tagebuch am Tatort finden können. Weißt du vielleicht, worauf sie da anspielt?«

»Nein.«

»Claudia«, sagte Daddy warnend.

»Ich meine: Nein, Sir.«

»April erwähnte, dass du Mondays Tagebuch haben könntest«, sagte Carson. »Dass du es vielleicht mitgenommen hast, als du vor ein paar Wochen bei ihnen zu Hause warst.«

Ma schniefte und beugte sich dann mit tränenüberströmtem Gesicht zu mir herüber. »Wovon spricht er da? Habe ich dir nicht verboten, noch einmal zu diesem Haus zu gehen?«

Ich ließ den Kopf hängen und wich ihrem Blick aus.

»Was hast du dir nur dabei gedacht?!«, schrie sie mich an. »Was, wenn dir auch etwas zugestoßen wäre? Glaubst du nicht, wir haben schon genug verloren?«

»Es tut mir leid, Ma«, brachte ich kieksend hervor. Meine Lippe zitterte.

»Hast du es noch?«, wollte Woods wissen. »Das Tagebuch, das April erwähnte?«

»Ja, Ma'am«, murmelte ich.

»Geh' es holen«, fuhr Ma mich an. »Sofort, Claudia Mae!«

Ich zuckte zusammen wegen der Schärfe in ihrer Stimme, rannte hoch in mein Zimmer und holte es aus dem Versteck.

Carson stand auf, als ich zurückkehrte, und holte einen großen, verschließbaren Plastikbeutel aus seiner Jackentasche.

»Danke, Claudia«, sagte er und schüttelte den Beutel, sodass er offen stand. »Wenn du es jetzt bitte für mich hier hineinfallen lassen könntest.«

Als die Plastiktüte die Luft zerfetzte, riss mich das aus dem Nebel heraus, in dem ich bis dahin gesteckt hatte. Ich hielt das letzte Stück in der Hand, das ich von meiner besten Freundin noch hatte, von meiner anderen Hälfte, den letzten Gegenstand, der mir von ihr geblieben ist, und die einzige Möglichkeit, zu erfahren, wie ihr Leben ohne mich gewesen war. Die Jungs, die sie geküsst hatte, die Bücher, die sie gelesen hatte, die Schwimmstunden, die sie genommen hatte …

Ich drückte das Tagebuch eng an meine Brust. »Werden Sie es mir zurückgeben?«

Carson presste die Lippen aufeinander und warf Woods einen Blick zu. »Tut mir leid, Claudia, das werden wir behalten müssen. Es ist ein Beweisstück.«

»Aber …«, wimmerte ich. »Ich habe es noch nicht zu Ende gelesen. Ich brauche dafür … ein bisschen länger.«

»Sie brauchen es für die Ermittlungen, Süße«, sagte Daddy und stand auf. »Du musst es ihnen geben.«

Die Tränen begannen zu fließen und meine Hände zitterten. »Das kann ich nicht. Es ist alles, was ich noch von ihr habe!« Ich wandte mich an Carson. »Und Sie *schulden* mir etwas!«

Carson zögerte und hielt den Beutel fester, während Woods die Brauen zusammenzog und ihr Blick zwischen uns hin- und herging.

»Claudia, gib ihnen das Buch«, befahl Ma.

»Nein! Das ist nicht fair!«

»Ich bin sicher, wenn Monday hier wäre, würde sie genau dasselbe sagen«, meldete sich Daddy mit einem Seufzen zu Wort und legte mir eine Hand auf die Schulter. »Es ist ganz und gar nicht fair.«

Ein Heulen, das tief in meinem Bauch geschlummert und gewartet hatte, brach aus mir hervor.

»Bitte«, keuchte ich unter Tränen und krümmte mich vor Schmerzen. »Bitte, ich bin noch nicht bereit dazu. Bitte, Daddy!«

Daddy hielt mich fest, während ich laut weinte, während mein Körper losließ und gegen seinen sackte. Ma stand auf und trat zu uns. Nahm uns in den Arm, sodass wir gemeinsam weinen konnten. Es war die Art Schluchzen, die wir bei der Beerdigung hätten herauslassen sollen, aber diese Beerdigung hatte sich so unecht angefühlt. Hier dagegen, zu Hause, wo wir so viele Stunden verbracht hatten, spielend, lachend, tanzend, hier war der richtige Ort, um uns von ihr zu verabschieden.

»Komm, meine Süße.« Daddy schniefte. »Es ist Zeit.«

Er hob meinen Arm. In der Hand hielt ich immer noch das Tagebuch. Er rieb mir über die Schulter und Ma küsste meine Wange und flüsterte »Ich liebe dich«, als ich das Tagebuch mitsamt meinem Herzen in den Beutel fallen ließ.

»Danke, Claudia«, sagte Carson und zog die Versiegelung der Tüte zu. »Ich weiß, wie viel dir das hier bedeutet. Hast du vielleicht noch etwas anderes aus dem Haus mitgenommen, das uns helfen könnte, die Anklage zu stützen?«

Ich dachte an das Buch, *Blumen der Nacht,* das immer noch unter meinem Bett versteckt lag, und mein Rücken fühlte sich plötzlich an wie eine Betonmauer.

»Nein.«

Miss Clark atmete scharf ein, als ich das Sekretariat betrat. Ich war 40 Minuten zu spät für die Schule.

»Claudia, ich … äh«, begann sie, brach dann aber ab, während sich ihre Augen mit Tränen füllten. Der Rest des Sekretariats erstarrte um sie herum.

Mr. Hill kam hereingerannt, der Rektor gleich hinter ihm.

»Claudia! Was tust du denn h… Ich meine, wir haben dich heute gar nicht erwartet. Dein Vater hat angerufen und gesagt, du würdest für eine Weile nicht zur Schule kommen. Wie geht es dir?«

Ich wand mich in meiner Uniform, die mir allzu locker um die Hüften schlackerte, nachdem ich wochenlang zu wenig gegessen oder nichts drinbehalten hatte.

»Ich brauche eine Entschuldigung, weil ich zu spät bin«, murmelte ich.

»Ja, ja, selbstverständlich«, sagte er hastig und nickte Miss Clark knapp zu. »Wie wäre es, wenn ich dich in deine Klasse begleite?«

Er führte mich rasch aus dem Sekretariat, als ob mein Anblick ausreichte, um überall Tränen auszulösen, und begleitete mich von meinem Spind bis zu meiner Englischklasse, während er mich mit Versprechungen vollaberte. Er sagte, er werde mit all meinen Lehrern über meine Noten, die Hausaufgaben, die Abschlussklausuren sprechen. Ich saß noch nicht einmal in der Klasse und bereute bereits, dass ich hergekommen war, um aus dem Haus zu kommen, während Ma und Daddy bei der Arbeit waren. Ich ertrug die Stille zu Hause nicht.

Während des gesamten Tages trafen die Flüstereien

meinen Rücken wie mit dem Fuß hochgetretene Kieselsteinchen.

»Das ist Claudia. Sie war die beste Freundin des Mädchens, das sie in der Gefriertruhe gefunden haben.«

Die Schlange fürs Mittagessen führte mal wieder rund um die Cafeteria und noch ein Stück weiter. Meine Bewegungen fühlten sich roboterhaft und holprig an, so ähnlich wie vor Monaten bei Monday, als sie sich nur mit Mühe durch den Schultag schleppen konnte. *Geh nach Hause,* dachte ich immer wieder. *Du gehörst hier nicht her.*

Eine kaputte Deckenlampe flackerte über meinem Kopf. Das Geräusch holte mich von hier weg und versetzte mich augenblicklich wieder in ihr Haus. Ich konnte beinahe die Matratze riechen, Mrs. Charles gackern hören und meinen eigenen Sturz aus dem Fenster aufs Neue spüren.

Summmmm.

Eine schwere Hand klopfte mir auf die Schulter. Trevor stand grinsend hinter mir, Carl gleich daneben, ihr Lächeln unangenehm.

»Hey, hey, Claudia! Wie geht's?«

Die Härchen in meinem Nacken stellten sich auf. Die beiden hatten das ganze Jahr über nicht mit mir gesprochen – was wollten sie jetzt auf einmal?

Trevors Gesicht spannte sich an. Er musste offenbar ein Lachen unterdrücken. »Ey, tut mir leid, dass dein Liebchen gekillt wurde.«

Ich schluckte und ballte die Hände zu Fäusten, während ich mich wieder umdrehte. Er tippte mir erneut auf die Schulter. »Hey. *Hey!* Ich rede mit dir.«

»Fass' mich nicht an!«, fauchte ich und schlug seine Hand weg.

»Ach, du kommst also einfach wieder zur Schule, als wäre nichts gewesen«, rief Carl dazwischen.

Die gesamte Cafeteria hielt inne. *Ignorier' ihn einfach,* sang es in meinem Kopf, aber das Summen wurde lauter und übertönte meine eigene Stimme.

Summmmm.

»Mann, dann fick dich doch, du blöde Schlampe«, brüllte Trevor. Ich spürte seinen Atem in meinem Nacken. »Ich wollte nur freundlich sein. So dumm, wie konntest du denn nicht wissen, dass deine beste Freundin tot ist? Warum hast du denn nichts gesagt?«

»Hey! Lass sie in Ruhe!«

Ich fuhr herum und spähte durch die Cafeteria, um zu sehen, woher die Stimme gekommen war. Mein Blick traf auf Shaylas. Sie saß an einem Tisch nur wenige Meter von der Schlange entfernt. Ashley saß neben ihr und hielt eine Flasche Wasser in der Hand. Ihr Blick huschte zwischen mir und Shayla hin und her.

»Haltet ihr das für lustig?«, bellte Shayla und schüttelte den Kopf. »So eine armselige Scheiße.«

Summmmm.

Trevor winkte bloß ab. »Mann, mir doch egal.«

»Mein Daddy hat gesagt, es hat vier Tage gedauert, sie aufzutauen, bis sie dann sicher wussten, dass sie es ist«, erklärte Carl mit leisem Lachen. »Die haben die Schlampe auftauen lassen wie 'nen Truthahn!«

Ich schloss ganz fest die Augen und hielt mir die Ohren zu.

Summmmm.

»Ey! Hat sie nicht gerade gesagt, ihr sollt sie in Ruhe lassen?« Jacob stieß Carl aus dem Weg und stellte sich wie eine Ziegelmauer zwischen mich und Trevor. »Ihr habt sie doch nicht mehr alle. Wie könnt ihr ein Mädchen so scheiße behandeln?«

»Echt jetzt? Tu bloß nicht so, als hättest du sie nicht …«

»Ihr redet über Monday, als hättet ihr sie nicht auch gekannt!«, schrie Jacob und schubste Trevor, bevor sich einer der Schüler einmischte, der Mittagsaufsicht hatte. »Wir kannten sie alle! Wir haben sie jeden Tag gesehen und *jetzt ist sie tot!* Das ist alles andere als lustig.«

Die Worte ›jetzt ist sie tot‹ hämmerten wie eine riesige Glocke, die alle hören mussten.

»*Nein!* Die Besten treffen sich noch.« *Sie ist nicht tot.*

Der Raum erstarrte schockiert.

»Was hat sie gesagt?«

»Ich … weiß es nicht.«

»Am meisten habt ihr nicht gut ausgegeben!« *Wir müssen sie aus diesem Haus retten!*

»Verdammt, sie spricht, als wäre der Teufel in sie gefahren. Claudia …«

»Der linke Fuß vermisst den rechten Weg! *Tot! Tot!*«

Summmmm.

Ich schrie und schrie und schrie, bis ich keine Luft mehr bekam. Einige Mädchen fingen an zu weinen. Carl entglitt das Gesicht und er stopfte die Hände in die Hosentaschen. Sie ist tot. Tot. *Tot!*

Miss Valente drängte sich durch die Menge und zog mich in ihre Arme.

»Ist ja schon gut«, tröstete sie mich schluchzend und hielt mich ganz fest. »Es wird alles wieder gut.«

Das pulsierende Licht blinzelte mir zu, bevor ich den Einstich der Nadel spürte, die mir die Schulschwester in den Oberarm pikste. Dann wurde die Welt still.

Das war mein letzter Tag in der Schule.

DANACH

»Ich habe noch nie die Schule geschwänzt«, erklärte Michael mit einem Lachen, als wir Miss Walkers Haus betraten. »Na ja, eigentlich schwänze ich ja auch nicht. Ich bin nur früher gegangen, also zählt das nicht richtig. Aber wenn der Coach es herausfindet, lässt er mich stundenlang allein trainieren.«

Ich atmete die wohlbekannte Wärme des Wohnzimmers ein.

»Wo ist Miss Walker?«, fragte ich und folgte ihm in die Küche.

»Sie ist zu ihrer jährlichen Kirchenfreizeit gefahren«, sagte Michael, öffnete den Kühlschrank und holte zwei Ginger Ale heraus.

»Das ist dieses Wochenende? Schon?«

»Na ja, du hast in letzter Zeit Schwierigkeiten gehabt, dich an solche Sachen zu erinnern«, sagte er, als er die Dosen auf den Tisch stellte.

»Stimmt«, murmelte ich. Es war jetzt über eine Woche her und der Schock darüber war immer noch nicht wirklich abgeklungen. Zwei Jahre meines Lebens, weg. Monday, weg. Ich wusste ja kaum noch, wer ich eigentlich war.

»Claudia. Alles in Ordnung?«

Er rieb mir über beide Arme, wärmte mir die Haut und ich starrte in seine flehenden braunen Augen hinauf.

»Also«, fragte ich abrupt, weil ich befürchtete, ansonsten in endlose Tränen auszubrechen. »Wann ziehst du hier ein?«

Michael grinste. »Ich habe letztes Wochenende angefangen, meine Sachen herzubringen. Aber hey, ich habe eine Überraschung für dich!«

Wir gingen in den hinteren Teil des Hauses und betraten einen schlichten, schmalen, weiß gestrichenen Raum mit einem kleinen Schreibtisch und einem Einzelbett aus Holz an der Wand. Michael ging um einige Kisten herum zu einem kleinen Bücherregal, das aus Milchkästen bestand.

»Das war das Kinderzimmer von meinem Dad«, erklärte er. »Er hat immer noch einigen Krempel von früher hier. Ich habe seinen Kleiderschrank ausgeräumt und das hier gefunden!«

Er zog eine Schachtel mit alten Kassetten heraus, die jeweils mit Datum und Veranstaltungsort beschriftet waren.

»Oh, echt? Sind das seine alten Go-go-Mixtapes?«, fragte ich und ging die ansehnliche Sammlung durch.

»Ja, aber willst du etwas echt Cooles hören?«

Er steckte eine Kassette in den alten Rekorder. Der Rhythmus der Congas floss aus den Lautsprechern und meine Ohren genossen den vertrauten Takt, auch wenn ich die Band nicht kannte. Ich sah ihn achselzuckend an.

»Hör einfach hin.«

Eine Männerstimme rief laut über den Rhythmus hinweg, nannte die Leute beim Namen.

»Dich sehe ich auch, Claudia, Baby, da drüben, aus dem Südosten!«

»Oha!«, kreischte ich. »Das bin ja ich! Na ja, nicht wirklich, aber trotzdem!«

Michael lachte. »Ich hatte schon überlegt, ob ich die ganze Schachtel wegschmeißen sollte, aber dann habe ich das gehört. Jetzt kannst du sagen, du wärst dort gewesen, auch wenn das nicht stimmt.«

Ich setzte mich auf den Fußboden und bestaunte die Sammlung. Monday wäre ausgeflippt, wenn sie das gehört hätte. Sie hätte den Song ganz laut gedreht und überall laufen lassen. Sie hätte dazu getanzt. Sie hätte auch jetzt tanzen sollen.

Summmmm.

»Claudia«, holte mich Michael mit sanfter Stimme zurück. »Komm her.«

Mein Magen krampfte sich zusammen, als ich mich aufraffte und mich neben ihn auf das ungemachte Bett setzte.

»Hey«, flüsterte er und hob mein Kinn an. »Woran denkst du?«

Ich atmete tief ein. »Ich erinnere mich an meinen letzten Schultag.«

Michaels Blick hellte sich auf. »Du erinnerst dich? Endlich! Das müssen wir deiner Mutter sagen!«

Ich hatte so viele Fragen, aber nur eine davon war wirklich wichtig. »Wieso warst du die ganze Zeit … so nett zu mir?«

Er schüttelte den Kopf und sah achselzuckend zu Boden. »Weil … sie da in deiner Küche saß.«

»Was? Wer?«

»Monday. Als ich sie das letzte Mal sah, war sie bei deiner Mom.«

Mein Herz machte einen Satz. »Wann?«

»Na ja, ein paar Tage vor dem Grillfest der Gemeinde. Ich habe meiner Mom geholfen und deiner Mom die Rippchen vorbeigebracht, damit sie sie würzt und mariniert.«

Das Grillfest der Kirche fand eine Woche nach meiner Abreise nach Georgia statt. Normalerweise verpasste ich es nie, aber in jenem Jahr war es wegen Regen um zwei Wochen verschoben worden. Es wäre zu teuer gewesen, meinen Flug deswegen umzubuchen.

»Ich kam ins Haus und dachte, du wärst es«, fuhr er fort. »Ihr beide saht euch so ähnlich, das ist irre. Ich weiß noch, dass sie diese grellbunten Shorts trug. Und dann, als alles ans Licht kam, konnte ich nicht aufhören, daran zu denken, dass ich sie an ihrem ersten Tag gesehen hatte. Und dann dachte ich, das hättest du sein können. Ich wurde den Gedanken nicht mehr los. Er machte mir Angst.«

Er nahm meine Hand in seine und drückte sie. Mein Herz raste, als ich in seine schokoladenbraunen Augen blickte. *Warum bin ich so nervös,* dachte ich. *Es ist bloß Michael – warm, groß und real. Bei Michael bin ich sicher.*

Bei Michael bin ich sicher und brauche keine Blase.

Ich beugte mich zu ihm rüber und küsste ihn. Kein betrunkener Kuss, sondern eher einer, der sich wie Fliegen anfühlte. Die Luft in meiner Lunge war ganz leicht und schwebend, nicht erdrückend in ihrer Verzweiflung. Er lächelte und erwiderte meinen Kuss.

Ma stand im Türrahmen zur Küche und hatte die Hände in die Hüften gestemmt.

»Wir haben dir das Handy aus einem bestimmten Grund geschenkt, Claudia. Du hättest mir Bescheid sagen sollen, wo du bist«, sagte sie mit gemessener Stimme, aber ich hörte die Schärfe heraus.

»Tut mir leid. Ich musste … nur den Kopf frei kriegen.« Ich atmete tief ein. »Ma, ich erinnere mich wieder an meinen letzten Schultag.«

Ma atmete scharf ein und verschränkte die Arme, als müsste sie sich vor etwas schützen, aber dann fuhr sie herum und ging in die Küche.

»Komm zu mir. Es ist Zeit, dass wir darüber sprechen.«

Ich schluckte und mein Magen krampfte sich sofort wieder heftig zusammen.

»Ich denke, es ist an der Zeit, dir endlich reinen Wein einzuschenken, Claudia«, verkündete sie und zog sich einen Stuhl unter dem Tisch hervor. »Ich war der Meinung, dass es nicht gut wäre für deine … Genesung. Aber vielleicht hilft es dir ja, wenn du die Wahrheit kennst.«

»Die Wahrheit worüber?«, wollte ich stotternd wissen, als ich mich zu ihr an den Tisch setzte und mich auf das Schlimmste gefasst machte.

Ma atmete tief ein und faltete die Hände.

»Bevor es passiert ist, kam Monday hier vorbei, kurz nachdem du zu Oma gefahren bist. Sie hat nicht viel erzählt, aber … es schien, als *wollte* sie über irgendwas reden. Ich war auf dem Weg zur Bibelstunde, also bot ich ihr an, sie wieder nach Hause zu fahren. Als wir vor dem Haus hielten, stieg sie nicht direkt aus, sondern fing an zu weinen. Etwas stimmte einfach nicht mit ihr an diesem Tag. Ich habe dann mit deinem Vater darüber gesprochen und wir entschieden, dass wir dem Jugendamt einen anonymen Tipp geben würden. Und jetzt … Ich frage mich einfach, ob ich es damit nicht bloß schlimmer gemacht habe. Ob dieser Anruf irgendwie dafür gesorgt hat, dass Patti ausgerastet ist. Und es an dem armen, kleinen Mädchen ausgelassen hat.«

Meine Zähne klapperten, als würde eine Kaltfront direkt durch meinen Körper gehen. Ma kamen die Tränen.

»Als du die Ferien über nichts von ihr gehört hattest, dachte ich, dass sie sie vielleicht – also die Leute vom Jugendamt – dort herausgeholt und anderweitig untergebracht hatten. Und wir … Ich meine, ich … Ich wollte nicht, dass du mich hasst, weil ich etwas damit zu tun hatte, dass du deine beste Freundin verloren hast.«

Ma ließ ihre Tränen endlich zu. »Es war falsch von mir, es dir nicht zu erzählen, weil ich eigentlich wusste, dass du alt genug und klug genug warst, es zu verstehen. Es tut mir so leid, meine Süße. Aber bitte, bitte, hass' mich nicht.«

Ich atmete endlich wieder ein, als sie die Arme ausstreckte, um meine Hände festzuhalten.

»Ich könnte dich doch niemals hassen, Ma. Niemals!«

Sie wischte sich über die Augen. »Mein Gott, es fühlte sich einfach an, als hätte ich schon wieder ein Kind verloren, noch eins. Ich wollte nicht, dass du mich so siehst. Nicht noch einmal. Ich wusste doch, wie sehr du das Mädchen geliebt hast.«

Meine Lippe zitterte. »Das habe ich, Ma. Ich habe sie geliebt.«

Ma streckte erneut den Arm aus und hielt meine Hand.

»Ich auch, meine Süße«, flüsterte sie. »Und Daddy auch. Deswegen glaube ich auch, dass es Zeit ist, dass wir uns … echte Hilfe suchen. Gemeinsam.«

JUNI

Wenn ich eine Farbe wäre, dann wäre ich Weiß, eine riesige leere Fläche. Rein, ganz, jungfräulich, vorhersehbar …

Langweilig.

Die Farben, die man mir hinwarf, sickerten nicht in meine Leinwand hinein, hinterließen keine Flecken. Die Farben wuschen sich einfach mit klarem Wasser wieder aus. Deswegen ist es so schwer, mich an die Geschichte zu erinnern. Es ist schwer, in einen Spiegel zu schauen und all die Dinge zu sehen, aus denen man gemacht ist, und all die Dinge, die man nicht in sich aufnehmen konnte.

Aber ich bin offen für Veränderungen. Offen für einen Ort, an dem ich alle Farben, die ich liebe, gleichzeitig in mir tragen kann, sie für das schätzen kann, was sie sind, und von ihnen lernen kann.

Ich bin offen für Neuanfänge.

DANACH

»Vergangene Woche hat Thomas Charles, der Vater von Monday und August Charles, die Stadt auf mehrere Millionen Dollar verklagt. Die Anklage lautet auf fahrlässige Tötung, nachdem die Behörden versäumt hatten, angemessen auf die besorgten Hinweise der Schulsozialarbeiter zu reagieren.

Die Anklage hat auch Gräben zwischen dem Stadtrat und den Gemeindevertretern aufgerissen. Todd Harris von der Stadtentwicklungsfraktion D. C. sagte, dass dieser Prozess eine grundsätzliche Frage aufwirft.

›Nun, ich denke, es läuft alles auf die Frage nach der Verantwortung hinaus: Wer ist letztendlich für das Wohlergehen des Einzelnen verantwortlich? Die Familie, die Verwaltung, die Gemeinde?‹«

Ich wartete geduldig bei Starbucks, bis ich an der Reihe war. Wartete darauf, dass sie mich erkannte. Wartete darauf, dass sich unsere Blicke trafen und wir einander wirklich anschauten. Ich trat an die Theke und sie blinzelte, rieb sich die Hände an der Schürze ab.

»Dein Haar ist kürzer«, platzte ich heraus. »Und rot. Eher ein Mix aus Tomate und Kirsche.«

April lachte leise. »Aha. Du erinnerst dich also endlich wieder. Wurde aber auch verdammt noch mal Zeit.«

Ich lächelte. »Ich nehme eine heiße Schokolade.«

Sie nickte und rief über ihre Schulter nach hinten: »Ich mache dann mal Pause!«

Ich musste mit April sprechen. Weil ich ihr mehr als jedem anderen Menschen vertraute, dass sie gnadenlos ehrlich zu mir sein würde. Wir setzten uns auf eine Bank an der Bushaltestelle und tranken schweigend aus unseren Bechern.

»Ich habe nur 15 Minuten, also mach's kurz.«

»Wie oft habe ich *das hier* schon gemacht?«

»Zweimal«, gab sie zu. »Aber diesmal hat es am längsten gedauert.«

Ich schüttelte den Kopf. »Es überrascht mich, dass du mitgespielt hast.«

»Ist nicht so, dass ich gewollt hätte. Deine Mom hat mich angefleht. Sie meinte, dass es Teil deines ›Heilungsprozesses‹ sei und dass ich ›Mitleid‹ mit dir haben solle. Tss! Wieso sollte ich *dich* bemitleiden? Du hast ja nicht deine *ganze* Familie verloren so wie ich.«

Ich biss mir auf die Lippe und versuchte, die stechenden Schuldgefühle auszublenden. »Also. Warum hast du es dann getan?«

Sie schüttelte den Kopf, während ihr die Tränen kamen. »Weil du niemals aufgehört hast, nach ihr zu suchen. Niemals.«

Summmmm.

»Und Tuesday?«, fragte ich über den Lärm hinweg. »Wie geht es ihr?«

Allein die Erwähnung von Tuesday sorgte dafür, dass sie sich anspannte. Es war eine instinktive Reaktion, die ich ihr nicht länger verdenken konnte. Nicht nach allem, was sie durchgemacht haben.

»Besser. Sie ist jetzt in der Schule. Und geht zur Therapie. Tun wir beide.«

Wir sahen uns an und ich genoss den stillen Moment.

»Ich wurde an der Cardozo angenommen. Ich fange im Herbst an. Und … ich bin auch in Therapie.«

Sie lächelte. Es war ein ehrliches Lächeln. »Gut. Vielleicht bleibst du jetzt für eine Weile bei uns.«

Der Bereich hinter der Bühne bei einem Auftritt ist ein hektischer Zirkus, ein Moshpit kreischender Mädels, Mütter, pudrige Schminke überall und Scheinwerfer, die zu viel Hitze abstrahlen. Darum wirkte Daddy auch wie ein Elefant, der auf Zehenspitzen durch ein gläsernes Puppenhaus schlich, sich zwischen Tüllröckchen und Kopfschmuck aus Glitter und Federn hindurchschlängelte.

»Daddy?«

Er erspähte mich bei den Spiegeln der Schminktische in der Ecke und winkte.

»Hey, Süße.«

»Was machst du denn hier hinten? Ma hat sich schon hingesetzt.«

»Ja, ich weiß. Ich bin ihr auf dem Weg hierher begegnet. Du siehst … wunderschön aus.«

Ich blickte an meinem seidigen, schneeweißen Kleid herab, das mir bis zu den Knien ging. Es schwang und wogte wie Wellen über meiner Strumpfhose, die ein kleines bisschen silbern glitzerte. Meine Nägel hatten die gleiche Farbe wie mein Lippenstift und mein Lidschatten – ein mattes Rosa.

»Danke.«

»Bist du nervös? Du weißt, ich bin jedes Mal nervös, bevor ich auf die Bühne gehe.«

Wenn er meine Hände noch fester gedrückt hätte, würde der Schweiß heraustropfen. Ich warf einen Blick zur Hintertür, die auf die Hauptbühne führte, und zuckte bei dem lauten Applaus von der anderen Seite zusammen.

»Ähm, ein bisschen. Ich bin ja erst in einer halben Stunde dran.«

»Nun, ich wollte eigentlich bis hinterher warten, um dir das hier zu geben«, erklärte er. »Aber dann dachte ich … wieso nicht, du hast ja gerade ein wenig Zeit übrig.«

Mit einem Ruck zog er eine braune Mappe hervor und hielt sie mir hin, als wäre es ein Blumenstrauß.

»Was ist das?«, fragte ich lachend. »Noch ein Malbuch?«

Er zuckte die Achseln, während ich die Mappe aufklappte und einen Stapel Kopien in Schwarz-Weiß vorfand. Es waren die Seiten aus Mondays Tagebuch.

»Daddy«, keuchte ich.

»Es ist nicht das Original, aber immer noch besser als nichts.«

Ich blätterte kurz die Seiten um, bevor ich mich in seine Arme warf und versuchte, meine Liebe mit einer ganz festen Umarmung auszudrücken.

»Danke, Daddy«, rief ich. »Danke!«

Claudia hat mir die Nägel in einer Farbe lackiert, die ›Cherry Bomb‹ heißt. Sie hat sogar kleine Kirschen auf die Spitzen gemalt. Sie ist eine richtige Künstlerin bei so was. Wirklich, sie ist unglaublich gut darin. Die Bilder, die sie ausmalt, sind auch voll schön. Sie weiß es nicht, aber ich habe ein paar ihrer Bilder in meiner Schublade. Und sie kann tanzen! Bei allen Auftritten immer … Sie hat das so was von drauf. Wow!

Ich wünschte bloß, sie hätte nicht immer so viel Angst. Sie hat Angst, dass die Leute sie anders behandeln, weil sie schlecht liest und schreibt. Aber wenn die sie kennenlernen würden, dann würden sie auch sehen, wie schlau und cool sie ist. Dann wollen plötzlich alle mit ihr befreundet sein. Ich kann nicht fassen, dass sie von allen

Menschen auf der Welt ausgerechnet mich, mich *als ihre beste Freundin ausgesucht hat. Und wir sind nicht bloß beste Freundinnen, eher so was wie Schwestern.*

»Bist du bereit?«, fragte Megan, die neben mir vor dem Schminkspiegel stand. »Oder willst du den ganzen Abend mit der Nase in deinen Papieren vergraben sitzen bleiben?«

Es fühlte sich himmlisch an, mit einer Kopie des Tagebuchs meiner besten Freundin auf dem Schoß hier zu sitzen und es zu lesen, ohne die Worte allzu sehr durcheinanderzubringen. Ich wäre tatsächlich für immer hier sitzen geblieben, wenn ich gekonnt hätte. Ich atmete tief durch, steckte die Mappe in meine Tasche und versuchte, ein sehr breites Grinsen zurückzuhalten.

»Ja. Ich bin bereit.«

Megan schüttelte den Kopf. »Ich glaub' es einfach nicht, sieh dich nur an.«

»Hä? Was habe ich denn gemacht?«

»Ich meine, ich kann nicht glauben, dass du *hier* bist«, sagte sie und hielt sich am Tisch fest. »Nach allem, was geschehen ist! Ich weiß nicht, was ich gemacht hätte … wenn es Kit Kat gewesen wäre.«

Sie hatte recht. Ich hätte ein Häufchen zerbrochenes Glas in der Ecke sein sollen, das die Straßenkehrer bei ihrer nächsten Runde mitnahmen. Das Einzige, was mich am Laufen hielt … war Monday.

»Du hättest getanzt«, sagte ich achselzuckend. »Denn sie hätte dich nachts heimgesucht, wenn du es nicht tun würdest.«

»Verdammt, das stimmt.« Wir starrten einander einen Moment lang im Spiegel an und kicherten dann. »Na schön! Du bist als Nächste dran.«

»Wirst du zuschauen?«

»Klar, das weißt du doch! Los geht's, gehen wir da raus! Und das Lächeln nicht vergessen!«

Ich vergaß es nicht. Ich lächelte mich mit hoch erhobenem Kopf durch jede Drehung, jeden Sprung und konnte Monday an meiner Seite spüren. Sie tanzte in einem lavendelfarbenen Kleid, sie glänzte, ihr Lächeln war strahlend. Ich führte jede meiner Bewegungen mit meinem Herzen, meiner Seele und all meiner Liebe aus. Genau wie früher, unsere Schritte aufeinander abgestimmt, im Gleichklang. Wir hatten Spaß bis zum letzten Augenblick und verbeugten uns vor der tobenden Menge.

Ma, Daddy und Michael saßen in der ersten Reihe.

NOCH SPÄTER

Liebe Monday,
ich habe dir lange nicht geschrieben. Ich bin sicher, du weißt, warum.

Aber hey! Letztes Wochenende beim jährlichen Sommerfest hat Daddys Band diesen tollen Gig gespielt und alle zum Tanzen gebracht. Ein ganzer Haufen von Leuten, die weggezogen sind, kam zum Fest. Sogar April und Tuesday! Es war wie ein großes Familientreffen. Du solltest Tuesday mal sehen – sie tanzt genau wie du.

Ich gehe jede Woche zur Therapeutin und sie sagte etwas von einem Abschluss, den ich brauche. Ich glaube, ich weiß, wie ich damit abschließen kann, aber das wird niemandem gefallen.

P. S.: Sieh nur, wie gut ich jetzt schreibe! Ich helfe sogar meinen Freunden beim TLC, besser zu werden.

»Bist du sicher, dass du dir das anhören willst? Hier und jetzt?«

Ich starrte zum Haus hinauf. Mondays Haus. Die vernagelten Fenster, die Tür, die schief in den Angeln hing wie ein Strichpunkt, mit einer dicken Kette und einem Vorhängeschloss gesichert. Dünne, graue Wolken hingen darüber, während oben im Baum Vögel zwitscherten und die Äste ein hektisches Muster auf den Gehweg warfen. In meiner Erinnerung war es viel größer gewesen.

Ich drehte mich zu Michael um, dessen Kopf beinahe an die Decke seines Wagens stieß. Sein Dad hatte sein Versprechen gehalten und ihm einen brandneuen Dodge Charger in Schwarz gekauft. Er kümmerte sich besser um den Wagen, als manche Leute sich um ihre Kinder kümmern.

»Wie oft müssen wir das noch durchgehen?«, fragte ich seufzend.

»Ich weiß, aber müssen wir das wirklich …« Er warf einen Blick über seine Schulter. »… genau hier machen? Selbst mir ist es echt schwergefallen, das zu verarbeiten.«

»Ich weiß«, stöhnte ich. »Ich habe dich schon die ersten vier Male gehört.«

Er atmete laut aus, rieb sich den Kopf wie eine Wunderlampe und wünschte sich uns weit weg. »Na gut. Ich werde nur einen Teil abspielen. Das war's dann.«

»Würdest du dich jetzt mal beeilen, statt es immer weiter hinauszuzögern?«, sagte ich mit leisem Lachen.

Er streckte die Hand aus und kitzelte meinen Nacken. Ich quiekte und musste kichern, und dann packte er mein Kinn und drehte mein Gesicht in seine Richtung, drückte mir einen schnellen Kuss auf die Lippen, dann noch einen – diesmal tiefer. Ich erwiderte seinen Kuss, denn meine Lippen hungerten nach seinen.

»Sag' mir die Wahrheit«, flüsterte er mir zu. »Hörst du das Summen immer noch?«

Ich seufzte. »Ja.«

Sein Lächeln schwand. »Warum machen wir das hier denn dann?«

»Weil ich es wissen muss. Ich kann nicht weitermachen, solange ich es nicht weiß und mir immer wieder vorstelle, was passiert ist.«

»Sie könnte ebenso gut lügen«, gab er zu bedenken. »Mit einer neuen Story aus der Versenkung kommen.«

»Sie lügt nicht. Sie hat doch nichts zu verlieren.«

Michael schüttelte den Kopf. »Dein Dad wird mich umbringen.«

»Das hat er die letzten 20 Male auch nicht getan, als du das gesagt hast.«

Michael schmunzelte und zog sein iPhone hervor, tippte die Podcast-App an und nahm meine Hand in seine.

»Okay. Bereit?«

Ich hielt den Atem an und drückte seine Hand. »Ja.«

Michael nickte, drückte auf Abspielen und im nächsten Moment war Mrs. Charles bei uns im Wagen.

»August hat immer wieder Hand an Mädchen gelegt! Ich sagte ihm immer wieder, er soll damit aufhören. Aber er schlug ständig seine Schwestern. Die blauen Flecken, die Sie an Monday und April gesehen haben, können Sie nicht alle mir anhängen. Den Rest gegeben hat mir der Tag, als ich ihn erwischt habe, wie er Tuesday gebissen hat. Sie war doch noch ein kleines Kind! Ich habe angefangen, ihn zu verprügeln, ihn zurückzubeißen. Habe gesagt: ›Habe ich dir nicht klar genug gesagt, dass Jungs keine Frauen schlagen dürfen?‹ Er wusste, dass ich ihm das immer wieder eingebläut habe. Er hat geschrien und wollte einfach nicht still sein. Da habe ich ihn gewürgt, ihm mit den Händen die Kehle zugedrückt. Er hat sich gewehrt, bis seine Augen nach hinten gerollt sind, und dann war er tot. Ich habe April gesagt, sie soll ihn in die Truhe stecken, weil … Na ja, ich wollte mich nicht damit herumschlagen.«

Ihre Stimme war ruhig, gleichmäßig, glatt wie Seide. Sie sprach über den Mord an ihrem Kind, wie andere Leute über einen langweiligen Sonntagnachmittag sprachen.

»Monday war ein leichtfertiges kleines Mädchen. Schon immer gewesen, vom ersten Tag an. Die Jungs standen bei mir vor der Tür und haben nach ihr gefragt. Ich habe sogar gehört, dass sie auch was mit Mädchen hatte.«

Michael und ich wechselten einen Blick und er hielt meine Hand fester, küsste meine Fingerknöchel.

»Ich bin früher als geplant vom Babysitten nach Hause gekommen und sehe sie aus einem Auto steigen, in diesen engen, kurzen Shorts. Sie redete ganz schnell und meinte, sie würde mich jetzt verlassen. Ich habe sie am Nacken gepackt und angefangen, sie zu verprügeln. Sie wollte sich wie eine Erwachsene aufspielen, mit mir kämpfen, mir die Stirn bieten, da muss sie sich nicht wundern, wenn sie Prügel bezieht wie eine Erwachsene. Sie fing an zu schreien, mich mit Schimpfwörtern anzubrüllen und ein Riesentheater zu machen.

Da habe ich sie für ein paar Tage in den Wandschrank gesperrt. Sie hat immer weitergeschrien, mich angebettelt, sie rauszulassen oder ihr Wasser zu geben. Jedes Mal wenn sie zu viel Lärm gemacht hat, bin ich reingegangen und habe ihr einen Tritt verpasst. Beim letzten Mal … stand sie nicht mehr auf. Ich weiß nicht, wie sie in die Truhe gekommen ist. Ich habe sie da nicht reingesteckt. Ich hätte sie in dem Wandschrank verrotten lassen.

Was ich getan habe, tut mir nicht leid. Die Leute haben über alles Mögliche geredet und irgendwelche Ausreden erfunden. Aber ich weiß, was ich getan habe, und es tut mir nicht leid.«

Michael drückte auf STOP und zog mich in seine Arme. »Wir hören uns diese Scheiße nie wieder an. Nie mehr!«

Ich rieb mein Gesicht an seiner Schulter und merkte gar nicht, dass ich die ganze Zeit geweint hatte. Er nahm den Kopf zurück und küsste mich nacheinander auf beide Wangen.

»Alles in Ordnung?«, flüsterte er gegen meine Lippen.

Ich nickte. »Bleib' hier.«

»Bist du sicher?«

Ich sah zum Haus hinüber und stellte mir vor, wie Monday von der Rückbank des Wagens glitt und ausstieg, den Weg zum Haus entlanghopste, langsam und wie im Traum. Ihre Arme schwangen, als sie mit einem großen Satz die Stufen zur Schwelle hochsprang und sich dann umdrehte, um uns mit einem albernen Grinsen zuzuwinken. Und beinahe hätte ich zurückgewinkt. Beinahe.

»Ja, mir geht es gut. Ich muss das tun.«

Ein Herbstwind spielte mit meinem frisch geglätteten Haar, während ich mir den schwarzen Strickschal zweimal um den Hals wickelte. Ich trug nur noch Blau und Schwarz. Alle anderen Farben erinnerten mich zu sehr an Monday. Ich fühlte immer noch den Stich meiner Schuldgefühle, wenn ich etwas Rosafarbenes sah.

Nach all den Räumungsbescheiden hatte sich Ed Borough im Laufe des letzten Jahres langsam in eine Geisterstadt verwandelt und Mondays Haus hatten sie in ›Horrorhaus‹ umgetauft. Ich schlurfte näher heran, horchte nach dem dröhnenden Fernseher und hob das schwere Vorhängeschloss an, das wie ein Gewicht an der Kette hing. Es klapperte gegen das dünne Holz. Ich presste mein Ohr an die Tür, schloss die Augen und lauschte. Stille. Kein Summen, nur der Wind, der durch die leeren Räume pfiff. Ich machte einige Schritte rückwärts, erlaubte mir ein erleichtertes Lächeln. *Sie ist nicht dadrin,* sagte ich stumm zu mir. *Sie ist nicht in der Gefriertruhe. Sie ist weg.*

»Du bist Mondays Freundin, nicht wahr?«

Ich schrie erschrocken auf und wäre beinahe über denselben Riss im Gehweg gestolpert wie damals, vor mehreren Jahren. Eine Frau saß nebenan auf den Stufen vor dem Haus, so reglos, dass sie mit dem Hintergrund verschmolz.

»Ich erinnere mich an dich, du warst ein paarmal hier und hast nach ihr gefragt.« Sie machte den obersten Knopf ihres hellbraunen Mantels zu. »Sie hat mir von dir erzählt. Sie hat gesagt, dass ihr euch sehr ähnlich seht. Dass ihr auch Zwillinge sein könntet.«

Mein Herz ging auf bei dem Gedanken, dass Monday so stolz von mir erzählt hatte, und ich ging durch das verdorrte Gras auf die Stufen zu. Von Nahem wirkte sie viel älter mit ihrem platingrauen Haar, der karamellfarbenen Haut und dem Lächeln, das den Nachthimmel erleuchten könnte.

»Ich bin Mrs. Roundtree. Wollte gerade hineingehen. Möchtest du eine Tasse Tee?«

Die Fenster am Haus nebenan waren schief vernagelt, sodass es wie ein hastig ausgeführter Job wirkte.

»Nein danke, Ma'am. Sind Sie die Einzige, die noch in dieser Straße wohnt?«

Mrs. Roundtree schmunzelte. »Rodney und Kasey sind ein Jahr, nachdem es passiert ist, weggezogen. Na ja, und bei allem anderen, was hier vor sich geht, will ja auch sonst niemand neben diesem Haus wohnen. Aber ich bin hier schon sehr lange zu Hause. Es ist zu spät, es jetzt noch zu verlassen.«

Mein Blick huschte hinauf zum ebenfalls vernagelten Fenster von Mondays Zimmer. Sie ist nicht mehr dadrin, rief ich mir ins Gedächtnis. Sie ist weg.

»Sie saß oft auf den Stufen vor ihrem Haus und hat in die Wolken hinaufgestarrt«, sagte Mrs. Roundtree mit einem Seufzen. »Manchmal weinte sie. Ich wusste, dass etwas passiert sein musste, als mir klar wurde, dass ich sie schon lange nicht mehr weinen gehört hatte.«

Ich vergrub meine Hände in den Hosentaschen. »Wieso haben Sie nichts gesagt?«

Sie hielt einen Moment lang inne und sammelte ihre Gedanken. Wahrscheinlich hatte sie diese Frage schon tausendmal gehört, aber diesmal fand sie wohl eine andere Antwort.

»Ich habe zwei Enkelkinder, die leben drüben in PG County. Ist nicht weiter als 20 Minuten von hier weg, vielleicht 40, wenn der Verkehr dicht ist. Krystal ist gerade zwölf geworden und Dean ist etwa neun. Sehr gute Schüler, haben Klavierstunden, Geige, Fußball und Football, Ballett … Der Stundenplan der beiden sorgt dafür, dass ihre Mutter sich fast zerreißen muss und ständig in Eile ist. Und ich bin ja auch stolz auf sie, aber ich sehe sie eben nie. Ich habe meine Enkelchen seit mindestens drei Monaten nicht gesehen. Die haben einfach viel zu tun, sind zu beschäftigt, um ihre Oma nur mal anzurufen. Aber nur weil ich sie nicht oft sehe oder selten von ihnen höre, denke ich natürlich nicht gleich, dass sie tot sind. Und das habe ich bei Pattis Babys auch nicht gedacht. Meine Güte, Monday war doch eh mehr bei dir zu Hause als bei sich.«

Vom Wagen aus beobachtete Michael uns durch das halb offene Fenster und hielt das Lenkrad fest umklammert. *Dieser verflixte Beschützerinstinkt,* dachte ich mit einem Nicken und einem Lächeln in seine Richtung.

»Ich will mich damit nicht rausreden«, fuhr sie fort, »aber so ist das heutzutage eben. Früher hat man seine Familie öfter gesehen, zumindest sonntags zum Essen. Die Gegend hier war mal eine eng zusammenhaltende Gemeinschaft. Aber jetzt ist jeder so mit allem Möglichen beschäftigt, dass niemand mehr bemerkt, was sich direkt vor den eigenen Augen abspielt.« Sie strich sich über den Mantel und schüttelte den Kopf. »Manchmal habe ich Albträume von dem, was dadrinnen vorgefallen ist.«

»Ich habe auch Albträume«, gab ich zu und trat nach einigen Eicheln zu meinen Füßen.

»Ach ja. Wovon denn?«

»Ich erinnere mich hinterher nicht wirklich daran. Ich erinnere mich nur an das … Summen.« Ich biss mir auf die Lippe und hielt die Tränen zurück.

Ihr Gesicht verlor jeden Ausdruck und sie lehnte sich zurück. »Die Gefriertruhe stand an der Wand hier, sodass ich das Summen auch in meinem Haus hören konnte. Selbst nachdem sie die Leichen gefunden hatten, dauerte es eine ganze Weile, das Geräusch aus meinem Kopf zu kriegen.«

Wir blickten beide zum Nachbarhaus hinüber, als könnte im nächsten Moment jemand aus der Tür kommen. Eine Gänsehaut breitete sich auf meinen Armen aus und zog sich bis in meinen Nacken.

Michael drückte auf die Hupe und ich zuckte heftig zusammen. Er starrte aus dem Fenster und winkte mir zu, mich zu beeilen.

»Schätze, ich muss gehen. Es war schön, mit Ihnen zu reden.« Auf dem Weg zum Wagen fiel mir die Frage ein und ich fuhr herum. »Warten Sie! Wie sind Sie das Summen losgeworden?«

Mrs. Roundtree lächelte und faltete die Hände. »Es kommt doch nur darauf an, wie du etwas betrachtest. Du kannst selbst entscheiden, was etwas ist oder nicht ist. Vielleicht war es ein Summen, aber ich habe beschlossen, dass jemand mir eine Melodie in mein Ohr summte. Eine hübsche Melodie, keine Gefriertruhe.«

Ich warf einen letzten Blick auf das Haus und umarmte Mrs. Roundtree. »Vielen Dank!«

»Na sicher, Kleines, jederzeit.«

Ich stieg rasch in den Wagen, gab Michael einen Kuss und wir fuhren davon, drehten das Radio auf und hörten Daddys neuesten Song.

Monday summte leise mit.

http://writeinbk.com

Tiffany D. Jackson ist Schriftstellerin, Filmproduzentin und Horror-Fan. Die gebürtige Brooklynerin studierte Filmkunst und Medienwissenschaften und lebt mit ihrem Hund in New York.
Ihr Debütroman *Allegedly* (dt. *Der bittere Trost der Lüge*) über ein neunjähriges Mädchen, das beschuldigt wird, ein Baby ermordet zu haben, war ein großer Erfolg.
Mit ihrem zweiten Roman *Monday's Not Coming* (dt. *Monday, wo bist du?*) knüpfte sie an diesen Erfolg an. Inspiriert von zahlreichen Vermisstenfällen afroamerikanischer Kinder in den USA erzählt Jackson die Geschichte eines Mädchens, dessen beste Freundin auf mysteriöse Weise verschwindet.